MERIDIANE

Aus aller Welt

Band 20

BERNARD MAC LAVERTY

Annas Lied

ROMAN

AUS DEM ENGLISCHEN VON
HANS‑CHRISTIAN OESER

AMMANN VERLAG

Die Originalausgabe »Grace Notes« erschien 1997
bei Jonathan Cape, Random House, London.

Das Gedicht »Das Schneckenhaus« von James Stephens
wurde von Peter Jankowsky übertragen.

Der Verlag dankt dem Ireland Literature Exchange, Dublin,
für die finanzielle Unterstützung.

Erste Auflage
Alle deutschsprachigen Rechte vorbehalten
© 1999 by Ammann Verlag & Co., Zürich
© 1997 by Bernard Mac Laverty
Satz: Gaby Michel, Gießen
Druck und Bindung: Clausen & Bosse, Leck
ISBN 3-250-60020-2

Für John

ERSTER TEIL

Sie ging die Vordertreppe hinunter und lief den Weg ent‚
lang zur Hauptstraße. Zu dieser morgendlichen Stunde
herrschte kaum Verkehr. Wenn es überhaupt ein Auto gab,
dann hörte es sich genau danach an – nach einem Auto, das
in der Nässe vorüberfuhr; ein anderes Stadtgeräusch gab es
nicht. Es war noch dunkel, und auf dem Asphalt spiegelten
sich die Straßenlaternen. Sie strich die Haare zurück und
schlug den Kragen hoch, so weit es ging. Der Regenmantel
war zerknautscht, als sei er eben erst ausgepackt worden. Den
Weg zum Busbahnhof legte sie zu Fuß zurück, denn sie trug
nur eine kleine Reisetasche.

Sie kam zu früh am Steig des Flughafenbusses an und lief
auf dem Betonpflaster auf und ab. Es war geriffelt, und durch
die Sohlen ihrer Schuhe fühlte es sich an wie harter Sand am
Meeresufer. Auf diese Weise hinderte sie sich am Denken –
indem sie sich auf ihre Umgebung konzentrierte. Irgendwo
pfiff ein Mann vor sich hin, zumindest nahm sie an, daß es sich
um einen Mann handelte. Frauen pfiffen nur selten.

Im Bus suchte sie sich einen der hinteren Sitzplätze aus
und preßte die Knie gegen den Vordersitz. Der Bus war leer
und warm. Sie beobachtete, wie die verchromten Armlehnen
vibrierten, solange der Motor im Leerlauf war. Wenn sie ir‚
gendwelche Dinge anstarrte, half ihr das dabei, alles andere zu
verdrängen. Etwa Anna. Sie wagte nicht, daran zu denken.
Zwei Leute stiegen zu. Sie merkte, daß sie die Hände zu Fäu‚
sten geballt hatte, und unternahm eine bewußte Anstrengung,
sie zu öffnen, indem sie sie mit den Handtellern nach oben auf
den Schoß legte, um zu sehen, ob es einen Unterschied machte.

Auf der Autobahn fuhren sie dem Morgendämmer des Januar entgegen, einem Himmel aus gelbem Licht und dunklen Wolken. Dann, als der Bus mit hundertzehn Stundenkilometern durch den Regen und das Sprühwasser jagte, das die zahlreicher werdenden Autos hochspritzten, fing sie an zu weinen. Es überkam sie einfach, und sie ließ es geschehen. Sie versuchte, so leise wie möglich zu sein, doch die anderen Fahrgäste hörten sie und drehten sich nach ihr um. Als sie im Fenster ihr verzerrtes Spiegelbild erblickte, fiel es ihr leichter aufzuhören. Das hatte sie schon öfters getan – nur hatte sie dazu den Badezimmerspiegel benutzt. Wenn man so scheußlich aussah, mußte man einfach aufhören.

Im Flughafen kaufte sie sich ihr Ticket mit dem Geld, das Peter und Liz ihr geliehen hatten. Sie saß mitten in der Abflughalle und versuchte, an nichts zu denken, versuchte, das Ding-Dong der Lautsprecheranlage und die Flugansagen zu überhören. Leute liefen um sie her, aber sie schaute nicht auf, sondern stierte weiter auf ihre Füße. Sie trug braune Pumps und Blue jeans. Irgendwie war Talkumpuder auf ihren linken Schuh gekommen und hatte den Glanz des Leders getrübt. Sie fragte sich, wie der Puder den Regen überstanden hatte.

Auf einer Seite der Abflughalle waren unablässig hämmernde Männer dabei, eine Treppe zu errichten. Jemand sägte Holz von Hand – besser als das Kreischen einer Motorsäge. Sie fand den Klang nostalgisch – wie das Iah eines Esels. Irgendwo weinte ein Baby. Es mußte noch sehr jung sein – höchstens ein, zwei Wochen alt. Jeder hervorgepreßte Jammerlaut kam ihr unendlich lange vor. Sie wagte nicht, an Babys zu denken.

Sie mußte zur Toilette. Neben den Schildern für DAMEN und HERREN gab es eins für einen BABYWICKELRAUM. Wenn es doch nur so leicht wäre. »Habe Baby zu verschenken, könnten Sie's bitte einwickeln?« Hinterher, beim Händewaschen, blickte sie in den Spiegel und sah ihre vom Weinen verquollenen Augen. Ein Flughafen war genau der richtige Ort zum

Weinen. Menschen, die sich wiedersahen, Menschen, die sich trennten. Tränen so oder so. Einige Dinge waren einfach zu schmerzlich. Die eigenen Kinder, und was sie einem antaten.

Alle behaupteten, sie sei nach ihrem Vater geraten. Erneut überkam sie das Verlangen zu weinen, doch da sie sich diesmal im Spiegel sah, vermochte sie es zu unterdrücken. Sie fragte sich, wie es wohl wäre, in einem freudigen Augenblick in den Spiegel zu schauen. Doch das schien ein Ding der Unmöglichkeit. Sie nahm eine ihrer rotgrauen Kapseln ein und spülte sie hinunter, indem sie am Bogen einer Trinkfontäne in hastig schlürfenden Zügen Wasser schluckte.

Vor den Toiletten standen französische und deutsche Schulklassen steif beisammen und photographierten sich wechselseitig. Sie unterhielten sich lautstark, ohne ihre Walkmans abzusetzen. Die Kopfhörer zischten und rauschten. Zwei hemdsärmelige Polizisten kamen vorbei – der eine drückte seine Maschinenpistole an die Brust.

Ihr Flug wurde aufgerufen, und sie begab sich erst durch die allgemeine Sicherheitskontrolle und danach durch die spezielle Sicherheitskontrolle für Reisende nach Nordirland. Die Art, wie die Frau in Uniform sie abtastete, war fast schon anstößig. Über Brüste und Gesäßbacken strich sie hinweg. Ein Sicherheitspolizist prüfte ihren Flugschein.

»Der Grund Ihrer Reise?«

»Ich fliege nach Hause.«

»Beruflich oder zum Vergnügen?«

»Keins von beiden.«

Er blickte sie prüfend an, seine Finger spielten mit dem Ticket.

»Aus welchem Grund?«

»Eine Beerdigung.«

»Jemand, der Ihnen nahestand?«

Sie nickte. Er händigte ihr das Ticket aus.

»Mein Beileid. Gehen Sie durch.«

Als das Flugzeug wendete, bildeten die Lämpchen auf der Startbahn zum Horizont hin ein abgeplattetes Dreieck. Das Fenster war mit zitternden Regentröpfchen bedeckt. Als sie vor dem Abheben beschleunigten, wechselte der Motorenlärm den Ton, wurde eine Oktave höher. Wie sie dabei in ihren Sitz zurückgepreßt wurde, war beinahe ein Taumeln. Bei dieser Geschwindigkeit – die Motoren kreischten fast – wurden die Regentröpfchen winzig klein, und über die Scheibe schlierten Schwänze – wie einzelne Samenfäden.

In den Ferien trug ihr Vater immer einen aus unbehandel‐ ter Wolle gestrickten Aran‐Pullover mit Zopf‐ und Knoten‐ mustern – er behauptete, die unbehandelte Wolle stoße den Regen ab. Ihre Mutter meinte, die Wolle stoße auch sie ab. Der Geruch sei widerlich. Wie der eines nassen Hundes.

Seine Stimme war eines der schönsten Dinge in der Welt – er brauchte nur zu reden. Er hatte einen großen Adamsapfel, der beim Sprechen auf und nieder tanzte. Als sie sehr klein war, saß sie oft auf seinem Knie und streckte einen Finger aus, um ihn zu berühren, während er sich bewegte – die kehligen Laute, die er von sich gab, klangen so volltönend, daß sie in ihrem Innern widerhallten.

Als sie bei Aldergrove durch die Wolkendecke herab‐ stießen, bemerkte sie, wie grün das Land war. Und wie klein die Felder. Ein Mosaik aus kräftigem Grün, Gelb und Braun. Heimat. Wieder war ihr zum Weinen.

Der Bus, der sie nach Belfast brachte, wurde bei einer Ver‐ kehrskontrolle angehalten, und durch den Mittelgang kam ein Polizist in kugelsicherer Weste auf sie zu, ein junger Bursche mit rötlichbraunem Schnurrbart. Wie er so von Seite zu Seite, von Sitz zu Sitz nach Bomben Ausschau hielt, vollführte sein Kopf eine langsam verneinende Bewegung. Er zwinkerte ihr zu: »Kopf hoch, junge Frau, es passiert schon nichts.«

Aber es war bereits passiert.

Vom Bus aus, der sie nach Hause brachte, sah sie die ver‐

trauten Erkennungszeichen, an denen sie sich als Kind orien-
tiert hatte, eins nach dem anderen vorübergleiten. Toomebridge, ihre Klosterschule, der Hügel hinter Magherafelt, bei
dem man immer herunterschalten mußte.

An einer Kreuzung am Stadtrand hielt der Bus an, und
eine Frau stieg aus. Bevor sie davonging, unterhielt sie sich mit
dem Fahrer über den Motorlärm hinweg. Dies war die Kreuzung, an der die Mitglieder des Oranier-Ordens ihre Tromm-
lerwettkämpfe abhielten. Es gehörte mit zu ihrer Kindheit,
an stillen Samstagabenden vom Küchentisch aufzuschauen
und das Dröhnen der Trommeln zu hören. Dann verdrehte
ihre Mutter die Augen und sagte: »Sind sie wieder mal zu-
gange?«

Es war ein furchterregendes Rollen – wie Donner. Als läge
die Stadt unter einem Baldachin finsteren Lärms. An einem
Sommerabend war sie mit ihrem Vater spazierengegangen,
und sie wurden Zeugen der Vorbereitungen zu einem Tromm-
lerwettkampf.

»Oje, Catherine, nun schau dir diesen Blödsinn an.« Er
hielt ihre Hand fester. Auf der Böschung waren Landrover
und Lieferwagen abgestellt. Eine Gruppe von Männern ver-
sammelte sich. Aus dem hinteren Teil eines Landrovers wurden zwei Trommeln ausgeladen. Sie waren fast einen Meter
breit und hatten einen riesigen Umfang. So mächtig waren sie,
daß zwei Männer den beiden Trommlern dabei helfen mußten,
sich in ihre Gurte zu zwängen. Sie hängten ihnen die Trommel um den Hals, und die beiden Trommler lehnten sich zurück, so weit sie konnten, und stützten das Instrument mit dem
Bauch ab. Dann reichten sie ihnen zwei lange Holzstöcke. Es
gab einen dünnen und einen dicken Trommler. Beide waren
ohne Hut und in Hemdsärmeln. Das Gesicht des Dicken war
braungebrannt – bis dahin, wo der Hut gesessen hatte. Darüber war seine Haut weiß. Zur Probe ließ er die Stöcke auf das
Schlagfell niederprasseln. Im Verhältnis zu dem Mann war die

Trommel so groß, daß Catherine der Gedanke an ein Hoch-
rad kam.

»Die sind aus Ziegenfell«, sagte ihr Vater. »Aus dem Fell
eines Ziegenbocks, wie King Billy einer war. Den Gestank
könnte man von Omagh bis hierher riechen.«

Als sie die Trommeln in ihrem Elternhaus gehört hatte,
war ihr Rhythmus durch die Entfernung verwischt gewesen,
der Klang nur ein undeutliches Grollen. Hier hingegen, in
unmittelbarer Nähe, war es etwas völlig anderes. Ihr Vater
beugte sich an ihr Ohr, als wolle er ihr über die Trommelwir-
bel hinweg etwas zurufen, doch statt dessen schüttelte er nur
den Kopf. Als die Trommeln verstummten, flüsterte er ihr zu:
»Angeblich können sie verschiedene Rhythmen, verschiedene
Melodien spielen – *Lilliburlero* und was nicht noch –, aber
in meinen Ohren klingt alles gleich. Verdammter Radau. Am
zwölften Juli dreschen sie so fest und lange auf sie ein, daß
ihnen die Handgelenke bluten. Weil sie gegen die Metallkante
stoßen. Die reinste Bigotterie.« Catherine starrte auf die wir-
belnden Stöcke und hatte das Gefühl, es werde auf ihre eigenen Trommelfelle eingeschlagen. »Sie üben hier draußen oberhalb der Stadt, um den Katholiken zu zeigen, wer Herr im
Hause ist. Damit wollen sie uns klarmachen, daß die Protestanten das Sagen haben.«

Aber Catherine war hingerissen von dem Klang, konnte
den Rhythmus der linken Hand von dem der rechten unterscheiden. Mit den Zehen versuchte sie, in den Schuhen den
Takt zu klopfen. Es gab synkopische Schläge und Hiebe, komplizierte Rhythmen, die sie nicht einmal annähernd hätte auf-
notieren können – auch jetzt noch nicht, geschweige denn
damals. Die beiden Trommelstöcke arbeiteten unabhängig
voneinander. Die Hände kamen sich ins Gehege. Ein Bummern, das zurückfederte und sich mit dem Bummern ver-
mengte, das es zu allererst ausgelöst hatte. Die Trommeln wurden so heftig bearbeitet, daß sie die Schwingungen in ihrem

Körper verspürte. Sie war überzeugt, daß der Himmel und die Luft über ihr im Takt dazu stampften. Ihr war nicht eben nach Tanzen zumute, eher danach, sich zu wiegen. Doch das Ganze hatte auch etwas Unangenehmes – etwas Beängstigendes, wie das Kriegsgetrommel eines wilden Stammes. Die Männer, die auf der anderen Straßenseite beisammenstanden, drehten sich um und starrten zu ihnen herüber.

»Komm«, sagte ihr Vater. »Vor dir siehst du einen Haufen, dessen größter Ehrgeiz – dieses Jahr und jedes Jahr – darin besteht, in Straßen aufzumarschieren, wo sie unerwünscht sind. Hat mit der Vervollkommnung des Menschengeschlechts oder mit der Hebung menschlichen Gemeinsinns nichts zu tun.« Ihr Vater drückte ihre Hand so fest, daß es schmerzte. »Es sei ihr Recht, ihr Erbe. Da lachen ja die Hühner. Kalbsköpfe mit Melonen. Nichtsnutze. Oranier-Orden? Bei mir heißt er Orang-Utan-Orden. Und die Politiker, denen er folgt, sind zehnmal so schlimm, denn die sollten's besser wissen. Das ganze Problem, Catherine, ist rassistischer Natur. Ich habe Protestanten sagen hören: ›Eine Seite ist so schlimm wie die andere.‹ Das ist einfach nicht wahr. Wer hier bigott ist, das ist die protestantische Seite. Die Katholiken reagieren doch nur darauf, daß sie gehaßt werden. Und es ist eine höfliche Form des Hasses. Um den zwölften Juli herum sagen die Protestanten: ›Hallo.‹ Zu jeder anderen Jahreszeit sagen sie: ›Hallo, Brendan.‹ Und es sind nicht nur die Gassenjungen. Die gottverdammten Anwälte, die Ärzte und Geschäftsleute sind sogar noch schlimmer – und das wollen gebildete Männer sein.«

In der Stadt selbst sah sie zu ihrer Überraschung ein chinesisches Restaurant und die neue graue Festung einer Polizeikaserne. Sie stand auf, um an ihrer Haltestelle auszusteigen. Irgend etwas stimmte mit der Straße nicht. Sie beugte die Knie und bückte sich etwas, um sich umzuschauen, wo sie früher gewohnt hatte. Es war kaum wiederzuerkennen. Ladenfronten waren mit Hartfaserplatten verbarrikadiert, die Orange Hall und andere Gebäude starrten von Baugerüsten. Einige Dächer waren mit grünen Zeltbahnen bedeckt, andere mit Latten und Kunststoffplanen geschützt.

»Was ist passiert?« fragte sie den Busfahrer.

»In die Luft gejagt. Eine Bombe. Im Oktober.«

»Hat es Verletzte gegeben?«

»Sie haben eine Warnung durchgegeben. Die ganze Straße besteht nur noch aus Ruinen.«

Sie trat auf den Bürgersteig und spürte, wie ihr die Knie zitterten. Eine Stätte der Verwüstung. Der Bus fuhr an und bog um die Ecke. Das Motorengeräusch wurde von Gehämmer und dem schabenden Lärm der Betonmischmaschinen übertönt. Ein Lastwagen mit Kran hievte eine Palette von seiner Ladefläche. Befreite sich von seiner eigenen Last. Wie sollte sie nur die nächsten paar Tage überstehen?

Sie kam an Oma Boyds Haus vorbei. Die Tür war mit Brettern vernagelt. In ihrer Kindheit hatte sie immer offengestanden. Catherine hüpfte immer über die Straße.

»Wer ist da?«

»Ich bin's.«

Oma Boyd hatte eine Katze. Catherine streichelte gern ihren Kopf und sah ihr in die gelben Augen, bis sie zu schnurren begann. Sie beugte sich immer zu ihr herunter, so daß ihr Gesicht mit dem der Katze auf gleicher Höhe war. Das Schnurren war schon eine komische Sache, wie das Surren eines Motorrads in der Ferne.

»Catherine, läßt du das wohl sein! Wie oft habe ich dir gesagt, daß man Katzen nicht küßt?«

»Ich wollte sie ja gar nicht küssen. Ich wollte nur mit ihr spielen.«

Wenn Oma Boyd oben umherging, knarrten die Dielen, und die Hängeleuchte zitterte. In der Lampenschale lagen tote Fliegen. Wenn Oma aus dem Zimmer war, sah Catherine unter sämtlichen Sofa- und Stuhlkissen nach, ob dort vielleicht irgend etwas lag. Tat es aber nie.

Der Pub befand sich auf einer leichten Anhöhe. Wenn Hunde an die Tür pißten, rannen die dunklen Rinnsale quer über den Gehsteig in die Gosse. Die Flügeltür des Haupteingangs war geschlossen, eine schwarzgeränderte Karte darangeheftet. Eine Todesanzeige. Der Tod wird angezeigt. Merkwürdiger Ausdruck. Sie schreckte davor zurück, die Karte zu lesen. Sie benutzte den Seiteneingang. Darüber stand, mit der Hand geschrieben, der Name ihres Vaters – schwarz auf cremefarbenem Grund. *Brendan McKenna – Konzession für den Verkauf von Wein und Spirituosen.*

Sie hatten stets über dem Pub mit seinem Stimmengewirr gewohnt. *Bar talk.* Thekengespräche. Die Tür zur Wirtsstube hatte eine Milchglasscheibe mit einem Rand aus durchsichtigem Glas, durch das man hineinlugen konnte. Sie betrat die Schankstube nur höchst ungern – die Art, wie die Männer alle aufschauten und, wenn sie ein Mädchen sahen, verstummten. Mit fünfzehn war sie eines Nachts zur Sperrstunde von einem Schulkonzert nach Hause gekommen. Männer traten auf die Straße, und sie hörte die Stimme ihres Vaters, der zum Gehen mahnte. Dieselbe Szene hatte sie jeden Abend vom Obergeschoß aus gehört und sich davor gefürchtet – die lauten Stimmen, das Geschrei, das Männliche an alledem. Jetzt stand sie zum ersten Mal mitten drin im Gewühl. Zwanzig, dreißig Männer ergossen sich auf den Gehsteig. Verfluchte dies, verfluchte das – bis einer von ihnen sie sah. Zwei Typen pinkelten im Dunkeln, und ihre Bächlein schlängelten sich über den Bürgersteig. In der Dunkelheit wußten sie zunächst nicht, wer sie war. Einige pfiffen und johlten.

»Hallo, Süße.«

»Wie wär's mit nem Bummel, Kleine?«

»Laß mal dein Höschen sehen.«

Ein Mann schubste einen jüngeren Burschen zum Spaß in

ihre Richtung, und er prallte mit ihr zusammen. Alles stank nach abgestandenem Qualm und Guinness.

»Entschuldigung«, sagte er. Catherine rannte ins Haus und die Treppe hinauf. Sie hörte jemanden sagen: »Das ist Brendans Tochter.«

»Ach du liebe Scheiße – nein.«

»Reißt euch zusammen.«

Danach achtete sie darauf, daß sie sich nie wieder um diese Zeit blicken ließ. Lieber wartete sie und kam zu spät, als noch einmal Spießruten zu laufen.

Zu Beginn des Jahrhunderts hatte sich in dem Gebäude eine Bank befunden. Die Dienstwohnung des Geschäftsleiters lag darüber. Und in der Stadt kursierte der Scherz: »Ich geh nur mal rasch zur Bank.« Die Ehefrauen sagten: »Warum überfällst du sie nicht, statt diesem McKenna dein Geld in den Rachen zu werfen?« Als sie jetzt die Treppe hinaufstieg, roch sie erneut den Gestank nach abgestandenem Qualm und Guinness.

Sie blieb stehen und versuchte, wieder zu Atem zu kommen. Sie öffnete die Tür und trat auf den Flur. In der Küche war leises Getuschel zu hören. Aus irgendeinem Grund klopfte sie an.

»Herein.«

Catherine stieß die Tür auf. Am Tisch saßen Frauen und bestrichen Unmengen von Brotscheiben mit Butter. Unter ihnen bemerkte sie ihre Mutter. In fünf Jahren waren ihre Haare ergraut, und sie sah zu alt aus, um ihre Mutter zu sein. Ein Wechselbalg. Jemand hatte ihr die richtige Mutter geraubt und ihr diese ältere, häßlichere Version untergeschoben. Es roch nach Eiern und Zwiebeln. Ihre Tante Mary, die mit dem Rücken zur Tür saß, drehte sich, um zu sehen, wer eintrat. Alle unterbrachen ihre Arbeit. Ihre Mutter legte das Buttermesser hin und erhob sich.

»Catherine«, sagte sie. Sie breitete die Arme aus und blieb so stehen. Dann stülpte sie das Kinn vor und begann zu weinen. Catherine ging auf sie zu, und sie umarmten einander. Beide Frauen weinten.

»Es tut mir so leid – es tut mir so leid«, wiederholte Catherine ein ums andere Mal. Es war ihre Mutter, die sich aus der Umklammerung löste – und ein Taschentuch aus dem Ärmel zog. Sie schneuzte sich geräuschvoll. Der Laut schien den Bann zu brechen, und eine von den anderen Frauen sagte: »Ich glaube, wir verdrücken uns lieber, Kinder.«

»Bleibt nur, wo ihr seid«, entgegnete Mrs. McKenna. »Wir gehen ins andere Zimmer.«

Catherine setzte ihre Tasche ab und ging mit ihrer Mutter hinaus auf den Flur.

»Wo ist er?« fragte Catherine. Sie hängte ihren Regenmantel an die Garderobe.

»Da drin.« Ihre Mutter deutete mit dem Kopf auf das vordere Schlafzimmer. »In deinem früheren Zimmer.«

Die Tür stand leicht offen, und das trübe Licht ließ vermuten, daß die Vorhänge zugezogen waren. Catherine wandte sich ab, und sie gingen beide in die Wohnstube. Eine junge Frau war am Putzen. Sie trug gelbe Gummihandschuhe und kippte Aschenbecher in einen Abfalleimer aus.

»Geraldine, könnten Sie später hier weitermachen?«

»Aber sicher, Mrs. McKenna.« Als Geraldine sich umdrehte, erblickte sie Catherine. Ihr Gesicht hellte sich auf. »Catherine!«

»Geraldine Scully.«

»Genau die«, bestätigte sie grinsend. Dann gefror ihr Grinsen. »Tut mir aufrichtig leid. Die Sache mit deinem Vater.« Als sie aus dem Zimmer ging, berührte sie Catherines Hand. Die Berührung fühlte sich feucht an, nach Gummi.

Das Zimmer war mit leeren Flaschen und Gläsern übersät.

»Nun sehe sich einer dieses Zimmer an«, sagte ihre Mutter. »Wir hatten gestern abend ziemlich viele Leute da.«

»Bist du die ganze Nacht aufgeblieben?«

»Nein – nur bis um zwei. Der Arzt hat mir ein Beruhigungsmittel gegeben, das hat mich umgehauen. Ich bin einfach zu Bett gegangen und habe Paddy das Kommando überlassen.« Sie setzten sich hin. Catherine räusperte sich.

»Paddy?«

»Paddy Keegan – unser Barmann. Er ist phantastisch. Hat sich um alles gekümmert. Der hat das Herz am rechten Fleck. Ich wüßte nicht, was ich ohne ihn gemacht hätte. Er hat die Anzeige in die Zeitungen gesetzt – einen schönen Text entworfen – hat Carlin's, das Bestattungsunternehmen, benachrichtigt – ist bis nach Cookstown gefahren, um den Todesfall beurkunden zu lassen. Ach, Paddy war phantastisch – jetzt ist er zu Hause und schläft sich aus.«

»Wann findet die Leichenprozession statt?«

»Von hier aus heute abend um sieben. Dann morgen früh um zehn. Von der Kirche aus.«

Sie nickten beide. Ihre Mutter massierte sich die Hände. Ihre Finger glänzten vor Butter. Sie fragte: »Wie geht's dir?«

»Danke, gut.«

»Dann bist du also von der Insel weggezogen?«

»Ja.«

»Nach Glasgow?«

»Ja. Wie hast du meine Nummer herausbekommen?«

»Paddy hat den ganzen Tag am Telephon verbracht – hat alle angerufen. Er ist ein Schatz.«

Wieder nickten sie beide. Draußen schleppte sich ein Lastwagen in niedrigem Gang die Anhöhe hinauf. Die Straße schien von ständigem Gehämmer erfüllt.

»Was ist passiert?«

»Ein schwerer Herzinfarkt. Es gab ein, zwei Warnsignale, aber...«

»Wo war er da gerade?«

»Er sagte, er fühle sich nicht wohl. Gestern morgen. War es gestern oder vorgestern? Gott, ich weiß gar nicht, wo oben und unten ist. Jedenfalls fühlte er sich kränklich und hatte hier oben leichte Schmerzen.« Sie faßte sich an die Brust. Catherine bemerkte die Ringe, den goldenen Ehering und den Verlobungsring. »Und er hatte Schmerzen im Oberarm, ausgerechnet da. Ich habe ihm gesagt, er soll seine Tabletten einnehmen. Und er ist nach unten gegangen, um die Schankstube aufzumachen. Als ich ihn das nächste Mal sah, war er tot. Sie hatten ihn auf zwei Tische gelegt, weil sie ihn nicht auf dem Fußboden liegen lassen wollten. Malachy McCarthy und Jimmy waren bei ihm. Die Frühschicht.«

Catherine musterte ihre Mutter, dann stand sie auf, ging zu ihr hin und umarmte sie. Ihre Mutter lehnte ihr graues Haar an die Brust ihrer Tochter. Sie weinte nicht mehr.

»Das bringt uns auch nicht weiter«, sagte Mrs. McKenna und erhob sich.

Catherine meinte: »Das mit der Bombe ist furchtbar.«

»Freut mich, daß du angerufen hast, um zu hören, ob wir alle noch am Leben sind.«

»Manchmal vergehen Tage, vielleicht Wochen, ohne daß ich die Nachrichten sehe. Ich wußte einfach nichts davon.«

»Vom Schlimmsten sind wir verschont geblieben. Die Bombe ist weiter oben explodiert. Dein Vater war so empört. ›Das sind die Unsrigen, die uns das antun‹, hat er immer wieder gesagt.«

»Die IRA?«

»Wer denn sonst?«

»Schrecklich.«

»Das ist die Politik, die sie inzwischen verfolgen. Nehmen den Städten die Seele, indem sie die Zentren in die Luft sprengen.«

Die beiden Frauen standen einander gegenüber.

»Du siehst gut aus.«

»Ich fühle mich aber gar nicht so«, erwiderte Catherine. Ihre Mutter machte ein besorgtes Gesicht.

»Stimmt etwas nicht?«

»Nein, nein ... außer, daß mein Vater nicht mehr lebt.« Catherine setzte ein trauriges Lächeln auf.

»Du solltest ins Zimmer gehen und ihn sehen.«

»Ich weiß nicht, ob ich es kann. Ob ich es will. Ich habe noch nie einen Toten gesehen.«

»Hast du denn Oma Boyd nicht gesehen?«

»Nein. Du hast es mir nicht erlaubt.«

»Nun ja ...« Ihre Mutter wischte sich an der Schürze die Butter von den Händen. »Vielleicht erst einmal eine Tasse Tee?«

Catherine nickte. Sie gingen wieder in die Küche. Die Frauen, die die Sandwiches zubereiteten, sprachen nicht viel — es war nur das Geräusch der Messer zu hören. In der Stille lag eine gewisse Verlegenheit. Die Angst davor, etwas Unpassendes zu sagen. Geraldine, die immer noch die gelben Gummihandschuhe trug, sagte: »Sind Sie zwei da drinnen fertig?«

»Ja, meine Liebe. Ich setze noch einmal Teewasser auf.«

»Einige von uns müssen ihre Arbeit tun.«

Geraldine hob ihren Eimer auf und ging zur Tür. Sie sprach Catherine an und bewegte spielerisch die gelben Finger ihrer linken Hand. »Wie geht's mit dem Klavierspiel voran?«

»Sehr gut.« Catherine lächelte.

Mrs. Gallagher sagte: »Könntet ihr noch eine Dose Lachs aufmachen?« Catherine schaute sich nach dem Dosenöffner um, doch eine andere Frau kam ihr zuvor. »Wir wären viel besser dran, wenn wir jedem zwei Pfund in die Hand drückten und sie zum Chinesen schickten — Pommes frites mit Currysauce.« Alle lächelten.

»Wie ist der so?« erkundigte sich Catherine.

»Sehr praktisch. Hat Tag und Nacht geöffnet.«

»Anfangs wollte er keine Pommes frites verkaufen — aber nur so konnte er sich hier Kundschaft halten.«

Eine andere Frau, Mrs. Steel, war fleißig am Backen. Sie

hatte ein Backblech vom Tisch genommen und die Biskuit,
törtchen mit einem Messer aus den Vertiefungen herausgelöst.
Jetzt strich sie mit einem Löffel auf jedes einzelne von ihnen
weißen Zuckerguß und bestreute sie mit Liebesperlen.

»So, das wär's. Ein Festessen wie für einen König.« Die
Schachtel, aus der sie die Liebesperlen streute, wurde stumm in
ihrer Hand. »Sag bloß.« Sie schüttelte die Packung über ihrem
nach oben gekehrten Handteller. Ein letzter Farbfleck fiel her,
aus. »Nun schaut euch das an. Es ist nur noch eine Perle übrig.
Und ich muß noch zwei Bleche bestreuen. Stellt euch vor, da
hat man von tausend Liebesperlen gerade mal eine übrig.« Alle
lachten.

»Unsere Kinder nennen sie Sprenkel.«

»Klingt viel hübscher.«

»Die einzige Überlebende«, sagte Mrs. Steel und starrte im,
mer noch auf den Fleck in ihrer Hand.

»Auf das Individuum kommt's an«, versetzte Mrs. Galla,
gher. »Ich war auch eine von tausend.« Daraufhin wandte sie
sich an Catherine. »Tut mir leid, meine Liebe. Ich hoffe, wir
kränken dich nicht mit unserem Gebrabbel.«

»Nein — nein.«

Mrs. Gallagher beugte sich zu ihr und flüsterte: »Wir sind
hier, um deiner Mutter zu helfen, darüber hinwegzukommen.«

Ihre Mutter, die den anderen den Rücken zukehrte, machte
Tee. Catherine fiel der Löffel ein, der stets zuoberst auf den
trockenen Teeblättern lag — mehr ein Meßlöffel als ein Tee,
löffel. Auf dem Griff war ein farbiges Wappen eingestanzt.

Einmal, als ihnen der Tee ausging, war sie losgeschickt wor,
den, ein halbes Pfund Nambarrie zu holen. Als sie das Päck,
chen in die Teebüchse ausleerte, vergaß sie, den Löffel heraus,
zunehmen. Das nächste Mal, als ihre Mutter Tee kochen wollte,
rief sie: »Menschenskinder, das ist ja wie bei einem Glücks,
topf!« Sie hatte die Hand in den getrockneten Tee gesenkt, um
nach dem Löffel zu tasten. Das Geräusch, wie ihre Mutter in

der Teebüchse herumwühlte – ein hohles Rascheln –, war ihr im Gedächtnis haftengeblieben.

Mrs. McKenna schenkte den Tee ein und reichte ihrer Tochter die Tasse.

»Milch?«

»Nein.«

»Zucker?«

»Nein.«

»Die Zeiten ändern sich. Ich weiß noch, wie du drei Löffel genommen hast. Ich habe den Zucker immer aus deiner Tasse herausspülen müssen.«

Aus der Wohnstube drang das Gebrummel und Gewimmer eines Staubsaugers. Mrs. Gallagher sagte: »Diese Geraldine ist eine Perle. Arbeitet für zehn.« Alle anderen nickten.

»Ich kremple später die Ärmel hoch«, sagte Catherine.

Im Zimmer herrschte Schweigen. Der Lärm des Staubsaugers nebenan ließ nicht nach. Die kleinste Frau am Tisch, eine Mrs. Curran, die einzige, die Mischbrot bestrich, sagte: »Dein Vater hatte ein flinkes Mundwerk, Cathy, was? Erinnerst du dich noch an den Abend, als es in der Wirtsstube zu einer Rauferei kam – an den Abend, als Barney Neary...«

Mrs. Gallagher sah zu Catherine hin und erklärte: »Barney Neary ist ein Zwerg aus Newtownstewart. Nicht mal so groß.« Sie hielt ihre Hand in Hüfthöhe. Alle Frauen bis auf Catherine lächelten und glucksten.

Mrs. Curran fuhr fort: »Und es entbrannte eine richtige Schlägerei. Flaschen und Aschenbecher flogen durch die Gegend. Und Brendan sagte: ›Der einzige, der sich nicht ducken mußte, war Barney Neary.‹«

»Ich kann ihn noch hören.« Jetzt lachten sie alle.

»›Die ist ein Uraltmodell, für die gibt's keine Ersatzteile mehr.‹ So hat er Nan von der Post beschrieben.«

Catherines Mutter mußte lächeln. Sie sagte: »Die Sprüche hat er doch alle in der Bar aufgeschnappt.«

»Hören tun so was viele, aber keiner konnte sie so wiedergeben wie Brendan.« Mrs. Curran sah Catherine an. »Dein
Vater war ein Original.«

Catherine trank ihren Tee aus und ging zur Spüle, um ihre
Tasse auszuwaschen.

»Vielleicht sollte ich jetzt hineingehen, um ihn zu sehen«,
sagte sie. »Es hinter mich bringen.«

»Du würdest es dir nie verzeihen«, sagte Mrs. Gallagher.

Ihre Mutter fragte: »Wer ist jetzt gerade bei ihm?«

»Bella.«

»Möchtest du, daß ich mitkomme?«

»Es geht schon. Bleib nur sitzen.«

Catherine trat auf den Flur hinaus und blieb stehen. Dann
ging sie statt in ihr früheres Schlafzimmer in die Wohnstube.
Geraldine wandte der Tür den Rücken zu und saugte noch
immer den Teppichboden. Catherine rief ihren Namen, doch
dann mußte sie die Hand ausstrecken und sie berühren.

»Geraldine – würdest du bitte einen Moment aufhören?«

»Was?«

Sie schaltete den Staubsauger aus und wartete darauf, daß
Catherine wieder das Wort ergriff.

»Ich wollte hineingehen und ihn sehen.«

»Und?«

»Ich möchte keinen Lärm... verstehst du...«

»Verstehe schon, Liebes... Ist noch Tee in der Kanne?«

Geraldine verzog sich in die Küche. Catherine ging über
den Flur und stieß behutsam die Tür zu ihrem Schlafzimmer
auf. Eine Frau, die flüsternd den Rosenkranz betete, sah auf.
Als sie Catherine erkannte, erhob sie sich und ließ ihre Perlen aus der einen in die andere Hand gleiten. Catherine sagte:
»Mrs. McCarthy.«

»Ach, Liebling.« Mrs. McCarthy berührte linkisch Catherines Hand und schob sich an ihr vorbei aus dem Zimmer.
Catherine trat über die Türschwelle. Denk an etwas anderes.

Schau nicht hin. In diesem Raum hatte sie immer geschlafen. Das Licht, das durch die zugezogenen Vorhänge drang, war gelb. Das Fenster stand einen Spaltbreit offen, und in der Zugluft bauschten sich die Vorhänge leicht. Nylon, seifenglatt. Der Sarg stand auf dem Bett. Sie hielt den Blick abgewendet. Er ruhte auf einer der Flickendecken, die Oma Boyd genäht hatte. Das Muster der Decke hatte einen eigentümlichen Namen, auf den sie sich nicht recht besinnen konnte. Entweder *Großmutters Blumengarten* oder *Der Pfad des Betrunkenen*. Der Sargdeckel lehnte hochkant neben dem Kleiderschrank. Auf der Messingtafel war bereits der Name ihres Vaters eingraviert. Wie schafften die das nur so schnell? An der Wand – alle ihre Musikzeugnisse. Ihr Vater hatte darauf bestanden, sie rahmen zu lassen. Als sie klein war, hatte sie es hingenommen, doch später war sie nur peinlich berührt gewesen. Ein hölzernes Kruzifix hing an der Wand, das Holz des Kreuzes dunkel, die Christusgestalt bleich. Auf dem Nachttisch brannten zwei Kerzen. Das Zimmer duftete sonderbar nach Parfüm. Sie ging dem Duft nach und entdeckte auf dem Kaminsims eine Schale Potpourri. Versuchten sie etwa, den Verwesungsgeruch zu überdecken? Sie mußte ihn ansehen. Sie trat näher, und wie immer knarrte das Dielenbrett neben dem Bett. Draußen wurde immer noch gehämmert und gesägt. Männer riefen sich etwas zu. Sie zwang sich, direkt in den Sarg zu blicken und ihren Vater anzusehen.

»O Gott!« Er war es und war es doch nicht. Noch so ein Wechselbalg. Er war in ein weißes Leichentuch gehüllt und hatte die Hände wie zum Gebet gefaltet. Seine Finger waren wächsern, gelblich – von Rosenkranzperlen umflochten, wie gefesselt in dieser Gebärde. Er sah sonderbar aus, so auf dem Rücken liegend. Alles schien übertrieben – seine Nasenlöcher waren gähnende Höhlen, seine Nase krummer, seine Brauen buschiger. Seine Lippen blauschwarz und seine Haut dunkler als in ihrer Erinnerung. Weil er die Augen geschlossen hatte, war alles Leben aus seinem Gesicht gewichen, und er sah überhaupt nicht aus wie ihr Vater. Ein lebloses Gesicht. Das Gesicht eines Toten – aber genau das war es ja auch. Sie stellte sich vor, wie er lächelnd hinter der Theke stand – den Kopf zurückwarf und lachte. Nie wieder würde sie ihn so erleben. Niemals. Ihr Vater war tot. Das letzte Mal hatte sie ihn in Larne gesehen. Als sie nach Glasgow gezogen war, um ihr Studium als M.A.-Studentin fortzusetzen, hatte er sie zur Fähre nach Stranraer gefahren und ihr zum Abschied vom Kai aus zugewunken. Immer hatte er sich Späße erlaubt – diesmal holte er ein weißes Taschentuch hervor und wedelte damit. Dann tupfte er sich theatralisch die Augen damit ab, und zum Schluß tat er so, als müsse er es auswringen – so groß war sein Schmerz.

Einmal hatte sie eine Geschichte gelesen, in der ein Verrückter namens Lenz die Hand ausgestreckt hatte, um ein totes Mädchen zu berühren, in der Hoffnung, sie würde auferstehen. Wie aussichtslos! Wie gestört er gewesen sein mußte! Und dann begann sie zu weinen. Tränen schossen ihr aus den Augen, rollten über ihre Wangen, und ihre Nase blubberte. Wieder und wieder hörte sie sich das Wort »Papa« sagen. Ihr Taschentuch steckte woanders, in der Tasche ihres Regenmantels. Sie blieb stehen, bis der Weinkrampf abgeklungen war. Anschließend wischte sie sich erst mit dem rechten, dann mit dem linken Ärmel die Tränen aus dem Gesicht.

Auf dem Flur zauderte sie. Sie ging ins Badezimmer und riß mehrere Blatt rosafarbenen Toilettenpapiers ab. Sie schneuzte die Nase und betrachtete sich im Spiegel. Das Papier fiel ins Klosettbecken, breitete sich aus und verfärbte sich dunkel. Da sie nun schon einmal im Badezimmer war, verspürte sie ein Bedürfnis. Sie verriegelte die Tür, setzte sich und starrte vor sich hin. Dabei bemerkte sie über der Badewanne eine neue Dusche. Ansonsten hatte sich nichts verändert. Der türkise längliche Fleck auf dem Email der Wanne war noch immer da. Von einem früheren Wasserhahn, der ständig getropft hatte.

Aber irgendwie kam es ihr vor, als nehme sie das alles zum ersten Mal wahr.

Sie hörte, wie die Wasserspülung aufrauschte und der Spülkasten sich langsam wieder füllte. Sie ging nicht wieder in die Küche, sondern statt dessen in die Wohnstube. Geraldine hatte das Fenster geöffnet, und es roch besser. Catherine schlenderte umher, besah und befühlte alles. Das schwarze Klavier. Den Klavierhocker mit dem knarzenden Bein. Sie hob den gepolsterten Sitz an, um hineinzuschauen. Der Deckel hatte einen Feststeller aus Messing, der sich beim Öffnen anhörte wie eine Schere. Er schnappte ein, und der Sitz blieb offen. Obenauf lagen die Noten zu *Down by the Sally Gardens.* Sie hob den Klavierdeckel. Die Tasten waren vergilbter, als sie sie in Erinnerung hatte. Sie drückte drei Tasten zu einem Akkord, drückte sie so sanft, daß die Hämmer nicht anschlugen. Stille.

Einmal, als sie erst drei oder vier war, hatte sie sich aus der Küche gestohlen, in der ihre Mutter buk und Radio hörte. An diesem besonderen Tag hatte der Klavierdeckel offengestanden. Catherine hatte über ihren Kopf hinaufgelangt und die Tasten so sanft niedergedrückt, wie sie nur konnte. Sie gaben keinen Ton von sich. Sie mußte fester drücken, um sie zum Klingen zu bringen. Als es ihr endlich gelang, bekam sie einen Schreck. Düster, tief und drohend. Das Donnern verhallte, und draußen stellte sich wieder der Vogellärm ein. Sie probierte es weiter rechts, wo die Töne schöner klangen, nicht so furchterregend. Sie drückte eine einzige Taste – immer und immer wieder. Es war nicht der Ton selbst, der ihr ein seltsames Gefühl gab – es war der Klang, als er verhallte. Das Danach. Sie fühlte sich einsam dabei. Sie hatte Angst, daß ihre Mutter, sosehr sie sich auch bemühte, sie nie wieder in diesem Zimmer finden würde. Und daß sie auf immer verschollen wäre. Sie würde stets von allem abgeschnitten sein. An dem Klavierhocker war ein Bein locker. Es war aus dem Leim gegangen, und man konnte es hin und her drehen, so daß es ein trocken knarzendes Geräusch von sich gab. Dies tat sie, bis sie es müde wurde. Leute, die ins Haus kamen und Klavier spielten, holten die Noten unter dem Sitz hervor, betrachteten sie kurz und spielten drauflos. Manchmal sangen sie auch dazu. Zuweilen kamen Leute herein, die auswendig spielen konnten. Zum Beispiel Frankie Lennon. Dann hörte sie die Stimme ihrer Mutter, die in der Küche nach ihr rief. Sie wagte nicht zu antworten, weil ihre Mutter sich verärgert anhörte. Ihre Mutter stieß die Tür auf und sah sie vor dem Klavier stehen. Sie stürzte durchs Zimmer, nahm Catherine auf den Arm und schrammte den Klavierdeckel so heftig zu, daß das ganze Instrument summte und brummte. Dann schlug sie auch den Sitz des Klavierhockers zu.

»Die Finger!« rief sie. »Ein Kind könnte sich aus lauter Unachtsamkeit die Finger einklemmen. Dann ist das Geschrei aber groß!«

Zu ihrer Überraschung sah sie einen CD-Spieler, neben den Schallplatten ihres Vaters war ein gutes Dutzend CDs aufgestapelt. Sie neigte den Kopf zur Seite, um die Rücken der flachen Plexiglashüllen lesen zu können. In der Mehrzahl Opern. Martinelli, *Große Duette,* McCormack, *Berühmte Opernduette, Divas.* Wiederholungen dessen, was er sich schon auf Langspielplatten angehört hatte. Sie ließ das CD-Fach herausgleiten, in dem eine CD lag. Das erste Stück war *Au fond du temple saint,* gesungen von Jussi Björling und Robert Merrill. Aus der Tiefe des heiligen Tempels.

In einem Zimmer hinter der Theke, in der Mitte des Hauses, befand sich ein Safe. Wenn ihr Vater ihn irgend jemandem zeigte, fragte er stets: »Ist das nicht eine mächtige Tür?« Ihr Vater mußte beide Hände benutzen, um den Griff — eine Messingfaust, die einen Knüppel umklammerte — zu drehen, und dann die Tür langsam nach außen schwenken. Sie war so hoch wie eine gewöhnliche Haustür, jedoch aus Metall, dick wie ein Mensch.

»Man braucht nicht einmal den Kopf einzuziehen, wenn man durch diese Tür gehen will«, hatte ihr Vater gemeint. »Das ist kein Safe, das ist ein Zimmer aus Stahl.« Selbst wenn die Scharniere gut geölt waren, mußte man die Tür aufstoßen, ja sie mit den Schultern fast aufstemmen. Und Catherine, das Kind, spähte hinter ihrem Vater hervor in den finsteren Raum, der sich hinter der Tür auftat.

»Sie ist schwergängig.« Er hatte ein Kännchen *»Drei-in-eins«-*Nähmaschinenöl in der Hand, hielt die Plastiktülle ans Scharnier und drückte. Die Blechdose machte ein hohles Doppelgeräusch. Tick-tock, tick-tock. »Aber mit einem Tropfen Vater, Sohn und Heiliger Geist kriegen wir die Sache schon hin.«

»Ich mag das Geräusch.«

»Hast du schon mal von dem Schriftsteller Lynn C. Doyle gehört?« Sie schüttelte den Kopf. »Na ja, das ist nicht sein richtiger Name. Es ist ein Künstlername. Ein Scherzname. Weil er genauso klingt wie *linseed oil* − Leinsamenöl. Es sind Homophone. Homo − gleich. Phon − Klang.«

»Was?«

»Wörter, die gleich klingen. Lynn C. Doyle und *linseed oil.* Kapierst du?«

Sie nickte, um ihm eine Freude machen. Wenn er jetzt hier wäre, würde sie zu ihm sagen: Bartók und *bar talk.* Aber er war tot, lag im anderen Zimmer und würde nie mehr kichern über ihre Entdeckung.

»Etwas kann auch sein eigenes Gegenteil sein«, sagte er. »Wie kann etwas sein eigenes Gegenteil sein, he? Weißt du darauf eine Antwort? Gespenster sehen heißt Gespenster sehen, stimmt's?« Catherine nickte wieder. »Aber wenn du Angst hast, sagt deine Mutter: ›Ach − du siehst nur Gespenster.‹ Dabei siehst du doch gar keine Gespenster.« Er ging in die Hocke und wischte etwas Öl von den roten Fliesen. »Soll ich dich einschließen?«

»Neeeeiiin…« Und sie lief davon durch die leere Gast-
stube. Das war auch etwas, das sein eigenes Gegenteil sein
konnte – Safe. Sicher, geborgen. Warum hatte sie sowohl
Angst vor dem Geldschrank wie vor dem Wort? Eingeschlossen in einem Safe. Von allem abgeschnitten. Stickig, schwarz,
kein einziger Laut. Eine Kaskade des Erstickens. Alles andere
als sicher und geborgen.

Was ihre musikalische Erziehung betraf, war ihr Vater
streng. Popmusik hielt er für eine Art Lärmbelästigung. Wenn
sich die anderen Mädchen in der Schule über Musikgruppen
und Leadsänger unterhielten, täuschte sie vor, anderweitig beschäftigt zu sein. Als sie eines Tages *Stat-us Quo* erwähnte,
wurde sie von den anderen ausgelacht, die den Namen der
Gruppe alle anders aussprachen: *State-us Quo.*

»Die sind Spitze«, sagte Catherine. »Fabelhaft.«

»Scheiße sind die. Die hört sich doch keiner mehr an.«

»Keiner hört sich überhaupt noch irgendwas an«, entgegnete Catherine. »Das ist alles Lärmbelästigung.«

»Eingebildete Gans.«

Aber sie war Einzelkind, gewohnt, allein zu sein.

Sie drehte die CD um, und auf der regenbogenfarbenen
Spiegelfläche starrte sie plötzlich auf sich selbst herab. Mitten
in ihrem Spiegelbild war ein Loch. Wie sah sie aus? *Als hätte
man sie rücklings durch eine Hecke gezerrt,* früher ein Lieblings-
ausdruck ihrer Mutter. Ihre Haare hingen strähnig herab, ihre
Augen waren vom Weinen verquollen. Ihr Mund war häßlich.
Sie drückte die CD in ihre Hülle und ließ den Plexiglasdek-
kel zuschnappen. Sie hörte, wie die Küchentür aufging. Die
Frauenstimmen wurden lauter, dann, als sie sich schloß, wurden sie wieder verschluckt.

Ihre Mutter trat ins Zimmer, ein schmales, halbgefülltes
Glas in jeder Hand.

»Hier steckst du also?«

»Ja.«

»Alles in Ordnung?«

»Ja.«

»Bist du schon drin gewesen?«

Catherine nickte. Ihre Mutter kam auf sie zu und hielt ihr eins der beiden Gläser hin.

»Was ist das?«

»Brandy. Wird dir schon nicht schaden.« Catherine nahm das Glas und roch daran. »Wie Medizin.«

Ihre Mutter setzte sich ihr gegenüber. Die ältere Frau mußte andauernd schlucken – um die Tränen zurückzuhalten. Catherine sagte: »Es ist sehr schwer. Für uns beide.« Ihre Mutter kostete von dem Brandy und zog eine Grimasse. »Der soll sehr guttun.« Catherine nickte. »Wir haben eine neue Dusche.«

»Habe ich gesehen.«

»Dann bist du also im Bad gewesen?«

»Ja.«

»Eine ausgezeichnete Dusche – mit kräftigem Strahl. Elektrisch. Das Wasser wird beim Durchlaufen erhitzt – man kann soviel benutzen, wie man will, ohne es zu vergeuden.«

»Das ist schön.«

»Um die Wahrheit zu sagen, ich hätte nie gedacht, daß wir uns in unserem Alter noch daran gewöhnen würden. Ich habe immer ein Bad vorgezogen.«

»Duschen geht schneller, verbraucht weniger Wasser.«

»Solange man eine Gummimatte hat. Ich hätte Angst davor, auszurutschen.« Ihre Mutter hob ein wenig ihr Glas und betrachtete den Inhalt. »Die anderen haben darauf bestanden, daß wir ein Gläschen trinken. Aber du kennst mich ja.«

»Papa hätte gleich beide Gläser für uns hinuntergestürzt.«

»Ich werde ihn sehr vermissen.«

Catherine trank einen Schluck und verzog den Mund.

»Schmeckt ja noch schlimmer, als es riecht.«

»Es wird dir guttun. Ich habe immer eine Miniflasche im Schrank stehen. Für alle Fälle.«

»Für was für Fälle?«

»Falls plötzlich jemand krank wird.« Dann nahm ihre Mutter vorsichtig einen kleinen Schluck. »Warum duschst du nicht?«

»Ich möchte lieber schlafen. Bin früh aufgestanden, um das Flugzeug zu kriegen.«

»Ja, du siehst ziemlich müde aus. Hast du Zeit, dir vor der Beerdigung die Haare frisieren zu lassen?«

»Ich hab keine Lust.«

»Ganz wie du willst.«

Catherine trank ihr Glas bis zur Neige.

»Hier, meins kannst du ruhig mit austrinken. Wenn ich es zurückbringe, werden sie alle darauf bestehen...«

Catherine leerte auch das Glas ihrer Mutter. Sie sagte: »Ich gehe nicht wieder mit hinein.«

»Du kannst im Gästezimmer schlafen. Geraldine hat für alle Fälle das Bett bezogen.«

Catherine stand auf.

»Hast du eine Wärmflasche?«

»Ja. Deine alte ist immer noch hier. Hängt im Küchen schrank.«

»Ach du meine Güte, das gibt's ja wohl nicht!«

»Ich mache sie dir.«

»Laß mich nicht zu lange schlafen«, sagte Catherine. »Ich brauche einen Schluck Wasser, um diesen Geschmack loszu werden.« Sie ging über den Flur ins Badezimmer und füllte ihr leeres Glas mit Wasser aus dem Hahn.

»Wasser aus der Zisterne ist nicht gut für dich«, sagte ihre Mutter, aber Catherine zuckte nur die Achseln.

Das Gästezimmer lag im hinteren Teil des Hauses, fern vom Lärm der Instandsetzungsarbeiten. Catherine zog die Vorhänge zu, mehr wegen des Lichts, als um andere daran zu hindern, hereinzuschauen. Sie stieg aus ihrer Jeans und ließ sie auf dem Fußboden liegen. Unter den Bettdecken klemmte sie sich die Wärmflasche zwischen die Knie und zog diese fast bis zum Kinn an. Vom Alkohol war sie ganz benommen. Das Bett begann nach hinten wegzurasen, und um es anzuhalten, mußte sie die Augen aufschlagen und irgend etwas anstarren. Dieses Manöver mußte sie viele Male wiederholen, ehe sie einschlafen konnte. Das letzte, woran sie sich erinnern konnte, waren die Kirchenglocken und das ferne Gehämmer, als die Seele der Stadt instand gesetzt wurde.

Als sie erwachte, brüllte sie zwar nicht, doch in ihrer Kehle stak etwas, das zu brüllen versuchte. Als ob sie versuche, Annas Namen zu rufen, aber keinen Laut herausbringen könne. Ihre Beine und Brüste waren glitschig vor Angstschweiß. O Gott! Das Aufwachen wird mir auch nicht leichter – manchmal ist mir der Alptraum lieber. Erste Gedanken, ärgste Gedanken. Wie sie kommen und gehen – wie Ebbe und Flut. Sie hatte das Gefühl, in ein Rad eingeschlossen zu sein. Immer drehte es sich im Rund, nur sie kam nicht vom Fleck. Jede Umdrehung, jeder Gedanke war gleich. Sie kam nicht weit und konnte doch nicht innehalten. Sie wollte sterben. Um nie wieder aufwachen zu müssen. Und dieser Gedanke bewirkte, daß sie sich eigensüchtig vorkam und sich demzufolge noch schlechter fühlte. Sie war heimgekehrt, um der Beerdigung ihres Vaters beizuwohnen, sie war zurückgekommen, um ihre Mutter zu trösten, und woran dachte sie? Einzig an sich selbst. Seit einiger Zeit hatte sie sich um so vieles besser gefühlt – war überzeugt gewesen, auf dem Weg zur Besserung zu sein. Das jüngste Antidepressivum schien zu wirken. Ihre Freundin Liz hatte sogar bemerkt, daß sie in den Wochen nach dem Konzert so richtig gut drauf gewesen sei. Aber der Rückfall war zu scheußlich… Das war das letzte, was sie wollte. Der neue Arzt hatte ihr gesagt, daß es vielleicht so kommen würde – zwei Schritte vorwärts, ein Schritt zurück.

Ihre Periode stand bevor. Vielleicht trug das zu ihren Rück-

schritten bei. Zwei Schritte zurück und Punkt. Jetzt war sie
hellwach. Die Vorhänge hingen in silbergrauen Säulen da wie
Orgelpfeifen. Ihr Vater war tot, ansonsten hatte sich wenig verändert. Der Biorhythmus einer Frau hing mit dem Mond zusammen, und daran gab es nichts zu deuteln. Draußen mitten
am Nachmittag – Spatzen. Pieps pieps pieps pieps pieps. Ein
elektrischer Ton. Wie ein öder elektrischer Ton. Pieps pieps
pieps pieps. Sie drehte das Gesicht zur Wand. Wenn der Mond
auch die Gezeiten beeinflußte, dann befand sich eine Frau im
Einklang mit den Gezeiten. Der Wasserpegel stieg und fiel
– eine namenlose Angst. Etwas, ein Kleiderschrank oder ein
Bettgestell, war gegen die Wand gestoßen und hatte die gelbe
Tapete beschädigt – sogar das Mauerwerk darunter. Mit dem
Fingernagel kratzte sie an der Schadstelle und riß noch etwas
mehr Tapete ab, bis der graue Verputz zum Vorschein kam. Sie
stierte auf das Muster direkt vor ihrem Gesicht. Es war eine
Rose, die ebensogut auch der Kopf eines Tigers hätte sein können. Sie steckte ein Stück Mörtel in den Mund, kaute darauf
herum und zerkleinerte es zu Sand. So macht es das Meer. Sie
unternahm keine bewußte Anstrengung, es hinunterzuschluk-
ken, aber schließlich war es verschwunden. Teil von ihr. Früher hatte sie im Sommer immer den Teer von der Straßendecke
gegessen. Alle Welt sagte, ihr fehle irgend etwas. Die Kreide
im Klassenzimmer – mit der Zunge berührt und beleckt –
schmeckte so trocken. Wenn sie daran kaute, fühlte sie sich besser. Sie schmeckte wie Sand. Wie Magnesiamilch. Die Er-
hebungen und Vertiefungen ihrer Zähne wurden geebnet und
geglättet, glitten übereinander hinweg. Ein gutes Gefühl.

Es gab keine Zukunft. Alles, was wirklich war, gehörte der
Vergangenheit an. Die Zukunft existierte nicht. Catherine war
genötigt zurückzuschauen, weil es unmöglich war, in die Zukunft zu blicken. In der Schule hatte ihre Geschichtslehrerin
gesagt: *In den kommenden drei Halbjahren konzentrieren wir uns auf
die Vergangenheit.* Sie hatte sich Daten wie eine Krankheit zuge-

zogen. Sie hatten auch eine dicke Erdkundelehrerin mit sehr schlechter Haut, eine Mrs. Galbraith. Die brachte ihnen bei, daß Gneis, englisch *gneiss,* genauso ausgesprochen wird wie *nice.* Die Schülerinnen nannten sie Puddingstein. *Not gneiss,* hatte eines der Mädchen in sein Erdkundeheft geschrieben. Vielleicht war ihr ganzes Leben dadurch ruiniert, daß sie ein solches Gesicht hatte. Statt Backen Hinterbacken.

Eines Tages fand Catherine sie im Bücherschrank, sie weinte. Es gab einen Grad von Elend, bei dem Weinen nichts mehr half. Weil Weinen die denkbar unnützeste Beschäftigung auf Gottes weiter Erde war. Änderte sich irgend etwas deswegen? Ging es ihnen danach besser? Mrs. Galbraith hatte ihr zugerufen, wegzugehen, dann war sie aus dem Schrank herausgekrochen und hatte eine Geographiestunde erteilt. Über Depressionen. Mit roten, wäßrigen Augen – als sei nichts geschehen, als stehe in ihrem Leben alles zum besten. Ihr zusammengeknülltes Taschentuch behielt sie im Ärmel ihrer Strickjacke. Die ganze Stunde über klang ihre Stimme weinerlich. Und sie fanden nie heraus, was der Anlaß gewesen war.

Das war unheimlich. Man konnte zusammen mit vier anderen in einem Aufzug nach oben fahren, und jeder hatte eine Geschichte zu erzählen, die ebenso schlimm war wie die eigene. Bei einer solchen Last müßte der Aufzug eigentlich nach unten sacken. Das Licht, das man am Ende des Tunnels sah, war nur die schwache Beleuchtung eines weiteren Tunnels.

Catherine wandte sich von der Wand ab. Arbeit – sie mußte an ihre Arbeit denken. Das war das Wichtigste von allem. Wenn überhaupt etwas sie rettete, dann dies. Sie mußte sich daran festhalten, wer sie war, an ihrem Selbstgefühl und wie es sich klanglich ausdrücken ließ. In einer ihrer ersten Klavierstunden hatte ihre Lehrerin, Miss Bingham, gesagt: »Catherine, klatsch deinen Namen.« Verwirrt hatte Catherine zu ihr aufgeblickt.

»Ich habe gesagt, klatsch deinen Namen.« Dann begriff sie.

Und klatschte untadelig den Rhythmus ihres Namens. Insge‑
samt sieben leichte Klapse – so verteilt, wie ihr Name ausge‑
sprochen wurde. Das war sie.

»Sehr gut. Aber müßten es nicht sechs sein?«

»Mein Musikname ist mein voller Name, Catherine Anne
McKenna. Sieben Schläge sind besser als sechs.«

Das Wasser im Glas auf dem Nachttisch hatte Bläschen ge‑
bildet. Morgens trank sie gern einen Schluck davon in dieser
Temperatur – weder heiß noch kalt. Kühler als lauwarm. Als
sie mit dem Arm nach dem Glas langte, entwich die in der
Bettwäsche eingeschlossene Luft, und sie roch ihre eigene Ge‑
genwart. Nicht schlecht, aber auch nicht eben nach Parfüm
duftend. Sie selbst. Vermengt mit dem Geruch dieses Hauses.
Zigarettenqualm und Guinness aus der Schankstube, Des‑
infektionsmittel, Feuchtigkeit, der trockene Geruch der Tages‑
decke aus rosa Satin. Ihr Mund schmeckte nach Kupfer, als
sie von dem Wasser nippte. Der Brandy hatte ihre Kehle aus‑
getrocknet, und ihre Zunge fühlte sich an wie ein verdorrter
Strunk. Sie nahm eine Tablette und legte sich wieder hin. Sie
stellte sich vor, wie sie sich in ihrem Magen auflöste und Be‑
standteil ihrer chemischen Zusammensetzung wurde.

»Komponieren Sie die Musik, oder komponiert die Musik
Sie?«

Dem chinesischen Komponisten Huang Xiao Gang war
sie zum ersten Mal bei einem Kompositionsseminar an der
Universität begegnet. Da es öffentlich war, wurde es nicht im
Fachbereich Musik abgehalten, sondern in dem Hörsaal, der
auf den viereckigen Haupthof hinausging. Durchs Fenster er‑
blickte Catherine das Grün des frisch gemähten Rasens, die
blühenden Goldregensträucher und Kirschbäume sowie den
Säulengang dahinter. Sie dachte, hier müsse jeder Chinese sich
heimisch fühlen. Es war ein warmer Sonnentag. Der Professor
kam mit mehreren anderen Männern herein und ging zum
Podium. Huang Xiao Gang befand sich inmitten der Gruppe.

Catherine fiel als erstes seine Körpergröße auf. Sie hatte einen kleingewachsenen Menschen erwartet, doch dieser Mann war mehr als 1,80 Meter groß, schlank und drahtig – Anfang fünfzig, obwohl er jungenhaft wirkte. Seine schwarzen, leicht angegrauten Haare waren kurz geschnitten – so kurz, daß man gar nicht von einem Haarschnitt sprechen konnte. Als wäre sein Schädel vor einiger Zeit kahlgeschoren worden, und die Haare wüchsen wieder nach. Der Professor stellte ihn den etwa dreißig Zuhörern vor. Er erklärte, Huang Xiao Gang sei erst am Vortag aus Toronto, wo er wohne, eingeflogen und leide noch immer unter Jet-lag. Er sei in einer entlegenen Provinz in Nordchina zur Welt gekommen, und die einzige Musik, die er vor Erreichen des Mannesalters gehört habe, sei ritueller Natur gewesen – Trauermusik, Hochzeitsmusik. Erst sehr viel später sei ihm westliche Musik zu Ohren gekommen. Es sei dem universitären Fachbereich Musik eine Ehre, einen solchen Mann zu einem Vortrag einzuladen.

Huang Xiao Gang, allein auf dem Podium, blickte schüchtern auf seine Füße und begann. Er war ein schöner Mann mit einem offenen, sogleich sympathischen Gesicht und Lächeln. Sein Englisch war vorzüglich. Nur die Aussprache eines Wortes verwirrte sie. Tonne. Sie glaubte, er spreche von einem Behälter, aber er verwendete das Wort mehrere Male, und aus dem Kontext ging hervor, was er meinte. Für ihn waren »Tonne« und »Töne« Homophone.

Er begann damit, daß er die Lehrmethoden des Konservatoriums zwar nicht verwarf, jedoch in die Schranken verwies. Ein drei- oder vierjähriges Kind mit einem unverdorbenen Gehör könne ebenso interessante Dinge hervorbringen wie ein Musikprofessor. Man stieß sich lächelnd an und warf einen Blick auf den Professor, um zu sehen, ob er daran Anstoß nehme. Huang Xiao Gang sprach vom *Vorhören* und vom *inneren Ohr,* danach von Klangkategorien wie Tonne und Rhythmus – ob zufällig oder gewollt.

Er bat zehn Studenten, darunter Catherine, für eine Gesangsimprovisation zu sich auf die Rednertribüne. Sie saßen in einem Halbkreis um ihn herum – fünf junge Männer und fünf junge Frauen. Er sprach von den unsichtbaren Regeln des Taoismus – der Wechselwirkung zweier kosmischer Urkräfte, des *Yin* und des *Yang,* des Weiblichen und des Männlichen. Komponieren Sie die Musik, oder komponiert die Musik Sie? Wo sind die Töne zwischen den Tönen? Die Manieren oder Verzierungen, die *agréments,* wie die Franzosen, die *graces,* wie die Engländer sie nennen? Sind Sie ein Medium für die Musik? Sind Sie die Feder oder das Tintenfaß? Er bat die Studenten auf dem Podium, leise ein- und auszuatmen, sodann mit jedem Atemzug lauter zu werden. Es war erstaunlich, wie gespannt die Zuhörer auf ihren Stuhlkanten saßen und der Ausatmung von zehn Menschen lauschten, als sei es ein ganz neuartiger Klang. Huang Xiao Gang sagte: »Wie ein Kursus für werdende Mütter.«

Dann griff er in das Entweichen der Atemluft ein, zerhackte diese mit der Hand in Keuchlaute. Er dirigierte mit den Händen, *diminuendo* und *crescendo.* Seine Handbewegungen waren zweckmäßig und zierlich zugleich. Wunderschön. Die leiseste Kopfbewegung genügte, um den Takt zu halten. Er fragte die Studenten, ob sie die gehörten Klänge zeichnen, ihnen einen Form verleihen könnten. Catherine deutete an, wenn sie den abgehackten Atemklang darzustellen hätte, so wäre es: »Dort draußen. Der Rhythmus des Säulengangs.« Huang Xiao Gang nickte.

Dann sprach er vom *Vorhören* und bat die Studenten, über die Form dessen, was sie improvisieren wollten, nachzudenken. Jeder Beitrag sollte einen Kopf, einen Rumpf und einen Schwanz haben. Schweigen einen Bestandteil des Klanges bilden. Es gab vier Phasen: Erst mußten sie sich schweigend ausdenken, welchen Klang (oder welche Klänge) sie erzeugen wollten. Dann mußten sie ihn vorführen. Wenn sie ihn vorgeführt hatten, mußten sie ihn sich einprägen und merken. Abschließend mußten sie wieder von vorn beginnen.

Er forderte Catherine auf, es vorzumachen. Sie dachte nach, dann japste sie. Ein scharf hervorgestoßener Seufzer. Huang Xiao Gang sagte, er sei seltsam davon angerührt, sagte: »Ach, was ist das für ein Seufzer!« Nannte sie Lady Macbeth. Catherine wußte, was er meinte. Und doch kam es der Lächerlichkeit gefährlich nahe. Mutig ging er das Risiko ein, für prätentiös gehalten zu werden. Doch als er es sagte, geschah es mit einem Lächeln, und so zog er sich glücklich aus der Affäre.

Später begann Catherine gemeinsam mit Huang Xiao Gang zu improvisieren, sich mit »Atemsätzen« abzuwechseln. Zu ihrem »Satz« zählte Schweigen, und es kam zu einem Mißverständnis. Beide warteten ab. Ebenso alle anderen. Zwei Schachspieler, die höflich und geduldig des Glaubens waren, der andere sei am Zug. Das Schweigen wollte kein Ende nehmen. Dauerte an. Schließlich wandte er sich zu Catherine, und als sie ihren Irrtum erkannten, mußten sie beide lächeln. Es war so wie damals, als sie die Klaviertasten gedrückt, aber nicht zum Klingen gebracht hatte. Dann begannen sie von vorn, diesmal ohne Fehler, und sie war verblüfft, von welcher Vollkommenheit es war. Eine Folge geformter Klänge, rasch hingetuscht – so wie aus einer Folge von Pinselstrichen ein chinesisches Schriftzeichen entsteht.

»Ein Komponist stöbert nicht herum, wechselt nicht diese Note aus, um es statt dessen mit jener zu versuchen. Ein Komponist hört etwas in seinem Kopf und schreibt es auf.«

Vielleicht sollte sie doch duschen. Mitten am Tag so im Bett zu liegen war ganz so, als hätte man eine Grippe und könnte nicht zur Schule gehen. Der Ablauf war stets der gleiche. Erst widersetzte sie sich, so lange sie konnte, und ihre Mutter sagte: »Ich glaube, du solltest dich hinlegen, Mädchen. Deine Augen

sehen richtig trübe aus. Komm, ich mache dir eine Wärmflasche.« Dann fügte sie sich. Ihre Mutter goß kochendheißes
Wasser in die Wärmflasche, danach preßte sie die verbleibende
Luft heraus, damit sich das Gummi nicht straff wie eine Trommel spannte und womöglich platzte. Catherine entledigte sich
ihrer Kleider und zitterte heftig, als sie die kalte Berührung
der Laken verspürte. Klapperte mit den Zähnen. Der Geschmack des Aspirin. Der Geruch nach heißem Gummi —
wenn sie sich die Wärmflasche zwischen die Schenkel klemmte.
Sie schlief in sonderbaren Zeitblöcken, wachte mitten in der
Nacht, mitten am Tag auf. Ihre Mutter erneuerte das heiße
Wasser in der Wärmflasche. Mahlzeiten, die auf dem Tablett
verrutschten. Dann ein Wendepunkt, eine Besserung, das Gefühl, daß das warme, trockene Nest des Bettes der beste, faul-
ste und schönste Ort auf Erden sei. Dösen, warm, ja heiß, behaglich. Die Erkenntnis der eigenen Heuchelei. Sie bat ihre
Mutter um das Radio, das große Transistorgerät, das gewöhnlich in der Küche stand. Ihre Mutter brachte es ihr und versuchte grummelnd und grunzend, an die Steckdose unter dem
Bett heranzugelangen.

»Entweder oder. Entweder Nachttischlampe oder Radio.
Aber nicht beides.«

Catherine machte es sich auf ihren Kopfkissen bequem,
suchte die Ätherwellen ab und lauschte dem Gebrabbel der
Sprachen und Musiken, dem Rauschen und Jaulen der atmo-
sphärischen Störungen – die Welt als Klang, eine Art akusti-
scher Atlas. Sie erinnerte sich, wie sie einmal zufällig auf etwas
gestoßen war, das sofort ihre Aufmerksamkeit gefangengenom-
men hatte. Die Stimme eines Mannes.

*Er ging gleichgültig weiter, es lag ihm nichts am Weg, bald auf-, bald
abwärts. Müdigkeit spürte er keine, nur war es ihm manchmal unangenehm, daß er nicht auf dem Kopf gehn konnte. Er begriff nicht, daß er
so viel Zeit brauchte, um einen Abhang hinunterzuklimmen, einen fer-*

nen Punkt zu erreichen; er meinte, er müsse Alles mit ein Paar Schrit-
ten ausmessen können.

Sie hörte sich Georg Büchners Erzählung über den Dichter
Lenz und seinen Wahnsinn an, und ihre Nackenhaare sträubten sich. Von unnennbarer Angst erfaßt, geht er durchs Gebirg, um seinen Freund, Pfarrer Oberlin, zu besuchen. Die
Lesung war mit Musik aus der Abteilung für Toneffekte der
BBC versehen – Musik, die eigens für diese Sendung komponiert worden war. Diese überzeugte sie vollends, daß Lenz gei-
stig zerrüttet war. Elektronisches Geflatter, Abstürze und Glissandi, die ihr einen heiligen Schrecken einjagten. Gerade das
richtige für *Doctor Who.* Musik vermochte das, konnte richtig
angst machen. Die Gefühlsanspannung ging aus der Musik
direkt in ihren Körper über. Nachts, als ihn der Wahnsinn am
ärgsten packte, stürzte er sich in den Brunnstein – patschte
darin und besänftigte sich. Die Dorfbewohner stierten aus
ihren Schlafzimmerfenstern auf ihn herab.

Sie erinnerte sich äußerst lebhaft daran, vielleicht gerade
wegen der Grippe. Welche Viren oder Präparate auch immer
ihr Hirn in Mitleidenschaft zogen, sie hatten die Bilder und
Klänge für immer in ihrem Bewußtsein fixiert. Wenn sie jetzt
eine Grippe herannahen fühlte, mußte sie komponieren, wie
ein Berserker schuften, Noten aufs Papier werfen. Und welchen Einfall sie auch niederschrieb, stets führte er zu einem
weiteren Einfall. Sie arbeitete wahrlich »fieberhaft«. Wenigstens für ein paar Stunden. Bis sie sich ins Bett legte.

Die Geschichte von Lenz hatte sich ihrem Gedächtnis unauslöschlich eingebrannt. Namentlich die Szene, wo er in das
Haus geht, in dem ein totes Kind auf einem Holztisch liegt. Er
wirft sich nieder und betet, daß Gott ein Zeichen an ihm tue
und das Kind beleben möge. Die Musik ist angespannt – flim-
mert. Zermürbendes schwaches Getrommel.

Dann erhob er sich und faßte die Hände des Kindes und sprach laut und fest: Stehe auf und wandle! Aber die Wände hallten ihm nüchtern den Ton nach, daß es zu spotten schien, und die Leiche blieb kalt. Da stürzte er halb wahnsinnig nieder, dann jagte es ihn auf, hinaus in's Gebirg.

Die Musik kreischt und schlittert. In dem Maße, wie Lenz außer Atem gerät, Kraft und Hoffnung verliert, beruhigt sie sich allmählich. Wird kalt und rational. Die Radiostimme sprach:

Lenz mußte laut lachen, und mit dem Lachen griff der Atheismus in ihn und faßte ihn ganz sicher und ruhig und fest.

In diesem Haus, in dem Zimmer, in dem jetzt ihr Vater aufgebahrt lag, war es gewesen, hier hatte sie es vernommen und sich überzeugen lassen.

Sie hatte hämmernde Kopfschmerzen – in diesem Augenblick fühlte sie sich leer und ausgelaugt. Konnte sich nicht vorstellen, daß ihr je wieder ein kreativer Schub beschieden sein würde. Das Ewige Licht war verloschen. Sie konnte nur darauf hoffen, daß ihre schöpferische Seite nicht verkommen würde. *Vernachlässige deine Kunst auch nur einen Tag, und sie wird dich drei vernachlässigen,* hatte jemand gesagt. Jeder Tag, an dem sie nicht arbeitete, versetzte sie in größere Panikstimmung. Das Dreifache an Zeit. Die Anhäufung von Tagen, die sich nie wieder wettmachen ließen. Sie mußte glauben, daß es ein Organismus war, der in schlechten Zeiten eine Spore bildete, die ruhte, bis die Bedingungen reif waren. Ein hartes Schneckenhaus in ihrem Innern. Ein Zimmer aus Stahl. Ein Safe, sie sicher zu verwahren. Ein Tabernakel.

Als sie mit zehn Jahren Klavier spielen lernte, hatte sie bereits nach etwa einem Monat begonnen, Dinge aufzuschreiben, Phrasen, Notenfolgen, die sie spielen konnte. Musik schreiben und sie spielen war für sie fast dasselbe. In einem Schulheft gab es einige unbenutzte Seiten, doch die waagerechten blauen Linien standen zu weit auseinander, um etwas damit anfangen zu können. So drehte sie die Seite um und zog mit Bleistift und Plastiklineal ihre eigenen fünf Notenlinien. Und schrieb eine Melodie für die rechte Hand und eine für die linke. Dann trug sie das Heft zum Klavier, stellte es auf die Ablage und spielte ihr Stück. Ihre Mutter stand auf dem Gang und rief: »Was ist das?«

»Von mir. Meine Melodie.« Ihre Mutter lehnte gegen den Türpfosten und bat sie, es noch einmal zu spielen. Als Catherine geendet hatte, mimte ihre Mutter nur Beifall, doch ihr Gesicht verriet, daß sie beeindruckt war.

Als sie ihrer Lehrerin, Miss Bingham, das Stück in der nächsten Klavierstunde vorspielte, sagte diese: »Ausgezeichnet! Wunderbar!« Catherine feixte, und Miss Bingham sagte: »Nicht ganz so genial wie der junge Mozart, aber das Niveau von Master Crotch hat es allemal.«

»Wer war denn das?«

»Master Crotch? Mit seinem unglückseligen Namen ›Unterleib‹ oder ›Zwickel‹? Sein Vater ertappte ihn dabei, wie er als Zweijähriger *God save the Queen* spielte. Oder war es *God save the King?* Frag deine Geschichtslehrerin, ob es ein König oder eine Königin war. Das mit *God save* jedenfalls wissen wir.«

In der nächsten Stunde brachte Miss Bingham Catherine ein Notenheft mit. Es hatte einen blauen Umschlag wie ein Schulheft. Das Papier war billig, winzige Holzfasern waren darin eingebettet. Aber die schwarzen leeren Notenlinien verwandelten es in ein Malbuch für Klänge.

»Wenn du es wagst, Opus 1 draufzuschreiben, nehme ich es wieder an mich.«

Als erstes schrieb sie eine Melodie für ein Gedicht, das sie in der Schule durchnahmen. *Das Schneckenhaus* von James Stephens.

Es war ein Gedicht, das immer düsterer wurde, bis die Stim‑
mung in der letzten Zeile umschlug und das Schneckenhaus
wieder vom Ohr abgesetzt wurde.

Das Ende der Klavierbegleitung fanden alle frech, und die mei‑
sten Leute mußten lachen, wenn sie es hörten.

Sie zwang sich, darüber nachzudenken, was sie anziehen sollte.
Wenn sie in Jeans zur Beerdigung ihres Vaters ginge, wären alle
aufgebracht. Ihre Mutter würde äußerst beleidigt reagieren. Es
war einfacher, sich anzupassen, wenn sie sich zu Hause aufhielt.
Das war auch einer der Gründe dafür gewesen, weshalb sie fort‑
gegangen war – wäre sie dageblieben, hätte sie immer nur den
Weg des geringsten Widerstands beschritten. Dabei war sie gar
nicht einmal richtig fortgegangen – nach Beendigung ihres
weiterführenden Studiums in Glasgow war sie einfach nicht
mehr heimgekehrt. Eins führte zum anderen. Es war eine in‑
stinktive Reaktion gewesen, und die Gründe lieferte sie erst spä‑
ter nach. So war aus ihr die verlorene Tochter geworden.

An diesem Morgen hatte sie den schwarzen Rock einge‚
packt, den sie zur Abschlußfeier getragen hatte, in der Hoff‚
nung, daß er noch paßte. Falls er zu weit war, konnte sie ihn
in der Taille fälteln. Ihre cremefarbene Bluse. Über dem Gan‚
zen konnte sie ihren marineblauen Regenmantel tragen. Aber
die einzigen Schuhe, die sie mitgenommen hatte, waren braun.
Und eine marineblaue Strumpfhose. Mit einem schwarzen
Rock. O Gott – was für eine Kombination! Sie würde alles
bügeln müssen, weil sie die Sachen einfach in ihre Reisetasche
gestopft hatte.

Sie zog ihre Armbanduhr ab und rieb sich die feuchten
Handgelenke. Es war schon nach drei. Sie hatte viel zu lange
geschlafen. Und viel zu lange gelegen. Mit der Rechten be‚
rührte sie ihre linke Hand, umfaßte mit Zeigefinger und Dau‚
men ihr Handgelenk, als wolle sie sich den Puls fühlen. Das
Metronom des Körpers. Schnell oder langsam, Freund oder
Feind.

Es war ihr immer noch nicht gegeben, zuzunehmen. Die
strahlenförmigen Knochen ihrer Hand sahen aus wie ein Fä‚
cher. Sie schloß die Augen. Eine Hand sah die andere, indem
sie sie berührte. Sie sollte mehr zu sich nehmen. Nahrung, die
gut für sie war. Wie Brot. Kartoffeln.

Sie schlug die Augen wieder auf. Das Armband ihrer Uhr,
einschließlich der gestanzten Löcher, hatte auf ihrer Haut ein
Relief hinterlassen. Darunter war ihre Haut blasser, das Blut
gewichen. Sie legte die Uhr auf den Nachttisch. Der Sekun‚
denzeiger ruckte langsam im Kreis. Heute kam es auf jede
Minute an. Sie sah sich am kinnhohen Küchentisch, ihre Mut‚
ter rührte mit einem Holzlöffel Eierkuchenteig an – in der alt‚
modischen Backschüssel, außen gelb, innen weiß glasiert. Ein
Haushaltsgerät, über Generationen weitergegeben.

»Wieviel Uhr ist es, Mama?«

Ohne auch nur auf die Uhr zu schauen, antwortete ihre
Mutter: »Ungefähr zwanzig nach.«

»Woher weißt du ...?«

»Ich wünschte, mir wäre der Luxus vergönnt, die Zeit *nicht* zu wissen. Eine Frau mit Kindern weiß *immer* die Zeit.«

Huang Xiao Gang hatte über die Zeit gesprochen – darüber, daß sie in der Musik schrumpfen und sich dehnen konnte. Er hatte wieder hackende Handbewegungen vollführt, dazu mit dem Kopf leicht genickt und dargelegt, daß Zeit unterteilt und verschoben werden könne. Musik sei nicht linear, wie einige Leute uns einreden wollten. In den beiden monumentalen Sätzen der Sonate op. 111 von Beethoven könne die Zeit ganz und gar stillstehen – wie bei einem Yogi, der seinen Herzschlag verzögere. Der Arietta-Satz sei Musik von einem anderen Planeten – von einem anderen Zeitmaß – gehöre zu den Gestirnen, frei von den Gesetzen der Zeit und des Raumes. Ganz gleich, wie oft er das *Adagio molto semplice e cantabile* höre, jedesmal sei er gezwungen zu akzeptieren, daß die Welt, wie unser Platz in ihr, unendlich geheimnisvoll sei.

Nach dem Seminar führten ihn die Studenten zur Crown Bar, einen trinken. Voller Stolz zeigten sie ihm das bemerkenswert gut erhaltene viktorianische Interieur mitsamt Gaslampen und Klingelknöpfen. Etwa zehn von ihnen, darunter auch Catherine, zwängten sich in ein Séparée. Sie blieben den ganzen Nachmittag über dort, tranken Flaschen-Guinness und heißen Whiskey. Außerhalb der Universität wirkte Huang Xiao Gang entspannter. Sie lachten sich alle halbtot. Catherine schaffte nur zwei Glas. Das Gefühl, sich nicht in der Gewalt zu haben, war ihr verhaßt. Oder sich übergeben zu müssen. Huang Xiao Gang spielte auf einer Art Glasharmonika; er kniete sich auf den Boden, statt mit den Fingern über die Ränder der Guinness-Flaschen zu streichen, blies er darauf. Je nach Bierpegel erzeugte jede Flasche eine andere Tonne. Insgesamt zwölf. Serielles Trinken nannte er es. Er behauptete, nur Busonis Diktum zu folgen, wonach man alle Errungenschaften früherer Experimente überprüfen und ausnutzen müsse, um sie in feste schöne Formen zu verwandeln oder, wie in diesem Fall, in schöne Drinks in einem schönen Pub mit schönen Menschen. Jedenfalls nahm Catherine an, daß er das sagen wollte. Er ließ sich zwei weitere Runden ausgeben, dann kippte er um. Catherine und ein junger Bursche namens McGrillen – die einzigen, die noch nüchtern waren – brachten ihn zurück ins Studentenwohnheim. Im Fond eines schwarzen Taxis schlief er ein, den angegrauten Kopf an Catherines Schulter gelehnt. Meine Lady Macbeth, nannte er sie.

Unter dem heißen Wasserstrahl entspannte sie sich ein wenig. Sie seifte ihre Hände ein und wusch sich das Gesicht. Der Duft von Pears. Sie benutzten stets die gleiche Seife. Dieser Riegel hatte sich zu einem bernsteinfarbenen Oval abgenutzt. Bestimmt hatte ihr Vater genau dieses Stück Seife verwendet. Sie blieb lange stehen und ließ sich das Wasser über den Scheitel laufen, dann wandte sie das Gesicht nach oben und trank das heiße Wasser, das ihr in den Mund spritzte. Ihr Kopfweh hatte schon nachgelassen.

Nun, da die Frauen alle gegangen waren, herrschte eine sonderbare Stille im Haus. Unten die Schankstube mit ihrem ständigen Hintergrundgesumme war geschlossen. Als sie aus dem Badezimmer kam, war es ihr unangenehm, an der offenen Tür zu dem Zimmer, in dem ihr Papa aufgebahrt lag, vorübergehen zu müssen. Ihre Mutter rief aus der Küche nach ihr.

»Ja?«

Catherine ging hinein.

»Ich habe mit Geraldine ausgemacht, daß sie dir die Haare frisiert.«

»Ist sie denn jetzt Friseuse?«

»Nein – aber sie macht es gut. Sie hat mir gesagt, daß sie keinen Heller dafür haben will.«

»Ich habe sie mir gerade erst gewaschen.«

»Ich möchte sie nicht enttäuschen.«

»Sehe ich denn wirklich so schlimm aus?«

»Es wird dir ein bißchen Auftrieb geben.«

»Hast du Aspirin?«

Ihre Mutter deutete auf den Wandschrank.

»Da, wo sie immer sind.«

In Geraldines Küche setzte sie sich, ein Handtuch um den Hals, auf einen Holzstuhl. Geraldine bewegte sich um sie herum und befeuchtete ihr Haar mit Wasser aus einem Zerstäuber. Sie fragte: »Schon irgendwo Urlaub gemacht?« Catherine lachte.

»Weißt du noch, wie wir in einer Tonne Regenwasser aufgefangen haben?« fragte sie. Catherine nickte. »Ganz weich, das Wasser. Da hatte man mehr Schaum. Und die Haare fühlten sich so seidig an.«

»Das war, bevor es Pflegespülung gab«, sagte Catherine.

»Da ist mir Regenwasser aber lieber.« Geraldine begann mit ihrer Schere zu hantieren. »Ich schneide dir nur die gespaltenen Haarspitzen ab.« Langsam wurde der cremefarbene Linoleumboden um Catherines Füße herum von Sicheln ihres Haars bedeckt.

»Wie ist denn Glasgow so?«

»Phantastisch. Wie Belfast, nur ohne das Morden.«

»Und was ist mit der Insel? Wie hieß sie gleich?«

»Islay. Auf ihre Weise auch phantastisch. Die Strände. Der weite Himmel.«

»Du kommst ganz schön herum.«

»Ich gehöre dem fahrenden Volk an.«

»Warum bist du von Islay weggegangen? War es nicht idyllisch?«

»Ach, ich weiß nicht... Vielleicht wurde es einfach Zeit.«

»Und – gibt's da einen Mann in Schottland? Einen Schottenrock?«

»Nö«, antwortete Catherine lachend. »Ich bin mein eige,
ner Herr.«

»Ich leider auch. Was machen wir nur verkehrt, Catherine?
Hm? Weißt du, weshalb ich glaube, daß wir nie einen Mann
abkriegen werden?«

»Weshalb?«

»Wir sind einfach zu clever. Jedesmal, wenn ich mit einem
neuen Mann zusammen war, habe ich versucht, ihn zu beein,
drucken – intelligent zu sein. Und die Männer haben sich aus
dem Staub gemacht und sich nach jemand anders umgesehen.
Ich glaubte, ich wäre nicht clever genug. Und dann habe ich
gemerkt, daß ich *zu* clever war. Wenn sie einen anquatschen,
suchen Männer jemand, der ihnen intellektuell unterlegen ist.
Sie wollen das Gefühl haben, daß sie das Kommando führen.
Die suchen doch alle nur nach einem Stereotyp, das sie flach,
legen können. Hey, erinnerst du dich noch an Paul und... wie
hieß doch noch meiner?«

»Fergal.«

»Richtig.« Geraldine schwang ihre Schere und quiekte vor
Lachen.

»Ein richtiger Knutschmarathon! Und wir dachten, die
wären uralt. Vierzehn oder fünfzehn mindestens.«

»Asphaltpflanzen von der Falls Road. Paul Blacker und
Fergal McGann. St. Mary's Schule der Christlichen Brüder.«

»Meiner war zu klein für mich. Ich mußte vor ihm nieder,
knien, wenn ich ihn küssen wollte. Wie alt waren wir denn?«

»Schwarze dreizehn.«

»Dein Paul hatte große Augen und die schönste Art zu
lächeln.« Sie hörte auf zu lachen. »Wir sollten nicht so weiter,
reden, wo doch dein Papa gestorben ist.«

Eine Weile blieben sie beide stumm. Radio Ulster war ein,
geschaltet und brachte Nachrichten. Niemand war umgebracht
worden. Catherine lauschte auf das Schnippeln der Schere
und das Rucken des Kammes.

»Ich hab's gern, wenn sich jemand an meinen Haaren zu schaffen macht. Ich könnte die ganze Nacht hierbleiben.«

In jenem Alter war es das Schönste überhaupt gewesen, einen Jungen zu küssen, der es ihr angetan hatte. Es war, als fiele ihr ganzer Körper durch etwas Warmes, Feuchtes, Wunderbares. Als Paul Blacker seine Zunge in ihren Mund schob, war sie so erschrocken, daß sie nicht wußte, was tun. Sie wußte, daß es »französischer Kuß« genannt wurde. Seine Zunge schmeckte seltsam – rauh und glatt zugleich, wie Wildleder. Und den ganzen Tag versuchte er, ihre Brüste zu berühren, und sie schämte sich dessen. Und er versuchte, seine Hand unter ihren Rock zu schieben. Sie erinnerte sich, daß sie gedacht hatte, wie jemand nur darauf verfallen konnte. Was konnte peinlicher sein? Vor allem, weil sie wußte, daß ihr Höschen nach langem Knutschen tropfnaß war. Und es war ein marineblauer Schlüpfer, passend zur Schuluniform.

»Ich glaube, es war das erste Mal, daß ich gelogen habe«, sagte Catherine.

»O Gott – die Inquisition. Weißt du noch?«

»Ich werde es nie vergessen.«

»Ich verwende nur ein wenig Haarfestiger. In Ordnung?«

»Ja.«

An einem Samstag hatten sie sich spätnachmittags mit den beiden Jungen getroffen – Markttag in Cookstown. Die Jungen sagten, sie würden um sieben nach Belfast zurücktrampen, ob sie in der Zwischenzeit Lust auf einen Spaziergang hätten? Catherine rief zu Hause an und sagte, daß sie zum Abendessen bei Geraldines Tante in Cookstown bleiben würde. Geraldine brauchte niemanden anzurufen. Und sie machten sich auf den Weg in die Felder.

»Natürlich mußte meine blöde Mutter aus lauter Höflichkeit bei deiner Tante anrufen und ihr dafür danken, daß sie mich zum Abendessen eingeladen hatte.«

»Himmel – erinnere mich nur nicht daran!«

Catherines Eltern warteten auf sie, als sie nach Hause kam. Sie waren beide bleich.

»Warum hast du uns angelogen?«

»Wieso angelogen?«

»Du warst nicht dort, wo du sein wolltest. Wo warst du?«

»Mit Geraldine zusammen.«

»Warum mußtest du uns anlügen?«

»Weiß nicht.«

»Was habt ihr gemacht?«

»Einen Spaziergang.«

»War sonst noch jemand bei euch?«

»Nein.«

»Mit wem wart ihr zusammen?« Inzwischen schrie ihre Mutter. »Waren Jungen dabei?«

»Nur Freunde von Geraldine.«

»Also *waren* Jungen dabei! Was habt ihr gemacht?«

»Einen Spaziergang.«

»Wo?«

»Ich weiß nicht, wie der Ort heißt. Was soll das Theater?«

Jetzt schlug ihr die Mutter mit der flachen Hand ins Gesicht. Catherines Nase begann zu laufen, und vor Wut mußte sie weinen. Ihre Mutter ging in die andere Ecke des Zimmers, um sie nicht noch einmal schlagen zu müssen. Sie verdrehte die Augen zum Himmel.

»Jesus, Maria und Joseph!«

»Die Wahrheit – wir wollen nur die Wahrheit«, sagte ihr Vater.

»Versteck dich nicht hinter deinen Haaren, Mädchen.«

»Was ist denn passiert?«

»Was glaubst du wohl, was passiert ist?«

»Nein – ich meine, *ist* irgend etwas passiert?«

»Nein...«

»Was sie braucht, ist eine gehörige Tracht Prügel. Brendan, wie kannst du nur einfach so dastehen?«

»Wie kannst du es wagen, Catherine?« fragte er. »Wie kannst du es wagen, uns so schamlos anzulügen?«

»Mädchen – du gehst auf dein Zimmer. Ich werde Geraldines Mutter anrufen und der Sache auf den Grund gehen.«

»O nein«, jammerte Catherine, »ruf niemand an. Bitte. Bitte nicht.«

Geraldine kramte in einem Korb mit Lockenwicklern und begann, ihr die Haare einzudrehen.

»Sie haben mich dazu gebracht, noch am selben Abend zur Beichte zu gehen«, sagte Catherine. »Zwar haben sie's nicht direkt gesagt, aber um halb neun ruft meine Mutter über den Gang: ›Es ist immer noch Zeit, zur Beichte zu gehen. Falls du gehen willst.‹«

In ihrer Kindheit war sie jeden Samstagmittag zur Beichte gegangen. Die Leute standen Schlange, eine Person pro Kirchenbank. Wenn jemand aus dem Beichtstuhl herauskam, ging ein anderer hinein, und alle rückten eins auf. Es war wie eine Wellenbewegung, wenn sie vorrückten. Irgend jemand stolperte immer über einen Knienden. Unterdrücktes Gelächter. Am Abend der Inquisition hatten sich Erwachsene nach Catherine umgedreht. Bei der abendlichen Beichte waren Kinder nicht gern gesehen. Ihre Sünden waren belanglos, wie am Fließband. Als Buße gab's drei Ave-Maria. Ein Pappenstiel. Abgesehen von der Mette war Catherine noch nie so spät zur Kirche gegangen. Das Kirchenschiff war düster – nur zu einem Viertel beleuchtet, um Strom zu sparen. Nur eine von vier Glühbirnen brannte. Geräusche hallten – eine fallengelassene Kerze, hohe Absätze auf Marmor, die Pendeltür, die dumpf ins Schloß fiel. Husten, mit Echos. Und alte Frauen, die Gebete voller Zischlaute flüsterten. Eine Münze, die in die Büchse eines Armleuchters fiel – dem Geräusch ließ sich entnehmen, wie voll sie war – klick für voll, klack für leer. Das Ewige Licht brannte stetig in seinem roten Glasbehälter – Symbol der wirklichen Gegenwart im Tabernakel. Jesu Leib und Blut.

Nicht nur zur Veranschaulichung – sondern als wirklicher Leib und wirkliches Blut. Nur ein einziges Mal erlosch das Ewige Licht – am Ostersamstag, wenn Jesus tot im Grabe lag. Ihr Vater lag tot zu Hause. Sie begann zu weinen. Geraldine legte Kamm und Schere beiseite und faßte sie bei den Schul-tern. Dann beugte sie sich vor und umarmte sie.

»Schon gut, meine Liebe. Da müssen wir alle durch. Die Zeit heilt alle Wunden.«

Catherine ging ins Schlafzimmer, um sich umzuziehen. Sie entkleidete sich, und dann fiel ihr der Zustand ihres Rocks und ihrer Bluse ein. An der Tür hing ein hellblauer Hauskittel ihrer Mutter. Sie zog ihn als Morgenmantel über. Pantoffeln gab es nicht, also schlüpfte sie in ihre Straßenschuhe. Sie haßte es, Schuhe ohne Strümpfe oder Strumpfhose zu tragen – die Füße klebten so darin. Als sie in die Küche trat, saß ihre Mutter tatenlos in ihrem Lehnstuhl. Sie blickte auf und sagte: »Die Ruhe vor dem Sturm. Oh, deine Haare sehen aber hübsch aus. Das gibt dir ein bißchen Auftrieb.«

»Ich muß eine Bluse bügeln.« Catherine stellte das Bügel-brett auf. Beim Aufklappen quietschte und klackerte es.

»Dann sind sie also alle fort?«

»Bis auf die Maguires – die haben angeboten, bis heute abend bei ihm zu bleiben. Wir können Gott danken für so gute Freunde.« Hin und wieder, wenn Catherine fest aufdrückte, knarrte das Bügelbrett. Bisweilen stieß das Bügeleisen Dampf aus. Wenn sie es hochkant stellte, gab es ein metallisches Klicken. Wenn sie es aufhob, schabte es, und das Wasser in sei-nem Innern gluckste wie Magenkullern.

»Du preßt aber ganz schön«, bemerkte ihre Mutter.

»Nur, wenn's pressiert.«

»Sehr komisch.«

Catherine streifte die gebügelte Bluse und den Rock über einen Kleiderbügel und hängte das Ganze an den Knauf einer

Schranktür. Das ausgeschaltete Bügeleisen begann zu ticken, als es abkühlte. Ihre Mutter sagte: »Wiener doch auch deine Schuhe ein bißchen.« Catherine blickte nach unten. »Obwohl's die Mühe kaum lohnt – so wie's draußen auf der Straße aussieht.«

»Wo ist das Schuhputzzeug?«

»Was glaubst du wohl?«

Das Schuhputzzeug wurde immer im Schrank unter der Spüle aufbewahrt. Catherine bückte sich und öffnete die Tür. An einem Haken hing ein Korb aus Raphiabast. Sie hob ihn heraus. Er war randvoll mit Bürsten, Tüchern und Pflegemitteln in Spraydosen.

»Leg dir eine Zeitung hin.« Catherine tat wie geheißen, kniete sich vor die Spüle und säuberte und wichste ihre Schuhe. Ihr Vater hatte seine jeden Tag geputzt. Und wenn er abends ausging, noch einmal. Zwanghaft. Korrekt.

Als Catherine den Korb aus Raphiabast wieder an seinen Haken hängte, vernahm sie das Klingeln winziger Glöckchen und wußte sofort, was sie da aufgestört hatte. Wie eine Klapperschlange.

»Der Laufgurt«, sagte sie. Ihre Mutter lachte. »Der hat dir einen heillosen Schrecken eingejagt, als du klein warst.«

Es war ein Laufgurt, der verhindern sollte, daß ein Kleinkind, das gerade laufen lernte, zu Fall kam. An dem ledernen Brustgurt, an dem die Zügel befestigt waren, hingen fünf winzige Glöckchen. Die Zügel dienten dazu, das Kind vor Schaden zu bewahren, doch in einer seltsamen Verdrehung hatte ihre Mutter sie dazu benutzt, Catherine zu strafen.

»Gott, du wirfst aber auch nichts weg! Erst meine Wärmflasche und jetzt das.« Catherine konnte sich nicht daran erinnern, je für irgendein Vergehen geprügelt worden zu sein, wohl aber erinnerte sie sich an die Drohung ihrer Mutter: *Gleich bekommst du die Zügel zu spüren.* Und wenn das nichts fruchtete, drohte sie ihr, indem sie die Schranktür öffnete, so daß die winzigen Glöckchen, die daran hingen, bimmelten und klirrten. Der unschuldige Klang, der das Kind ergötzen sollte, hatte sich in einen Klang verwandelt, der Angst einflößte. Sie nahm die Riemen hinten aus dem Schrankbrett und betrachtete sie. Das Leder war rissig geworden, hatte sich mitsamt den Kurven, in denen es all die Jahre über gelegen hatte, verhärtet. Sie schüttelte den Brustgurt mit seinen winzigen Glöckchen.

»Hört sich nach einem Hofnarren an«, sagte Catherine. »Das war doch nun wirklich ein bißchen übertrieben, mir damit zu drohen.«

»Jedes Kind muß gezüchtigt werden. Zu seinem eigenen Frommen.« Catherine zuckte mit den Schultern und warf den Laufgurt ins Dunkel des Schrankinnern zurück.

»Erinnerst du dich noch daran, wie wir ausgegangen waren? ›Warte nur, bis wir wieder zu Hause sind.‹«

Ihre Mutter nickte lächelnd.

»Eigentlich wolltest du damit sagen – nicht vor den Nachbarn. Ich vertrimme dich, wenn wir allein sind. Das habe ich gehaßt.«

»Aber getan hab ich's nie, oder?«

Catherine antwortete nicht. Ihre Mutter räusperte sich. »Kannst du bleiben?«

»Ein paar Tage.«

»Ich meine – du wirst morgen nicht gleich wieder davonhetzen oder dergleichen?«

»Nein.«

»Dann haben wir ja noch Zeit. Eins nach dem anderen. Laß uns erst einmal deinen armen Vater beerdigen.«

Etwa ab halb sieben fanden sich aus der Dunkelheit Leute ein, die die sterblichen Überreste zur Kirche geleiten wollten. Sie kamen herein und schüttelten erst ihrer Mutter, danach Catherine die Hand. Ihre Hände waren eiskalt. Sie murmelten *Herzliches Beileid* oder *Welch ein trauriger Tag für Sie.* Paddy trat ein, und als er sah, daß Catherine heimgekommen war, umarmte er sie, obwohl er sie gar nicht kannte.

»Wenn Sie irgend etwas brauchen, meine Liebe, sagen Sie mir nur Bescheid.« Von da an hielt er sich im Hintergrund, schenkte Drinks ein, kochte frischen Tee und sprach mit Leuten, die es brauchten, daß man mit ihnen sprach.

Das Bestattungsunternehmen war Carlin's aus Cookstown, und Catherine fand den Alten und seinen mittelaltrigen Sohn sehr mitfühlend und taktvoll. Die beiden hatten schwarze Crombie-Mäntel an, die sie nie ablegten, selbst im Haus nicht. Darunter trugen sie makellos weiße angeschnittene Kragen und schwarze Binder. Ihre Hüte hatten sie auf der Ablage im Flur gelassen. Der Jüngere war dem Vater wie aus dem Gesicht geschnitten, und Catherine fand, daß sie aussahen wie zwei Lebensalter auf dem Weg zum Tod – der Alte dünn und sehnig, mit stoppeligem Schädel, der Sohn feistes Mittelalter – dieselbe Melodie in unterschiedlichen Tonarten. Der alte Carlin schien den Leuten nicht direkt in die Augen zu blicken, sondern hörte sich alles, was gesagt wurde, mit schiefem Kopf an, wie ein Beichtvater. Und wenn er das Wort ergriff, geschah es auf dieselbe zurückhaltende Art. Schräg. Nach unten geneigt, an der Person vorbei, mit der er sich unterhielt. Als Catherine ihm in der Küche eine Frage stellte, nahm er sie und ihre Mutter zur Seite.

»Ja«, sagte er, »katholische Frauen gehen in dieser Gegend im Leichenzug mit – etwas anderes wäre es, wenn Sie von der anderen Fakultät wären. Falls es jedoch in Strömen gießt – wir haben Autos.«

»Und morgen früh?«

»Das gleiche. Die Frauen gehen mit ans Grab, wenn sie es wünschen.« Er räusperte sich und senkte die Stimme. »Hm... Darf ich Ihnen einen Vorschlag machen? Falls Sie von dem Verstorbenen Abschied nehmen wollen, bevor der Sarg versiegelt wird, würde ich vorschlagen, daß Sie es jetzt tun, solange es noch ruhig ist. Vor einer Menschenmenge kann es – wie eine andere Geste wirken. Möchten Sie zusammen oder einzeln hineingehen?«

Catherine sah zu ihrer Mutter. Ihre Mutter sagte: »Zusammen. Es sei denn...«

»Nein, das ist in Ordnung.«

»Da haben Sie mehr Beistand«, sprach der alte Leichenbestatter und blickte auf das Abtropfgestell aus rostfreiem Stahl.

Die beiden gingen hinein. Der Raum lag im Dunkeln, nur von Kerzen erhellt. Der Lärm der Arbeiter war verklungen, und es war still im Zimmer. Catherine faßt ihre Mutter am Ellbogen. Es flossen keine Tränen. Ihre Mutter flüsterte ein Gebet, dann beugte sie sich vor und streifte Brendans Stirn mit den Lippen. Catherine griff nach dem Handrücken ihres Vaters und berührte ihn. Er war wächsern kalt, und sie nahm ihre Finger schnell wieder fort, aber doch nicht so schnell, daß ihre Mutter es bemerkt hätte. So wollte sie ihn nicht in Erinnerung behalten. Dies war etwas anderes, ein Ritual, das durchgestanden werden mußte. Sie erinnerte sich, wie er gesagt hatte: »Ich weiß nicht, wie John McCormack das fertigbringt – ich möchte den sehen, der sein *Il mio tesoro* hört, ohne zu staunen. Ohne daß ihm der Atem stockt, wenn du willst. Seine Atemtechnik ist wunderbar. Und seine Stimme ist ebenfalls gut.« Und aus keinem besonderen Grund erinnerte sie sich an den Ratschlag, den er ihr eines Tages gegeben hatte, als er sie dabei ertappte, wie sie sich das Ohr mit einem Streichholz säuberte: »In dein Ohr darfst du nichts stecken, was kleiner ist als dein Ellbogen.«

Father Desmond, ein Cousin ihrer Mutter, traf ein, und zu Catherines großer Überraschung umarmte er sie. Als die Leichenbestatter ihnen grünes Licht gaben, stimmte Father Desmond die Gebete an. So viele, wie eben hineingehen wollten, drängten sich ins Schlafzimmer. Andere knieten im Gang nieder. Die ganze Treppe hinab knieten Leute.

Catherine faltete die Hände und heftete den Blick auf den Boden.

»Im Namen des Vaters und des Sohnes und des Heiligen Geistes«, hob Father Desmond mit heller, näselnder Stimme an. Die Anwesenden – ein tieferer, kehligerer Klang – sprachen im Chor die Antwortstrophen, wieder und wieder und wieder. Catherine fühlte sich an ein Endlosband erinnert. Eine Einzelstimme, die vorbetete, danach der Chor. Wieder und wieder und wieder.

»Heilige Maria, Mutter Gottes, bitte für uns Sünder jetzt und in der Stunde unseres Todes. Amen.«

Fünfmal das *Vaterunser.* Fünfzigmal das *Ave-Maria.* Fünfmal *Ehre sei dem Vater.* Wie zuvor die Spatzen. Pieps pieps pieps pieps pieps. Ein trockener Ton, der geölt werden mußte. Rosenkränze, Gesetze, Zusatzgebete. Ein ganzer Schwarm von Gebeten. Gezeiten, Wogen, Äquinoktien, Kräuselungen. Der Mann, der vor Catherine kniete, hatte in der Ledersohle seines rechten Schuhs die Anfänge eines Lochs. Die Umrisse einer kleinen Landkarte. Einer Insel.

»Herr, gib ihm die ewige Ruhe, und das Ewige Licht leuchte ihm.«

»Amen«, antwortete die Gemeinde.

Als die Gebete beendet waren, standen der alte Carlin und sein Sohn auf. In dem Schweigen schien jedes Geräusch, das sie machten, verstärkt. Das Rascheln ihrer Mäntel, als sie sich zwischen den knienden Gestalten hindurchzwängten – das Knarren der Dielen, ihre geflüsterten Entschuldigungen. Der Sargdeckel wurde aufgesetzt und festgeschraubt. Als die Messingschrauben angezogen wurden, quietschten sie, daß es allen durch Mark und Bein ging.

Der alte Carlin gab zu verstehen, daß das Zimmer bis auf die vier Männer, die den Sarg als erste anheben sollten, geräumt werden müsse. Die Leute gingen hintereinander hinaus. Catherine stand neben ihrer Mutter auf der Schwelle und be-

hielt sie im Auge. Als die Männer den Sarg an den Messing-
griffen vom Bett hoben, mußten sie sich sichtlich anstrengen,
einer keuchte sogar ein wenig unter dem Gewicht. Ihr Vater
war kein sonderlich großer oder schwerer Mann gewesen – obschon sie sich als Kind immer wieder über die Größe seiner
Unterhosen an der Wäscheleine gewundert hatte. Sie hatte gehört, daß Särge mit Blei ausgelegt wurden, besonders wenn die
Friedhofserde mit Wasser vollgesaugt war – obwohl ihr der
Grund nicht recht einleuchtete. Sie sah, wie die Arme der Männer zitterten, als sie die Last aufnahmen. Angeleitet vom Sohn
des Leichenbestatters, manövrierten sie den Sarg zur Schlafzimmertür hinaus. An der Stelle, wo er gelegen hatte, hinterließ er eine deutliche Einbuchtung auf der Tagesdecke. Als sie
mit dem hinteren Ende am Bett anstießen, hörte man einen
hohlen, hölzernen Schlag. Catherine sah ihre Mutter an und
streckte die Hand aus. Sie hielten sich an den Händen – etwas,
was sie seit Catherines Kindertagen nicht mehr getan hatten.
Die beiden Frauen starrten weiter vor sich auf den Boden. Gemeinsam traten sie zur Seite, um den Sarg vorbeizulassen.

»Bitte die Treppe freizugeben«, bat der Sohn des Leichenbestatters. Die beiden Männer, die vorangingen, stemmten den
Sarg in die Höhe, die beiden, die folgten, beugten sich vor und
mußten das Gewicht in Kniehöhe abfangen. Auf der ächzen-
den Treppe war kaum genügend Platz für sie.

Catherine und ihre Mutter zogen ihre Mäntel an und folgten dem Sarg. Draußen schlug ihnen die Kälte entgegen. Sie
konnten ihre Atemwölkchen in der Luft sehen. Männer, die
mit der Familie nicht so gut bekannt waren, oder Protestanten,
die unter keinen Umständen in einem Haus, in dem der Rosenkranz gebetet wurde, gesehen werden wollten, standen wartend
in der Dunkelheit. Die Luft war vollkommen still, jeder Ton
trug weit. Schritte auf der Straße, jemand, der hustete, klir-
rendes Geschirr in einem Haus auf der anderen Straßenseite.
In der Ferne schlug die Kirchenglocke.

Der alte Carlin stand da und umschloß mit der Hand
Mrs. McKennas Ellbogen. Er geleitete sie und Catherine auf
die Straße, hinter die Sargträger. Als der Leichenwagen da-
vonfuhr, ergoß sich alles auf den Bürgersteig und bildete eine
Prozession. Alle schritten seltsam feierlich daher und unter-
hielten sich leise, viele Männer hatten die Hände auf dem
Rücken gefaltet. Langsam zog die Leichenprozession von einer
Straßenlaterne zur nächsten, dem Kirchenhügel entgegen.

Das Knirschen der Fußtritte auf dem Kies der Kirchenauf-
fahrt verstummte, als sie am Portal anlangten und der Sarg in
der Vorhalle auf einem Gestell abgesetzt wurde. Der Klang
der läutenden Totenglocke war eigentümlich. Fast kratzend.
Dünn. Dann erst merkte Catherine, daß es gar keine richtige
Glocke war, sondern eine Tonbandaufnahme. Bereits aus dieser Entfernung konnte sie das Rauschen des Tonbands hören.
Sie sah zum Glockenturm hinüber. Jetzt, ohne den Schein der
Straßenlaternen, stand der Himmel voller Sterne.

»So war es auf der Insel«, sagte sie zu ihrer Mutter. »In der
Großstadt sieht man so etwas nie.« Doch jetzt weinte ihre Mutter. Catherine legte ihr den Arm um die Schultern.

»Ach, Brendan, Brendan, Brendan«, wiederholte ihre Mutter immer wieder aufs neue. Catherine umklammerte ihren
Arm und machte keinerlei Anstalten, sie zu unterbrechen.

Ein Priester mit weißer Alba und violetter Stola war von
sechs Meßdienern umgeben, von denen jeder eine Kerze hielt.
Er besprengte den Sarg mit Weihwasser. Er war noch jung.
Catherine hatte ihn nie zuvor gesehen. Als sie das letzte Mal
hier zur Kirche ging, war ein alter Mann Pfarrer gewesen – ein
gewisser Father Kerrigan. Sie haßte ihn, weil er im Beichtstuhl
immer mit so lauter Stimme sprach – er war wohl leicht taub.
Wenn sie beichtete, daß sie mit freiwilligem Wohlgefallen Un-
keusches allein getan habe, sagte er: »Was? Sprich lauter, mein
Junge. Ich kann dich nicht hören.«

Der junge Pfarrer ließ sich von einem der Meßdiener das Weihrauchfaß geben und umschritt den Sarg. Bei jeder Schwenkbewegung schlug das Metall des Behälters klirrend gegen die Ketten. Obwohl sich der bläuliche Rauch rasch verzog, konnte Catherine ihn in der ganzen Vorhalle riechen. Sie fühlte sich überaus matt und wollte sich hinsetzen. Die vom Priester laut gesprochenen Gebete kamen ihr unsinnig vor. Und langweilig obendrein. Der Sarg wurde zum Hauptaltar getragen und auf einen violett verhängten Katafalk gestellt.

Catherine und ihre Mutter knieten in der ersten Reihe nieder. Der Priester stimmte einen weiteren Rosenkranz an. Fünf weitere *Vaterunser.* Fünfzig weitere *Ave-Maria.* Fünf weitere *Ehre sei dem Vater.* Endlos wie die Brandung des Meeres. Catherine merkte, daß ihr Ellbogen den ihrer Mutter berührte. Wie sollte sie es ihr beibringen? Wann wäre der beste Zeitpunkt? Vielleicht wäre es besser, nichts zu sagen. Wie Anna wußte sie nichts vorzubringen.

Der Hauptaltar war aus weißem Marmor, ein mächtiger viktorianischer Aufbau voller Türmchen und Maßwerk, Fialen, Nischen und Strebebögen − wie eine Miniatur des Mailänder Doms. Dies waren Ornamente, die die Substanz verdeckten. Falls, wie einer ihrer Tutoren einmal gesagt hatte, Architektur gefrorene Musik war, dann fürchtete sie sich vor dem Gedanken, welcher Art diese Musik war. Vor Paneelen aus grünem Connemara-Marmor brannten sechs große Kerzen, drei zu jeder Seite der goldenen Tabernakeltüren. Der Altar bildete den kunstvollen Hintergrund der schlichten Steinplatte, wo, mit dem Gesicht zur Gemeinde, die Messe gelesen wurde. Catherine hörte, wie ihre Mutter die Gebete inbrünstig nachsprach. Es fiel ihr auf, daß sie selbst stumm blieb, und sie gab sich Mühe, die Antwortstrophen herzusagen, die sie auswendig wußte, doch seit Jahren nicht mehr gesprochen hatte.

Catherine saß in der Ecke und blies auf die Oberfläche ihres Tees. Geraldine stahl sich zu ihr. Sie aß zwei Sandwiches auf einmal, ein Doppelsandwich mit Eiern und Zwiebeln und einer Lachspaste obenauf.

»Wie geht's?« Sie hatte beim Sprechen den Mund voll.

»Einigermaßen«, antwortete Catherine. »Den Umständen entsprechend.«

Die Küche war von Gesprächslärm erfüllt, und Catherine mußte sich vorbeugen, um zu verstehen, was Geraldine sagte. Leute riefen: »Noch Tee? Möchte noch jemand Tee?« Paddy, der Barmann, drängte sich mit Tellern voll Sandwiches durch die Menge. Der junge Priester, der den Gottesdienst abgehalten hatte, fand sich ein, und Geraldine stellte ihn Catherine vor.

»Das ist Father Ferry.«

»Dann sind Sie also fortgewesen?« fragte er.

»Ja. In Schottland.«

»Ich habe mich mit Ihrer Mutter unterhalten ... und ich wollte fragen, ob Sie vielleicht Lust hätten, morgen Orgel zu spielen. Bei der Totenmesse.« Catherine zögerte. »Sie brauchen sich nicht verpflichtet zu fühlen«, sagte er.

»Doch. Doch, ich würde gerne spielen. Ist es immer noch dieselbe Orgel?«

»Soviel ich weiß. Nun ja ... Sie könnten vorbeikommen und sie sich anschauen.«

»Nein, es wird schon gehen. Früher bin ich auch damit zurechtgekommen.« Inzwischen war ihr Tee so weit abgekühlt, daß sie einen Schluck trinken konnte. »Die Glocken, die Sie da haben – sind die auf Band aufgenommen?«

»Ja.«

»Auf Band aufgenommene Glocken sind wie Dogmen. Immer dasselbe.« Der Priester starrte sie an. »Mit fünf Glocken kommt man auf hundertzwanzig Variationen – raten Sie mal, auf wie viele bei zwölf Glocken?«

»Keine Ahnung.«

»Auf vierhundertachtzig Millionen.«

»Wahrscheinlich würden neue Glocken soviel kosten.«

»Ich habe richtige Glocken gehört, und sie lohnen die Anschaffung. Ein wirklich wundervoller Klang.«

»Wo?«

»In einem Kloster – in Kiew.«

»Da waren Sie aber weit weg von zu Hause.«

»Bin ich immer noch.«

Es war pechfinster. Ihr sank der Mut. Der Arzt meinte, dies sei ein Symptom – früh aufzuwachen. Aber sie wußte nicht, wie spät es war – wußte nur, daß es lächerlich früh sein mußte. Sie knipste die Nachttischlampe an. Halb fünf. Dann wieder Schwärze. Sie lag da und hatte das Gefühl, ihr Körper sei aus Blei. Was für einen Sinn hatte es? Was für einen Sinn hatte es, weiterzumachen, wenn sie beim Aufwachen jedesmal in Panik verfiel? Sie schloß die Augen und versuchte wieder einzuschlafen, versuchte sich vorzustellen, was daheim in Glasgow vor sich ging. Der Mikrowellenherd, der Hochstuhl, Annas verstreute Sachen, der mit Krümeln übersäte Tisch. Als Kind hatte sie sich leere Zimmer vorgestellt – nicht wie in Kindergeschichten, wo in einem Spielzimmer die Puppen zu Leben erwachten, sondern auf unheimlichere, verstörendere Art. Catherine stellte sich ein leeres Zimmer vor, *wie es wirklich war* – seine Möbel, seine Vorhänge, seine stillen Ornamente. Sie konnte sich vorstellen, daß diese Dinge einer menschlichen Präsenz harrten, die die Tür öffnete und das Schweigen brach. Es gab einen irischen Philosophen, Bischof Berkeley oder so ähnlich, der gesagt hatte, Gegenstände existierten nur, sofern ihnen Aufmerksamkeit zuteil würde. Ein bißchen wie Musik. Aber sie wußte, daß das nicht stimmte. Sie wußte, daß Zimmer da waren, auch wenn sich niemand in ihnen aufhielt. Ihr Schlafzimmer – ohne sie still, voller Abwesenheit. Wenn das

Zimmer voller Geigen wäre, wie still wären sie wohl *en masse,* da sie so neben ihren Bögen an der Wand hingen? Würde dies das Zimmer stiller machen als ein Zimmer voller Schuhe oder Kleider oder Tennisschläger?

Dem Erlebnis von Räumen voller Abwesenheit war sie am nächsten gekommen, wenn sie sich allein im Wartezimmer eines Arztes oder Zahnarztes befand. Zurückgenommen bis zur Selbstauslöschung in einer Ecke sitzend, hörte sie den Verkehrslärm, sah die verstreuten Zeitschriften, in denen sie nicht lesen wollte, und die wenigen Ziergegenstände, die nicht teuer genug waren, um irgend jemanden in Versuchung zu führen. An den Wänden hingen Gesundheitsplakate. Es war, als sei das Zimmer gähnend leer und sie nur Zeuge. Es war, als gäbe es sie gar nicht.

Sie erinnerte sich daran, auf dem Klavierdeckel das Wort *Bechstein* gesehen zu haben. Das Gold, die gezackten gotischen Buchstaben. Richtig sehen konnte man es nur, wenn der Klavierdeckel geöffnet war. Die übrige – also die meiste – Zeit stand die Schrift auf dem Kopf, blickte auf die Tasten, im Dunkel des geschlossenen Klavierdeckels. Einmal sagte sie es ihrer Mutter.

»Man muß sie nur dann richtig herum lesen können, wenn man sie sieht«, erklärte ihre Mutter. »Wie der Mann, der sein Lächeln an den Türhaken hängt, wenn er nach Hause kommt. Dein Vater neigt auch ein bißchen dazu.«

Ihre Augenlider waren kalt. Die Heizung war seit Stunden abgedreht und die Luft im Zimmer eisig. Sie steckte den Kopf unter das Federbett, um ihr Gesicht zu wärmen, hatte aber unter der Decke das Gefühl zu ersticken. Sie tauchte auf und rang nach Luft. Es würde eine lange Nacht werden. Sie hielt die Fingerspitzen an die Augen, um ihre Lider zu wärmen. Wer konnte schon mit kalten Lidern schlafen? Ehe sie zu Bett gegangen war, hatte ihre Mutter sie gebeten, einige Gäste die Treppe hinunterzubegleiten. Draußen hatten ihre Schritte auf dem Straßenpflaster geklirrt, und in der stillen Luft war jeder Atemstoß zu sehen gewesen. Die Temperatur sank immer noch. War das Grab schon ausgehoben worden? Irgendwo hatte sie gelesen, daß man in Alaska die Toten bis zum Frühjahr auf dem Hausdach liegen ließ – wie Bretter. Bisher war es für sie in Kiew am kältesten gewesen. Beim Atmen waren die Härchen in ihren Nasenlöchern vereist.

Für ihr Klaviertrio hatte sie den Moncrieff-Hewitt-Preis gewonnen – tausend Pfund, die sie nur für Reisen während oder nach ihrem Jahr als M.A.-Studentin in Glasgow ausgeben durfte. Sie war mit einem ausgezeichneten Abschluß in Komposition von der Queen's University Belfast abgegangen, und in der Akademie rechneten alle damit, daß sie gewinnen würde. Der Preisträger war gehalten, sich mit der Musik anderer Länder auseinanderzusetzen. Bei der anschließenden Feier war Catherine einem der Juroren vorgestellt worden – dem Komponisten Helmut Lemberg. Er hatte sie gefragt, welcher lebende Komponist ihr gefalle.

»Abgesehen von Ihnen…« Sie mußten beide lachen. Aber sie merkte, daß ihr Scherz nicht angekommen war. Er wirkte verlegen.

»So habe ich das nicht gemeint…« In der einen Hand hielt er ein Glas Rotwein, mit der anderen gestikulierte er hilflos. »Es interessiert mich wirklich, wen Sie gerne kennenlernen würden.«

»Es tut mir leid … Ich meine, ich bewundere Ihr Werk wirklich«, sagte sie.

»Wir sind nicht hier, um über mich zu reden. Verraten Sie mir, wen Sie bewundern.«

»Melnitschuk. Kennen Sie sein Werk?«

»Und ob. Anatolij Iwanowitsch Melnitschuk. Interessant.« Er nickte lächelnd. »Jetzt, wo man nach Kiew reisen kann, sollten Sie die Gelegenheit nicht ungenutzt verstreichen lassen. Vor zehn Jahren wäre das nicht möglich gewesen. Eine

gute Wahl. Sein Werk ist sehr wichtig. Asiatische und westliche Elemente.« Er stellte sein Weinglas ab und verflocht die
Finger seiner Hände. »Aber wie viele von uns ist er mittlerweile
ein alter Herr. Vielleicht lebt er nicht mehr sehr lange. Wo sind
Sie auf sein Werk gestoßen?«

»Im Dritten Programm. Vor ein paar Jahren – es gab ein
Konzert, das ihm gewidmet war.«

»Ach, das haben Sie gehört?«

»Ja. Danach habe ich alles von ihm gekauft, was ich auf-
treiben konnte.«

»Hyperion wird einen Teil seines Frühwerks auf CD herausbringen.«

»Gut – gut. Das freut mich.« Sie fand es sehr schwierig,
sich über Musik zu unterhalten. Wenn sie einen Gedanken aus-
sprach, hörte er sich entsetzlich an. So verlogen. Melnitschuks
Musik zeichnete sich durch eine Kargheit und Strenge aus, die
sie liebte – wie Janáček mit seinen Melodiefragmenten. Und
seine Kompositionen hatten alle etwas sehr Spirituelles. Dabei
stammte er aus der Ukraine. Aus dem äußersten Osten Eu-
ropas. Ein Land, das Religion und Spiritualität seit langem
aufgegeben hatte. Wie konnten sie einem atheistischen Geist
entspringen, und weshalb fühlte sie sich so stark davon ange-
sprochen? Der Wein begann ihr zu Kopf zu steigen. Sie wurde
nervös, wenn sie mit einer Berühmtheit wie Lemberg zusam-
menstand, und sie trank zu schnell. Der alte Mann betrachtete
ihr Glas.

»Darf ich Ihnen nachschenken?«

Als er zurückkam, überreichte er ihr ein bis an den Rand
gefülltes Glas Rotwein und sagte: »Normalerweise sage ich so
etwas nicht, aber…« Er schaute in die Runde, um zu sehen, ob
sich jemand in Hörweite befand. »…Ihr Trio war wunderbar.
Es hat mich an Faurés erinnert, kennen Sie es?«

Catherine nickte, schien jedoch überrascht.

»Ich meine nicht, daß es *wie* Faurés war – die Umstände

waren ja ganz andere, sein einziges Trio ist gegen Ende seines
Lebens entstanden. Aber Ihres hat dieselbe Intensität, da ist
nichts Überflüssiges. Sie müssen weiterkomponieren. Dies darf
nur der Anfang sein. Falls ich Ihnen irgendwie behilflich sein
kann... Ich möchte Sie nicht herablassend behandeln... aber
Sie wissen schon. Es hat mir wirklich sehr gefallen. Vom ersten Ton an wußte ich, daß ich einer bedeutenden musikalischen Imagination zuhöre. Sie bewohnen ein eigenes Klang-
universum. Die anderen Teilnehmer sind einfach nur gute Studenten.«

Catherine wußte nicht, was sie sagen sollte, fast traute sie
ihren Ohren nicht. Sie errötete und stammelte etwas.

»Da wir gerade von herablassend sprechen ...« sagte sie.
»Als ich in Belfast studierte, fragte ich einen Produzenten der
BBC – der ungenannt bleiben soll –, wie Komponistinnen ihr
erstes Werk zur Aufführung bringen könnten. Wissen Sie,
was er geantwortet hat?«

Lemberg schüttelte den Kopf.

»›Man sollte es bei der Gesellschaft für Neue Musik versuchen.‹ Können Sie sich das vorstellen?«

»Und was war daran so verkehrt?«

»Man bedeutet immer Mann. Ich bin eine Frau.«

Helmut Lemberg setzte ein Lächeln auf, das besagen sollte:
Haben Sie etwas anderes erwartet? Catherine zuckte so heftig mit
den Schultern, daß der Wein aus dem Glas auf ihre weiße Lei-
nenhose schwappte.

»Daß ich aber auch immer so ungeschickt sein muß.« Sie
versuchte, den Fleck mit einem Papiertaschentuch abzuwischen, doch aus Erfahrung wußte sie, daß ein blauer Fleck zu-
rückbleiben würde. »Macht nichts.«

»Ah«, sagte Lemberg und trat vor, um einem kleinen
Mann mit schütterem Haar und Brille den Weg zu verstellen.
»Hier ist jemand, der ein Unrecht wiedergutmachen kann.« Er
stellte Catherine Graeme McNicol, Musikdirektor von BBC

Schottland, vor und gesellte sich einer anderen Gruppe zu. McNicol beglückwünschte sie zu ihrem Trio. Sie unterhielten sich eine Weile, dann fragte er sie, ob er es im Dritten Programm bringen dürfe. Catherine war verblüfft. Es war kaum zu glauben, aber sie besiegelten die Vereinbarung sogar mit Handschlag. Er sagte, er sei dabei, für das folgende Jahr ein Festival für neue Musik zu organisieren, und würde sich freuen, eine Komposition von ihr zu bekommen. Sie tauschten Adressen und Telefonnummern aus.

Sie drehte sich im Bett um und sah, wie unter ihrer Schlafzimmertür ein Lichtstreif erschien. Die Toilette wurde gespült, dann hörte sie, wie jemand sich in der Küche zu schaffen machte. Die Wasserspülung rief in ihr das Bedürfnis wach, selber auf die Toilette zu gehen. Sie schaltete die Nachttischlampe ein.

In die Schlafzimmertür war ein Nagel getrieben worden, an dem einige Kleiderbügel und der blaue Hauskittel hingen. Der Hauskittel hatte die vagen Umrisse ihrer Mutter, nur zweidimensional. Catherine stand auf und streifte ihn über. Sie ging zur Toilette, danach in die Küche. Ihre Mutter war dabei, einen Topf mit Milch zu erhitzen.

»Kannst du auch nicht schlafen?«

»Ich mache mir nur etwas Milch warm. Magst du auch welche?«

»Nein. Da muß es schon wirklich schlimm kommen, bevor ich auf so etwas zurückgreife.« Catherine fröstelte in dem dünnen Nylonkittel. Sie ging ins Schlafzimmer und kam in ihr Federbett eingehüllt zurück. Sie setzte sich auf das alte Sofa und zog die Knie ans Kinn. Ihre Mutter hatte die Milch in einen Becher gegossen und löffelte sie wie Suppe.

»Wenn man sie stehenläßt, bildet sich eine Haut.«

»Hast du überhaupt geschlafen?« fragte Catherine.

»Eine Weile. Die Tablette hat geholfen.« Der Löffel schlug

klirrend gegen das Porzellan. Ihre Mutter trug einen türkisfarbenen Morgenrock aus dickem Frottee. Im grellen Licht der
Deckenbeleuchtung sah sie erschöpft aus – die Farbe des Stoffs
spiegelte sich in ihrem Gesicht und verlieh ihr eine kränkliche
Blässe. Ihr graues Haar war ganz zerzaust. Jetzt versuchte sie,
es mit beiden Händen zurückzubinden.

»Du warst sein kleines Mädchen.«

Catherine nickte.

»Er war sehr verletzt…«

»Ich weiß, ich weiß. Ich habe ein ganz schlechtes Gewissen deswegen.«

»Ich will dich nicht wieder verlieren, Catherine. Deswegen muß ich meine Zunge hüten.«

»Er war so… so rechthaberisch… Immerzu hat er sich einmischen wollen.« Sie hielt jäh inne. »Das ist nicht der rechte
Augenblick, so etwas zu sagen.«

»Und er liegt noch nicht einmal unter der Erde. Was immer er getan hat, hat er aus Liebe zu dir getan.«

»Anderen Leuten gegenüber hat er sich ganz anders gegeben.«

»Man wird ihn sehr vermissen in dieser Stadt.« Die Milch
war genügend abgekühlt, um sie aus dem Becher zu trinken.
»Ich weiß nicht, was ich ohne ihn anfangen soll.« Sie begann
leise zu weinen. »Vierzig Jahre waren wir zusammen.« Sie sah
sich nach einem Taschentuch um. Catherine tauchte aus dem
Federbett auf, zog aus einer Schachtel auf der Anrichte Papiertaschentücher und reichte sie ihr.

»Danke, Liebling.« Ihre Mutter schneuzte sich. »Ich bin
wie betäubt – einfach betäubt.«

»Meinst du, du wirst schlafen können?«

Ihre Mutter schüttelte den Kopf.

»Kannst du nicht noch eine Tablette nehmen?«

»Ich will nicht zu viele von den Dingern nehmen. Damit
ich nicht süchtig werde.«

»Wie viele hast du denn genommen? Zwei? Drei?« Ihre
Mutter erhob sich.

»Das genügt für den Anfang. Ich weiß was. Warum spielst
du mir nicht etwas vor?«

»Jetzt? Um diese Zeit?«

»Ja.«

»Was hättest du denn gern?«

»Nichts Trauriges.«

Sie gingen ins Wohnzimmer. Ihre Mutter knipste eine
Tischlampe an und ließ sich im Lehnstuhl nieder. Catherine
setzte sich auf den Klavierhocker. Sie versuchte, das Federbett
um ihre Schultern zu legen, doch rutschte es immer wieder
herab. Sie schlug den Klavierdeckel auf. Auf der Unterseite
erschien in goldenen Buchstaben der Name *Bechstein*.

»Wie ich das hasse«, stieß sie hervor.

»Was?«

»Die Pedale – mit bloßen Füßen. Sie sind so kalt.« Sie
dachte einen Moment nach. »Erinnerst du dich noch daran?«
Sie begann zu spielen, und ehe sie noch die erste Phrase beendet hatte, sagte ihre Mutter: »Ach, das.«

»Der Haydn.«

Catherine spielte mit leicht zur Seite geneigtem Kopf –
ein leises, beinahe unmerkliches Nicken im Takt. Ihre Hände
schwebten schwerelos über der Klaviatur, ihr Fingersatz war
unangestrengt. Der stolze Rhythmus zu Beginn, fast ein flotter
Marsch, der von schwungvollen Läufen abgelöst wurde – die
perlenden Phrasen und Triller, die von der Kraft ihrer linken
Hand gebändigt wurden. Aus dem Augenwinkel sah sie ihre
Mutter die Lider schließen und den Kopf zurücklehnen. Sie
lächelte – das erste Mal, daß Catherine sie lächeln sah, seit sie
nach Hause gekommen war.

»Herrlich«, sagte ihre Mutter. Sie hatte die Arme ver-
schränkt und klopfte mit dem Zeigefinger den Rhythmus. Sie
klopfte ihn nicht, sondern dirigierte unaufdringlich.

»Ich kann's nicht mehr so gut, es ist schon lange her, daß
ich es gespielt habe.«

»In meinen Ohren hört sich's gut an.«

Das Federbett war Catherine von den Schultern geglitten
und bedeckte den Klavierhocker.

»Sieh mal«, rief Catherine, ihr Klavierspiel übertönend.
»Sieh dir nur die Gänsehaut auf meinen Armen an.« Die Ärmel des Kittels reichten ihr nur bis zum halben Oberarm.

Als sie geendet hatte, klatschte ihre Mutter in die Hände,
ohne ein Geräusch zu machen – eine Art gemimter Applaus.

»Du hast immer noch eine sichere Hand. Du hast dich eher
noch verbessert. Du spielst so schön.«

»Darum geht es nicht. Es war Haydn, der so schön komponiert hat.«

»Aber der ist nicht mit mir verwandt.«

Catherine lächelte. Sie schlang das Federbett wieder über
ihre Schultern.

»Es ist so schwer, genügend Zeit zum Üben zu finden.«

»Falls irgend jemand da draußen auf der Straße entlanggeht, wird er sich wundern, was in Gottes Namen hier vorgeht.
Daß aus einem Trauerhaus morgens um fünf solche Musik er-
klingt.«

Catherine stand auf und ging ans Fenster. Das Federbett
zog sie wie eine Schleppe hinter sich her.

»Keine Menschenseele«, sagte sie. »He – schau nur. Auf
den Fensterscheiben sind Eisblumen – *von innen.*« Sie streckte
den Zeigefinger aus und kratzte an der Stelle, wo das Muster
das Glas trübte.

»Komponierst du noch?«

»Vor drei oder vier Wochen ist etwas von mir im Radio gekommen.«

»Hab ich gehört.«

»Du hast es dir angehört?«

»Nein – ich meinte, ich habe gehört, daß die Sendung kam.«

»Woher wußtest du's?«

»Man hat hinterher deinen Vater angerufen.«

»Wer?«

»Hat er nicht gesagt. Er war schrecklich enttäuscht.«

»Wie?«

»Daß er sie verpaßt hatte.«

»Es hätte ihm nicht gefallen. Er hätte es abscheulich gefunden. Besonders das Getrommel.«

»Ich glaube, sie war weit und breit zu hören.«

»Ja – überall.« Catherine fröstelte wieder und zog das Federbett straff um sich. Sie stand auf und brachte den Becher ihrer Mutter in die Küche, spülte ihn aus und stellte ihn auf den Abtropfständer. Der Radiorecorder stand an derselben Stelle wie immer, seine glänzende Aluminiumoberfläche getrübt von Küchendünsten – so wie die von Eisblumen getrübte Scheibe. Über dem Kühlschrank hing eine Pinnwand, an die Merkzettel und andere Dinge geheftet waren. Eine Notiz in der Handschrift ihres Vaters besagte: *Dermot – Di 16.30.* Ob sie für diesen oder einen vergangenen Dienstag gedacht war, spielte keine Rolle mehr. Sie warf den Zettel in den Abfalleimer und steckte die Heftzwecke wieder in den grünen Filz. Ihre Ansichtskarte von Kiew hing immer noch da – die goldenen Kuppeln des Höhlenklosters. Es war das letzte Mal gewesen, daß sie nach Hause geschrieben hatte.

Sie begegnete ihrer Mutter, die aus dem Badezimmer kam, und küßte sie auf die Wange.

»Gute Nacht«, sagte sie.

»Gute Nacht«, erwiderte ihre Mutter. »Ich hoffe, du kannst jetzt schlafen.«

Doch Catherine lag wach. Sie erinnerte sich an das saubere, einfache Hotelzimmer in Kiew, wo sie eine Ewigkeit auf die

Einladung zu dem Treffen mit Melnitschuk gewartet hatte. Zwei braune Einzelbetten, ein blauer Lehnstuhl und ein leerer Kühlschrank. Im Badezimmer gab es hellbeiges, grobes Toilettenpapier ohne Perforation – jedesmal, wenn sie es benutzte, rieb sie sich den Hintern wund. Der einzige Pluspunkt – im Foyer spielte keine Musik.

Melnitschuk war bei schlechter Gesundheit, und Catherine mußte abwarten, bis seine Frau Olga ihr mitteilte, daß er wieder so weit hergestellt sei, um sich mit einer Studentin zu unterhalten. Weil Melnitschuk geringe oder gar keine Englischkenntnisse hatte, lief alles über Olga. In der Zwischenzeit betätigte sich Catherine als Touristin. Sie staunte über die Prostituierten mit ihren Miniröcken und Pfennigabsätzen, die sich nachts in der Bar aufhielten. Sie saßen mit ein paar uniformierten Polizisten zusammen. Obwohl Catherine nicht so gekleidet war wie die anderen, machten sich binnen zehn Minuten drei Männer an sie heran. Keiner von ihnen sprach Englisch, aber ihre Absichten waren unmißverständlich. Sie dachte daran, sich zu beschweren, indes erschien ihr alles so mühsam, daß sie aufgab und auf ihr Zimmer ging. Die Hotelangestellten machten zu allem eine steinerne Miene – es gab nicht den leisesten Anflug von Freundlichkeit. In dem Bemühen um einen Ausgleich lächelte Catherine so intensiv, daß ihre Zähne trocken wurden. Sie kam sich vor wie Schwester Immaculata, ihre alte Naturkundelehrerin.

Es dauerte mehrere Tage, bis das Telephon läutete und Olgas Stimme erklang. »Heute geht's.«

Die Melnitschuks waren beide in den Sechzigern, obwohl sie – mit ihrem zu einem Knoten gesteckten grauen Haar – besser aussah als er. Er rauchte unablässig und hatte eine tiefe, rauhe Stimme. Er erinnerte sie an den Dichter Hugh McDiarmid, nur mit Brille. Seine Augen mußten sehr schlecht sein, denn die Gläser sahen aus wie Wasserstrudel. Olga entschuldigte sich dafür, daß ihr Mann krank war, und zeigte auf ihr

Herz. »Zu viele Salz. Er ißt zu viele Salz.« Sie zuckte mit den Achseln. »Aber das ist das einzig Billige hier.« Catherine war gewarnt worden, daß sich der Durchschnittslohn in der Ukraine auf zehn Dollar im Monat belief. Anläßlich Catherines Besuch hatte Olga eigens gebacken – wie es zu Hause üblich war.

Catherine fragte Melnitschuk nach dem Geist seiner Musik, wo ihre »Seele« herrühre. Auf englisch antwortete er: *»Tomorrow.«* Sie fragte danach, was ihn beeinflußt habe, und er wiederholte das Wort: *»Tomorrow.«* Er bat sie, ihm eine ihrer Kompositionen vorzuspielen. Sie war sehr nervös und wurde sich nicht gerecht. Sie spielte ihre Klavieretüden, und er zog seine Brille ab und lauschte aufmerksam. Als sie geendigt hatte, nickte er.

Durch Olga ließ er sagen: »Das war schön.« Dann fügte er ein weiteres Wort hinzu. Catherine wandte sich vom Klavier ab und wartete auf die Übersetzung. Olga sagte: »Und interessant.«

Später setzte ihnen Olga Tee und altbackenes Weißbrot vor, so trocken, daß es die Textur von Zwieback hatte. Sie stippten es in selbstgemachte Erdbeermarmelade. Das Gespräch erstarb, während sie sich durch einen Teller von dem Zeug hindurchkauten.

Hinterher ließ Melnitschuk durch seine Frau sagen: »Lassen Sie mich *work in progress* hören. Wenn ich ein Opus höre, von dem Sie glauben, daß es vollendet ist, und ich sage, tun Sie dies und tun Sie jenes – dann sind Sie unglücklich. Aber wenn ein Opus noch im Werden begriffen ist, wenn Sie Probleme damit haben und ich sage, tun Sie dies und tun Sie jenes – dann sind Sie glücklich.«

Catherine nickte zustimmend. Sie griff in ihre Tasche und stellte die Notenblätter eines Klavierstücks auf.

»Es hat noch keinen Namen.« Bevor sie begann, geriet ein wenig Marmelade von ihren Fingern auf die Klaviatur, und sie mußte Olga um ein Tuch bitten, mit dem sie sowohl ihre Finger als auch die Tasten abwischen konnte. Klebrige Finger waren ihr von jeher verhaßt. Olga kam mit einem feuchten Lappen zurück und sagte: »Anatolij sagt, daß es süße Musik sein wird.« Catherine reinigte ihre Finger und die Tasten. Das Klavier gab einen plätschernden, klirrenden Ton von sich.

»Work in progress«, verkündete Melnitschuk auf englisch, und sie mußten alle laut lachen. Als sie fertig war, legte Catherine den Wischlappen oben aufs Klavier. Es war ein altes Unterhemd. Ob es Anatolij oder Olga gehört hatte, konnte sie nicht sagen.

Als sie zu spielen begann, weckte sie den Hund auf, eine große, schwarze Promenadenmischung. Mit klackenden Pfoten kam er über den Holzfußboden gelaufen. Inzwischen hatte Olga sich in ihrem Sessel zurückgelehnt, verdeckte mit der Hand ihre Augen und hörte zu. Melnitschuk hatte seine Brille abgesetzt und konnte ohnedies nichts erkennen. Der Hund war brünstig und stellte sich auf die Hinterbeine, und sie spürte, wie er sie von hinten zu besteigen versuchte. Er legte seine Pfoten auf ihre Schultern und rieb sich wie besessen an ihrem Rücken. Sie rief ihm etwas zu und versuchte weiterzuspielen. Doch am Ende mußte sie abbrechen. Olga war beschämt. Sie schalt den Hund und warf ihn aus dem Zimmer. Als er hinausschlich, sah Catherine zwischen seinen Hinterbeinen einen kleinen scharlachroten Pastellstift.

Sie hätte weinen können, so viele Menschen waren zur Totenmesse für ihren Vater erschienen. Der Kirchenparkplatz war überfüllt, und die Gassen und Nebenstraßen der Stadt waren von Autos gesäumt. Sie ließ ihre Mutter bei den anderen Familienangehörigen in der ersten Reihe hinter dem Sarg zurück.

»Wird es auch ohne mich gehen?« Mrs. McKenna nickte. Catherine stieg die Treppe zur Orgelempore hinauf und rutschte auf die Bank. Sie kehrte dem Altar den Rücken zu.

Der Organist folgte der Messe mit Hilfe eines Spiegels, der schräg über den Manualen angebracht war. Das Bild, das sich ihr darbot, war spiegelverkehrt. Sie blickte über ihre Schulter zum Altar. Es geschah noch nichts. Sie durchsuchte ihre Taschen nach dem Stück Papier, auf dem sie gemeinsam mit ihrer Mutter und Father Ferry ein Programm zusammengestellt hatte. Sie stellte es vor sich auf die Notenablage.

Sie spielte einige Choralvorspiele aus Bachs *Orgelbüchlein.* Spielte sie, so gut es eben ging auf dieser Orgel. Als die Kirche sich füllte, war von der Gemeinde Füßescharren und Gehüstel zu hören. Sie überließ sich ganz ihrem musikalischen Ich, damit ihr nicht die Tränen kamen. Einmal hatte sie einem Trauergottesdienst beigewohnt, den ein Pfarrer für seine eigene Mutter ausrichtete, und den Eindruck gewonnen, daß er unter keinen Umständen zusammenbrechen würde – sie war zuversichtlich, daß es der Priester in ihm war, der die Messe las, nicht der Sohn.

Ein kleiner Meßdiener in Chorrock und Soutane trat mit einer brennenden Kerze zum Altar, stellte sich auf die Zehenspitzen und zündete die dicken Kerzen an. Als er in die Sakristei zurückging, schlug die Tür hinter ihm zu.

Auf der Grundschule war eines Tages der Priester zu ihnen gekommen und hatte nach Freiwilligen für den Altardienst gefragt. Catherine hatte sofort die Hand gehoben.

»Wir suchen Meß*buben,* Miss McKenna.« Und alle hatten gelacht. Er hatte sechs Jungen ausgewählt, die als Ministranten ausgebildet werden sollten. Den Tränen nahe, war Catherine nach Hause gelaufen und hatte es ihrer Mutter erzählt.

»Ich nehme an, während all das vor sich ging, hast du einfach die stumme Kattrin gespielt.« Catherine erwiderte nichts. Ihre Mutter lächelte. »Es ändert sich nicht viel. Als ich in deinem Alter war, hat Schulmeister Ryan die Jungen für den Altar ausgebildet. Aber die lateinischen Responsorien hat er der ganzen Klasse beigebracht – Jungen und Mädchen. ›Nur für den Fall, daß sich eines Tages kein Junge meldet.‹ Für den Notfall! Kannst du dir das vorstellen?«

Unterdessen hatte die Kirche sich gefüllt. Hinten mußten die Leute stehen, und ganze Reihen von Männern nahmen die Seitenschiffe ein. Catherine schaute in den Spiegel und sah die Meßdiener und den Pfarrer in einer Prozession zum Altar schreiten. Als alle aufstanden, machte es einen gewaltigen Lärm. Ebenso, als sich alle hinknieten.

Alle folgten dem Herdentrieb. Die Leute erhoben und setzten sich, wenn alle anderen es gleichfalls taten. Wie beim *Messias* in der Ulster Hall.

»Herr, erbarme Dich«, sprach Father Ferry. Daraufhin das unkoordinierte brausende Gemurmel, mit dem die Gemeinde antwortete: »Christus, erbarme Dich.«

In der alten Form hatte es so viel besser geklungen.

Kyrie, eléison.

Christe, eléison.

Sieben Silben, auf die sechs Silben antworteten. Sie wußte nicht, was sie veranlaßt hatte, sich an das langfristige Projekt einer Messe heranzuwagen, doch die Vertonung der lateinischen Worte war für sie eine befriedigende Erfahrung. Britten hatte es wunderschön hingekriegt. Sie hatte die Messe für zwei kleine Chöre komponiert, deren Stimmen sich verflochten, die sie jedoch nach dem Vorbild Haßlers im 16. Jahrhundert an verschiedenen Stellen der Kirche oder des Konzertsaals plazierte. Chöre, die Spiegelbilder voneinander waren. Falls es je zu einer Aufnahme kommen sollte, würde der Stereoeffekt mit zwei Lautsprechern dasselbe bewirken. Bei einem lateinischen Text wurde zwar die menschliche Stimme verwendet, jedoch die Bedeutung verfremdet. Außer dem *Kyrie* hatte sie bereits das *Sanctus* und das *Benedictus* vertont. Das *Credo* stand ihr noch bevor.

Während des Nachrufs saß sie mit gesenktem Kopf da und lauschte. Als sie Father Ferry den Namen ihres Vaters sagen hörte, stieg ihr ein Kloß in den Hals. Der Pfarrer fuhr fort, allerhand Löbliches zu Ehren des verblichenen Familienoberhaupts, Geschäftsmannes, Vaters, Ehegatten und rundum guten Katholiken zu sagen. Doch nichts bewegte sie so sehr, wie einen Fremden in aller Öffentlichkeit seinen Namen aussprechen zu hören.

Bei der Wandlung erhob der Pfarrer erst die Hostie. Dann den Kelch mit Wein. Catherine haßte die Augenblicke, die auf die Stille der Wandlung folgten, wenn jeder hustete und mit den Füßen scharrte. Angeblich war dies der heiligste Teil der Messe, da sich Brot und Wein – wörtlich und nicht etwa bildlich – in Leib und Blut Christi verwandelten. Transsubstantiation. Die Leute neigten die Köpfe und hielten den Atem an, doch sobald es vorüber war, atmeten sie aus und machten ein Heidenspektakel. Sie haßte es, nicht nur während der Messe, sondern mehr noch in Konzerten. Zwischen den Sätzen einer Sinfonie war der Konzertsaal immer vom Lärm trockenen Hüstelns und Räusperns erfüllt, Programme wurden umgeblättert und Beine übereinandergeschlagen. Weshalb taten die Leute das nur?

Einmal war sie in einer Kunstgalerie gewesen und hatte ein Ausstellungsstück gesehen: ein Glas Wasser auf einer gläsernen Ablage. Der Künstler hatte es *Eichbaum* genannt. Im Katalog hatte gestanden, seiner äußeren Form nach sehe es aus wie ein Glas Wasser, seinem Wesen nach sei es jedoch eine Eiche. An den Worten des Künstlers durfte man nicht zweifeln. Er war Katholik. Oder war es wenigstens irgendwann einmal gewesen. In seiner Kurzbiographie war zu lesen, daß er eine Jesuitenschule besucht hatte.

Als der Pfarrer aus dem Kelch trank, sah er einen Moment lang wie ein Trompeter aus. Eine stumme Fanfare. Während der Kommunion spielte sie die restlichen Choralvorspiele. Als Organistin blieb ihr die Entscheidung erspart, ob sie, um ihrer Mutter eine Freude zu machen, zur Kommunion gehen solle.

Die Kirche stand inmitten des Friedhofs. Das frisch ausgehobene Grab ihres Vaters befand sich am Nordhang. Die Träger brachten den Sarg dorthin. Catherine und ihre Mutter folgten. Sie stellten sich auf dem Weg oberhalb des Grabes auf. Die anderen versammelten sich zwischen den Grabsteinen und gaben sich alle erdenkliche Mühe, nicht auf eines der umliegenden Gräber zu treten. Alle standen schräg zum Hang, ein Bein länger als das andere. Ein alter Mann faltete seine Mütze und kniete darauf nieder. Eine Brise war aufgekommen, und die weißen Chorröcke flatterten und blähten sich. Die Meßdiener hatten Angst, daß ihre Kerzen ausgingen, und wölbten zum Schutz gegen den Wind die Hände um die kleinen Flammen. Catherine vernahm die Stimme des Pfarrers und das Klirren des Weihwasserwedels gegen den Kessel. Im Freien klangen die gemurmelten Antworten der Menge flach und dumpf. Der Wegrand war zugefroren, und sie drückte mit der Zehe gegen das Eis. Eine weiße Luftblase dehnte sich aus und bewegte sich langsam unter ihrem Gewicht, bis sie sie mit der Zehe brach. Wie eine Oblate.

Als die Gebete beendet waren, griffen die Totengräber zu ihren Spaten. Einer von ihnen spuckte in die Hände. Um das Geräusch der herabfallenden Erdschollen abzuschwächen, hatte man eine dünne violette Matratze über den Sarg gebreitet, doch das gedämpfte Poltern jeder Schaufelvoll hörte sie trotzdem. Das Schaufelblatt fuhr in den Lehmhaufen, und der Stahl klirrte, wenn die Erde von ihm herabglitt. Nicht nur das Geräusch, sogar die Erde selbst suchten sie zu verheimlichen. Sie war frisch ausgehoben und unter einem Moosteppich aufgehäuft – dieses fürchterliche smaragdgrüne Graszeug, das man in Schaufenstern ausliegen sah. Als nächstes werden sie das Grab noch mit grünen Girlanden ausschlagen. Catherine senkte den Kopf und versuchte, nicht zu denken. Aber sie konnte es nicht lassen.

Es war Heiligabend, und sie war gespannt wie ein Flitzebogen. Ihre Mutter und sie – sie mußte etwa elf gewesen sein – waren nach Belfast gefahren, um ihren Vater abzuholen, der mit dem Zug aus Dublin kam. An der Bahnsteigsperre drängte sich eine Traube leicht angetrunkener junger Leute. Einige trugen Girlanden als Halstücher. Immer wieder spähte Catherine an ihnen vorbei auf den leeren Bahnsteig. Sie hopste auf einem Fuß und plapperte unentwegt von ihrem Papa. Was für Geschenke würde er ihr mitbringen? Papa dies und Papa das. Ihre Mutter gab sich gelassen.

»Nicht so laut, Catherine.«

»Warum?«

Ihre Mutter beugte sich zu ihr und flüsterte ihr ins Ohr: »Weil wir unter Menschen sind. Niemand braucht unsere Angelegenheiten mitzubekommen.« Wenn ihr die Leute so ins Ohr flüsterten, konnte sie das Feuchte in ihrem Mund hören. Eine Taube flatterte zu einem anderen Tragbalken unter dem Glasdach auf. Silberne Geleise krümmten sich ins Dunkel, wo allmählich ein Licht anzuwachsen begann. Dann der Lärm des herandonnernden Zuges.

»Da ist er! Da ist er!« Catherine brüllte so laut, daß die anderen in der Menge lächelten und einander anstießen.

Die ersten Passagiere kamen durch die Sperre und gaben ihre Fahrkarten ab. Dann sah Catherine wieder ihren Vater, der beim Gehen torkelte. Er hatte eine Schultertasche dabei, aus der in Weihnachtspapier eingeschlagene Geschenke herausragten. Als er seine Tochter erblickte, machte er eine unbestimmte Handbewegung. Eine Art abweisendes Winken. Die Mutter umklammerte mit beiden Händen Catherines Schultern. Das Kind hatte aufgehört herumzuhüpfen.

»He!« rief er, als er zur Sperre kam. Er hatte Mühe, seine Fahrkarte zu finden, aber der Bahnsteigschaffner bestand darauf, sie zu sehen. Als er durch die Sperre ging, rannte Catherine auf ihn los. Er drückte sie an sich, hob sie empor und wirbelte sie schwankend umher. Einen entsetzlichen Augenblick lang dachte Catherine schon, sie würden beide stürzen, doch er setzte sie wieder ab und ging auf ihre Mutter zu. Ihr Gesicht war starr, und sie verweigerte sich dem Kuß.

»Brendan, du bist betrunken.«

»Nur ein Gläschen im Zug.« Er lächelte. Ihre Mutter hatte noch immer das Gesicht abgewandt. Sie klimperte mit den Autoschlüsseln und begann mit großen Schritten davonzugehen. Er schrie: »Nur ein Gläschen im Zug zu Feinacht.«

Ihre Mutter wandte sich um und senkte die Stimme in der Hoffnung, daß auch er leiser sprechen würde.

»Bitte, mach das Ganze nicht noch schlimmer.«

»Himmelherrgott noch einmal. Ein kleines Mißgeschick.« Er schrie immer noch. Sein Gesicht war gerötet, sein Haar zerzaust. »Das ist mir vielleicht eine schöne Begrüßung.« Er merkte, daß er Catherines Hand hielt, und ging in die Hocke, um auf gleicher Höhe mit ihrem Gesicht zu sein. Sie war ganz steif vor Verlegenheit, lächelte zwar, sah sich aber ratsuchend nach ihrer Mutter um.

»Mein kleiner Liebling«, sagte er zu ihr. Dann, als er sich umwandte, um aus seiner Schultertasche ein Paket hervorzuholen, kippte er um. Ihre Mutter ging weiter. Ein Mann, der gesehen hatte, daß ein Kind dabei war, half dem Betrunkenen auf.

»Danke, Kamerad. Und ein schönes Feinachtsfasten.« Der Vater legte seinen Arm um Catherines Schulter, aber sie merkte, daß er sie nicht so sehr umarmte, als sich vielmehr an ihr aufrichtete. Sie hatte Angst vor ihm. Gemeinsam gingen sie hinter ihrer Mutter her. Ein schönes Feinachtsfasten.

Als das Grab sich langsam füllte, klang das Geräusch nicht mehr ganz so hohl. Die Menge machte kehrt und lief, allein und zu zweien, zur Kirche zurück. Catherine und ihre Mutter warteten am Kirchenportal und nahmen jedermanns Beileidsbezeigungen entgegen. Mrs. McKenna schüttelte einer weißhaarigen Frau die Hand. Catherine zauderte. Es dauerte einen Moment, ehe sie ihre Musiklehrerin erkannte. Ihre Mutter sagte: »Sehr lieb von Ihnen, daß Sie gekommen sind, Miss Bingham.« Miss Bingham schüttelte auch Catherine die Hand. Sie hatte eingefallene Wangen, ihre Haare waren schlohweiß und strohig geworden und ihre Haut fahl – wie verblaßte Sonnenbräune. Sie hatte den gleichen scharlachroten Lippenstift aufgelegt und trug noch immer ihre Schmetterlingsbrille.

»Catherine – mein herzliches Beileid.«

»Danke.« Catherine versuchte, die Fassung zu bewahren. Sie biß sich auf die Unterlippe, um nicht in Tränen auszubrechen. Miss Bingham reagierte darauf, indem sie ihr die Hand tätschelte.

»Wie lange bleibst du zu Hause?«

»Ein, zwei Tage.«

»Du mußt mich besuchen kommen – wenn du dich dazu in der Lage fühlst.«

»Danke.«

»Es gäbe soviel zu bereden«, sagte Miss Bingham, »aber dies ist leider nicht die Zeit dafür.«

Paddy ging unter den Trauergästen umher und teilte ihnen mit, sobald sie zurück seien, werde der Pub aufmachen, und Mrs. McKenna würde allen gern eine Runde ausgeben. Es werde auch etwas zu essen geben und, falls man dies vorziehe, Tee oder Kaffee. Alle, die von weither angereist seien, könnten im Hotel eine reichhaltigere Mahlzeit zu sich nehmen.

Während der ersten Stunde plätscherten die Gespräche im Pub leise vor sich hin. Mrs. McKenna – die sich nur sehr selten in der Schankstube aufhielt – saß in einer Ecke und trank ein Glas Limonade. Sie unterhielt sich mit jedem, der auf sie zutrat. Sie hörte zu und nickte zu allem, was gesagt wurde: »Er weilt jetzt bei seinem Schöpfer – kein Grund, sich zu grämen.«

Einwohner der Stadt, Whiskeyvertreter, die Mitglieder des

Gälischen Fußballvereins, Priester, die Opernclique aus Belfast, Verwandte, nahe und ferne.

»Jetzt bleibt Ihnen nur, sich auf den Tag zu freuen, da Sie wieder mit ihm vereint sein werden.«

»Gott segne Sie«, sagte Mrs. McKenna. Catherine saß neben ihr und half, wo sie nur konnte, doch wurde sie nicht oft aufgefordert, ihr Scherflein beizutragen. Ihr fiel auf, daß niemand irgend etwas arrangierte. Die Leute warteten einfach ab, bis sie an der Reihe waren, und wenn ihre Mutter wieder allein war, traten sie an sie heran.

»Lassen Sie uns dankbar sein, daß wir das Privileg hatten, ihn zu kennen.«

Jemand hielt Catherine ein Tablett mit Würstchen im Schlafrock und Sandwiches vor die Nase. Aus Höflichkeit wählte sie ein Sandwich mit Ei und Mayonnaise. Allmählich füllte sich die Stube mit Zigarettenqualm. Das kalte Licht, das durch das obere Fenster einfiel, schimmerte bläulich. Sie spürte ein Kratzen im Hals und mußte husten. Sie ließ sich entschuldigen. Beim Hinausgehen begegnete sie Father Ferry, der sagte: »Sie haben sehr schön gespielt heute morgen.«

»Danke.« Sie schluckte das Wort »Hochwürden« hinunter und ging an ihm vorbei zur Tür hinaus und die Treppe hoch.

Es war niemand in der Küche. Sie merkte, daß sie noch immer das Eisandwich in der Hand hielt. Sie nahm einen Bissen und kaute langsam darauf herum. Wer immer es geschmiert hatte, hatte das Salz vergessen. Sie drehte sich um und sah das Salzfaß auf der Anrichte. Mit dem Knick im Metallverschluß. Vermutlich hatte sich das am selben Weihnachtsfest zugetragen.

Am Tag vor der Beisetzung war es ihr gelungen, alles aus ihrem Gedächtnis zu verbannen. Heute war ihr Kopf voll von ihm.

Sie hatte die Aufgabe gehabt, ihrer Mutter beim Decken

der Festtafel zu helfen – Pickles, Preiselbeergelee und Senf, alles, was ihnen in den Sinn kam. Das Besteck, ein Hochzeitsgeschenk, lag noch immer in seinem Mahagonikasten. Insgesamt acht Gedecke, da sie die Tanten und Onkel sowie Father
Desmond eingeladen hatten. Es gab acht Leinenservietten, die
zusammengerollt und durch Silberringe gesteckt werden mußten – ganz wie in dem Fremdenheim in Portstewart am Meer.
Ein weiteres Hochzeitsgeschenk waren silberne Salz und
Pfefferfäßchen – wie zwei schimmernde Patronenhülsen. Außerdem eine silberne Schale mit einem Senftopf aus blauem
Glas darin und dem winzigsten Löffelchen im ganzen Haus.
Catherine hatte all das Silber mit grauschwarzem Werg gesäubert. Danach waren ihre Finger schwarz gewesen.

Die Knallbonbons waren gezogen, und alle hatten Papierhüte aufgesetzt. Brendans war grün.

»Lang lebe Irland!« rief er, und alles lachte.

Der Truthahn war zerlegt, Kartoffeln und Gemüse waren
serviert, da nahm Brendan das Salzfaß und wollte seinen Teller mit Salz bestreuen. »Was ist denn das? Verdammt, da ist ja
kein Salz drin.«

»Wieviel hast du zu trinken gehabt, Brendan?«

»Jedenfalls nicht genug. Wo ist das verwünschte Salz?«
Er schüttelte das Salzfaß, um zu demonstrieren, daß es leicht
war und leer. »Salz ist nun wirklich das mindeste – das allermindeste.«

»Hast du's denn nicht nachgefüllt, Catherine?«

»Ich hab's vergessen.«

Ihre Mutter holte die Packung Saxa und brachte sie zum
Tisch. Brendan reichte ihr das Salzfaß. Mrs. McKenna war
verärgert, daß nur wegen eines Versehens das ganze Weihnachtsessen kalt wurde. Sie versuchte, die obere Hälfte von der
unteren abzuschrauben, bekam sie aber nicht los.

»Hier, mach's doch selbst.« Sie reichte es Brendan. Der versuchte sich daran, doch es rührte sich nichts. Er wandte mehr

Kraft auf – bis seine Fingerknöchel sich weiß verfärbten und seine Hände zitterten.

»Sitzt fest wie ein Wellhorn«, sagte er. »Rostet von einem Jahr aufs nächste.« Er klemmte das Faß zwischen die Knie und versuchte, die volle Länge seines Armes als Hebel zu benutzen.

»Gott noch mal – das Ding gibt einfach nicht nach.« Sein Gesicht wurde vor Anstrengung puterrot. »Dann benutzen wir eben die Packung.«

»Das läßt du lieber bleiben«, sagte ihre Mutter. »Am Weihnachtstag.«

»Warte – warte einen Moment.« Brendan stand auf und ging zur Küchentür.

»Was willst du tun?«

Brendan öffnete die Tür, so weit es ging, und steckte die obere Hälfte des Salzfäßchens in die Lücke zwischen Tür und Angel.

»Ganz schön gerissen«, sagte Father Desmond.

»Ihr anderen könnt schon anfangen«, sagte Mrs. McKenna. »Bis wir soweit sind, ist das Essen eiskalt.«

»Wie Sex ohne Sünde«, sagte Brendan.

»Brendan...«

»Ich muß doch bitten, Brendan. Ich muß wirklich bitten.« Father Desmond sah Catherine und ihren Vater an.

»Wie ein Ei ohne Salz.« Brendan lachte. »Besser für mich, einen Klotz am Bein zu haben.« Er schloß die Tür und versuchte, indem er sie als Schraubstock benutzte, das Salzfäßchen aufzudrehen. Dabei rutschte ihm der Hut in die Augen.

»Mein Hut – mein Hut. Catherine.« Catherine schob ihm den Hut auf den Hinterkopf.

Die Tür ruckte ein wenig.

»Himmel, Arsch und Zwirn«, sagte Brendan. Dann sah er auf den Priester. »Entschuldigen Sie den Ausrutscher, Hochwürden.« Er machte die Tür auf, nahm das Salzfäßchen heraus und fing an zu lachen. Die obere Hälfte hatte sich in den

Klemmbacken der Tür verbogen. »Nun schaut euch die Bescherung an.«

»Mein schönes Hochzeitsgeschenk. Sieh nur, was du angerichtet hast, Brendan.«

»Wußte gar nicht, daß ich so stark bin.«

»Du hast viel zuviel gebechert, das ist es.«

Er stellte das silberne Salzfäßchen mit seinem zerbeulten, verbogenen Oberteil wieder auf den Tisch. Catherines Mutter verkniff sich jedes Wort und wollte die Komik des Ganzen nicht wahrhaben. Brendan setzte sich zu Tisch, griff nach der Packung Saxa und würzte seine Kartoffeln. Catherines Mutter riß ihm das Salz aus der Hand und lief in die Küche. Sie schüttete einen kleinen Vulkan Salz auf eine Untertasse und kam damit zum Tisch. Mit ihrer Serviette wischte sie den Senf von dem winzigen Silberlöffelchen und legte es auf die Untertasse.

»Falls jemand Senf möchte – benutzt eure Messer«, sagte sie.

»Falls jemand Salz möchte«, sagte Brendan, »könnt ihr euch die Augen danach ausweinen.«

Am nächsten Tag war es wolkig und bedeckt. Catherine und ihre Mutter gingen zum Grab. Auf dem frisch zugeschütteten Lehm stapelten sich die Kränze.

»Ich habe gar keine Zeit gehabt zu beten«, sagte Mrs. McKenna. »Es war zuviel los – zuviel Durcheinander gestern.« Sie waren die einzigen Menschen auf dem Friedhof. Ihre Mutter bückte sich und versuchte, die Schrift auf den Karten zu entziffern.

»Ich habe meine Brille nicht dabei. Vielleicht könntest du jemand veranlassen, die Karten einzusammeln und sie nach Hause zu bringen, Catherine. Es sind eine ganze Menge.«

»Ja.« Catherine trat zurück, weil sie nicht aufdringlich sein wollte. Ihre Mutter bekreuzigte sich und betete im Stehen.

Catherine hatte das Gefühl zu stören und ging ein paar
Schritte. Hinter der Kirche war eine Krähenkolonie, und die
Vögel krächzten und kolkten, wenn der eine herbei- und der
andere davonflog, dann stoben sie in wilder Hast alle auf einmal flatternd und keckernd in die Höhe.

Immer wieder standen auf den Grabsteinen die Namen ein
und derselben Familien – O'Donnell und McPhee und Burns
und McKee. Es gab andere McKennas, Cousins ersten und
zweiten Grades. Gräber mit weißen Marmorsteinchen, die von
Plastikblumen bedeckt waren. Sie blickte über ihre Schulter.
Ihre Mutter war noch immer in ihr Gebet vertieft. Dort gab es
ein republikanisches Grab mit einer irischen Trikolore aus Ke-
ramik:

> *In stolzem und liebendem Gedenken*
> *an Stabsoffizier*
> *Patrick Fleck.*
> *Gefallen im Kampf.*
> *Er gab sein Leben für Irland.*

Sie erinnerte sich an den Jungen. Auf der Grundschule hatte
er dem gleichen Jahrgang angehört wie sie. Beleibt, mit einem
sehr ausgeprägten Hintern. Keines der Mädchen mochte ihn.
Er hatte ganz in der Nähe der Schule gewohnt, und als sich
einmal auf dem Pausenhof seine Schuhbänder lösten, hatte jemand gesehen, wie er nach Hause schlich. Als er zurückkam,
waren sie ordentlich geschnürt. Er war umgekommen, nachdem sie nach Schottland gezogen war.

Janáček hatte eine Klaviersonate komponiert, *1. 10. 1905,*
Von der Straße. Das Adagio begann mit vier schwermütigen Tö-
nen, auf die vier weitere Töne folgten. Janáček war so: Trau-
ben kurzer Phrasen, ein Eindruck von Beliebigkeit, zielloser
Erkundung, starker Trauer, als schnüffle das Stück nach einem
Heimweg. Der Komponist hatte das Werk als Antwort auf

den Tod eines jungen Mannes geschrieben, der am 1. Oktober 1905 von österreichischen Soldaten erschossen worden war, als er für eine tschechische Universität demonstrierte. Sie hatte es viele Male vor Publikum gespielt, und ihre eigene heftige Reaktion darauf hatte sie schockiert. Das Ende, fast nur noch wispernd gespielte Akkorde, ließ ihr den Atem stocken – eine kaum vernehmbare Totenglocke. Und wenn sie ihr Bestes gab, hielt auch das Publikum den Atem an. Nach den letzten verhauchenden Tönen ließ sie die Hände eine halbe Ewigkeit lang über den Tasten schweben. Wenn es den Zuhörern widerstrebte, Beifall zu spenden, wußte sie, daß sie gut gespielt hatte. Je länger sie zögerten, je länger sie es hinausschoben, den Zauber zu lösen, desto besser hatte sie gespielt. Sie ließ die Hände in den Schoß sinken, und niemand wagte es, das Schweigen mit Applaus zu brechen. Die Sonate schien unvollendet – sie *war* unvollendet. Janáček hatte den letzten Satz verbrannt. Nachdem er den Rest gespielt hatte, verzehrte er sich vor Selbstkritik und warf das Manuskript in die Moldau, ohne zu wissen, daß jemand eine Abschrift angefertigt hatte. Er mußte seinen Irrtum wohl eingesehen haben, denn am Ende willigte er ein, daß das verbleibende zweisätzige Werk veröffentlicht wurde.

Jemand, der das Ende der Komposition kennt, beginnt zu klatschen – ein, zwei, drei Klatscher, die in der Stille wie Pistolenschüsse wirken, alle anderen stimmen ein, und der Applaus schwillt an. Sie verbeugt sich. Er gilt nicht ihr, er gilt Janáček. Vielleicht sollte er dem unbekannten Kopisten gelten.

Nur dann, wenn sie eines ihrer eigenen Stücke spielt, hat sie das Gefühl, den Beifall akzeptieren zu können. Sie hat das Werk geschaffen, hat es gespielt, wie es gespielt werden soll. Nun ist etwas vorhanden, das es vorher noch nie gegeben hat. Sie erinnert sich an die kindliche Scheu, die sie empfunden hatte, wenn sie auf frischgefallenen Schnee trat, einen kleinen Fußabdruck auf ihm hinterließ.

Sie fragte sich, ob sie etwas für Paddy Fleck komponieren
könne – wie würde es klingen? Der Junge, der sich die Schnürsenkel nicht binden konnte und doch für sein Vaterland starb.
War der Nationalismus, den Janáček vertrat, grundlegend anders als der, dem sich die Provisorische IRA verschrieben
hatte? Sie könnte ein Klavierstück schreiben und es so nennen:
Auf einen Versuch, die Linen Hall Library niederzubrennen. Sie
stand da und starrte auf das Grab, als sie ihre Mutter sagen
hörte: »Der junge Fleck.«

»Ja.«

»Seine Mutter ist immer noch nicht darüber hinweggekommen.« Mrs McKenna drehte sich um. »Komm, wir nehmen den Umweg.«

»Durch den Wald?«

»Warum nicht?«

Die Waldung lag an einem Abhang am Stadtrand. Neben
dem Weg erstreckte sich meilenweit flaches Grasland. Strekkenweise war der Pfad von Brombeersträuchern und Holderbüschen überwuchert. Janáček hatte ein weiteres Klavierstück
geschrieben, *Auf verwachsenem Pfade.* In neun Abschnitten, jeder düsterer als der vorhergehende. Düsterer, als sich mit Worten ausdrücken ließ. Aber genau das war ja Musik – Gefühle,
die sich nicht mit Worten ausdrücken ließen.

»Ich wollte dir noch sagen – Miss Bingham hat angerufen.
Sie hat dich für morgen eingeladen – um elf – zum Kaffee. Ich
habe gesagt, daß du kommen wirst. Dein Flug geht erst nachmittags.«

»Ja.«

Auf dem Boden lag noch eine Schicht Herbstlaub, und bei
jedem Schritt raschelte es.

»Du bist so still. Stimmt irgend etwas nicht?«

»Doch.«

Sie weiß Bescheid, dachte Catherine. Irgendwie ahnt sie es.
Sie weiß Bescheid wegen Anna.

Catherine versuchte, sich eine Ausrede auszudenken. »Es ist nur, daß Papa mich immer hierher mitgenommen hat.«

»Wir sind auch immer hier entlanggegangen.« Streckenweise war der Pfad zu schmal, und sie mußten im Gänsemarsch laufen, aber als sie wieder nebeneinander hergehen konnten, bot Catherine ihr den Arm an.

»Hak dich ein.«

»Während des Krieges war das der Flugplatz.«

»Ja – ich weiß«, sagte Catherine. »Das hat er mir auch jedesmal erzählt.«

»Ohhh – bitte vielmals um Verzeihung.«

»So habe ich das nicht gemeint.«

»Das weiß ich«, sagte ihre Mutter. »Aber als sie den Flugplatz dort neben dem amerikanischen Truppenlager anlegten, bekamen die Leute Angst, daß sie bombardiert würden. Wie bei den Luftangriffen auf Belfast. Die Deutschen würden den Flugplatz anpeilen und dabei die Stadt treffen. Aber so weit ist es nie gekommen.« Spatzen piepsten eintönig, und ihr Lärmen hallte durch den Wald. In der Ferne konnten sie noch die Krähen hinter der Kirche hören. »Nach dem Bombenanschlag der IRA hat dein Vater gescherzt, er würde im Safe schlafen.« Sie lächelte ein wenig. »Um sicher und geborgen zu sein.«

Eine Elster flog über den Flugplatz und fächerte vor der Landung ihr blauweißes Schwanzgefieder auf. Catherines Mutter blickte sich nach einer zweiten um.

»Sei doch nicht so abergläubisch«, sagte Catherine.

Sie gelangten an einen Abschnitt des Pfades, der unter Wasser stand.

»Was machen wir jetzt?«

»Wir umgehen die Pfütze.« Sie halfen einander die Böschung hinauf. Dabei mußten sie fest auf den Seitenkanten ihrer Schuhe gehen und die Fingerknöchel in den Boden graben. Halb rutschten sie, halb sprangen sie wieder auf den Fußweg hinab.

»*Terra firma*«, sagte ihre Mutter. Sie faßte sie wieder unter, und schweigend gingen sie weiter. Catherine spürte, wie ihre Mutter all ihren Mut zusammennahm, um ihr die schwierige Frage zu stellen. Doch sie plauderte über etwas Belangloses.

»Wo unterrichtest du jetzt?«

»Ich unterrichte nicht. Ich versuche zu komponieren.«

»Für wen oder was?«

»Für mich.«

»Großer Gott! Da gibt's bestimmt nicht allzuviel Geld zu holen.«

»Nein. Ich gehe stempeln.«

»Du hast deinen schönen Lehrerposten an den Nagel gehängt?« Die Stimme ihrer Mutter klang ungläubig.

»Ja.«

»Langt das Arbeitslosengeld denn?«

»Nein.« Sie lächelte und seufzte. Dann wurde ihr Gesicht wieder unbewegt, und sie fragte: »Warum denkst du immer, daß man eine Stellung haben muß?«

»So geht es nun mal zu in der Welt.«

Auf dem Feld landete mit Schwung eine zweite Elster. Mrs. McKenna lächelte, machte Catherine aber nicht auf sie aufmerksam. Catherine sagte: »Was wird aus dem Pub?«

»Ich habe keinen Schimmer – vielleicht wird Paddy ihn für mich weiterführen.«

»Verkaufen?«

»Vielleicht. Es ist noch zu früh. Warum hast du die Stelle aufgegeben?«

»Weiß nicht.« Catherine zuckte die Achseln. »Ich wollte komponieren.«

»Wie dieses Ding im Radio?«

»Ja.«

Es trat Schweigen ein. Ihre Mutter preßte die Lippen zusammen.

»Es hat einige gegeben, die waren nicht erpicht darauf.«

»Das überrascht mich nicht.«

»Ich kann mit der Musik von heute einfach nichts anfangen. Für mich klingt alles gleich.«

»Das liegt daran, daß du nicht zuhörst.«

»Komm mir nur nicht herablassend, Catherine. Früher war Musik für meinesgleichen bestimmt.«

»Wer ist deinesgleichen?«

»Für die Menschen. Menschen mit zwei Ohren und einem Zeh zum Mitklopfen.«

»Wenn sie in eine Form gegossen wäre, die dir vertraut ist – kämst du vielleicht besser mit ihr zurecht.«

»Man kommt mit Musik nicht besser zurecht, man hört sie sich an.«

»Ich will doch damit nur sagen, daß man der Musik leichter folgen kann, wenn man ihre Form kennt.«

»Was soll das heißen?«

»Ich versuche mich gerade an einer Messe.«

»Ich dachte, das alles wäre unter deiner Würde?«

»Nein, ist es nicht...« Sie zögerte.

»Glaubst du denn noch daran?«

»Hat dir denn Papa nichts davon erzählt? Was ich ihm am Telephon gesagt habe?«

»Er hat versucht, mich zu schonen – manchmal.«

»Du bist immer dafür gewesen, die Wahrheit zu sagen. Die Antwort lautet – eigentlich nicht.«

»Eigentlich nicht was?«

»Eigentlich glaube ich nicht mehr daran.«

»Gehst du noch zur Kirche? Um zu beten, daß du wieder zu deinem Glauben zurückfinden mögest?«

»Nein.«

»Wieso tust du es dann? Warum schreibst du eine Messe?«

»Es ist eine großartige Form, ein großartiges Gefüge.«

»Wie kannst du es nur wagen?« Ihre Mutter entzog Catherine ihren Arm. »Wie kannst du es nur wagen, Catherine?«

»Was?«

»So von etwas zu sprechen, von dem dein Vater und ich glauben, daß es… Du warst so ein liebes Mädchen.«

»Was willst du damit sagen?«

»Ich weiß nicht, was geschehen ist… Du hast dich verändert.«

»Wenn ich deiner Meinung bin, bin ich ein liebes Mädchen. Bin ich anderer Meinung, bin ich das ungezogenste Gör von der Welt.«

»Rede nicht so mit mir.« Die Stimme ihrer Mutter klang jetzt wirklich kurz angebunden. »Es ist eine Sache zu machen, was du willst – eine andere, dich lustig zu machen.« Sie hastete vorneweg, um allein gehen zu können. Catherine sah, wie albern es von ihnen war, hintereinander nach Hause zu gehen.

»So hör doch…«

»In fünf Jahren bist du kein einziges Mal nach Hause gekommen.«

»Er hat es mir verboten.«

»Das hat er nicht so gemeint. Immer hat er Dinge von sich gegeben, die ihm hinterher leid getan haben. Und er war zu töricht, um jemals irgend etwas zurückzunehmen.« Catherine erwiderte nichts, seufzte aber laut genug, daß ihre Mutter es hören konnte.

»Das ist nicht der rechte Augenblick.«

»Weshalb hast du uns nicht nach Glasgow eingeladen? Zu deiner Abschlußfeier? Auch das hat ihn gekränkt, daß er die verpaßt hat.«

»Ich hatte die Nase vom Studium gestrichen voll.«

»Und von der Religion offensichtlich auch. Du bist als sein begabtes kleines Mädchen zur Universität gegangen und als Ungläubige zurückgekommen.«

»Es muß einem doch wohl gestattet sein, sich frei zu entscheiden. Niemand sollte sich einmischen dürfen.«

»Es macht einen gewaltigen Unterschied, ob jemand sich

einmischt oder darauf hinweist, was recht ist und was unrecht.« Ihre Mutter seufzte, und zugleich durchrieselte sie eine
Art Schauder. Es dunkelte allmählich. »Könntest du nicht
doch noch ein, zwei Tage länger bleiben?«

»Nein – es sind Leute auf mich angewiesen.«

»Wer?«

»Ich habe gesagt, daß ich gleich wieder zurückkomme.«

»Na schön. Stell mir keine Fragen, und ich brauche nicht
zu lügen.«

»Kann mich jemand zum Flughafen bringen?«

»Das kann ich machen. Je mehr ich zu tun habe, desto weniger Zeit bleibt mir zum Nachdenken.«

Sie traten aus der Waldung auf die geteerte Straße hinaus.
Ihre Mutter begann zu weinen.

»Es wird unerträglich sein, wenn ich erst einmal anfange,
ihn zu vermissen. Zu allem anderen.«

»Catherine! Catherine! Es ist schon zehn durch.« Sie schlug
die Augen auf und sah, wie sich ihre Mutter, eine Tasse in der
Hand, über sie beugte. »Ich habe doch Miss Bingham gesagt,
daß du um elf zu ihr gehen würdest.« Catherine stützte sich
auf den Ellbogen. »Das wäre ja noch schöner, wenn du einen
Elf-Uhr-Termin verschlafen würdest. Und ausgerechnet mit
Miss Bingham. Auf so etwas lauern die von der anderen Fakultät doch nur.«

Catherine griff nach dem Glas Wasser. Daneben stand ein
Fläschchen mit ihren Kapseln.

»Ich habe dir eine Tasse Tee gemacht.«

»Ich mag frühmorgens keinen Tee.« Sie trank von dem lauwarmen Wasser.

»Umkommen wird er in diesem Haus nicht.« Ihre Mutter
begann an dem Tee zu nippen. Sie verzog das Gesicht. »Ich
verstehe nicht, wie du ihn ohne Milch trinken kannst. Der ist
vielleicht bitter. Wann geht deine Maschine?«

»Um halb vier. Von Aldergrove.«

»Was ist das?« Ihre Mutter deutete auf das kleine Fläschchen mit den Kapseln. Catherine antwortete nicht. »Ich
meine, wofür sind die?«

»Antidepressiva.«

»Leidest du denn unter Depressionen?«

»Nö – der Arzt hat sie mir gegen meine Warzen verschrieben.«

»Ich meine es ernst.«

»Ich fühle mich neuerdings nicht sehr wohl in meiner
Haut.« Ihre Mutter setzte die Tasse auf dem Nachttisch ab und
legte ihrer Tochter die Hand auf die bloße Schulter. »Angst-
zustände, bei jeder Kleinigkeit nervös. Der Arzt meinte, ich sei
deprimiert. Im klinischen Sinne. Er hat mir ein Medikament
verordnet.«

»Ach du liebe Zeit. Du Arme.« Ihre Mutter drückte mitfühlend Catherines Schulter und setzte sich zu ihr aufs Bett.
Ihre Hand ließ sie auf der Schulter ruhen. »Vertreiben sie denn
die Depressionen? Geht's dir dann besser?«

»Ich weiß nicht genau. Er sagt, es wird lange dauern, bevor
sie wirken.« Catherine Stimme klang, als würde sie gleich in
Tränen ausbrechen. »Ich habe mich – in letzter Zeit nicht
ganz so schlecht gefühlt – bis die Sache mit Papa passiert ist.
Das hat mich ein Stück zurückgeworfen.«

»Wie lange nimmst du sie denn schon?«

»Schon ewig.«

»Sind sie wie Valium? Wird man davon süchtig?«

»Angeblich nicht.«

»Und wie lange bist du nun schon – deprimiert?«

»Ein Jahr oder so – vielleicht länger.«

»Himmel – warum hast du uns nichts davon erzählt?«

»Wenn einem so zumute ist, möchte man niemandem davon erzählen.«

»Weshalb ist jemand wie du deprimiert?« Catherine zuckte

die Achseln, und in ihre Augen traten Tränen. Ihre Mutter, die jetzt dicht neben ihr saß, sah das Achselzucken nicht, sondern spürte es unter ihrer Hand. »Einer von Brendans Brüdern mußte sich einer Elektroschockbehandlung unterziehen. In England. Hat ihm gutgetan.«

Mittlerweile weinte Catherine heftig – die Tränen strömten ihr nur so über die Wangen, und ihr Kopf war vornübergesunken. Die Haare klebten ihr im feuchten Gesicht.

»Wenn das verdammte Flugzeug auf dem Herflug abgestürzt wäre, wären alle Probleme gelöst.«

»Wie kannst du nur so reden?«

»Ich kann nichts dafür, daß ich mich so fühle. Bist du noch nie aufgewacht und hattest den Wunsch zu sterben?«

»Die letzten beiden Tage war ich nahe daran.«

»Tut mir leid – das war gedankenlos von mir.«

»Der Glaube und das Gebet werden uns beiden schon über alles hinweghelfen.«

»Du fühlst dich schlimm, weil etwas Schlimmes passiert ist.« Catherine hatte die Stimme gehoben – sie brüllte, weil sie sich trotz ihrer Tränen verständlich machen wollte. »Ich fühle mich schlimm, ganz gleich, was passiert. Praktisch die ganze Zeit. Ich schleppe tonnenweise schlimmes Zeug mit mir herum, und ich kann alles dafür verantwortlich machen, was mir über den Weg läuft.« Mit der flachen Hand schlug sie sich gegen die Schläfe. »Wenn das Problem hier drin sitzt – in deinem Schädel –, dann scheint Sterben der einzige Ausweg.«

»Wenn es dir wirklich so schlecht geht, rufe ich auf der Stelle den Doktor an.« Ihre Mutter holte ein Taschentuch hervor und reichte es ihr. Catherine schneuzte sich leise.

»Es geht schon. Außerdem habe ich meinen eigenen Arzt. Erzähl mir mehr von Papas Bruder. Davon wußte ich ja gar nichts.«

»Er war schon immer fromm gewesen, aber dann nahm es so überhand, daß er im Umkreis von Meilen zu jeder Messe ging – und zu jeder Andacht. Stundenlang saß er in der Kirche und betete. Das personifizierte schlechte Gewissen... Früher hätten sie einen Heiligen aus ihm gemacht. Heute heißt es, er sei geistesgestört.«

»Aber ist er genesen?« fragte Catherine.

»Er ist genesen. Und du wirst es ebenfalls.« Ihre Mutter lächelte und sagte: »Dann, als er genesen war, starb er.« Sie nahm eine Haarbürste vom Nachttisch und begann, ihrer Tochter die Haare aus dem tränennassen Gesicht zu streichen. Catherine entspannte sich, legte den Kopf zurück und lauschte dem hohlen Wuscheln der Bürste.

»Früher hat mir immer Papa die Haare gebürstet. Er hat so gern mit ihnen gespielt, als sie noch lang waren.« Catherine ahmte eine tiefe Stimme nach. *Wirst du wohl stillsitzen? Du sitzt ja wie auf glühenden Kohlen.«* Unterdessen war das Bürsten rhythmisch geworden. Catherines Kopf machte zu jedem Bürstenstrich eine leichte Gegenbewegung. Ihre Mutter sagte: »Geraldine hat vorzügliche Arbeit geleistet gestern.«

»Ja.« Catherine hielt inne und holte tief Luft. »Mama, es ist eine Art postnataler Depression.«

»Was? Was willst du damit sagen?«

»Vorletztes Jahr... Ich habe ein Kind.«

»Gott im Himmel...« Sie legte die Haarbürste aufs Bett und zog ihre Hand von Catherines Schulter fort.

»Du willst mich doch nicht wieder auf die Schippe nehmen? Wie vorhin mit den Warzen?«

»Nein.«

»O Gott – Catherine, Catherine...« Ihre Mutter rutschte vom Bett und stand auf. Sie wußte nicht, wohin mit ihren Händen.

»Es tut mir leid – man kann über so etwas nicht unverfänglich sprechen. Nie ist der rechte Augenblick dafür.«

»Ich bin nur froh, daß dein Vater nicht mehr lebt.«

»Wie kannst du nur so etwas Schreckliches sagen?«

»Es ist doch wahr.« Inzwischen schrie sie. Und begann ebenfalls zu weinen. »Wenn er nicht an dem Herzinfarkt gestorben wäre, dann ganz bestimmt daran.«

»Wundert's dich immer noch, daß ich euch nichts davon gesagt habe?«

Ihre Mutter stand, das Gesicht abgewandt, wie festgewurzelt in der Mitte des Zimmers. Dann ging sie zur Frisierkommode und strich die Zierdeckchen unter den gläsernen Kerzenhaltern glatt. Sie schlug die Hände vors Gesicht und formte mit den Fingern einen Käfig.

»Wo ist…? Ich meine, was hast du…? O du Flittchen… Himmel, Catherine, wie furchtbar! Wie *furchtbar!*«

»So kommen wir nicht weiter.«

»Wo ist es jetzt?«

»Bei einer Freundin von mir. Einer ehemaligen Lehrerin. In Glasgow.«

»Was ist es? Ein Junge oder ein Mädchen?«

»Ein Mädchen.«

»Sie wird ihrer Mutter das Herz brechen – so wie du jetzt mir.«

Laut weinend stürzte ihre Mutter aus dem Zimmer und schlug die Tür hinter sich zu.

Catherine kleidete sich an, setzte sich auf die Bettkante und heulte. Sie nahm eine von ihren Kapseln und spülte sie mit dem lauwarmen Wasser hinunter. Mit tränenüberströmtem Gesicht fing sie an, ihre Sachen in die Reisetasche zu packen. Das Beste wäre, sich einfach davonzustehlen. Ihr bißchen Schmutzwäsche stopfte sie in einen Plastikbeutel. Geh Miss Bingham besuchen. Sag nichts. Erkundige dich auf dem Postamt nach dem Busfahrplan.

Sie betrachtete sich in dem dreigeteilten Spiegel der Frisierkommode. Drei Gründe, mit dem Heulen aufzuhören. Wie konnte sie sich einen würdigen Abgang verschaffen? Sie nahm die Tasse Tee, die ihre Mutter auf dem Nachttisch hatte stehenlassen, und drehte den Henkel herum. Schlückchenweise trank sie vom gegenüberliegenden Rand. Der Tee war nicht mehr heiß, aber das war alles, was sie bekommen würde.

Sie trat hinaus auf den Flur und nahm ihren Regenmantel von der Garderobe. Kaum zu glauben, in der heutigen Zeit. Catherine ging die Treppe hinunter, an der Schankstube vorbei und auf die Straße. Sie versuchte, ihren inneren Aufruhr zu bezähmen. Sie durfte die Fassung nicht verlieren, durfte nicht ärgerlich werden. Auf einem schlüpfrigen Abhang ging es immer nur bergab. Sie mußte an irgend etwas anderes denken. Der Schmerz ihrer Mutter war nicht ihr Problem. Jahrelange Anpassung war daran schuld. Sie durfte nicht nachdenken, mußte während der kurzen Zeit, die ihr zu Hause verblieb, Scheuklappen anlegen. Sich schützen in ihrer Labilität. Ein Beben in einem Gebiet löste Flutwellen in einem anderen aus. Denk an etwas anderes. Ein Geigenbogen wird aus Pernambukholz und Pferdehaaren hergestellt. Pernambukholz kommt nur aus Südamerika, es ist das einzige Holz von ausreichender Elastizität. Pferdehaare sind Haare vom Schwanz eines Pferdes. Unter einem Mikroskop kann man erkennen, daß die Haare gezähnt sind, deswegen entstehen Schwingungen, wenn der Bogen über die Saiten streicht.

Diagonal zur Gosse verliefen mehrere verschlungene Rinnsale frischer Hundepisse. Sag sie schräg. Das hatte Emily Dickinson geschrieben. Nicht über pissende Hunde, sondern darüber, die Wahrheit zu sagen, aber schräg. Das war nun wirklich jemand, den man bewundern mußte – ihr ganzes Leben lang hatte sie gearbeitet – gute Arbeit geleistet. Wie anders ihre eigene liebe Mutter. *Denk nicht an sie.* Die steckte voll ganz anderer Schrägheiten. Durch die Blume. Die nordirische Kunstform. Warte nur, bis wir wieder zu Hause sind.

Emily Dickinson wurde von einem anderen Dichter in die Schranken verwiesen, einem Freund der Familie – Oliver Wendell Holmes oder so ähnlich. Hieß er wirklich so? Jedenfalls hatte er drei Namen und behauptete, ihr Werk eigne sich nicht für eine Publikation. Zu zart, nicht kräftig genug, um veröffentlicht zu werden, hatte er gesagt. Dabei war sie ihm haushoch überlegen. Er kam nicht im entferntesten an sie heran, der arme Kerl. Als sie starb, öffnete ihre Schwester einen Schrank, und Hunderte von Gedichten – um genau zu sein, neunhundertundzweiundsechzig – purzelten heraus. In verschnürten Päckchen. Was ihre Mutter anging, so wären es neunhundertundzweiundsechzig Totengedenkblättchen, Gebete und Reliquien. *Ich habe gesagt, hör auf, an sie zu denken.* Thomas Wentworth Higginson – so hieß er, nicht Oliver Wendell Holmes. Bei solchen Namen konnte man eine feste Haltung einnehmen. Stabil wie ein dreibeiniger Hocker. So ganz und gar männlich. Huang Xiao Gang stellte eine Ausnahme dar. Irgendwie kleideten ihn seine drei Namen. Eine andere Ausnahme war Sir Hamilton Harty. Ein solcher Name kam der Erlaubnis gleich, sich einen großen Schnurrbart wachsen zu lassen.

Eigentlich stellten Männer nichts anderes vor – dreibeinige Hocker. Zwei Beine und das andere Ding. Ein Schwanz. Wie ein Jagdstock. Mit dem konnte man sie absteifen.

Quinn's Laden gehörte zwei grauhaarigen Schwestern, die beide nicht Quinn hießen, Grace und Emily Madden. Sie waren Catherine schon alt vorgekommen, als sie noch ein Kind war.

Die Ladenglocke bimmelte, als sie die Tür aufstieß. Jemand hatte etwas Papier in die Glocke geklemmt – so daß der Schwengel zwar dagegenschlug, aber nicht tönte. Das Geschäft war winzig – das abgeteilte Vorderzimmer eines Wohnhauses. Die Theke war kopfhoch und hatte einen Spalt von der Größe eines Fernsehschirms, durch den Grace oder Emily bedienten. Der Laden war vollgestopft mit Süßwaren und Spielsachen. Auch kleine gerahmte Drucke des Herz-Jesu-Bildes und Unserer Lieben Frau der immerwährenden Hilfe wurden

feilgeboten. Der Vorhang in der Tür zum Wohnzimmer der
Maddens raschelte. Emilys grauer Schopf erschien wie der eines Priesters im Beichtstuhl.

»Ja?«

»Eine 500-Gramm-Schachtel Roses Pralinen, bitte.«

Der Kopf verschwand. Nur noch die Stimme.

»Ich habe keine Roses mehr. Tut's auch eine Schachtel
Dairy Box?«

»Ist recht.«

Emily zeigte sich wieder auf dem Bildschirm, mit der
Schachtel Pralinen. Bevor sie sie überreichte, fragte sie: »Bist
du's ... Catherine?«

»Ja.«

»Meine Augen lassen immer mehr nach. Oder du hast dich
bis zur Unkenntlichkeit verändert?« Sie zögerte, dann senkte
sie die Stimme zu einem gedämpften Raunen: »Wir waren alle
wie am Boden zerstört, als wir die Sache mit Brendan er-
fuhren.«

Catherine nickte, und Emily ließ sich darüber aus, was für
ein herzensguter Mann ihr Vater gewesen sei. Catherine konnte
immer nur zustimmend nicken.

»Ein kleines Geschenk für die Mama?«

»Nein. Ich besuche Miss Bingham.«

»Sie ist in letzter Zeit nicht ganz auf dem Damm, habe ich
gehört. Mußte sich im Mid-Ulster Hospital Tests unterziehen.
Sieht nicht gut aus.«

»Davon wußte ich gar nichts.«

»Gewinnst du immer noch Preise für deine Musik?«

»Nicht mehr so oft«, erwiderte Catherine. »Man erreicht
ein Stadium ...«

»Die Stadt war stolz auf dich bei deiner Abschlußfeier –
das große Photo in der *Mid-Ulster Mail*. Nun verrate mir mal
eins – wie viele pro Jahrgang erringen einen erstklassigen Abschluß?«

Catherine hob die Schultern.

»Nicht viele … ein oder zwei.«

»Und wie viele waren es in deinem Jahrgang?«

»Eine.«

»Und das warst du. Aus einem kleinen Flecken wie dem unsern. Denen hast du's aber gezeigt.« Catherine gab ihr das Geld. Als sie hinauflangte, fühlte sie sich wieder wie ein Kind. Emily überreichte ihr die Pralinen in einer braunen Papiertüte.

Vor dem Altenheim waren eiserne Gitterstäbe angebracht, an denen sie als Kind gern mit einem Stock entlanggeratscht hatte. Jetzt berührte sie sie behutsam mit den Fingern. Lautlos. Sie war zu früh dran und beschloß, die lange Strecke um die Stadt herum zu gehen, auf der hinteren Straße.

Es war ihre Mutter gewesen, die die Sache mit der Musik angefangen hatte. Als Catherine zehn war, hatte sie Miss Bingham gebeten, vorbeizukommen und ihr Klavierunterricht zu erteilen. Jeden Mittwochnachmittag nach der Schule traf Miss Bingham auf ihrem alten Bäckerrad ein, betätigte die Klingel und sprang ab, ehe es zum Stillstand kam. Weil ihr Sattel zu niedrig war, mußte sie immer plattfüßig in die Pedale treten. Seltsam, eine solche Frau radfahren zu sehen. Sie behauptete, es deswegen zu tun, weil sie – selbst damals schon – vom Rheuma steife Gelenke hatte. Das war ihre Auffassung von regelmäßiger und maßvoller Bewegung, die ihr der Arzt verschrieben hatte, damit sie ihre Gelenke ölte.

Sie lehrte Catherine Dinge, die das Kind instinktiv zu wissen schien. Nach Ablauf des ersten Monats sagte Catherines Mutter am sonntäglichen Mittagstisch: »Brendan, wir haben es mit einem ganz besonderen Mädchen zu tun. Sie begreift schneller, als Miss Bingham sie unterrichten kann. Miss Bingham sagt, sie hat schon alles im Kopf, und sie braucht es nur noch aus ihr herauszulocken.« Catherine hatte es sehr gefallen, daß ihre Mutter das gesagt hatte. *Denk an Musik.*

Wenn sie komponierte, dachte sie immer zuerst an den

Rhythmus – sie konnte nichts zu Papier bringen, solange ihr dieser nicht klar vor Augen stand. Wie Schauspieler, die sich in eine Rolle nicht einfühlen konnten, solange der Gang nicht stimmte, der Schnurrbart, die Stimme oder die drei Namen. Für sie war es der Rhythmus. Alles andere fand sich später.

Sie hatte einige Stücke für das Schulorchester der Insel komponiert. Als sie zur Schule stieß, gab es eine besonders gute Blechbläsergruppe, da der bisherige Musiklehrer in der Armee gedient hatte, in der Kapelle der Coldstream Guards. Als sie mit ihnen für das Weihnachtskonzert probte, stellte sich heraus, daß sie es mit einer Blase interessierter und begabter Musiker zu tun hatte.

Sie erzählte ihnen von Vivaldi, einem Priester im Venedig des 18. Jahrhunderts, der sich nie damit abgab, die Messe zu lesen – ihm reichte die Musik. Davon, wie er eine Gruppe hübsch in Weiß gewandeter Waisenmädchen ausgebildet und abgerichtet hatte, bis sie als das beste Orchester in Europa galten. So hatte Händel sich bei einem Besuch geäußert. Vivaldi schrieb den Großteil seiner Musik, vierhundert Concerti, für sie, die Mädchen des Ospedale della Pietà. In der Geschichte der Musik scheint dieses Orchester benachteiligter Mädchen einzigartig dazustehen. Bankerte, die bis vor kurzem noch in die Kanäle der Stadt geworfen worden wären, wurden jetzt mit *Maestra* angeredet. Man nannte sie beim Vornamen und bei ihrem Instrument – *Maestra Lucretia della Viola, Maestra Cattarin dal Cornetto.*

Als erstes komponierte sie für ihr Schulorchester eine *Suite für Trompetisten und Posauner.* Beim Weihnachtskonzert meinte der Schulleiter, ein Absolvent der Betriebswirtschaftslehre, es habe sich »sehr interessant« angehört. Dann lenkte er ihre Aufmerksamkeit auf das gedruckte Programm.

»Eh … Müßte das nicht andersherum heißen? Trompeter und Posaunisten?« Catherine hatte gelächelt und war davongegangen, um noch einmal ihre Spieler zu loben. Um diese Zeit hatte Graeme McNicol von der BBC wegen einer Sendefolge, die mit Schulmusik zu tun hatte, sich zum zweiten Mal bei ihr gemeldet – er hatte von dem guten Ruf der Blechbläser gehört. Sie erwähnte das Stück, das sie soeben komponiert hatte. Das reichte aus, um die BBC zu einem Besuch Islays zu veranlassen. Sie kamen mit einem Übertragungswagen und zeichneten eine Probe sowie Interviews mit den Schülern und ihrer Lehrerin auf – eine Art Meisterklasse, wie sie es lachend nannte. Catherine wurde an der Küste interviewt, damit im Hintergrund das Rauschen der Wogen zu hören war. Anschließend wurde eine vollständige Aufführung der Suite ausgestrahlt. Wieder war der Schulleiter mit der Bitte an sie herangetreten, den Titel, ehe er in der *Radio Times* abgedruckt würde, zu berichtigen. Er sagte, er habe die allergrößte Angst vor solchen Schnitzern. Schließlich würden sie auf seine Schule zurückfallen und in einer Programmzeitschrift gedruckt, die fast alle Haushalte Großbritanniens erreiche.

Miss Bingham wohnte in einem Einfamilienhaus mit Erkerzimmern gegenüber der anglikanischen Pfarrkirche. Als sie die Tür öffnete, beschattete sie mit der Hand die Augen. Sie wirkte steif und linkisch.

»Immer hereinspaziert. Du kennst dich ja aus.«

Catherine hängte ihren Mantel an die Garderobe und folgte Miss Bingham durch die mit Parkett ausgelegte Diele. Die alte Frau trug große, schwarze Schlappen, die infolge ihrer entzündeten Fußballen mißgestaltet aussahen, und schlurfte wie eine Art Skilangläuferin ins Wohnzimmer.

»Setz dich, Catherine.«

Bevor sie sich niederließ, übergab Catherine ihr das Päckchen. Miss Bingham spähte in die braune Papiertüte.

»Oh, Dairy Box – das ist aber lieb von dir, daß du dich an meine Lieblingspralinen erinnerst. Vielen Dank. Wie aufmerksam!« Sie legte die Pralinen auf den Couchtisch. Ein Tablett mit Kaffeegeschirr stand schon da. Miss Bingham sagte: »Ich setze nur rasch Wasser auf.«

Catherine blieb sitzen und schaute sich um. Nachdem Miss Bingham die McKennas zwei Jahre lang in ihrem Haus aufgesucht hatte, war Catherine zweimal in der Woche zum Unterricht zu ihr gegangen. Von hier aus waren sie auch zu den Konzerten nach Belfast aufgebrochen. Der Dirigent damals war Ricardo Cossotto, ein Mann mit den glänzendsten, schwärzesten Haaren, die sie je gesehen hatte. Sie stellte sich vor, wie er sie kurz vor der Aufführung in einer Tonne Regenwasser wusch und danach fönte, während das Orchester auf ihn wartete. Danach betrat er mit makelloser Frisur das Podium, und sein schwarzer Frack, sein steifer Vatermörder und seine weiße Schleife saßen untadelig.

Miss Bingham besorgte sich immer die billigen Sitzplätze auf der Chorgalerie – sie behauptete, sie zu bevorzugen. Zwar spielte das Orchester in die andere, entgegengesetzte Richtung, doch dafür konnten sie das Gesicht des Dirigenten, jede seiner Gesten sehen. Sie nahmen die Vertrautheit wahr, die zwischen ihm und seinen Spielern herrschte – ein lobender Blick, ein Blick, mit dem er sie durch schiere Willenskraft zwang, *pianissimo* zu spielen, nur um einen Hauch hörbarer als Stille, und bei den Steigerungen, wenn sie sich der Musik gewachsen zeigten und die Hörner sie bewältigten, ohne zu kieksen, ein nonchalanter Blick, der besagte: *Gut gemacht, Jungs.* Er verwendete keinen Taktstock, aber seine Handbewegungen reichten ja auch aus. In den Pausen zwischen den Sätzen erzählte ihr Miss Bingham die Anekdote von Richard Strauss, der auf die Frage, wie man dirigieren solle, geantwortet habe: »Ohne zu transpirieren.« Auch das gefiel ihr an Cossotto, dieser Mangel an Extravaganz. Er schien ihn mit Intensität wettzumachen und dirigierte mit winzigen Gebärden, die den Blicken des Publikums im Saal durch seinen Körper verstellt waren. Mit beiden Händen, gewölbt und gestrafft, unterdrückte er, unterdrückte – noch nicht, noch nicht –, jetzt preßte er sie richtig nach unten – wartet, wartet –, und dann erst, mit einem aufflammenden Spreizen der Finger, ließ er ihnen freie Bahn. Jetzt – ja jetzt. Jetzt zeigt, was ihr könnt. Es stand in seinen Augen geschrieben. Am Ende eines Konzerts glänzte sein ganzes Gesicht vor Schweiß, und einige Strähnen seines makellosen schwarzen Haars hingen ihm ins Gesicht, klebten ihm auf der Stirn.

»Ein Scharlatan von einem Schauspieler«, flüsterte Miss Bingham und konnte doch den Blick nicht von ihm lösen. »Dieser Richard Strauss – was weiß denn der?«

Catherine hörte den Kessel in der Küche klicken, als das Wasser zu kochen begann. Das Zimmer roch nach schalem Zigarettenrauch, aber es hing auch ein ganz leiser Duft von Wintergrünöl und Desinfektionsmittel in der Luft. In einem Aschenbecher in Form einer Muschelschale staken drei weiße Filter, die alle von einem Halbmond aus Lippenstift geziert wurden. Vor dem halb in Blei gefaßten Erkerfenster stand ein Konzertflügel, dessen haifischflossenförmiger Deckel hochgeklappt war und dem Zimmer das Licht nahm. Catherine trat ans Feuer, stellte sich mit dem Rücken davor und betrachtete den Perserteppich. Sie streckte die Hände nach hinten, um sie zu wärmen.

Einmal waren sie nach Belfast gefahren, um Paul Tortelier Elgars Cellokonzert spielen zu sehen. Catherine war überwältigt gewesen. Dieses Haupt – zurückgeneigt, das adlerähnliche Profil. Das weiße Haar. Seine Bogenführung. Die innige Anteilnahme des Körpers am Spiel. Die Präzision, mit der eine Note mit hochgezogener Augenbraue registriert wurde. Vor allem aber der Klang, den er erzeugte, seine Art zu phrasieren.

Die Heimfahrt danach dauerte fast eine Stunde. Aus Gründen der Verkehrssicherheit saß Catherine immer hinten, und Miss Bingham unterhielt sich über die Schulter mit ihr. Allmählich glitt Catherine unter der karierten Reisedecke vom

Ledersitz. Miss Binghams Stimme, das Brummen des Motors, das Summen der Wagenheizung – das gelegentliche Trommeln der Räder auf den Katzenaugen, wenn sie ausscherte, um jemanden zu überholen. Wenn Catherine eine Frage gestellt wurde, antwortete sie nicht, weil ihr so warm war und sie fast schon schlief. Mit Worten hätte sie den Bann gebrochen. Beide Hände zwischen den Knien, schmiegte sie die Wange an das Leder des Rücksitzes, der geriffelt war wie der Sand am Meeresufer.

Mit einem dampfenden Wasserkessel kam Miss Bingham wieder ins Zimmer. Sie wirkte ebenso zerbrechlich wie unbeholfen.

»Ich war *so* stolz auf dich.« Sie setzte sich und löffelte Kaffeegranulat in die Tassen. »Tut mir leid, daß ich keinen echten Bohnenkaffee habe, aber der hält sich einfach nicht – wenn man die einzige ist, die ihn trinkt.«

»Ist schon in Ordnung.«

»Wie schon gesagt, ich habe mich gefreut wie ein Schneekönig. Ich hab's mir in diesem Ohrensessel bequem gemacht und mir jeden Takt angehört.«

»Das freut mich.«

»Das BBC Scottish Symphony Orchestra.«

»Die spielen *so* was von gut.«

»Es war wirklich herrlich. Verzeih mir, aber ich habe zu mir selbst gesagt – das ist eine ehemalige Schülerin von mir.«

»Danke.« Sie lächelten einander an.

»Wie hattest du es doch gleich genannt?«

»*Veronika.*«

»Ich hatte es mit dem Wort Votiv verwechselt – wußte ich doch, daß es mit V begann – wie eine Votivmesse oder eine Votivkerze. Was bedeutet es?«

»Eine Veronika ist eine Pilgermedaille. Chaucers Ablaßkrämer hatte sich eine an den Hut genäht, um zu beweisen, wo er gewesen war.«

»Ein schwieriges Wort für eine schwierige Musik. Nicht gerade etwas, das ich mir beim Geschirrspülen anhören würde. Warum hast du sie so komponiert und nicht anders?«

»So ist sie mir nun mal eingefallen.«

»Aber sehr wirkungsvoll. Sie verlangt ungeteilte Aufmerksamkeit. Manchmal habe ich meine liebe Mühe mit der Avantgarde. In London bin ich in einer Galerie gewesen, und es läßt sich nur schwer sagen, was da so vor sich geht. Ein Sack Nägel, eine Leiter, ein Hammer – eine Chipstüte in der Ecke. Ist es eine Ausstellung, oder bereitet man eine Ausstellung vor? Bittet mich der Künstler, etwas Trivialem oder etwas Bedeutungsvollem Beachtung zu schenken? Genauso verhält es sich mit der Musik. Bereitet sich das Orchester darauf vor, etwas zu spielen, oder spielt es schon? Sind sie noch am Stimmen, oder hat die Darbietung bereits begonnen? Nun, bei deinem Stück ist es mir anders ergangen. Es war in sich schlüssig. Ich wollte hören, was als nächstes geschieht.« Miss Bingham sah sich nach den Zigaretten und dem Feuerzeug um. »Hast du etwas dagegen?«

»Nein.«

Sie zündete sich eine Zigarette an und inhalierte so tief, daß ihre Wangen ganz hohl wurden. Sie mußte leicht husten, gab sich aber Mühe, den Anfall zu unterdrücken. Als sie sich wieder erholt hatte, sagte sie: »In den englischen Zeitungen standen etliche Kritiken zu dem Konzert.«

»Ach, die...«

»Daß eine Katholikin protestantische Trommeln einsetzt. Die Sache mit den Lambeg-Trommeln.« Miss Bingham verdrehte die Augen.

»Die wollten ein großes Tamtam veranstalten«, sagte Catherine. »Ich habe einfach gesagt, daß mir der Klang gefällt.«

»Recht so.«

»Aber sie haben ja auch wirklich einen fabelhaften Klang

– flößen heftige Gefühle ein. Wirklich komplizierte Rhythmen.«

»An derlei ist die Presse nicht interessiert. Die ist nur auf
eine Story über die Zementierung der Spaltung oder die Über-
brückung der konfessionellen Kluft aus.«

»Ich habe ihnen gesagt, daß es genau die Trommel ist, die
ein Kind gerne spielen würde.«

Miss Bingham lachte heraus und erlitt einen neuerlichen
Hustenanfall. Sie räusperte sich, und aus der Tiefe ihres Ra-
chens war das Rumpeln und Pumpeln aufgestörter Kieselsteine
zu hören. Das Licht, das durchs Fenster fiel, ließ ihre Ge-
sichtsfarbe noch fahler erscheinen als bei der Beerdigung.
Catherine stellte die Frage, ehe sie sich eines Besseren besinnen
konnte.

»Wie geht es Ihnen?«

»Nicht so besonders gut. Ich habe mich im vergangenen
Jahr so lala gefühlt«, mit der Zigarette vollführte sie eine kreis-
förmige Bewegung, »und der Arzt hat mich zur Untersuchung
ins Krankenhaus einweisen lassen – die Befunde waren nicht
sonderlich ermutigend. Eigentlich sogar ausgesprochen nieder-
schmetternd.«

»Oh...«

»Aber es gibt ja Chemotherapie und weiß Gott was noch.
Es gibt noch andere Möglichkeiten. Noch sind wir nicht am
Ende. Die Binghams sind ein zähes Völkchen.« Sie zögerte.
»Vielleicht nicht. Gerade ist mir eingefallen, daß ich die einzige
bin, die noch am Leben ist.« Sie bot Catherine ein Orangen-
geleeplätzchen an. »Ja, laß es mich anders formulieren: Die
Binghams sind *kein* zähes Völkchen.« Sie mußten beide lachen.

»Aber Sie sehen gut aus.«

»Ja ja, *was immer du sagst, sage nichts.*« Miss Bingham drückte
ihre längliche Zigarette neben den anderen im Aschenbecher
aus. »Man hat mir gesagt, ich soll die Dinger aufgeben. Und
wie geht's dir selbst?«

»Gut.« Catherine zögerte. »Letztes Jahr war ich ein bißchen deprimiert.«

»Aus irgendeinem bestimmten Grund? Von allem anderen
abgesehen?«

»Ich habe ein Kind bekommen...«

»Herzlichen Glückwunsch! Davon habe ich gar nichts mit-
gekriegt.«

»Ich hab's meiner Mutter erst heute morgen gesagt. Es gab
einiges Stirnrunzeln.«

»Das möchte ich meinen. Junge oder Mädchen?«

»Ein kleines Mädchen, Anna. Ich brenne darauf, wieder
zurückzufliegen. Das ist das erste Mal, daß ich von ihr getrennt
bin.«

»Vermutlich ist es ein bißchen früh, mit dem Klavierunterricht zu beginnen?«

»Und Master Crotch zu übertreffen.« Sie lächelten beide.
»Sie waren eine großartige Lehrerin.«

»Unsinn, das waren doch nur die Anfangsgründe. Außerdem werden Lektionen gelernt und nicht gelehrt.«

»Nein, man braucht einen bestimmten Lehrer zu einem
bestimmten Zeitpunkt. Damals mußte ich in diesen Dingen
unterwiesen werden. Und auf diese Weise.«

»Wer noch? Wenn man einen bestimmten Lehrer zu einem
bestimmten Zeitpunkt braucht, wer ist da noch?«

»Huang Xiao Gang.«

Catherine erzählte Miss Bingham von dem Komponisten,
der in ihrem letzten Studienjahr an die Queen's University Belfast gekommen war, um dort zu unterrichten. Und davon, wie
er sie dazu gebracht hatte, anders über Klang zu denken.

Sie unterhielten sich über alles. Darüber, wie gut Menthol-
zigaretten für Miss Binghams Atmung waren, über John
Fields *Nocturnes,* über den Markt von Cookstown und darüber,
daß die Kartoffelpreise in den letzten Jahren scharf angezogen
hätten, über Brittens Chorkompositionen, Catherines Kind,

Miss Binghams arthritische Hände und darüber, daß sie nicht mehr spielen konnte. Sie hielt sie in die Höhe, damit Catherine sie betrachten konnte. So schlimm sahen sie gar nicht aus – ein bißchen wie krumme Fäuste.

»Wenn ich meine Gelenke nicht bewege, verkümmern sie. Das Fahrrad hat mir geholfen, geschmeidig zu bleiben.« Sie wackelte langsam mit den Fingern. »Aber jetzt bin ich vollkommen steif. Wir sind vom selben Schlag – wir sind beide ein bißchen widerborstig.«

»Ich? Widerborstig?«

»Weißt du nicht mehr, wie du beim Halleluja-Chor nicht aufstehen wolltest?«

»Im ersten Studienjahr bin ich wohl aufgestanden. Dann habe ich den Grund herausgefunden. Das ganze Brimborium nur, weil irgend so ein King George I. oder II. es vor dreihundert Jahren vorgemacht hat.«

»Kannst du dir vorstellen, wie mir zumute war? Mein kleiner Schützling bleibt sitzen, während das gesamte Konzertpublikum von Ulster aufsteht?«

»Was für ein Blödsinn das war.«

»Wir leben in einem Land, wo es auf derlei ankommt. Die Leute von Ulster sind der anderen Fakultät gegenüber viel zu höflich. Niemand äußert frei seine Meinung, außer im eigenen Lager. Erinnerst du dich noch an den Scherz, den du gemacht hast?«

Catherine lächelte und sagte: »Ich stehe nicht dafür.«

Miss Bingham öffnete die Schachtel Pralinen und bot Catherine davon an.

»Nein, Sie haben die erste Wahl – schließlich ist es Ihr Geschenk.«

»Türkischer Honig – der mysteriöse Orient«, sagte sie. »Wie hieß der Mann doch gleich?«

»Huang Xiao Gang.«

»Weißt du, daß wir mittlerweile ein Chinarestaurant haben?« Catherine nickte und nahm sich einen Fondant. Miss Bingham lehnte ihre Wange gegen die gepolsterte Kopfstütze des Ohrensessels.

»Ich werde nicht lange bleiben«, sagte Catherine.

»Damit willst du sagen, daß ich müde aussehe.«

»Nein...«

»Zum Zuhören bin ich nicht zu müde. Spiel mir etwas vor, am liebsten etwas von dir.«

Catherine zauderte. »Ich kann's nicht fassen. Aber ich fühle mich gehemmt – vor Ihnen.«

»Unsinn. Ich bin immer ein ziemlicher Fan von dir gewesen.«

»Vielleicht meine ich genau das.« Catherine stand auf und ging zum Erkerfenster. Sie setzte sich auf den Klavierhocker.

»Es gehört zu einer Suite von Klavierstücken, an denen ich gerade arbeite. Sie sind sehr kurz.«

»Gott sei Dank«, sagte Miss Bingham und lachte. »Nein, ich schulde es der Komponistin, daß ich mir die Musik mit derselben Konzentration anhöre, mit der sie komponiert wurde.«

»Sie sind wie Haiku für Piano. Und sehr verhalten.« Catherine hob die Hände über die Tasten, dann ließ sie sie wieder sinken. »Insgesamt sollen es etwa zehn werden, aber vollendet habe ich erst fünf. Sie handeln von den Zimmern Vermeers, besser gesagt, von den Frauengestalten in seinen Zimmern. Das erste heißt *Schlafendes Mädchen,* dann *Briefleserin am offenen Fenster,* danach *Dienstmagd mit Milchkrug* und... *Junge Frau mit Wasserkanne.* Das letzte habe ich vergessen. Es wird mir schon noch wieder einfallen. Ich kann nur die ersten beiden auswendig.« Und sie hob wieder die Hände über die Tasten. »Ach ja... das letzte heißt *Die Perlenwägerin.*«

Sie begann zu spielen. Miss Bingham blieb in ihrem Sessel sitzen. Die Musik wirkte zaghaft. Kleine dissonante Cluster verliehen ihr einen zufälligen, schwermütigen Charakter, als habe noch nie jemand über sie nachgedacht. Wie ein Kind, das tastend nach einer Melodie sucht, aber kein Glück damit hat. Miss Bingham hatte die Lider geschlossen. Die knorrige Hand, die sie gegen die Wange drückte, mußte das Gewicht ihres Kopfes tragen. Hinter dem schlafenden Mädchen auf dem Vermeer war eine offene Tür, die in ein anderes, fast unmöbliertes Zimmer führte. Das Zimmer und sein Echo, von der Klavierkomposition feinfühlig heraufbeschworen, schufen eine geheimnisvolle Atmosphäre. Leise, als dürfe das schlafende Mädchen nicht geweckt werden, klang das Stück aus.

Miss Bingham blieb reglos sitzen und wartete auf das zweite Stück. Als es einsetzte, spiegelte ihr Lauschen etwas von der Versunkenheit des Mädchens, das den Brief liest. Die Konzentration auf das Andere. Einer Sache Beachtung schenken unter Ausschluß von allem anderen. Sie sieht nicht das vertraute, halb in Blei gefaßte Erkerfenster oder ihr Spiegelbild darin. Nicht den apfelgrünen Vorhang. Nicht den Perserteppich. Dieses Stück in seiner Kraft, Schlichtheit und Unmittelbarkeit ist anders. Als es verklungen war, nickte Miss Bingham und öffnete die Augen.

»Das Mysterium von Noten am passenden Ort.«

»Vermeer war ein Mann, der Frauen malen konnte«, sagte Catherine. »Kennen Sie die Gemälde?«

»Nur aus Büchern. Als Maler hatte er mit religiösen Sujets begonnen. Dann wandte er sich dem Alltäglichen zu – erhöhte es. Machte Heilige aus dir und mir und unseresgleichen.« Catherine nickte zustimmend. »Du spielst so schön. Und komponierst so schön. Nadia Boulanger hat gesagt: Ohne Leidenschaft leistet man nichts Ordentliches; mit Leidenschaft allein nichts Ausgezeichnetes. Beide Stücke sind großartig. Sehr eindringlich.« Mit ihren mißgestalteten Fingern formte sie ein Wigwam und klopfte sich aufs Brustbein. »Innere Musik. Ich würde sie gern alle hören. Sie haben sowohl Leidenschaft als auch Struktur.« Catherine stand auf und ging wieder zu ihrem Sessel.

»Wie bist du auf Vermeer gekommen?«

»Messiaen – angeblich konnte er Klänge als Farben sehen, da habe ich mich gefragt – wie, wenn man das Verhältnis umkehrt. Man spricht ja auch von schreienden Farben – aus einer Matisse-Ausstellung kommt man wie betäubt heraus.« Miss Bingham lachte, versuchte aber, die Hand an den Hals haltend, nicht zu husten. Der Husten blieb aus. »Dann habe ich mich gefragt, wie sich wohl Vermeer anhören würde.«

Catherine nahm das Angebot einer weiteren Tasse Kaffee an.

»Musik schmerzt uns auf zulässige, nahezu angenehme Weise«, sagte Miss Bingham, während sie mit dem Löffel Kaffee in die Tasse gab und Wasser darübergoß. »Aber nichts funktioniert so gut wie das wirkliche Leben. Das steht konkurrenzlos da.«

Catherine nickte und hob ihre Tasse.

»Danke.«

»Arbeitest du zur Zeit an etwas anderem?«

»Ich versuche mich an einem Chorwerk.«

»Was ist es?«

»Eine Messe.«

»Puh!« Miss Bingham sagte genau das Richtige. Catherine griente.

»Eine lateinische Messe.«

»Noch einmal puh!«

»Im Augenblick sind es nur einzelne Bruchstücke.«

»Ich habe schon immer gewußt, daß dir dein Katholizismus sehr wichtig ist.«

»War. Früher einmal.«

»Und jetzt?« Catherine schüttelte den Kopf. »Warum benutzt du ihn dann als Vehikel?«

»Ich weiß es nicht. Ich nehme an, ich *bin* widerborstig – schon immer ein schwieriger Kunde gewesen. Es gibt nicht allzu viele von Frauen komponierte Messen.« Catherine lachte.

»Auf diese Weise zahle ich es ihnen heim, daß sie mich nicht Meßdienerin werden lassen wollten.«

Es herrschte langes Schweigen, solange Miss Bingham sich in ihrem Sessel zurechtsetzte.

»Mir ist die Religion in letzter Zeit der einzige Trost gewesen.«

»Es tut mir leid, ich wollte nicht frivol klingen.«

»Aber du hast ja recht – heute ist es so schwierig zu glauben. Den Fachleuten zufolge kann man die Bibel nicht mehr für bare Münze nehmen. Ich glaube an dich und mich und unseresgleichen. Und ich glaube an meine Kirche. Ich glaube an das Drumherum ebenso, wie ich an die Religion glaube.«

»Ich glaube *nur* an das Drumherum«, sagte Catherine. Miss Bingham dachte darüber nach.

»Die Ausübung meiner Religion ist mir eine große Freude. Es ist eine Art, Mensch zu sein – wie die Musik –, es hat etwas Gemeinschaftliches.« Während sie dies sagte, machte sie mit ihren ungestalten Händen eine Geste. »Ich mag ihre Rituale, ihren Beistand, den Efeu an den Gemäuern – alles an ihr. Selbst Pastor Young hält mich davon nicht ab. Hier in der Gegend nennen wir ihn ›bizarrer Pfarrer‹.« Sie setzte sich in ihrem Sessel vor, und ihre Augen schienen zu weit aufgerissen. »Aber all das ist unerheblich, wenn es darum geht, was zwischen uns geschieht. Nicht zwischen dir und mir – obwohl es in diesem Fall zwischen dir und mir war. Der Abend, als ich mir dein Konzert anhörte – kurz vor Weihnachten – in derselben Woche hatte mir der Arzt mitgeteilt, daß es mit mir nicht zum besten steht. Jetzt erst taten seine Worte ihre Wirkung. Und als ich mich hinsetzte, war ich … Ein Mensch kann allzu sehr in sein Gemüt eingeschlossen – ja, von allem abgeschnitten – sein, und dann geschieht etwas, das einem sagt: Nein – ein anderer hat das gleiche durchgemacht. Du bist nicht die einzige. *Ich bin dort, wo du gewesen bist.* An dem Abend hat deine Musik zu mir gesprochen.«

Beide verfielen in Schweigen. Miss Bingham zündete sich noch eine Mentholzigarette an. Sie mußte mehrere Male mit dem Daumen Funken schlagen, bevor die Feuerzeugflamme aufflackerte. Sie sagte: »Es hat mir Hoffnung gemacht.« Die Zigarette hing ihr immer noch im Mund und tanzte auf und nieder, während sie sprach.

»Ich danke Ihnen.« Catherines Stimme klang sehr leise. Die blaue Rauchfahne stand eine Weile im Raum, bevor sie zum Kamin hin abzog. Im letzten Augenblick wurde sie nach oben gesaugt.

»Ich meine nicht Hoffnung auf eine Veränderung bei dem … was mir fehlt«, sagte Miss Bingham. »Unsereins glaubt an so etwas nicht – Lourdes und dergleichen. Nein – das Zuhören selbst hat mir Hoffnung gemacht. Und Freude. Das Ende hat mir große Freude bereitet.«

Catherine blickte aufs Kaminfeuer, als die Kohle in sich zusammensackte und die Flammen aufzüngelten.

»Soll ich nachlegen?«

»Ja – es ist immer noch kalt.«

Catherine erhob sich, ging zum Kohleneimer und legte nach. Die Schenkel der Kohlenzange klickten metallisch, als sie an einem Klumpen abglitten. Miss Bingham sah ihr zu, als sei sie unfähig, sich von der Stelle zu rühren. Catherine sagte: »Wenn ich damit fertig bin, gehe ich.«

»Ich muß jetzt mittags immer ein Nickerchen machen.«

»Oh, das tut mir aber leid. Ich bin viel zu lange dageblieben.« Sie stand auf. Miss Bingham folgte ihr mit den Blicken. »Soll ich die Tassen abwaschen?«

»Nein, meine Liebe. Ich habe eine Frau, die jeden Tag vorbeikommt. Um mir zur Hand zu gehen.« Miss Bingham unternahm eine große Anstrengung, sich aus dem Sessel zu erheben. Catherine streckte die Hand aus, um ihr auf die Beine zu helfen. Sie fühlte sich zu leichtgewichtig an. Sie gingen in die Diele.

»Ich kopiere die restlichen Vermeer-Stücke und schicke sie Ihnen, sobald sie vollendet sind.« Catherine zog ihren Regenmantel an.

»Das fände ich sehr nett. Es war sehr lieb von dir, vorbeizuschauen. Bis zum nächsten Mal darfst du aber nicht so lange warten.«

»Geht es Ihnen auch wirklich gut?«

»Ja, meine Liebe.«

»Dann also auf Wiedersehen.«

»Auf Wiedersehen.«

Catherine lief in der Stadt umher, an ihrer Grundschule vorbei, wo, weil Mittagspause war, die Kinder auf dem Pausenhof sich die Kehlen aus dem Hälsen schrien. Dann weiter über die Brücke. Sie blieb stehen und schaute auf den Fluß. An dieser Stelle war er flach und steinig. Zu anderen Jahreszeiten konnte man die Fische stromaufwärts schnellen sehen, aber jetzt nicht. Einige Leute, die sie kannte, starrten sie an, und sie nickte ihnen zu und ging weiter. Am Chinesen und an der Polizeikaserne vorbei. Sie blieb stehen, um sich die Auslage von Curran's zu besehen, einem Kurzwarenladen, in dem Oma Boyd ein und aus gegangen war. Sie trat ein, und nach dem vorgeschriebenen Quantum höflicher Konversation erstand sie ein Stück rotes Samtband, ausreichend für zwei Haarschleifen, das der alte Mr. Curran um seine Finger wickelte und in eine weiße Papiertüte stopfte. Sie überlegte, ob sie in dem kleinen Café am Platz einen Kaffee trinken sollte, aber das würde sie in eine peinliche Lage versetzen. Alle würden sich fragen, weshalb sie nicht zu Hause Kaffee trank. Außerdem hielt der Lärm der Preßluftbohrer und Motorsägen immer noch vor. Sie gab auf und ging heim.

Falls ihre Mutter sich verabschieden wollte, sollte es ihr recht sein. Falls nicht, sei's drum. Catherine stieg die Treppe hoch und ging ins Schlafzimmer, um ihre Sachen zu holen. Ihren Regenmantel zog sie gar nicht erst aus. Ihre Tasche war gepackt und lag auf dem Bett, wo sie sie hingelegt hatte. Sie hörte das Geklimper von Autoschlüsseln, und ihre Mutter kam aus der Küche und über den Flur. Auch sie hatte ihren Mantel an.

»Ich habe versprochen, dich zu fahren, damit du um halb vier am Flughafen bist – und das tue ich auch.« Sie sprach mit abgewandtem Gesicht. Wie der Leichenbestatter es getan hatte.

»Ich kann den Bus nehmen.« Ihre Mutter antwortete nicht, sondern ging, die Autoschlüssel in der Hand, die Treppe hinunter, ihr voran. Sie schaute auf die Uhr.

»Du mußt eine Stunde vorher dasein. Und wir brauchen fast eine Stunde, bis wir da sind. Also haben wir noch Zeit. Wir müssen uns aussprechen.« Sie schaute zu Paddy hinein, der den Boden der Schankstube wischte.

»Wir fahren zum Flughafen.«

»Ist recht. Schön, Sie zu sehen, Catherine – bis zum nächsten Mal dürfen Sie aber nicht so lange warten.«

»Auf Wiedersehen, Paddy – vielen Dank für alles.«

Die beiden Frauen stiegen in den Wagen.

»Und – wie war's bei Miss Bingham?«

»Sie wird noch vor dem Sommer unter der Erde liegen.«

»Gott schütze und bewahre sie.«

Es war ein kalter Tag, aber die Sonne schien hell, und der Himmel war blau. Als Mrs. McKenna die Lastwagen und Betonmischmaschinen passiert hatte, die auf der Straße herumstanden, sagte sie: »Und wie soll ich nun auf deine Neuigkeit reagieren?«

»Ich weiß nicht. Das liegt an dir.«

»Hat es einen Vater?«

»*Es* hat auch einen Namen.«

»Und der wäre?«

»Anna.«

Als sie den Staub und Schutt der Bauarbeiten hinter sich

gelassen hatten, war die Windschutzscheibe verschmiert. Ihre Mutter betätigte die Scheibenwaschanlage, und die Scheibenwischer säuberten zwei einander überlappende Quadranten.

»Bist du verheiratet?«

»Nein. Sieh mal, heute geht es nicht mehr so zu wie zu deiner Zeit.«

»Als ob ich das nicht wüßte. Die jungen Dinger heutzutage – es wird einem ja angst und bange, wie bunt die es treiben. Man braucht sich nur irgendeine Frauenzeitschrift anzuschauen. Da stehen einem die Haare zu Berge. Zu meiner Zeit haben sie an die Briefkastentante geschrieben und gefragt, ob es in Ordnung ist, einen Jungen zu küssen. Heute wollen sie wissen, ob es in Ordnung ist, seinen Dingsbumskirch zu küssen.«

»Vorsicht, Mama. Du fährst noch in den Straßengraben. Ereifere dich doch nicht so.«

»Ich kann nichts dafür. So bin ich nun einmal erzogen worden. *Weißt* du denn, wer der Vater ist? Oder ist es womöglich einer von Dutzenden?«

»Du kannst mich ruhig hier absetzen, ich kann immer noch den Bus nehmen.«

»Ich bin eben sehr aufgebracht, sehr verletzt.«

»Der Vater heißt Dave. Er ist Engländer. Wir hatten eine Beziehung – wir haben zusammengewohnt, als es passiert ist. Ein Versehen.«

»Ihr habt aus Versehen zusammengewohnt?«

»Wir haben aus Versehen Anna bekommen.«

»Soll das etwa heißen, du benutzt...?«

»Was soll denn das?« Catherine war kurz davor, zu brüllen. »Wieder die spanische Inquisition?« Ihr Tonfall beirrte die Mutter, und sie schwieg eine Weile. Dann fragte sie: »Wie alt?«

»Dave oder das Kind?«

»Jetzt bring mich aber nicht auf die Palme, Catherine. Menschenskinder noch einmal.«

»Achtzehn Monate.«

»Dein Vater hätte dich vermutlich für alle Zeit und Ewigkeit aus dem Haus verwiesen.«

»Ich weiß.«

Sie verstummten wieder, als Mrs. McKenna durch Magherafelt mit seinen Kreisverkehren und dem Verkehrschaos
fuhr. Wieder auf der offenen Landstraße, fragte sie: »Wann
werde ich es zu Gesicht bekommen?« Catherine antwortete
nicht, sondern starrte auf die schnurgerade Straße, die nach
Toomebridge führte. »Ich meine sie. Wann werde ich sie zu
Gesicht bekommen?«

»Ich weiß nicht.«

»Und dein Mann – wird er sich blicken lassen?«

»Ich bin nicht verheiratet.«

»Damit hast du bereits geprahlt. Wird er in Erscheinung
treten?«

»Weiß nicht.«

»Catherine, du machst es mir wirklich nicht leicht. Ist das
Kind getauft?«

»Nein.«

Rund um Lough Neagh wurde die Landschaft flach. Ver-
kehrsschilder warnten vor niedrig fliegenden Flugzeugen. Etwa
eineinhalb Kilometer vor dem Flughafen stießen sie auf eine
permanente Straßensperre. Bewaffnete Polizisten standen in
kugelsicheren schwarzen Westen herum. Sie wurden durchge-
wunken.

»Ich habe mir das alles noch nicht richtig überlegt, aber du
mußt immer daran denken, daß hier ein Zuhause auf dich
wartet. Und auf dein Kind. Und auf deinen Mann, wenn es
denn dazu kommen sollte. Besonders jetzt. Das Haus ist zu
groß für unsereinen – für mich allein. Da ist Platz für vierzig
Katzen.«

»Das würde nie und nimmer funktionieren. Aber vielen
Dank.«

»Ich würde mich auch nicht einmischen.«

»›Ist das Kind getauft?‹« äffte Catherine ihre Mutter nach.

»Was recht ist, ist recht. Du willst doch nicht, daß das arme Wurm die Ewigkeit in der Vorhölle verbringt. Falls es stirbt.«

»Niemand, der halbwegs bei Verstand ist, glaubt heute noch an diesen Mist...«

»Ich schon.«

»Wir streiten uns schon...«

»Wir diskutieren darüber, was recht ist und was unrecht. Und was am besten zu tun ist.« Catherine seufzte und blickte zum Lough Neagh, der zur Rechten in der Ferne glitzerte. »Weißt du, es gibt eins, was mir bei alledem in den Sinn kommt.«

»Und das wäre?«

»Dein Vater war achtzehn Monate lang Großvater und ist gestorben, bevor er es erfahren hat. Ich weiß nicht, was schlimmer ist. Daß er es nicht gewußt hat? Oder wenn er es gewußt hätte?«

Sie standen vor den Geschäften nahe der Kontrolle. Ihre Mutter klimperte mit den Autoschlüsseln.

»Das war ein furchtbarer Schock für mich.«

»Es tut mir leid.«

»Wirst du diesmal in Verbindung bleiben?«

»Wenn du möchtest.«

»Sag das doch nicht so. Natürlich möchte ich es. Es fällt mir nur so schwer...«

»Der Vater des Kindes ist von der Bildfläche verschwunden.«

»Himmel, Catherine – du mußt aber auch wirklich alles verpatzen!«

»Ich bin nicht die einzige alleinstehende Mutter im Lande.«

»Aber die einzige in unserer Familie.«

Catherine schaute auf die Uhr. Dann auf ihre Füße.

»Ich wohne zur Zeit bei Freunden in Glasgow. Bis ich ein eigenes Haus habe.«

In einem der Geschenkwarenläden mußte sie sich einen Stift und ein Stück Papier ausleihen, um ihre provisorische Adresse und Telephonnummer aufschreiben zu können. Während Catherine schrieb, kaufte ihre Mutter ein Weizenbrot.

»Falls du nach Hause kommen möchtest«, meinte ihre Mutter. »Ich könnte mich daran gewöhnen. Unter keinen Umständen will ich dich ein zweites Mal verlieren.«

»Irgendwann einmal werde ich ein Musikstück für dich komponieren.« Ihre Mutter sah sie an und schnaubte verächtlich.

»Das Lied, an dem die alte Kuh verreckte.«

Catherine lächelte und reichte ihr den Zettel. Dafür wurde ihr der Brotlaib angeboten.

»Danke«, sagte Catherine.

»Es ist gutes Brot. Gerade das Richtige zum Frühstück.« Unbeholfen standen sie einander gegenüber. »Ich schicke dir etwas Geld.«

»Nein. Ich komme schon aus.«

»Anna, hast du gesagt?«

»Ja. Ich rufe dich an.«

»Schön. Bleib gesund. Und daß du mir bald zum Arzt gehst.«

»Mach ich.«

Sie umarmten einander kurz, dann war Catherine auch schon fort und durch die Kontrolle. Rasch lief sie den mit Teppich ausgelegten Gang entlang.

Im Flugzeug hatte sie einen Fensterplatz – nicht, daß es darauf ankam, denn es war schon fast dunkel. Sie war froh, daß sonst niemand in ihrer Reihe saß. In zwei Stunden würde sie ihre Tochter wiedersehen. Sie mußte sich fangen. Die Gefühle unterdrücken, die in ihr aufstiegen. Sich mit etwas anderem beschäftigen. Denn wenn sie erst einmal einer Sache wegen angespannt war, konnte ihre innere Unruhe völlig unerwartet auf etwas anderes überspringen. Und sie würde sich nicht mehr zu retten wissen. Versuche, nicht an sie zu denken. Sie würde schlafen – falls Liz eine verantwortungsvolle Babysitterin war. Sie malte sich aus, wie sie die Treppe hinab zu Anna ins Souterrain rennen würde. Dann bremste sie sich scharf. Es war noch zu früh dafür. Etwas anderes. Eine Treppe führt nach oben und zugleich nach unten. Aufstieg und Abstieg. Anfang und Ende. Wer kann behaupten, daß dies eine Treppe ist, die nach *oben,* und nicht eine, die nach *unten* führt? Wie bei der Polyphonie. Aufsteigende Stimmen sind ununterscheidbar von denen, die absteigen.

Sie entnahm der Tasche vor sich das Bordmagazin und blätterte es durch. Die Landkarten stellten London als Urquell aller rot verzeichneten Flugstrecken dar. Kiew sah immer noch so aus, als liege es in einer gottverlassenen Gegend – kein roter Strang verband es mit London. Sie konnte sich nur schwer vorstellen, so weit vom Meer entfernt zu wohnen. Das Schwarze Meer lag am nächsten. Die Farbe des Schwarzen Meeres war blau.

Die Stewardeß reichte ihr ein Plastiktablett mit einem Imbiß und lächelte. Sie hatte wunderschöne Zähne. Es war eine Art professionelles Lächeln. Eines, das sich an- und ausknipsen ließ – wie Schwester Immaculatas. Catherine hatte Melnitschuks Frau Olga gefragt, weshalb die Kiewer, die in Hotels und Geschäften arbeiteten, nicht lächelten – die einzigen, die sie lächeln sah, waren Popen und Prostituierte. Die Ladenverkäuferinnen bekämen ihr Gehalt unabhängig davon, wie viel oder wie wenig sie verkauften oder lächelten, sagte Olga. Und wichtiger noch, es sei mühsam, zu lächeln, wenn man in so schweren Zeiten lebe. Butter koste inzwischen achthundertmal soviel wie im Vorjahr. Als sie ihre Antwort gegeben hatte, lächelte sie. Catherine erinnerte sich, in diesem

Augenblick den Wunsch gehabt zu haben, daß Olga ihre Mutter wäre.

Catherine hob den Deckel und verzehrte mechanisch ihre Mahlzeit. Sie riß die Aluminiumfolie des Plastikbechers mit Wasser auf und spülte eine Kapsel hinunter. Sie mußte daran denken, was sie Anna vorsetzte. Gemüseschmortopf mit Pute, Gemüseeintopf mit Rindfleisch, mit Käse überbackener Blumenkohl und Pasta – Catherine hatte von allem den ersten Löffelvoll gekostet, und alles schmeckte gleich. Den Löffel in den Papp tunken und wieder herausholen, aber nicht so gehäuft, daß sie kleckerte, den Löffelrand am Innenrand des Glases abstreifen und dem Kind in den Mund schieben. Manchmal sperrte Anna spielerisch den Mund zu, manchmal spielten sie Flugzeug, und Catherine brummte wie ein Flugzeugmotor und beförderte die Löffelfracht in den weit aufgerissenen Mund. Sie erinnerte sich an das winzige Klicken, als sie mit dem Löffel gegen das erste Zähnchen stieß – sie hatte geglaubt, es sei ein Splitter vom Rand des Glases. Eine schlimme Zeit. Als Verletzungen obenan standen. Die Angst vor dem Ärgsten, das einer Mutter zustoßen kann. Die Angst, daß sie daran schuld sein könnte. Aber mit der Zeit wurde es leichter. Die Gedanken überfielen sie nicht mehr so häufig wie bisher. Und wenn doch, kam sie mit ihnen zurecht. Schlabberlätzchen. Seit vier Tagen hatte sie nicht mehr an Lätzchen gedacht. Löffel und Lätzchen und Gläser, und mit Messer und Gabel alles zerkleinern. Es war noch zu früh dafür, an all das zu denken. Sie würde wieder mal zu früh auf Hochtouren sein. Aber es war besser, als an die andere Öffnung zu denken. Gerüche und Hautausschlag. Nasse oder volle Windeln. Sie mußte an etwas anderes denken als an das Wiedersehen mit Anna. Es lag noch in zu weiter Ferne – zwei Stunden mindestens noch. Sie würde nur ihre emotionale Kraft vergeuden. Sie war wie ein Jongleur auf einem schmalen Brett, auf einem Drehzapfen balanciert. Die winzigste Unachtsamkeit würde sie zu Fall bringen. Denk an den Tag, an dem Melnitschuk sagte, der Ursprung seiner Musik und ihrer spirituellen Eindringlichkeit werde bald offenbar werden. Die Stadt Kiew war anderswo. War das Andere. Auf halbem Wege zwischen Ost und West. Das Wetter war bitterkalt gewesen. Melnitschuk, Olga und Catherine waren zusammen mit anderen Leuten, die durch das leichte Schneegestöber hasteten, zur Refektoriumskirche gegangen. Ein Junge trug eine Gabe: einen Laib Brot. Auf der Tafel der Mönche im Innern lagen Äpfel vom vergangenen Jahr, braune und weiße Eier, Brote – in einem stak eine brennende Kerze – und Eingelegtes, alles hausgemacht. Nichts konnte der abgepackten Mahlzeit der Fluggesellschaft unähnlicher sein. Der Chor war herrlich – die wunderbar tiefen Baßstimmen der Männer und die Sopran- und Altstimmen der Frauen. Stimmen wie Mahagoni und Teak, Gold und Silber. Die Refektoriumskirche war rund und wurde von einer Kuppel überwölbt. Es gab keine Sitzbänke, und die Leute standen oder liefen umher. Melnitschuk setzte seine Brille ab und blieb entrückt stehen. Olga schlug drei Kreuze. Die Stimmen der Popen klangen anders als die des Chores – lauter, mit mehr Glissandi –, buchstäblich *grace notes,* Gnadentöne. Das einzige Wort, das sie verstand, war *alleluja.* Der Chor war seinen Akkorden verfallen und hielt sie unendlich lange aus. Die Gemeinde bestand nicht nur aus alten Frauen – obwohl es deren viele gab –, da waren kleine Mädchen und Jungen, Halbwüchsige, Männer mittleren Alters. Ein Pope mit prächtiger Baßstimme sang eine in Vierteltönen aufsteigende Textpartie, daß sich ihr die Nackenhaare sträubten. Ezio Pinza oder Boris Christoff. Es gab keine Mikrophone oder Lautsprecher. Ein einfältiges Mädchen lauschte dem Chor mit uneingeschränkter Hingabe, lächelnd und mit aufgerissenen Augen – das Aussehen eines Kindes, das einer Spieldose lauscht. Überall sprangen ihr menschliches Leiden und Dulden ins Auge. Die Leute nahmen etwas entgegen, das ein tiefes spirituelles Bedürfnis stillte. Eine Mutter lief mit ihrem gelähmten Kind auf und ab. Ein Kranker, der der Heilung harrte. Wie heilte der Geist? War es ein chemischer Vorgang oder eine Umstellung der Persönlichkeit, der Seele? Angesichts der Intensität und Schönheit der Musik füllten sich Catherines Augen mit Tränen. Der offensichtliche Kummer und die völlige Armut der Leute machte die Sache noch schlimmer, und sie hatte Mühe, ihre Tränen zu unterdrücken. Und jetzt weinte sie hier im Flugzeug über der Finsternis der Irischen See, verzehrte ihre Plastikmahlzeit und erinnerte sich daran, wie sie in Kiew geweint hatte. Und sie bog den Grund für ihre Tränen um – schob sie dem Tod ihres Vaters zu, der gefühlsmäßigen Belastung der letzten Tage. Wie ein Häftling, der zwei Freiheitsstrafen gleichzeitig verbüßt, weinte sie um zwei Dinge zugleich. Nur nichts vergeuden – lieber den Grund verdoppeln. Dieselben Tränen ließen sich weidlich ausschlachten. Sie benutzte die dunkelblaue Serviette, um sich das Gesicht abzuwischen. Ehe sie sich zum Fenster drehen konnte, stand eine Stewardeß vor ihr.

»Alles in Ordnung?«

Catherine nickte. Sie hatte das Recht zu weinen – sie kam von einer Beerdigung. Sie lächelte, um zu beweisen, daß alles in Ordnung war. Eine merkwürdige Vorrichtung, diese Neuanordnung der Gesichtsmuskeln, die besagte, daß alles in Ordnung sei. Es bestand kein Anlaß, Näheres zu erfragen. Man konnte sie als Barriere benutzen, um sich Eindringlinge in die eigene Gefühlswelt vom Hals zu schaffen.

Wie hatte Liz wohl Anna zum Schlafengehen angezogen – am Abend der Heimkehr? Sie sah das Gesicht ihres Kindes vor sich, spürte seine Haut an ihrer Wange. Vielleicht konnte sie ihm die Haare zu Rattenschwänzen binden. Seit einer Weile waren sie lang genug für Haarbänder. Aber es war noch zu früh dafür. Sie nahm zuviel vorweg. Beherrsche dich – lenke deine Gedanken, statt ihnen freien Lauf zu lassen.

Nach dem Gottesdienst hatten Olga und Catherine den Glockenturm erklommen – wegen seiner Herzbeschwerden konnte Melnitschuk keine Treppen steigen. Vier Jahre waren vergangen, seit die Behörden das Glockengeläut zum ersten Mal ohne Behinderung wieder zugelassen hatten. Zwei Novizen wechselten sich darin ab, die große Baßglocke, die den Takt vorgab, und die Diskantglocken, die die Melodie spielten, zu schwingen. Die große Glocke hatte einen fast minutenlangen Nachhall. Catherine machte sich Notizen und schrieb etliche Tonfolgen auf. Es war bitterkalt, und ihre Finger waren taub. Aber der ganze Turm hallte wider. *Tintinnabulation.* Glockenschall, Glockenschwall. Sie sprach das Wort laut vor sich hin, wobei sie jede Silbe betonte. Tin-tin-ab-ju-la-isch-on. Wie ein fremdes Wort in einem fremden Land. Sie fühlte die Glocke in ihren Fußsohlen klingen, sie hörte sie in ihrem Brustbein – sie brummte in ihren Schädelknochen. Sie nickte, wollte im Takt bleiben. Sie lief umher und versuchte, sich mit einer Art tapsendem Tanz warmzuhalten. Eine freudige Erregung, und sie war ansteckend. Innere Musik.

Hinterher stellte Melnitschuk sie dem Popen mit der tiefen Mahagonistimme vor, Pater Theodosius. Er war frohgelaunt, begeisterungsfähig und aufgeschlossen. In seiner schwarzen Soutane und mit dem hohen schwarzen Hut mit dem Nackenschleier wirkte er überaus imposant. Russisch-orthodox. Auf eine gefahrlose Art fühlte sie sich von ihm angezogen – trotz seines kastanienbraunen Bartes, der vor lauter Tatkraft fast abstand. Seine weißen Hände, die sich gegen das Schwarz seines Gewandes abhoben, waren unstet – andauernd befingerte er das goldene Kreuz, das von seinem Hals herabhing. Er war kein Weltgeistlicher, sondern Mönch und gehörte dem Kloster an. Die Kirchen seien wieder geöffnet, ließ er durch Olga sagen – die Regierung hatte sie geschlossen in dem Glauben, sie würden auf immer geschlossen bleiben. Viele Jahre lang hatten von ihrem Kloster nur noch die Mauern gestanden. Die

Regierung habe darauf gewartet, daß die alten Leute stürben und mit ihnen die Religion – in den Schulen sei sie verboten gewesen. Die Kommunisten hätten geglaubt, sie würde an Vernachlässigung zugrunde gehen. Trotz alledem sei die Kirche lebendig, und die Kerze leuchte noch immer. Nichts könne sie auslöschen. Das Kloster habe seit dem Mittelalter seine eigene Musik, seine eigene Musikschule gehabt. »Nirgendwo sonst singen sie und läuten die Glocken wie wir hier.« Pater Theodosius lächelte.

»Da hat er verdammt recht«, bekräftigte Catherine.

Er führte sie zu einem riesigen Saal, der gerade umgebaut wurde. Der Fußboden war von Staub und Stuck überzogen, über Holzgerüsten hingen aus Löchern in den Wänden Drähte. Er sprach schnell mit Melnitschuk und zeigte ihm, was sie vorhatten. In der Mitte des Saals standen sechs Mönche – schmucke Männer, die ein wenig herumkasperten – und warteten darauf, der Frau aus dem Westen vorgestellt zu werden. Vor Catherine schienen sie Hemmungen zu haben. Sie verströmten eine Art Sanftmut. Plötzlich brachen sie völlig unerwartet in Gesang aus. Es war kein sakraler Gesang – er hatte eine gewisse Leichtigkeit. Er war wie ein Rundgesang oder Kanon, voller Wiederholungen, zur Unterhaltung gesungen, und dies wunderschön. Im Nu fühlte sie sich geradewegs zu Oma Boyd zurückversetzt, die *Abendstille überall* sang. Nun sangen die Patres etwas, das große Ähnlichkeit mit *Stille Nacht, heilige Nacht* aufwies. Vor dem Fenster rieselte der Schnee. Zwei sangen Kontratenor, zwei Tenor und zwei Baß. Die Akustik des leeren Saals mit seinem schwachen Echo paßte vorzüglich zu der Musik. Jemand sang daneben, und sie mußten lachen und brachen ab.

Nachdem sie Catherine vorgestellt worden waren, sangen sie einen Choral zum Lobpreis Jesu, mit dem sie Ihm für das Geschenk der Musik dankten. Die Säume ihrer Soutanen grau vom Staub des Saals, schritten sie singend davon, bis allmählich wieder Stille einkehrte. Wieder setzte Melnitschuk seine Brille ab. Er sagte, gedolmetscht von Olga: »Ich fasse Musik als göttliche Gnade auf. Die gesamte kommunistische Ära hindurch war Religion untersagt. Für uns war die Musik eine Art Gebet, Musik war eine Möglichkeit, der göttlichen Gnade teilhaftig zu werden.«

Sie gingen zurück zum Haus der Melnitschuks, und Olga machte für sie Frühstück. Anschließend spielte Anatolij Catherine die Tonbandaufnahme eines Werkes vor, das er kürzlich aufgezeichnet hatte.

»Ein Choral zu Ehren der Muttergottes, die auf dem Himmelsthron sitzt«, erklärte Olga. Das Tonbandgerät war vorsintflutlich und konnte die Klänge, die er dem Chor zugedacht hatte, auch nicht annähernd wiedergeben. Und dennoch – das Erhabene drang durch. Die Komposition war sparsam, durchstrukturiert und äußerst einprägsam. Als die letzten Töne verklungen waren, lief das Tonband schleifend weiter, und der Hund schlug mit dem Schwanz auf den Teppich. Olga sagte: »Seit dem politischen Umschwung kann er seinen Werken die Namen geben, die er im Kopf hat. Vor zehn Jahren hätte er es *Chronos IV* oder so ähnlich genannt. Einmal sagte Schostakowitsch zu ihm: ›Dein Kopf ist ein Safe. Nur du kennst die Geheimnummer, mit der man ihn öffnet.‹«

»Sie haben Schostakowitsch gekannt?«

»Ja. Dmitrij Dmitrijewitsch kam mit Irina Supinskaja, seiner dritten Frau, hierher nach Kiew. Um seine Sinfonie *Babi Jar* zu besprechen. Damals war das sehr mutige Musik.«

»Wieso?«

»Sie wissen von Babi Jar?«

»Nein, nicht…«

»Vielleicht sind Sie zu jung. Babi Jar ist eine Stätte des Todes. 1941 trieben die Nazis sämtliche Kiewer Juden zusammen und verschleppten sie nach Babi Jar – fünfunddreißigtausend an der Zahl, Männer, Frauen und Kinder. Dort wurden sie erschossen und in eine Schlucht geworfen, wo sie begraben wurden. Jewtuschenko schrieb ein Poem darüber, und Schostakowitsch nahm es in eine Sinfonie auf. Aber die Antisemiten haben behauptet, nicht alle unter den Toten sind Juden. Es gibt auch Russen und andere Gefangene.«

Als Antolij die Wörter Babi Jar und Schostakowitsch hörte, wurde er sehr erregt. Er sprach mit Olga.

»Er sagt, alle Ermordeten waren Juden. Dmitrij Dmitrijewitsch hatte recht – wir alle müssen dem Antisemitismus entgegentreten. Zu Beginn ist Antisemitismus nur Gerede, Haß – am Ende steht Babi Jar. Aber wie wir alle wissen, hat der Staat 1962 behauptet, in der UdSSR gibt es keinen Antisemitismus.«

Die Stewardeß kam, stellte die leeren Essenstabletts in einem hohen Stapel aufeinander und verstaute sie in ihrem Servierwagen. Catherine dachte an die Topographie des Todes in ihrem Land – eine Karte, die es nicht gäbe, wenn Frauen die Entscheidungen träfen: Cornmarket, Claudy, Treebane Crossroads, Six Mile Water, die Bogside von Derry, Greysteel, die Shankill Road, Long Kesh, Dublin, Darkley, Enniskillen, Loughinisland, Armagh, die Stadt Monaghan. Und an Orte weiter östlich, in denen es mehrere Tote gegeben hatte: Birmingham, Guildford, Warrington. Es war wie eine Litanei. Umzug der Gardekavallerie. Bitte für uns. Tower von London. Bitte für uns. Allein oder mit anderen. Für die Toten spielte es keine Rolle, wie viele Gefährten mit ihnen in den Tod gingen oder wo es geschah. Welch entsetzlicher Gedanke, daß es keinerlei Einfluß auf diese Litanei haben würde, wenn sie die profundeste Musik der Weltgeschichte schriebe – sie würde endlos weitergehen, und immer neue Ortsnamen würden hinzukommen. Einmal, als sie in der Universitätsbibliothek saß und in der *Encyclopedia Britannica* von 1911 – die elfte Ausgabe war ihr aufgrund ihrer ausgezeichneten philosophischen und musikalischen Beiträge empfohlen worden – etwas über die Sonatensatzform nachschlagen wollte, war sie auf das Stichwort *Somme* gestoßen. Die Somme wurde als ein Département in Nordfrankreich geschildert – weite, hügelige Ebenen, im allgemeinen bebaut und fruchtbar und so weiter und so fort. Und das war alles. Und doch wußte sie instinktiv, daß ihr Schöpfungsakt, ob sie nun einen anderen Menschen oder ein sinfonisches Werk schuf, sie als Mensch, als Individuum auswies. Und alle anderen Individuen als bedeutsam.

Der Pilot kündigte die unmittelbar bevorstehende Landung an. Wieder mußte sie die Vorfreude hinunterwürgen. Sie stand ebenso kurz davor, zu weinen, wie zu lachen. Sie hatte den Eindruck, überschüssige Gefühle zu haben, von denen sie nicht sicher war, welchen Verlauf sie nehmen würden. Sie überlegte, wie sie vom Flughafen nach Hause kommen würde. Am schnellsten ging es mit dem Taxi, aber das war zu teuer – ungefähr zehnmal so teuer wie die öffentlichen Verkehrsmittel. Der Bus war langsam – und es kam nur alle halbe Stunde einer. So blieb ihr nur die Untergrundbahn. Die zehn oder fünfzehn Minuten brauchte. Danach mußte sie noch ein Stückchen laufen – sie wußte nur zu gut, daß sie halb gehen, halb rennen würde. Unsinn, sie wußte, daß sie die ganze Strecke über rennen würde. Und ganz außer Atem an der Tür anlangen würde.

Es gab ein Drängen. Nicht *ein* Drängen. Drängen an sich. Dann vernahm sie aus dem Nichts einen Rhythmus. *Seinen* Rhythmus. Den Rhythmus dieses Drängens. Ein Jagen – wie in Strawinskys *Das Frühlingsopfer. Bilder aus dem heidnischen Rußland.* Irgendwo zwischen diesem und einem Toben – einer Art von Jig. Wie der stampfende Rhythmus zu Beginn von Mussorgskys *Das große Tor von Kiew.* Eine Courante. Das war eine verrückte Wendung, die sie zu Hause gebrauchten – *eine rasende Courante.* Wo oder wie nur hatten die Iren das Wort für einen französischen Tanz aufgeschnappt? *Ich trat den Hund, und er jagte in einer rasenden Courante zur Tür hinaus.* Sie mußte lachen.

Was immer es war, es war schnell. Stampfend. Strawinsky zufolge war es ein Irrtum, von »schnellem Rhythmus« zu sprechen. Ein Rhythmus bestand aus Pausen von unterschiedlicher Dauer. Taktschläge, Akzente, Zeitmaße. Die Sache gewann an Schwung. Beharrlich. Das Gruppieren von Noten zu Taktteilen, das Gruppieren von Taktteilen zu Takten, das Gruppieren von Takten zu Phrasen. Wogen, Gezeiten, Kräuselungen. Ave-Maria, Gesetze, Rosenkränze, Novenen. In ihrem Kopf vernahm sie den ersten Satz von etwas. Sie war schwanger mit Musik. Mit etwas Unwiderstehlichem. Etwas, das sich zuspitzte vor lauter Drängen. Wie damals in der Grundschule, als sie eine Entzündung gehabt hatte. Den Drang verspürte, auf die Toilette zu gehen. *Bitte, Miss, bitte, Miss. Nur dies eine Mal, Catherine.* Die Treppe hinab, auf Zehenspitzen, sehr schnell, um es einzuhalten. Ein spitzer Schmerz. Gleich platzt mir die Blase. Ein Handgemenge mit der Toilettentür. Habe ich Zeit, sie zu verriegeln? Bevor ein Malheur passiert?

Die Erinnerung bewirkte, daß sie zur Toilette gehen wollte. Aber das Anschnallzeichen war aufgeleuchtet, so daß sie bis zur Ankunftshalle würde warten müssen.

Sie befand sich auf dem Heimweg. Zu ihrem Kind. Zu ihrer Freundin Liz. Als sie während des Studiums zusammengewohnt hatten, hatte sie ihr ein Geschenk mitgebracht – eine Jerichorose. Ein kleines Mitbringsel von einem Straßenmarkt in Kiew. Von einem kapitalistischen Hippie – der sie nur gegen Dollar verkaufte. Es war wie ein getrockneter Farn. Wie ein Nest aus All-Brans. Dazu gab es ein Blatt mit Anweisungen in vier Valuta-Sprachen, denen sie noch am Abend ihrer Ankunft mit einer gewissen Ungläubigkeit folgten.

»Hier steht, daß man kochendes Wasser drübergießen soll.« Liz und sie hatten Tee gemacht und gossen das restliche Wasser über das kugelige Gebilde. Auf dem Blatt stand, es handele sich um eine Wüstenpflanze, die die Kreuzfahrer aus dem Heiligen Land mitgebracht hätten. Auf englisch bisweilen auch unter der Bezeichnung »Auferstehungspflanze« bekannt, werde es hervorgeholt, um die Kinder zu Weihnachten in Staunen zu versetzen.

»Versetzt es dich in Staunen?«

»Nicht sehr«, antwortete Liz.

Indes wurden sie im Laufe der folgenden zehn Minuten allmählich in Staunen versetzt. Die Pflanze wurde flach und entrollte sich, verfärbte sich von Hellbraun zu einem dunklen Salbeigrün, das in der weißen Porzellanschale leuchtete.

»Ist es nicht großartig, daß etwas so lange herumliegen kann und trotzdem lebendig ist?« sagte Catherine. »Wie Sporen. Tbc kann jahrelang latent bleiben. Bis ein Luftzug sie dir eines schönen Tages in die Nase treibt. Dann wird alles feucht, und du hast Tbc.«

»Ich habe immer schon gehört, daß Luftzug gefährlich ist«, sagte Liz, »und nie gewußt, weswegen. Wie wundersam!«

»Transsubstantiation.«

»Es verändert nur seine Farbe und seine Form, Kate, nicht seine Substanz.«

»Man höre die Haustheologin.«

Sie hatten die Pflanze eine Woche lang in Wasser liegen lassen. Dann hatte Liz sie getrocknet und aufs Bücherregal gestellt, wo sie sich wieder zu einem verdorrten Nest zusammenrollte.

Das Flugzeug schwenkte ab, und sie sah aus dem Fenster. Der Anblick benahm ihr den Atem. Es war eine klare Nacht, und auf dem Boden unter ihr glitzerten die Lichter der Großstadt. So weit das Auge reichte, erstreckten sich gelbe Natriumdampflampen in Ketten, Schnüren, Schleifen und Mustern – die ganze Stadt sah aus wie ein zweidimensionaler Lüster. Wie flimmernde Sprenkel – Liebesperlen. Die Lichter drängten sich um so dichter, je weiter entfernt sie waren. Für jeden Menschen ein Licht.

Unter ihr lag ein schwarzer Keil Dunkelheit, den sie zuerst

nicht recht verstand. Dann ging ihr auf, daß es der River Clyde
war – ein schwarzer Fluß, der die Lichter löschte, als ströme
sein Wasser wie Kohlendioxid und ersticke jedes Licht auf seiner Bahn – das Dunkel verbreiterte sich, da es hinter ihr ins
Meer flutete – nach Westen und nach Irland hin – schwarz und
schwer wie die Erde von Babi Jar.

Sie braucht kein Gepäck zu holen, und so hastet sie an dem
Förderband vorüber, während die anderen stehenbleiben und
warten müssen. Sie ist in solcher Eile, daß sie vergißt, auf die
Toilette zu gehen. Es vielmehr nicht vergißt, sondern als
zweitrangig abtut. Vielleicht gibt es kaum Taxis, und wenn sie
zur Toilette geht, verpaßt sie womöglich noch das einzige.
Aber sie irrt. Dreißig oder vierzig Taxis stehen aufgereiht. Am
Bussteig wartet außerdem ein Bus, der ins Stadtzentrum fährt.
Ohne zu zögern, geht sie auf den Taxistand zu. Der erste Wagen in der Reihe hat an der Windschutzscheibe einen Aufkleber RAUCHEN VERBOTEN. Der Fahrer raucht bei herab-
gelassenem Fenster und mit herabhängendem Arm. Sie weiß,
daß das Auto nach Rauch stinken und daß es ihr auf die
Schleimhäute schlagen wird, aber sie hat keine Zeit, sich auf
eine Auseinandersetzung einzulassen, falls sie den zweiten Wagen wählt, dessen wartender Fahrer nicht raucht. Sie steigt ein
und muß ihre Adresse vom Rücksitz aus brüllen, weil aus den
Lautsprechern im Heckfenster die laute Musik des Ersten Programms hämmert – eine Art Techno. Der Fahrer schnippt
seine Zigarette weg und fädelt sich in den Verkehrsstrom ein.
Als die Zigarette auf den dunklen Straßenbelag fällt, gibt es
einen Funkenregen. Was, wenn sie nicht da ist? Was, wenn
Peter zu ihr aufschaut, wenn sie hereinkommt, und sagt, Liz
sei über Nacht bei ihrer Mutter? Sie habe Anna mitgenommen.
Himmel, was für ein entsetzlicher Gedanke. Negatives Denken. *Davon gibt's noch mehr. Und zwar weit Schlimmeres.* Liz weint,
als Catherine eintritt, und ringt nach Worten, um ihr mitzu-

teilen, es sei ein unglaublich einfacher Unfall gewesen. Eine Erdnuß, in die falsche Kehle geraten. *Hör auf der Stelle mit dem Unsinn auf! Denk an etwas anderes.* In einem Tutorium hatte Alasdair Kirkpatrick gesagt, im *Garten der Lüste* von Hieronymus Bosch gebe es eine entblößte Gestalt, auf deren nackter Pobacke Musik geschrieben sei, und es lasse sich nur schwer erkennen, ob sie von einem Mann oder von einer Frau sei. Catherine hatte gefragt: »Die Musik oder die Pobacke?« Und alle im Tutorium hatten gelacht. Sie wendet den Kopf. Sie konzentriert sich auf draußen. Auf der Autobahn können sie schnell fahren. Die Nacht ist voll roter Rücklichter. Einen Augenblick lang ist sie Teil eines amerikanischen Films, und die hämmernde Radiomusik ist die Musik dazu. Dann beschleunigen sie noch mehr und scheren auf die Überholspur aus. Gut. Je früher, desto besser. Im Rückspiegel kann sie die Augen des Fahrers sehen, der geradeaus starrt. Sie weiß, daß seine Blicke zwischen ihr auf dem Rücksitz und der Fahrbahn hinter ihr hin und her huschen. Aber sie will, daß er immer nur nach vorn schaut. Der Fahrer sagt etwas, das sie nicht ganz versteht. Sie beugt sich auf dem Rücksitz vor. Sie sagt ihm, daß sie ihn nicht richtig hören kann, und fragt, ob er auf das Radio verzichten könne. Er bricht die Musik mitten im Beat ab und wiederholt seine Bemerkung nicht. Jetzt ist nur noch das hohe Gewimmer der Reifen zu hören und das Wuschschsch, wenn sie riesige Laster überholen. In der vergleichsweisen Stille kommt ihr wieder der Rhythmus in den Sinn, den sie im Flugzeug vernommen hat. Aber jetzt ist er noch mehr *agitato*. Vorwärtsstürmend. Auf der Überholspur. Der erste Abschnitt von etwas. Der den Weg zeigt. Eine Sinfonie. Genannt *Sinfonie*. Sie kann sie schlecht *Erste Sinfonie* nennen, solange sie nicht eine zweite komponiert hatte. Dann weiß sie mit Bestimmtheit, was es ist. Das *Credo*. Ihr *Credo*. Das Hauptstück der Messe, an der sie schreibt. *Credo in unum ...* Stimmen, die jeweils nur einen Laut hinausbellen – einzelne Silben. Sinnlose Silben.

Cre
Do
In
Un
Um
De
Um

Insgesamt sieben. Das ist sie. Eine mythische Zahl. Insgesamt
sieben leichte Klapse. Catherine Anne McKenna. Mysteriös.
Die erste Stimme wie ein Präzentor. Gefolgt von anderen, deren jede ein Präzentor für die nächste ist. Manieren – Töne,
die weder das eine noch das andere sind. Töne zwischen den
Tönen. Töne, die außerhalb der Zeit erklingen. Verzierungen,
die den Charakter der Musik bestimmen, die verschleifen und
verschmelzen. Hier wird das Ornament zur Substanz. Wie bei
einem Rundgesang in Oma Boyds Küche. Oder in Purcells
Kneipenliedern. Etwas schwingt sich auf. Stimmen gleiten ab.
Volksmusik und Kunstmusik verbinden sich. Ost und West.
Mann und Frau. Ein weiblicher Präzentor ist eine Präzen-
tatrix. Gott stehe ihr bei. Später, wenn der Melodiebogen länger wird, werden die verflochtenen Stimmen geschichtet – wie
der Gesang der Mönche im Höhlenkloster. Das Garn der Einzelstimme verknüpft sich mit dem der nächsten und ihren
Nachbarn und wird zum Strang, der sich mit anderen Baß-,
Tenor-, Alt- und Sopransträngen verknüpft und zu einem Seil
aus Klang wird, zu einem Gürtel, der sich um den ganzen
Erdball zieht, so daß es weder Ost noch West gibt. Es geht mit
ihr durch. Nein, nein – es geht nach Hause. *Credo.* Ich glaube.
Die Akkorde der Stimmen legen sich übereinander. Akkorde
wie Kordeln, die sich entwirren. Sie hat ein gutes Gefühl dabei. Und mit einem Mal fühlt sie sich wohl in ihrer Haut.
Eines Tages wird es ihr bessergehen. Das Wohlsein ist in ihr
und harrt ungeduldig. Wie die Jerichorose. Die jederzeit auf-

blühen kann, wie lange sie auch geschlummert haben mag. Sie muß daran glauben. Sie wird ihre Tochter wiedersehen, und gemeinsam werden sie voranschreiten. Nie ist es die Form, die wichtig ist, sondern das, was in ihr ausgedrückt wird. Sonette werden immer noch geschrieben. Sie spürt, daß sie diesen Rhythmus in sich trägt, sie ist mit ihm schwanger. So behutsam trägt sie manchmal ihre Kreativität – wie einen randvollen Becher, entschlossen, keinen Tropfen zu verschütten. Sie hortet die wenigen Säfte, die sie hat.

Jetzt denkt sie, daß es ein Fehler war, nicht auf dem Flughafen zur Toilette gegangen zu sein. Druck auf der Blase. Sie schlägt die Beine übereinander und beugt sich leicht vor. Der Fahrer glaubt, daß sie etwas sagen möchte, und dreht sich halb zu ihr um. Sie hat ihm nichts zu sagen, aber um ihn nicht zu enttäuschen, sagt sie, daß es die nächste Abzweigung ist. Er sagt, daß er es weiß. Er nennt sie Liebling. In der Stadt herrscht dichter Verkehr. Das Auto stoppt, fährt an. Der Preis auf dem Taxameter steigt. Rotlicht. Blinkendes Gelb. Grün. Sie fahren am Religionsmuseum vorbei. Das erste seiner Art weltweit. Aber weshalb überhaupt eines bauen? Weshalb nicht gleich alle Kirchen zu Religionsmuseen erklären? Der Fahrer beobachtet sie im Rückspiegel und rät ihr, sich zurückzulehnen und zu entspannen. Diesmal nennt er sie Missus. Catherine gehorcht, spielt aber mit dem Verschluß ihres Sicherheitsgurts. Jetzt ist sie schon so nahe, daß sie sich ausmalen darf, was gleich geschehen wird. Die Vordertreppe, die Bleiglastür, durch den Hausflur, weiter durch die Tür zum Souterrain, die Treppe hinab, ins Zimmer unten rechts. Die Tür wird ein Stück weit geöffnet sein, damit Liz hören kann, wenn Anna weint. Auch die Tür oben an der Treppe wird mit einem kleinen Holzkeil festgeklemmt sein, so daß sie diese gar nicht erst aufreißen muß. Vielleicht hat Liz ihr ja auch eine Freude machen wollen und sie aufbleiben lassen – und sie wird sie zu Gesicht bekommen, sobald sie durch die Haustür eintritt. Das

Taxi biegt nach rechts in eine Nebenstraße. Immer näher. Das Kinderspiel, bei dem jeder brüllte: Warm. Wärmer. Dann eine Abzweigung nach links. Noch wärmer. Die erleuchteten Häuserfenster, die zeigen, daß das Leben seinen Fortgang nimmt. Heiß. Vor dem Haus hält der Fahrer mitten auf der Fahrbahn an, so daß niemand passieren kann. Ganz heiß. Hinter ihnen bleibt ein Auto im Dunkeln stehen und blinkt sie an. Catherine fragt nach dem Fahrpreis. Sie nimmt einen Zehner aus ihrer Geldbörse. Im Fond des Taxis ist es nicht sehr hell. Sie sollte zwei Pfund zurückbekommen, aber der Fahrer fummelt lange herum. Er sieht in seiner Brieftasche nach, und sie hört, wie er mit dem Finger in einem Behälter mit Münzen kramt. Er braucht zu lange. Der Mann hinter ihnen betätigt wieder seine Lichthupe, und zu allem Überfluß drückt er auch noch auf die Hupe. Scheiße – Catherine öffnet den Wagenschlag und rennt zur Treppe, die zur Haustür hinaufführt. Sie blickt über die Schulter und sieht, wie der Taxichauffeur aussteigt, um seinen Wagen herumgeht und den Schlag richtig schließt. Klack. Der Autofahrer hinter ihm fuchtelt verzweifelt mit den Armen.

Catherine weiß nicht, wo ihr Schlüssel ist, und läutet. Läßt den Finger auf der Klingel. Sie versucht hier und dort, durch die Bleiglasscheiben der Tür zu spähen. Sie beschattet die Augen, um in den Hausflur sehen zu können. Ein Licht geht an, und es erscheinen die Umrisse von Liz, die zur Tür geht. Geht. Wo sie doch rennen könnte. Liz zieht die Tür auf, ihr Gesicht voller Mitgefühl für jemanden, der gerade von einer Beerdigung zurückkommt.

»Hi, Kate.«

»Hi, Liz.« Sie tauschen Wangenküsse. »Wo ist sie?«

»Anna?«

»Ja.«

»Unten.«

Liz, die Catherine die Treppe verstellt, setzt zu einer Frage nach der Irlandreise an. Catherine streckt die Arme aus und dreht Liz in einer Art tänzerischer Bewegung um, so daß sie selbst der Treppe zum Souterrain am nächsten steht. Die Toilette befindet sich zu ihrer Linken. Sie ignoriert sie und rennt los. Sie stürzt die Treppe hinunter, auf Zehenspitzen, sehr schnell, um es einzuhalten. Herzstiche. Gleich platzt mir die Blase. Die Schlafzimmertür ist offen. Das Zimmer dunkel. Vier Tage Abwesenheit – fünf, wenn sie die Nachtstunden mitrechnet, in denen sie sie nicht gesehen hat. Auf das Kissen ist ein Kopf gebettet. Catherine schaut hin, beugt sich über das Kinderbett. Aber sie kann sie nicht richtig sehen. Anna. Sie flüstert, um sie nicht aufzuwecken. Dann lauter. Sie spricht den Namen ihres Kindes aus. Möchte, daß es aufwacht. Sie betrachtet das Gesicht auf dem Kopfkissen. Ein Angstkrampf durchfährt sie. Das kann nicht sein. Das kann nicht wahr sein. Um Himmels willen … o Gott! Es ist nicht ihr Kind. Ein Wechselbalg. Dieses Kind ist nicht Anna. Sie schaltet die Nachttischlampe an. Ein Kielkropf. Jemand hat ihr ein anderes Kind untergeschoben. Liz hat ihm ein Leid getan. Sie greift in das Bettchen und hebt das Kind, das darin liegt, heraus. Hält es auf Armeslänge von sich. Die Augen des Kindes blinzeln runzelig ins Licht. Sein Schnuller fällt ihm aus dem Mund auf den Boden. Es beginnt zu greinen. Und doch sieht es Anna ein klein wenig ähnlich. Catherine ruft gellend nach Liz, die ihr bereits die Treppe hinunter gefolgt ist. Liz lehnt gegen den Türpfosten und knipst die Deckenlampe an. Das Kind sieht aus wie eine Cousine von Anna. Dann begreift Catherine, daß sich das Kind in fünf Tagen verändert hat – es *ist* Anna. So wie ein Sämling sich in fünf Tagen verändert. Sie ist gewachsen, voller geworden, ihre Gesichtszüge haben sich gedehnt. Jetzt weiß sie, daß das Kind, das sie in ihren Armen hält, ihr eigenes ist. Sie drückt es an sich, herzt es. Sie versucht, sich auf eine Gitarrenweise zu besinnen, die sie zuerst auf einer Bratsche gehört hat. Gezupft, nicht gestrichen.

Anna. Sie riecht ihren Babypuderduft, spürt ihre warme Haut
auf ihrer, die von draußen noch kalt ist. Ihr kleiner Liebling.
Catherine sagt ihr, daß sie sie kaum kennt. Unterdessen stehen
ihr Tränen in den Augen. Lachend dreht sie sich zu Liz um
und gesteht, das eigene Kind nicht erkannt zu haben. Sie habe
sich ja *so* verändert in den fünf Tagen. Aber was für ein
Prachtkind! Ihre goldene Henne. Sie erzählt ihrem Kind, daß
sie ihm ein Geschenk mitgebracht hat. Das Kind schaut auf
die Frau, die es im Arm hält, seine Unterlippe stülpt sich vor,
zieht sich nach unten und zittert, und es beginnt zu heulen. Liz
lacht und sagt, daß das Kind die eigene Mutter nicht erkennt.
Catherine preßt Anna so fest an sich, daß ihr winziges Ge-
sichtchen über ihre Schulter hinweg auf Liz blickt. Eine Mutter, die ihr Antlitz vor dem eigenen Kind verbirgt. Liz zieht
sich aus dem Zimmer zurück und schaltet das Licht aus. Sie
fragt, warum sie das Kind nicht nach oben bringt, wo es doch
nun schon einmal wach ist. Catherine sagt, daß sie ohnehin auf
die Toilette muß. Liz bietet an, ihr das Kind abzunehmen,
doch Catherine weigert sich und steigt hinter ihr die Treppe
hoch, hinauf ins Licht. Sie hält ihr Kind fest im Arm.

Liz sagt: »Ich habe eine Überraschung für dich.«

»Was denn?«

»Sie hat gesprochen.«

»Was? Wer?«

»Die Kleine.«

»Das ist mir aber ein kluges Mädchen.« Catherine dreht
Anna um, so daß sie sie vor Augen hat. »Das ist mir aber ein
kluges Mädchen. Was hat sie gesagt?«

»In erster Linie eine Tirade gegen die Tory-Regierung…«

»Na, na, nun aber…«

»Sie hat Mama gesagt, glockenhell. Zweimal.«

Catherine betrachtet das Gesicht ihres Kindes, dann küßt
sie es auf den Scheitel.

»Zu dir?«

»Ich fürchte, ja.«

»Wie oft habe ich dir gesagt, du sollst nicht mit Fremden reden?« schilt Catherine. Sie ahmt die Stimme ihrer Mutter nach: »Warte nur, bis wir wieder zu Hause sind.«

»Gib sie mir«, sagt Liz.

»Ich lasse sie nicht eher wieder los, bis sie es auch zu mir sagt.«

Liz lacht. Catherine nimmt Anna, die aufgehört hat zu weinen, mit zu sich ins Badezimmer und sagt: »Nie wieder die stumme Kattrin spielen.«

Drinnen verriegelt Catherine die Tür und setzt sich, das Kind an den Hals geklammert, aufs Klo.

Es fällt ihr schwer, ihre Kleider wieder so zu richten wie zuvor, doch gelingt es ihr, ohne daß sie Anna zu sehr stört. Beim Hinausgehen bleibt Catherine vor dem Spiegel stehen, Wange an Wange mit ihrer Tochter. Jede sieht sich an, und beide einander. Das Kind lächelt über das Gesehene. Und Catherine ebenso.

Credo.

ZWEITER TEIL

Der erste Hahnenschrei. Taglied. *Aubade.* Im Garten der Muirs schlug ein Gockel fürchterlichen Krach. In Kiew wußte Olga ein anderes Wort für sein Gekrähe. Ki-ke-ri-ki. Lautmalend. Jedenfalls genauer als das englische *Cock-a-doodle-doo.* Dave war schon fort. Catherine hievte sich in eine sitzende Stellung und schwang sich aus dem Bett. Vor dem Kleider-schrankspiegel schwenkte sie in Sicht. Es war, als habe man ihr eine Lambeg-Trommel vorgeschnallt. Selbst wenn sie mit dem Zeigefinger gegen ihren Bauch schnippte, tönte er wie eine Trommel. Oder wie eine von diesen reifen Früchten, eine Was-ser- oder Warzenmelone – jedesmal, wenn sie klopfte, ein hoh-les Plop. Sie kam sich riesig groß vor, auch wenn sich der Kopf des Babys in den letzten paar Tagen gesenkt hatte. Obschon dies ihr erstes Kind war, hatte sie tiefviolette Schwangerschafts-streifen. Durch den Stoff ihres Nachthemds konnte sie ihren Bauchnabel fühlen – *groß genug, um einen Hut daran aufzuhängen,* wie Dave sagte.

Sie zog die Vorhänge zur Seite, die nur an einer Kordel be-festigt waren, und schaute hinaus in den Frühsommertag. Die Sonne schien hell. Auf einer Seite, unten an den Felsen und dem Sprungbrett, das satte Muschelschalenblau der See. Auf der anderen das grüne Gras einer eingezäunten Weide, auf der sich ab und zu ein Pferd blicken ließ. Der Bungalow am Rand der Stadt ging auf den Strand, der aus Steinen und, näher zum Meer hin, aus grobem Kies bestand. Wenn der Wind aus der richtigen Richtung wehte, konnte sie die Brandung hören. Dave hatte den Lieferwagen genommen, auf dem Betonweg war ein Ölfleck zurückgeblieben. An der Wand standen Preß-

luftflaschen. An der Wäscheleine hing, Ärmel und Beine ab-
gespreizt, ein blaugelber Taucheranzug, der sich dann und
wann in der Brise bewegte. Er sah sonderbar aus – wie eine
Haut, aus der man den Mann herausgelöst hatte. Eine Hülse
für etwas – so wie sie eine Umhüllung für ihr Baby war. Das
war ihr einziger Daseinszweck, und wenn es zur Welt gebracht
wäre, würde man auch sie auf die Leine hängen. Dann hätte
es ein Ende mit ihr.

Sie wusch sich, zog sich an und ging hinüber zur Küche,
wo sie sich an den Tisch setzte und Getreideflocken aß. Um
nicht die Packung mit den Rezepten *Ballaststoffe fürs Leben*
lesen zu müssen, sah sie woandershin. Auf dem Fensterbrett
lagen einige von den Schneckengehäusen und Seeigeln, die sie
gesammelt hatte – Strandschnecken, Napfschnecken, Nadel-
schnecken wie Türme oder Minarette, Kreiselschnecken wie
Kirchen, Kammuschelschalen wie Aschenbecher, Miesmu-
scheln von dem gleichen Blau wie angeschlagenes Email.
Scheidenmuscheln. Nur Neuankömmlinge auf der Insel gaben sich damit ab, Muscheln und dergleichen zu sammeln. Die
Bewohner von Islay sammelten ja auch keinen Krimskrams,
wenn sie in die Stadt fuhren – Mülleimerdeckel, Lutscherstiele
oder U-Bahn-Fahrkarten. Sie fand es selber eigenartig, daß sie
die Überreste, die Schalen von etwas sammelte, aus dem das
Leben längst entwichen war. Aber sie waren so schön.

Den ganzen Sommer über, wenn das Wasser nicht so kalt
war, tauchte Dave nach Kammuscheln, die er an die Fischfabrik verkaufte. Die jetzige Schönwetterperiode, so früh im
Sommer unerwartet, bedeutete, daß er länger tauchen gehen
konnte. Und die Preise, die die Fischfabrik für Kammuscheln
derzeit zahlte, waren gut. Da es sich um einen Ein-Mann-
Tauchbetrieb handelte und er die passende Ausrüstung ge-
mietet hatte, konnte er zu den küstennahen Betten hinabtau-
chen, an die die Boote mit ihren Harken und Schleppnetzen
nicht herankamen. Insofern verdiente er gutes Geld, aber die

Arbeit war gefährlich und sehr ermüdend. Körperlich an-
strengend.

Ihr war wohl, wenn Dave früh aufstand und das Haus
verließ. Es hatte etwas Positives, daß er zur Arbeit ging. Sie
haßte es, wenn er mit Katzenjammer im Bett lag, die Ziellosig-
keit der Winterwochen, wenn sie in der Schule unterrichtete.
Wenn er Arbeitslosengeld bezog, wenn es für ihn nichts zu
tun gab.

Der Tisch wackelte, und sie verschüttete etwas Milch über
den Tellerrand. Es war ein altes Ding mit spindeldürren Beinen, das sie spottbillig bei einer öffentlichen Versteigerung er-
standen hatten. Für viele Bewohner waren die Auktionen die
denkbar beste Unterhaltung auf der Insel – Vieh am Morgen,
Möbel am Nachmittag. Die Leute hatten nicht die geringste
Absicht, etwas zu kaufen. Es war eine Art Ausspionieren, sie
gierten danach, die Hinterlassenschaften der jüngst Verstorbenen in Augenschein zu nehmen. Catherine liebte den Rhythmus in der Stimme des Auktionators, eine Maschinengewehr-
garbe, bei der die Lücken zwischen den Wörtern von sinnlosen
Lauten geschlossen wurden. Wie eine Fremdsprache – wie La-
tein. Wenn er den Zuschlag erteilte, hieb er auf das Pult, aber
nicht mit einem Hammer, sondern mit einem Stock für den
Viehtrieb.

Als sie das Haus angemietet hatte, war es unmöbliert gewesen, und sie hatte es mit ersteigerten Gegenständen eingerichtet
– ein Bett, ein Tisch mit herunterklappbaren Seitenteilen, Besteck, ein halbes Dinnerservice, Lampen mit eingedrückten
Schirmen, eine richtige Öllampe, Läufer, die bis zur Jute auf
der Rückseite durchgescheuert waren, eine dreiteilige Sitzgar-
nitur. Alles für ein paar Pfund. Am meisten hatte sie für das
Klavier ausgegeben. Fünf Fischer hatten es zusammen mit
Dave von einem Anhänger zum Bungalow hinaufgewuchtet.
Später hatte sie ihnen im Pub Bier und Whisky ausgegeben.
Sie mußte sich beherrschen, den Deckel nicht zu heben, ehe

nicht der Klavierstimmer zu seinem nächsten Schulbesuch auf die Insel kam. Er war der Meinung, daß sie ein günstiges Geschäft abgeschlossen hatte.

Sie machte sich Tee und Toast und nahm sie mit ins Wohnzimmer, in das die Sonne schien. Ihre Papiere lagen noch genauso auf dem Schreibtisch, wie sie sie am Abend liegengelassen hatte. Auf dem Fensterbrett standen Daves halbleere Flasche Wodka und einige Dosen Bier. Das Morgen ertränken, nannte sie es.

Sie setzte sich an den Schreibtisch und überflog, was sie am Vortag geschrieben hatte. Als sie in ihren Toast biß, fielen einige Brotkrumen auf die Blätter. Sie arbeitete an einer Reihe von Variationen für Streichorchester über einen Kanon von Purcell. Fügte kleine Abschnitte zusammen, so wie Oma Boyd Flickendecken genäht hatte. Sie hielt die Seiten mit dem Zeigefinger fest und blies die Krümel fort.

Die Frauen bescheren uns Liebe,
Die Liebe beschert uns nur Kummer,
Der Kummer macht uns zu Trinkern,
Und Trinken macht uns noch stummer.

Offenbar war es eine Form, die Purcell zusagte – er hatte mindestens fünfzig davon komponiert. Im Pub zu singen. Nach einem langen Tag mit Kirchenchorälen schnurstracks aus der Hofkapelle hinüber in den Pub, um mit seinen Zechkumpanen zotige Lieder zu singen. Aber dies hier war nicht zotig – es war würdevoll und strahlte eine Art tiefer Trauer aus.

Kanons hatte sie von Oma Boyd gelernt. Die Alte hatte eine Nähmaschine, die sie mit einem Tretrad bediente. Manchmal sang sie im Takt zu ihrer Arbeit.

»Deswegen heißt sie Singer-Nähmaschine. Weil man singen muß, wenn man auf ihr arbeitet.«

Sie brachte Catherine *Es tönen die Lieder* bei. Und sobald

das Mädchen die Weise gelernt hatte – eine Sache von Minuten –, konnte es jederzeit geschehen, daß sie losschmetterten,
was immer sie sonst gerade taten. Großmutter mochte Wasser
aufsetzen und beginnen:

> *Es tönen die Lieder,*
> *Der Frühling kehrt wieder …*

Und Catherine verstand es, an der richtigen Stelle einzufallen,
wenn ihre Oma zur zweiten Zeile ansetzte. Oder Catherine
fing an, wenn die Großmutter den Abwasch besorgte, und die
Alte mußte die nachahmende Stimme übernehmen:

> *Es tönen die Lieder,*
> *Der Frühling kehrt wieder,*
> *Es bläset der Hirte*
> *Auf seiner Schalmei,*
> *Fallalalalalalalala,*
> *Fallalalalalalala.*

Oma Boyd nannte diese Lieder »die tägliche Küchenrunde«.
Catherine war begeistert davon, wie die Rhythmen aufeinan-
derprallten – wie eine Woge, die auf die Hafenmole zubran-
dete. Sobald sie sich an der Mauer brach, hüpften und sprangen viele kleinere Wellen zurück und stießen mit der nächsten
hohen Woge zusammen. Oma Boyd brachte ihr noch andere
Kanons bei, *Bruder Jakob* und *Abendstille überall*. Die sangen sie,
wann immer ihnen danach zumute war.

> *Abendstille überall,*
> *Nur am Bach die Nachtigall*
> *Singt ihre Weise*
> *Klagend und leise*
> *Durch das Tal.*

Wenn ihre Stimmen verklungen waren, sagte Oma Boyd: »Es muß eine schreckliche Heimsuchung sein, nicht hören zu können.«

»Was?«

»Noch schlimmer ist es, wenn man nicht zuhören kann. Das ist ein gehöriger Unterschied, du kleiner Guckindieluft.« Sie erzählte, daß ihr eigener Vater gegen Ende seines Lebens taub geworden sei. Loyalisten hatten auf ihn geschossen, als er aus der St.-Patricks-Kirche in der Clifton Street kam, und die Kugel war direkt neben seinem rechten Ohr gegen die Mauer geklatscht. Ob es der Knall war oder der Schock, von jenem Tag an hörte er nichts mehr – stocktaub. Immer wenn sie diese Geschichte zum besten gab, schüttelte sie ungläubig den Kopf, daß jemandem ein solches Unheil widerfahren konnte.

Die unfertige Flickendecke wurde in einem Pappkarton aufbewahrt. Wenn sie sie gezeigt bekam, sagte Catherine etwa: »He, die gehört mir – das war mal mein Kleid.«

»Ach ja, ich erinnere mich – stimmt. Deine Mama hat es mir gegeben.«

»Der Reißverschluß war kaputt«, sagte Catherine.

»Jedes Kleidungsstück taugt nur soviel wie sein Reißverschluß, sage ich immer.«

Manchmal schimpfte Oma Boyd mit ihr, das gefiel ihr aber gar nicht.

»Setz dich anständig hin. Du bist jetzt acht Jahre alt – die Welt interessiert sich nicht für die Farbe deines Höschens.« Dann, wenn ihre Oma die Kränkung in ihrem Gesicht bemerkte, rief sie sie zu sich. »Komm schon her, Liebling. Du weißt doch, ich hab's nicht bös gemeint.« Und die alte Frau umarmte sie. »Kuschel dich an mich«, sagte sie dann. »Mein Enkelkind. Mein herziges Engelskind. Habe ich dir jemals erzählt – am Tag deiner Geburt habe ich gesagt – *die* ist mein. Sie ist *meine* goldene Henne. Ich dachte, du wärst die erste von vielen – aber dem war nicht so. Die Wege des Herrn sind wun-

derbar. Vorsicht mit der Nadel – stich dich nicht.« Ihre Großmutter strich ihr übers Haar und drückte sie fest an sich. »Habe
ich dir das je gesagt?«

»Ja«, antwortete Catherine dann und rannte nach Hause in
ihre Wohnung, die Treppe hoch, vorbei an dem Geruch nach
Zigarettenqualm und Guinness.

Sie beschloß, die Teile ihrer Purcell-Variationen durchzuspie-
len, die sie am Vorabend geschrieben hatte. Mühsam zwängte
sie sich zwischen Hocker und Klavier. Sie sollte ein Handbuch
verfassen – *Klavierspiel für Schwangere.* Nach Art der *Bequemen
Stellungen für Hochschwangere.* Mit Zeichnungen. Eingestriche-
nes C – die Taste, die ihres gerundeten Bauches wegen am
schwierigsten zu greifen war. Die Arbeit gestern war ihr ordentlich von der Hand gegangen – es hörte sich gut an. Da verspürte sie einen Schmerz im Kreuz. Haltung – ihre Haltung
war schon immer schlecht gewesen. Sie richtete sich auf.

Die Oberschule hatte ihr zwölf Wochen Schwanger-
schaftsurlaub gewährt. Sie hatte gehofft, sie für ihre Arbeit nutzen zu können, sah sich jedoch unvermutet Gemütsschwan-
kungen ausgeliefert. An einem Tag war sie aufgekratzt und
begeistert und freute sich so stark auf das Kind, daß es weh tat
– am nächsten war sie deprimiert, scherte sich keinen Pfiffer-
ling darum, machte sich Sorgen um ihre Eltern und darüber,
wie sie es ihnen schonend beibringen konnte. An anderen
Tagen schaffte sie eine Menge – vergaß darüber, sich etwas zu
essen zu machen, bis es zwei, drei Uhr morgens war. Dann
schimpfte sie mit sich, weil sie das Kind in ihrem Bauch ver-
nachlässigt hatte. Seit sie nicht mehr zur Schule ging, war das
Baby sehr lebhaft geworden. Außer Hörweite der Schulglocke
wähnte es sich auf dem Spielplatz. Knuffte sie mit Ellbogen,
Knien, Kopf und Fersen. Und wenn sie Klavier spielte, war
sie sicher, daß das Kind in ihrem Bauch es merkte. Um es zu
besänftigen, improvisierte sie.

Wieder empfand sie einen Schmerz. Wieder richtete sie sich auf. War das etwa der Beginn der Wehen? Vielleicht sollte sie den Arzt benachrichtigen. Jetzt war der Schmerz im Verlauf einer Stunde schon zweimal aufgetreten – ein Schmerz, der sich wie ein Gürtel unter ihrem Bauch und um ihren Rücken herumzog –, ein Gefühl des Umklammertwerdens. Sie rief den Arzt an, und binnen einer Stunde traf er ein. Er klopfte und puffte und horchte und guckte und verkündete, es sei so, weit. Er bestellte das Rettungsflugzeug. Mit einem großen Markierstift kritzelte sie eine Nachricht für Dave:

BIN FORT, DEIN KIND ZUR WELT ZU BRINGEN

und klemmte sie vor den Spiegel. Der Arzt fuhr sie und ihre kleine marineblaue Reisetasche zum Flugplatz.

»Das Krankenhaus heißt Rotten Row«, sagte er, »aber in Wirklichkeit ist es halb so schlimm.«

Die Maschine war eine Bandereike und wirkte sehr klein, wie sie so auf dem Asphalt stand. Als sie einstieg und die Motoren aufheulten, wurde es so laut, daß sich jedes Gespräch zwischen ihr und der Krankenschwester von selbst erübrigte. Catherine wies auf ihre Ohren und lächelte. Als sie kurz vor dem Abheben beschleunigten, steigerten sich die Motoren zu einem kreischenden Ton. Sie hatte das Gefühl, als werde das Baby durch die Beschleunigung gegen ihre Wirbelsäule gedrückt. Als sie oben waren, beugte sie sich vor, um aus dem Fenster zu schauen. Die Insel unter ihr war gelb bis auf die schwarzen Linien dort, wo Torf gestochen worden war. Der Sicherheitsgurt war, so weit es ging, verlängert worden, spannte sich aber immer noch straff über ihren geschwollenen Leib.

Langsam zog das Flugzeug eine ausgedehnte Schleife und flog über die Schule und ihre Sportplätze hinweg. Aus dieser Höhe nahmen sich die Torpfosten wie weiße Heftklammern aus. Alles hatte seinen Schatten. Was hatte sie hier zu suchen? Hier oben, tausend Meter über einem solchen Ort?

Als man ihr die Stelle einer Musiklehrerin auf Islay angeboten hatte, mußte sie an Peter Maxwell Davies denken, der auf der Insel Hoy lebte, und nahm unverzüglich an. Eine verrückte Grundlage für eine Entscheidung, aber die Idee erschien ihr besser als eine Schule in der Großstadt. Ihre Überlegung ging dahin, daß sie, falls es ihr nicht gefiel, ohne allzuviel Aufhebens wieder zurück aufs Festland konnte. Viele Leute hatten Gesichter gezogen und gemeint, damit begebe sie sich der Beziehungen, die für sie als Musikerin in einer so wichtigen Phase unerläßlich seien – Maxwell Davies sei nach Hoy gezogen, *nachdem* er sich etabliert hatte. Catherine hatte mit den Schultern gezuckt und gemeint, das alles könne auch telephonisch abgewickelt werden.

Als die Küste in Sicht kam, verspürte sie wieder den Schmerz im Kreuz. Er war so stark, daß sie den Atem anhielt, doch gleich darauf verschwand er wieder. Die Krankenschwester blickte sie an. Catherine brüllte ihr ins Ohr: »Was passiert, wenn ich das Kind hier...?«

Die Krankenschwester schüttelte heftig den Kopf.

»Keine Chance – ausgeschlossen«, sagte sie, streckte lächelnd die Hand aus und drückte Catherines zusammengekrampften Handrücken. »Ich weiß, es ist schon vorgekommen. Niederkunft in zweitausend Meter Höhe. Aber nicht bei Frauen wie Ihnen.« Dann bedeutete sie ihr, sich zu entspannen, und streichelte ihr beide Handrücken. Sie erinnerten Catherine an Miss Binghams erste Klavierschule, auf der die Umrisse zweier ausgebreiteter Hände abgebildet waren.

Sie lehnte den Kopf gegen die Verschalung und spürte das besänftigende Summen der Motoren in ihrem Schädelknochen. Sie durfte nicht daran denken, was ihr bevorstand. Sie mußte an ihre Arbeit denken.

Langsam hatte sie sich davon überzeugt, daß auch sie eine

Messe komponieren konnte. Janáček hatte seine *Glagolitische Messe* geschrieben, jedoch bestritten, gläubig zu sein. Sie hatte auch Poulencs *Gloria* im Konzertsaal gehört und war davon hingerissen gewesen. Nunmehr hatte sie begonnen, ein eigenes *Kyrie* und *Gloria* für zwei Chöre zu skizzieren. Es sollte eine Antiphon werden, zwei Blöcke von Stimmen, die abwechſelnd mit, und gegeneinander sangen. Wie Frage und Antꞏwort. Zuweilen auch wie Frage ohne Antwort.

Die ersten sieben Silben des *Kyrie:*

Ky

Ri

E

El

E

I

Son

Ein Chor singt einen Rhythmus, der Stufen bildet, über die sich, wie eine Kaskade, die Stimmen des anderen Chores erꞏgießen. Eine nach der anderen stürzen sie die Stufen herab, einander dicht auf den Fersen. Sie hatte den Schulchor aufgeꞏteilt und die Schüler gebeten zu üben.

»Bevor wir anfangen, Kaugummis in den Papierkorb. Und laßt eure Konsonanten heute eine Spur lauter klingen als eure Vokale.« Catherine dirigierte und ermunterte sie und brüllte über ihren Gesang hinweg. »Mehr Leichtigkeit, wie Glas. Halt! Eines der Probleme, die man als Sänger hat, besteht darin, daß äußeres und inneres Ohr nicht das gleiche hören. Diese Gruppe hier – macht mehr her. Mehr *mezzo*. Ich weiß, es ist schwierig, aber ihr werdet es schon noch lernen, denn ihr seid gescheit.« Und in der Tat lernten sie es, und bei der Premiere war ihre Darbietung zauberhaft. Es war so wunderꞏbar, wenn der von Menschen hervorgebrachte Klang jener

154

Musik, die in ihrem Kopf erschaffen worden war, in nichts nachstand.

Plötzlich änderten die Motoren den Ton, und Catherine blickte beistandheischend zur Krankenschwester. Das Flugzeug schien die Geschwindigkeit zu drosseln und neigte sich zur Seite. Sie durchstießen die dahinjagenden weißen Wolken, und unter ihnen tauchte Glasgow auf. Catherine hatte das Gefühl zu ertauben. Plötzlich drangen alle Geräusche wie aus weiter Ferne zu ihr, und sie mußte an ihren Urgroßvater denken, den sie nie gekannt hatte und der einen Teil seines Lebens in Schweigen gehüllt zubringen mußte. Als das Flugzeug zum Stillstand gelangte und die Motoren ausgeschaltet waren, herrschte Ruhe. Catherine gähnte willkürlich und verspürte ein Knacken in den Ohren. Die wirkliche Welt der Geräusche stürmte auf sie ein. Sie dankte der Krankenschwester für ihre Freundlichkeit. Die Schwester lächelte und half ihr mit den Worten, es werde schon alles gutgehen, auf den Asphalt.

Während sie, ihre Reisetasche umklammernd, steif und mit geradem Rücken im Krankenwagen saß, setzten die Wehen wieder ein. Als sie an einer Verkehrsampel anhalten mußten, hörte sie die aufheulende Sirene eines Unfallwagens – wie in New York. Einen Augenblick lang überlegte sie, ob es ihrer war. Dann brauste der andere Unfallwagen bei Rot über die Kreuzung, und seine Sirene verlor sich im Verkehr. Sie mußte an den Tod denken, an seine Unwiderruflichkeit. An ein Leben, das auf die Welt kam, ein anderes, das aus ihr hinaustrat. Es waren Menschen schon an etwas so Unverfänglichem wie einem Zahnarztbesuch gestorben.

In Rotten Row sprachen alle in demselben sanften Tonfall mit ihr. Sie hatte geglaubt, sie würde sich dagegen zur Wehr setzen, daß man sie zum Kind stempelte, doch statt dessen entspannte sie sich und genoß es. Die Leute nannten sie Schätzchen, Engel, Goldstück und Liebes – nahmen ihr die Tasche ab, halfen

ihr aus dem Mantel. Zogen sie an, als ginge sie zu Bett, es fehlte
nur noch der Gutenachtkuß. Als man sie nach ihrem Vornamen fragte, sagte sie: »Catherine. Ein Mauerblümchen von
einem Namen.« Aber die Schwester, die ihre Personalien aufnahm, lachte nicht über den Scherz.

Als eine Hebamme kam, um sie zu untersuchen, lag sie auf
dem Bett. Das Baumwollnachthemd wurde hochgestreift und
gab den Vollmond ihres Bauches frei, der ihr die Sicht auf die
Hebamme und die eigenen Knie fast ganz versperrte. Die Hebamme trug eine Brille und kniff die Augen zusammen. Dabei runzelte sie den Nasenrücken, damit die Brille nicht ver-
rutschte, wenn sie sich vorbeugte. Sie verschwand hinter
Catherines Leibeskuppel, und Catherine zuckte zusammen,
als sie in ihr herumtastete.

»Hm-hm«, sagte die Hebamme. »Ich glaube, es ist soweit.«

Eine weitere Schwester prüfte den Herzschlag des Babys
und maß Catherines Temperatur, Puls und Blutdruck. War
alles in Ordnung? Catherine studierte das Gesicht der Schwester und versuchte, ihr Mienenspiel zu deuten. Die Schwester
lächelte sie an, dann ging sie davon, und ihre gestärkte Tracht
raschelte. Doch plötzlich hörte alles auf. Catherine hatte keine
Wehen mehr. Sie wurde in ein Zimmer mit magnolienfarbe-
nen Wänden verlegt, und es wurde ihr aufgetragen, umherzu-
laufen – die Schwerkraft werde helfen.

Sie dachte an ihre Mutter in der gleichen Lage. Catherine
war in einer privaten Belfaster Entbindungsklinik namens
MALONE PLACE geboren worden. Bei der Einlieferung hatte
ihre Mutter bemerkt, daß aus dem Schild das »M« herausgefallen war, so daß es nunmehr hieß: ALONE PLACE.

»Ein treffender Name: allein«, hatte ihre Mutter gesagt.
»Als ich dalag und auf dich wartete, fühlte ich mich so einsam
wie noch nie. Stundenlang allein. In dem Wissen, daß dein
Vater mich nicht besuchen durfte – zu der Zeit wurde das miß-
billigt.«

Jetzt hatte Catherine dieselbe Empfindung: von allem abgeschnitten zu sein. Der Vater ihres Kindes war auf einer Insel. Von ihren Eltern hatte sie sich losgesagt. Es gab nur sie und
das Kind, das wie ein Fisch in ihr atmete. Köpfchen in das
Wasser, Füßchen in die Höh, wartete es auf die Öffnungszeit.

Wie sollte sie es ihren Eltern beibringen? Nach ihrem
M.A.-Studium in Glasgow war es am Telephon zu einem gewaltigen Streit gekommen, aber sie wußte, daß sie sich früher
oder später wieder melden mußte. In dem Sommer war sie
nicht nach Hause gefahren, sondern in Glasgow geblieben, wo
sie als Kellnerin in der Bar des Tron Theatre arbeitete. Ihren
Abschluß hatte sie sich *in absentia* verleihen lassen, weil sie alles
Akademische leid war. Sie kellnerte bis kurz vor Weihnachten
und meldete sich in der ganzen Zeit nur ein- oder zweimal zu
Hause. Als sie am 8. Dezember anrief, war ihr Vater am Ap-
parat. Sie teilte ihm mit, Weihnachten werde sie nicht nach
Hause kommen – sie habe ein Reisestipendium gewonnen, den
Leuten, die sie besuchen wolle, passe es nur im Januar, und
damit sich die Reise lohne und so weiter, müsse sie sich auf sie
vorbereiten blablabla. Ihr Vater am anderen Ende der Leitung
schwieg. Sie wußte, daß er enttäuscht und verärgert war, und
spürte seine Wut wie ein Knistern in der Hörmuschel. Er
fragte sie, ob sie wisse, welcher Tag es sei, und als sie verneinte,
fragte er, ob sie zur Messe gegangen sei. Er sagte, eine gute
Katholikin *wisse,* daß es das Fest der unbefleckten Empfängnis
Mariä sei, einer der strengsten Festtage der Kirche. Catherine
mußte laut herauslachen. Da sagte er, er sei froh, daß sie Weihnachten nicht nach Hause kommen wolle, das Haus sei ohne
sie ein besserer Ort. Ja, es sei ihm herzlich gleichgültig, wenn
sie nie wieder nach Hause komme. Sie könne getrost im heidnischen England bleiben. Schottland, hatte Catherine ihn be-
richtigt, und dann war die Leitung tot.

Der viktorianische Heizkörper war ebenfalls magnolien-
farben angestrichen – seine Rippen sahen aus wie ungebratene

dicke Würstchen. Sie saß in einer Art Trance auf dem Bett und starrte vor sich hin. An dem Heizkörper war Farbe herabgelaufen und hatte unten an jeder Rippe Tropfen gebildet, die längst verhärtet waren. Mit den Jahren hatte ein Haken in der Wand der Farbe unter sich einen weißen Bogen eingeschrieben. Sie machte ihren Zeigefinger naß und betastete den rissigen Verputz. Graue Brösel, die sie zu ihrer Zunge führte. Und kaute – wie früher als Kind. Ihre Uhr zeigte fünf nach an. Die letzte Wehe hatte vor mehr als einer Stunde eingesetzt.

Als sie elf Jahre alt war, hatte sie die Aufnahmeprüfung fürs Gymnasium bestanden, und zur Belohnung hatten ihre Eltern ihr das *Neue Marianische Meßbuch* geschenkt. Der Goldschnitt glänzte so stark, daß sie, wenn das Buch geschlossen war, im Seitensteg des Buches fast ihr Spiegelbild sehen konnte. Und als Lesezeichen gab es sechs Seidenbänder in verschiedenen Farben. Catherine gefiel das dünne Papier, sie liebte es, den Zeigefinger mit der Zungenspitze zu befeuchten und die Seiten umzublättern. Als erstes schlug sie die Schutzheilige der Musik nach.

22. November
Cäcilia, Hl., Jungfrau, Märtyrerin
3. Kl. – rot

Die einer vornehmen römischen Familie entstammende hl. Cäcilia bekehrte ihren Gatten Valerianus und ihren Schwager Tiburtius und wurde, ihr Körper unbefleckt, während des Pontifikats des hl. Urban I. enthauptet (AD 230).

Sie fragte ihre Mutter, was *ihr Körper unbefleckt* bedeutete, doch die wandte sich einfach ab und las Brendan etwas aus der Zeitung vor, das sie belustigt hatte.

Jahre später hatte Catherine bei der Lektüre eines Heiligenlexikons herausgefunden, daß die Geschichte von der hl. Cäcilia ein ausgemachter Schwindel war. Offenbar hatte sie sich geweigert, an einem Götzendienst teilzunehmen, und war zum Tode verurteilt worden. Die Hinrichtungsmethode war, gelinde gesagt, eigenartig. Sie sollte in einem kochenden Bad ersticken. Eher wie die Schutzheilige der Saunen. Doch die Methode schlug fehl, und ein römischer Soldat ward entsandt, sie zu köpfen. Er unternahm drei Versuche, doch dauerte es drei Tage, bis sie tot war. Die Geschichte jagte Catherine einen Schauder über den Rücken. Aber es sollte noch schlimmer kommen. Es gab überhaupt keine Verbindung zur Musik. Frühe Darstellungen zeigten Cäcilia beim Orgelspiel, was jedoch der Mißdeutung eines lateinischen Textes entsprang, in dem es hieß, an ihrem Hochzeitstag hätten Sackpfeifen gespielt. Das kunstvolle Gefüge ihres Rufs als Schutzheilige der Musik verdankte sich einer Fehlübersetzung.

Und doch gab es in Catherine eine andere Seite, die an der Fiktion festhielt und dankbar war für all die Musik, die zu Ehren der hl. Cäcilia komponiert worden war – Händel, Purcell, Britten –, so wie die Kinder, die Arme voller Geschenke, zur Weihnachtszeit für den hl. Nikolaus dankbar sind.

Als sie Dave erzählte, daß Cäcilias *Körper unbefleckt* geblieben war, meinte er nur, sie habe wohl Fleckweg benutzt.

Sie ging ans Fenster und stützte die Ellbogen auf die Fensterbank. Es gab keine Vorhänge. Draußen wurde es allmählich dunkel. Von irgendwoher schwebte Dampf herbei, gelb im Schein der Natriumdampflampen, und löste sich in Nichts auf. Mehrmals hörte sie eine Möwe schreien und fühlte sich an ihre Insel erinnert. Sie versuchte, sich abzulenken und an etwas Angenehmes zu denken, doch immer wieder kam ihr ihre Familie in den Sinn. Eigentlich sollte sie, die Tochter, so vernünftig sein, die Sache wieder einzurenken. Ihre Eltern waren so festgefahren. Sie sollte *ihnen* verzeihen. Vielleicht sollte sie ihnen schreiben und ihnen die Neuigkeit mitteilen, daß sie

bald Großeltern sein würden. Sie versuchte, sich die Szene am
Frühstückstisch auszumalen. Da ihr Vater bis spätnachts hinter der Theke bediente, stand ihre Mutter morgens immer als
erste auf und öffnete die Post, die an sie oder an alle beide gerichtet war. Eine halbe, manchmal auch eine ganze Stunde
später stand dann ihr Vater auf. Ihre Mutter ging ins Schlafzimmer und machte das noch warme Bett, während er früh-
stückte und die Zeitung las. Wenn sie den Brief als erste las,
würde sie zu ihm hineingehen, ihn wecken und ihm die Nachricht beibringen müssen. Er würde einen seiner stummen Tob-
suchtsanfälle erleiden.

Bisher existierte ihr Kind nur in der Vorstellung. Ein phy-
sischer Teil von ihr, aber noch keine Person – etwas, das leicht
abgehen konnte. Wenn es eine Totgeburt war, brauchte sie den
Brief nicht zu schreiben. Ihre Eltern würden davon verschont
bleiben. Aber da war immer noch die andere Sache – daß sie
sich nicht gemeldet hatte. In all der Zeit. Je länger es so wei-
terging, desto schwieriger wurde es, ans Schreiben zu denken.
Oder auch nur den Hörer abzunehmen.

Die Schwester kam herein, um nach dem Rechten zu sehen.
»Alles in Ordnung?«
»Warum habe ich keine Wehen mehr? Erst sagt mir die
Hebamme, die Wehen hätten eingesetzt, dann...«
»Das kommt vor.« Plötzlich zog sich ein rasender Schmerz
unter ihrem Bauch entlang. Sie hielt den Atem an und riß die
Augen auf. Keuchend stieß sie die Atemluft aus. »Sehen Sie?«
sagte die Schwester. »Reichlich Schmerzen – kein Anlaß zur
Sorge.« Diese Wehen schienen heftiger, und die Abstände zwischen ihnen wurden kürzer. Sie waren seismisch – ungeheuer-
liche kosmische Vorgänge, nur intern. Der Schmerz war nicht
dort auszumachen, wo er austrat – er rührte von einer Stelle, an
die man nicht hingelangte. Hätte sie an die Seele geglaubt, so
wäre dort, wo es schmerzte, deren Sitz gewesen.

Bei der nächsten Wehe stöhnte sie und biß die Zähne zusammen. Schwestern kamen und gingen und behielten sie im Auge.

»Denken Sie an Ihre Atemübungen«, mahnten sie. Huang Xiao Gang wäre stolz auf sie gewesen. *Vorhören.* Was sie jeden Augenblick zur Welt bringen würde, hatte einen Kopf, einen Rumpf und einen Schwanz. Wenn es einen Schwanz hatte, war es ein Junge. Aber sie wollte ein Mädchen. *Inneres Ohr.* Sie versuchte sich vorzustellen, wie es sein würde, vermochte es aber nicht. Sie wurde in einen anderen Saal verlegt. Ihre nackten Füße wölbten sich auf dem kalten Terrazzofußboden. Es war ein kleiner Krankensaal mit vier Betten, in dem außer ihr nur noch eine weitere Frau lag. Sie schlief. Die beiden anderen Betten waren leer, die Bettwäsche ein Muster an Geometrie. Sie hatte zwei weitere Wehen von zunehmender Heftigkeit, bevor wieder jemand zu ihr kam. Vor Angstschweiß waren ihre Hände naß.

Es kam ihr in den Sinn zu beten – etwas, das ihr schon seit Ewigkeiten nicht mehr eingefallen war. Als sie allmählich ihren Glauben verlor, hatte sie ihren Gebeten ein »Falls es Dich gibt, Gott …« vorangeschickt, doch selbst dies hatte sie später fallenlassen. Sie war sich gewiß, daß es nichts gab. Und selbst wenn es einen Allerhöchsten gab, konnte sie Ihn wirklich kraft Gebetes dazu bewegen, Seinen Ratschluß abzuändern? Wenn es dem Allmächtigen gefiel, daß es heute aus wäre mit Catherine Anne McKenna, würde Er etwa, nur weil sie Ihm etwas zuflüsterte, Seine Entscheidung rückgängig machen?

Es hatte Zeiten gegeben, da war ihr Glaube felsenfest gewesen. Die Maienaltäre. In der Schule hatten sie immer einen, und ein paar Mädchen wurden auserwählt, in den Wald zu gehen und Blumen zu pflücken – Glockenblumen, Himmelsschlüssel, Osterglocken, falls es noch welche gab. Am Wochenende pflückte sie Blumen für ihren eigenen Altar zu Hause, den sie sich auf einer Kommode errichtet hatte. Sie nahm die Sta tue Unserer Lieben Frau von ihrem angestammten Platz und das Bild Unserer Lieben Frau der immerwährenden Hilfe von der Wand und stellte beide nebeneinander auf. Danach dekorierte sie sie mit Blumen und sprach ihre Gebete inbrünstiger denn zu jeder anderen Zeit. Es hatte etwas mit dem Duft der Blumen zu tun. Unsichtbar, unberührbar, wunderbar. Beim Beten machte sie die Augen zu, und im Dunkel der geschlossenen Lider schien der Waldgeruch noch durchdringender. Und die Gebete daher auch.

Wenn sie den Schulaltar geschmückt hatten, ließ Lehrer Collins sie singen:

> *Maria, Maienkönigin,*
> *dich will der Mai begrüßen;*
> *o segne ihn mit Muttersinn*
> *und uns zu deinen Füßen.*
> *Maria, dir befehlen wir,*
> *was grünt und blüht auf Erden;*
> *o laß es eine Himmelszier*
> *in Gottes Garten werden.*

Sie mochte Dinge, die jedes Jahr wiederkehrten. Das Feuerwerk zu Halloween, die ausgehöhlten Rüben mit Kerzen darin, Weihnachten, die Maienaltäre, die Murmelzeit (aus irgendeinem Grund, den sie nie begriff, interessierten Mädchen sich angeblich nicht für Murmeln). Die Zeit verfloß, und jedesmal gab es etwas Neues, worauf man sich freuen konnte. Nach den Ferien ging sie sogar gerne wieder zur Schule. Schlug die neuen Bücher in Tapete ein.

Die dunkelhaarige Krankenschwester, die hin und wieder nach ihr sah, zwang sie dazu, hin und her zu laufen, und stellte ihr eine Menge beiläufiger Fragen, auf die Catherine ebenso beiläufig antwortete. Ja, sie wünsche sich ein Mädchen — sehnlicher, als sich irgend jemand vorstellen könne. Jemand, dem sie Kleider kaufen, dem sie die Haare flechten, sie mit roten Samtbändern zu Rattenschwänzen binden könne.

Als ihr die Schwester eine Schmerzspritze verabreichte, sagte Catherine: »Ich sollte mein Nachthemd mit Schnüren versehen – wie bei einer Jalousie.« Die Nadel drang in ihre Hüfte ein und hinterließ in ihr ein bleiernes Gewicht. Sie legte sich zurück und spürte, wie das Medikament sie entspannte. Eine träumerische Empfindung, ein Schweben über dem Bett, ein angenehmer Zustand, der sie einlullte wie Trunkenheit.

»Bald haben Sie Ihre Geburtswehen hinter sich.«

Sie überlegte, ob das tatsächlich die Krankenschwester gesagt oder ob sie selbst es sich ausgedacht hatte. Ihre Uhr zeigte zehn an. Die Wehen, wenn sie eintraten, kamen ihr inzwischen ferner vor, und zwischen jedem Anfall schwebte sie und schloß die Augen.

Islay war schön – wenn sie Torf stach, vibrierte die Erde unter ihren Füßen wie federnde Holzdielen. Ein Zwiegespräch. Wie ein Klang.

Die junge Schwester kam zurück, mit einer Miene, als habe sie alles aufgeräumt.

»Wie wirkt die Spritze?«

»Bestens«, antwortete sie lachend.

»Wann hatten Sie Ihre letzte Wehe?«

»Vor etwa zehn Minuten.«

»Es wird schon alles werden.« Die Schwester streckte den Arm aus und berührte ihre Hand.

»Das sagen Sie doch nur so. Ich wette, das sagen Sie zu jeder.«

»Aber es ist wahr – in den meisten Fällen. Neunundneunzig Prozent. Wir haben keinen Grund zu der Annahme, daß es bei Ihnen anders sein wird.« Die Schwester entzog sich dem starren Blick ihrer Patientin. Catherine schielte nach ihrem Namensschildchen.

»Janet?«

»Ja.«

»Janet klingt hübsch. Hat schon mal jemand sein Kind nach Ihnen benannt?«

»Zwei-, dreimal.«

Während sie sich unterhielten, war sich Catherine bewußt, daß die Krankenschwester lediglich versuchte, sie davon ab-zulenken, was ihr bevorstand. Sie wiegte sie in dem Glauben, daß es ihr gelang. Ja, sie habe einen Beruf. An der Inselschule – Musiklehrerin.

»Was spielen Sie?«

»Klavier.«

»Ach, das würde ich auch gerne können«, sagte die Schwe-ster. »Und meine eigenen Songs schreiben.«

»Warum tun Sie's nicht? Es hindert Sie doch nichts daran.« Die Schwester starrte an ihr vorbei auf die Wand und zuckte die Achseln. »Nur, daß ich kein Klavier spielen kann.«

»Sie können es lernen.«

Eine Wehe unterbrach sie, und sie hielt den Atem an. Die Schmerzen drängten wieder an die Oberfläche. Sie umklam-merte das Kopfteil des Bettgestells, bis sie abgeklungen war.

Die Schwester sagte: »Wie lebt sich's denn so auf einer Insel?«

»Schön. Aber es gibt nur sehr wenig Arbeit…«

Inzwischen lallte sie wie eine Betrunkene, aber sie konnte nicht anders. Dave hatte im Februar vergangenen Jahres bei einem Bauern gearbeitet und dabei fast die halbe Insel in Brand gesteckt. Sie waren dabei gewesen, Heidekraut zu verbrennen, um das neue Gras besser gedeihen zu lassen, aber er hatte den Wind falsch eingeschätzt. Das Feuer war drei Tage lang außer Kontrolle gewesen, und sie hatten das Vieh und alles retten müssen. Monatelang war die Insel schwarz verkohlt, und als… Wieder brach unter der Oberfläche des Schmerzmittels eine Wehe hervor, und sie schrie auf.

»Denken Sie an Ihre Atemübungen«, sagte die Schwester.

Catherine stieß einen Seufzer wie den der Lady Macbeth aus, den sie Huang Xiao Gang vorgeführt hatte.

»Ich möchte nicht reden.«

»Es ist aber besser.«

»Also, was treiben Sie so?«

Die Schwester vertraute ihr an, daß sie mit einem Medizinstudenten ging. Er habe sie ausgeführt… Wieder eine Wehe.

»Ich möchte pressen«, keuchte Catherine. »Mir ist nach Pressen.«

»Tun Sie's bloß nicht«, entgegnete die Schwester. Sie stand auf und ging hinaus, als sei alles in bester Ordnung, aber die letzten paar Schritte aus dem Saal hinaus rannte sie. Die durchsichtige Plastiktür schlug hinter ihr zu.

Nach rascher Untersuchung verlegte die Hebamme sie von ihrem Bett auf ein fahrbares Patientenbett. Catherine fühlte sich unbeholfen. Das Kind in ihrem Innern schien sein Gewicht in der letzten Stunde verdoppelt zu haben. Irgendeiner ihrer Körperteile plumpste herab und schlug laut gongend gegen das Bett. Die Hebamme hob ihr Bein sorgsam hinauf und schob sie hinaus.

Die Uhr im Gang wirbelte an ihr vorbei, und dann fand sie sich im grellen Licht des Kreißsaals wieder, wo Schwestern in gestärkter Tracht geschäftig hin und her eilten und ihr ein Paar weißer Baumwollsocken anpaßten, und sie versuchte zu sagen: »Eine Partie Tennis gefällig?«, aber niemand hörte sie, oder sie hatte es nicht richtig gesagt, denn jetzt steckten sie ihre Beine in Schlingen, eine auf jeder Seite des Tisches, um ihre Hüften zu abduzieren, wie sie es nannten – eigentlich war es ein bißchen wie Komponieren, wie sie so ihr Allerpersönlichstes zur Schau stellte und alle am Fußende standen und die Wehe begutachteten, die sie jetzt aufschlitzte und die dafür verantwortlich war, daß sie gellend schrie, so daß eine Schwester, die das Ganze zu inszenieren schien, zu ihr kam, ihre Hand hielt und ihr die Schweißperlen von der Stirn

tupfte, weil es zu viele Lichter gab und der Saal zum Ersticken
heiß war.

»Jetzt pressen. So ist's recht, brav pressen.«

Es klang so, als handele es sich um etwas Willkürliches,
wohingegen Catherine das Gefühl hatte, es jage wie eine
fremde Macht durch ihren Unterleib und sie versuche nur, sich
festzuklammern, um nicht abgeschüttelt zu werden, während
die Hebamme am Fußende schrie: »Nur weiter so, wir können
es schon sehen. Pressen.«

Und als die Wehen sie überwältigten, biß sie die Zähne zusammen und gab ein seltsames Gewieher von sich, denn jetzt
schien das Betäubungsmittel seine Wirkung vollends eingebüßt
zu haben, und der Schmerz war blank und messerscharf
– vielleicht führten sie ja wirklich einen Kaiserschnitt durch –
alles war möglich – vielleicht hatten sie kein Operationsbesteck
und rissen sie mit bloßen Händen auf, rissen sie auseinander,
weil ihre Instrumente keine Schneiden hatten, zu stumpf waren wegen der Haushaltsbeschneidungen und so weiter. Als ihr
die Schwester den Schweiß von Stirn und Lidern wischte,
wollte Catherine fragen, weshalb es im Saal so verdammt heiß
sein müsse; statt ihre Instrumente nicht zu schärfen, könnten sie
doch auf diese Weise Geld einsparen. Doch am ärgsten waren
nicht die Wehen – das eigentliche Weh saß tiefer, in ihrem
innersten Wesen. Der Schutzheilige der Wöchnerinnen war
der hl. Gerard Majella – wie typisch, daß die Kirche für diese
Rolle einen Mann bestallen mußte –, aber sie gelobte, an ihn
glauben zu wollen, wenn all dies nur endlich ein Ende nähme.
Die Mutter aller Alpträume. Das Schweißtuch war so kühl.
Was, wenn das Kind mißgebildet wäre?

»Es wird schon alles gutgehen. Noch ein letztes Mal pressen.«

Sie lobten sie andauernd – braves Mädchen, braves Mädchen, riefen sie ein übers andere Mal. Wovon redeten sie nur?
Sie versuchte, sich auf ihre Atemübungen zu besinnen, doch

alles, was sie einmal gewußt hatte, wurde von der nächsten Wehe zerstreut. Sie wollte aus ihrem Körper steigen und von der Bettkante aus mithelfen.

»Der Kopf«, rief die Hebamme. »Pressen. *Pressen.*«

Bei der nächsten Wehe glitschte alles heraus. Sie stieß ein langes, wimmerndes Aaahh der Erleichterung aus, diesmal durch die geöffneten Zähne. Die Befreiung von dem Druck war… Sie versuchte hinzuschauen, doch die Krankenschwester bettete ihren Kopf zurück und wischte ihr den Schweiß vom Gesicht. Alle Stimmen, die sie hören konnte, sangen ihr Lob. Alleluja, alleluja, erscholl es aus der Kirche, halleluja, halleluja, aus dem Konzertsaal. Die Hebamme sagte: »Ich gratuliere – Sie haben ein kleines Mädchen.«

»Die Nachgeburt – nur noch einmal pressen«, sagte die Schwester, die ihr am nächsten stand, und drückte mit ausgestrecktem Arm und dem ganzen Gewicht ihrer Schulter gegen ihren Magen. Sie hörte das Neugeborene weinen – zuerst wie das Miauen eines Kätzchens, versetzt mit Luftblasen, dann wie ein Baby. Ihr Baby. Ihr kleines Mädchen. Sie schloß die Augen. Nun, da der Schmerz aus ihr herausgezerrt war, wollte sie lachen. Lachen und singen, Musik machen. Sie reichten ihr das Neugeborene in einer losen Baumwolldecke, und sie legte es sich auf die Brust.

»Ist es gesund?«

»Ein Prachtkind«, sagte die Hebamme. Sie putzte sich die Brille.

»Alle Finger und Zehen da?«

»Ja, alles vollständig beisammen.«

Ihr war, als ob die Flüssigkeiten, die ihren Körper bei der Anstrengung der Niederkunft durchflutet hatten, jetzt alles fixierten, jeden Eindruck, jede Empfindung unauslöschlich machten. Alles war gesteigert. Alles war intensiv. Sie wollte jubeln und tanzen. Sie wußte, solange sie lebte, würde sie nicht ein Gran von alledem vergessen.

Gleich als erstes fiel ihr die Weiblichkeit dieses winzigen, verhutzelten, rothäutigen Mädchens auf. Es war sehr zierlich, seine Haare wirkten wie mit Brillantine eingefettet und klebten feucht an seinem Kopf. Seine winzigen Nasenflügel bebten, als es zu atmen versuchte, gegen die grellen Lampen des Kreiß-saals hatte es die Augenlider zusammengekniffen. Seine Poren waren säuberliche weiße Nadeleinstiche. Die Mutter wühlte in der Decke und holte ein Fäustchen hervor, um sich selbst zu überzeugen. Die winzig kleinen Fingerchen endeten in Nägeln von vollkommenster Sichelform. Sie hielt das Kind an ihr Ge-sicht und berührte seine Wange mit der ihren. Es öffnete den Mund und gab ein zahnloses Gähnen von sich. Catherine merkte, daß sie weinte, und hörte sich sagen – sie ist schön, sie ist schön, sie ist schön. In ihr stieg das Gelübde auf, daß dieses Geschöpf, dem sie das Leben geschenkt hatte, niemals, aber auch niemals zu Schaden kommen dürfe. Sie mußte es mit aller Kraft und Liebe und Sorge beschützen. Sie mußte es umhegen und umhüllen. Sie küßte es, das Kind schlug einen Spaltbreit die Augen auf und gab, in Ost und West, traubenfarbene Pu-pillen frei, und die Mutter lachte und weinte zugleich.

Als die Schwester ihr das Neugeborene abnahm, um Tests durchzuführen, sah Catherine, wie vollkommen das winzige Ohr ihres Töchterchens geformt war, präzise gewunden wie das Gehäuse einer Meeresschnecke am Strand. Es gab noch so-viel an ihm, das man ihr noch nicht zu sehen gestattet hatte.

Sie säuberten Catherine, schoben sie in einen anderen Saal und gaben ihr eine Tasse Tee und Toast. Der Tee war heiß und stark. Ihr war, als könne sie fliegen – sie fühlte sich federleicht vor Liebe. Zu ihrer Tochter, zu sich selbst. Zu allen anderen Frauen auf der Welt, die je ein Kind geboren hatten. Beson-ders aber zu ihrer Mutter – das Gefühl kam völlig unerwartet, kam aus heiterem Himmel. Sie wollte bei ihrer Mutter sein, sie hatten beide eine Erfahrung gemein, die sie in Liebe vereinen müßte. Sie wollte ihr von Mutter zu Mutter, als Gleichberechtigte, von ihrem Töchterchen erzählen, das vielleicht eines Tages eine eigene Tochter zur Welt bringen würde.

Sie verzieh ihrer Mutter einige ihrer Ängste, die aus der Sorge, aus der Liebe erwuchsen, und nahm sich vor, ihrer Tochter *niemals* anzutun, was ihre Mutter ihr angetan hatte. Sie gegen sich aufzubringen. Sie würde ihr vertrauen, und ihr Vertrauen würde erwidert werden.

Die Schwester kam herein, nahm ihre Tasse und vergewisserte sich, daß alles in Ordnung war. Sie sagte, ein gewisser Dave Dewhurst habe angerufen und seine Glückwünsche angetragen. Catherine überlegte, wie er wohl reagieren würde. Sie hatten sich ausgiebig über Namen unterhalten – falls es ein Junge wäre, wollte er ihn Simon nennen, falls ein Mädchen, wollte sie eine Anna haben. Es war eindeutig eine Anna, die sie da in den Armen gehalten hatte.

»Anna.« Sie versuchte, den Namen laut auszusprechen. Er hörte sich passend an.

Die Schwester kam mit Catherines Baby und rückte das Kinderbett dicht an ihr Bett. Catherine hob es sogleich heraus und preßte es an ihre Wange. Das Neugeborene öffnete den Mund und begann ihr Gesicht zu stupsen.

»Da ist sie nicht«, sagte sie. »Schwester, könnten Sie mal eben kommen?« Die Krankenschwester trat her. »Ich habe das doch noch nie gemacht.«

»Sie müssen sie richtig anlegen«, sagte sie. Sie grinste. »Damit sie sich auch schön festsaugen kann.«

Catherine nahm den Säugling an die Brust und spürte, daß sich sein Mund wie eine Napfschnecke an ihr festsaugte. Die Schwester lächelte und sagte: »Kann sein, daß sie eine Weile nichts bekommt...«

Es war eine seltsame Empfindung. Sie spürte, wie sich ihre Brüste buchstäblich erhitzten. Kribbelten. Das Baby nuckelte und ballte dicht vor ihrem Gesicht seine kleine Faust. Auf dem Armband aus durchsichtigem Plastik stand »Baby McKenna«

und das Geburtsdatum. Catherine betrachtete seine Fontanelle
– in der Raute dünner Haut konnte sie den Puls ihres Kindes
sehen. Weniger ein Herzschlag, eher ein Kopfschlag – es hatte
kein Herzklopfen, sondern Kopfklopfen. Die anderen Frauen
im Zimmer schliefen oder versuchten zu schlafen. Nach einer
Weile hörte das Saugen an ihrer Brust auf. Catherine blickte
auf den schlummernden Kopf ihres Kindes, wagte aber nicht,
es zu wecken. Sie legte es wieder in sein Bettchen und deckte
es zu.

»Richtig so?« fragte sie die Krankenschwester. Diese beugte
sich über das Bettchen und zupfte die Decke zurecht, bis sie zufrieden war. Es war lange nach drei Uhr morgens. Catherine
hörte den tiefen Atem der Frau im Nachbarbett und versuchte,
in den Rhythmus einzufallen. Lange konnte sie nicht einschlafen. Sie lag so nahe neben der Frau, daß sie das Gefühl hatte,
im selben Bett untergebracht zu sein. Sie konnte es nicht abwarten, bis sie wieder ihr Baby halten durfte. Ihre Tochter
Anna. Obwohl sie die Augen geschlossen hatte, lächelte sie.
Schließlich, als sich der Himmel weiß färbte, sank sie in den
Schlaf der Erschöpfung.

Um sechs Uhr weckte der Lärm der Station sie auf, und ihr
erster Gedanke galt ihrem Baby. Sie mußte die Augen zuknei-
fen, so grell war das Licht, das durch das vorhanglose Fenster
fiel. Im Zimmer herrschte ein ständiges Kommen und Gehen.
Säuglingsgeschrei. Eine Schwester mit Gummischuhsohlen
trat quatschend ans Bett und half ihr, sich aufzurichten, indem
sie ihre Kopfkissen aus einer waagerechten in eine senkrechte
Position stellte. Catherine beugte sich zu ihrem Kind hinüber
und betrachtete es. Es schlief noch. Es kam ihr seltsam vor, daß
sie die Körpermitte wieder durchbiegen konnte. Mit den Händen fuhr sie unter die Bettwäsche und vergewisserte sich, daß
ihr Huppel verschwunden war. Dann stand sie auf, um auf die
Toilette zu gehen.

»Wird ihr auch nichts passieren?« Die Schwester schüttelte lächelnd den Kopf. Ein eigenartiges Gefühl, sich wieder frei bewegen zu können. Fünf der sechs Betten im Zimmer waren belegt. Sie ging auf die Toilette. Ein Mädchen namens Alison hatte Kopf und Schultern durch das Klofenster gezwängt und rauchte eine Zigarette.

Das Frühstück wurde in einem kleinen Raum, der vom Korridor abging, eingenommen. Alle sagten Guten Morgen, als sei es ein kleines Hotel, nur daß sie alle in ihren Nachthemden dasaßen. Catherine bekam Tee, Toast und ein gekochtes Ei. Sie saß für sich und kaute den Toast, der leicht zäh geworden war. Das Ei war hartgekocht, der Dotter trocken und krümelig.

In einem Fremdenheim in Portstewart hatte ihr Vater, wenn er sein Ei verzehrt hatte, gerne Streiche gespielt. Er stellte die Schale verkehrt herum in den Eierbecher eines anderen. Dann saßen die McKennas da und warteten darauf, daß der Betreffende seinen Löffel hob und das hohle Ei oben eindrückte. All das geschah der siebenjährigen Catherine zuliebe, denn ihre entzückte Reaktion beobachteten sie mehr als die des Genarrten. Wer immer das Opfer war, rief: »Brendan!« und sah sich um. Gelächter und Schenkelschlagen. Wie würde er reagieren, wenn er herausfand, daß sein kleines Mädchen ein Kind bekommen hatte?

Catherine ließ ihre Brotkrusten auf dem Teller liegen. Als die Hilfskraft kam und das Frühstücksgeschirr auf einen Wagen räumte, bemerkte sie: »Ich sehe, Sie sind noch nicht erwachsen.«

Eine ältere Frau namens Marge gesellte sich zu Catherine, und die beiden plauderten eben miteinander, als Marge erstarrte und einen leisen Schrei ausstieß. Catherine war um sie besorgt, doch Marge erklärte ihr, daß sie, obwohl sie ihr Kind zwei Tage zuvor bekommen hatte, noch immer unter Kontraktionen litt. Ein Phantomkind, nannte sie es. Schmerzen für nichts und wieder nichts. Sie tätschelte Catherine die Hand und versicherte ihr, daß Frauen beim ersten Kind nie davon betroffen seien.

Als die Mütter zurückgingen, war Anna die einzige, die greinte. Catherine hob sie hoch und begann sie zu stillen. Sie blickte auf den Scheitel des kleinen Köpfchens. Die inzwischen trockenen Haare waren *so* fein. Sie war fasziniert von der pulsierenden Fontanelle. Wieder mußte sie an ihren Vater denken und an die leere Eierschale. Die Zerbrechlichkeit des Geschöpfs in ihren Armen ließ ihr Innerstes erbeben.

Später, als sie es badete und die Windeln wechselte, überkam sie dasselbe Gefühl des Bebens. Das Neugeborene heulte in den winzigsten, blechernsten Tönen, und Catherine redete ihm gut zu und versuchte, so gut sie konnte, es zu trösten. Die Schwester beaufsichtigte und lobte sie. Catherine deckte das Bettchen zu und legte ihr Kind in seinem Krankenhaushemd auf die Decke. Die Schwester brachte eine Wanne mit warmem Wasser und stellte sie auf ein Stahlrohrgestell neben das Bett.

»Prüfen Sie die Wassertemperatur«, sagte die Schwester. Catherine mutete es immer noch merkwürdig an, daß sie sich vorbeugen konnte.

Beim Anblick der vollen Babywindel wurde Catherine beinahe übel. Schwarze Melasse.

»Hat man Ihnen denn nichts davon gesagt?« fragte die Schwester.

»Doch. Wie heißt es gleich?«

»Kindspech.«

»Ich hatte keine Ahnung, daß es so aussieht.«

»Es kommt nur einmal vor. Sie werden es nie wieder sehen – es sei denn natürlich, Sie haben ein zweites Kind.«

»Dafür ist es ein bißchen früh.«

Als Catherine das Baby ins Wasser tauchte, stieß sie mit

dem Fuß gegen das Gestell, auf dem die Wanne stand, und das Baby machte einen Satz und warf die Arme in die Luft.

»Um Gottes willen…«

»Ein gutentwickelter Moro-Reflex«, bemerkte die Schwester.

»Die Kleine oder ich?«

Catherine hob das Baby aus dem Wasser und drückte es an sich.

»Tut mir leid, tut mir ja so leid, Liebling. Wie konnte ich nur.« Halb weinte, halb lachte sie. Sie wandte sich zu der Schwester. »Ich dachte, es sei ein Dirigierreflex. Ich stelle zur Diskussion: Wir alle sind geborene Dirigenten und verlernen diese Fähigkeit im Laufe unseres Lebens allmählich.« Die Krankenschwester sah sie an. Catherine sagte: »Ich bin Musiklehrerin.« Das Kind hatte die Beine gespreizt und die Knie angewinkelt. »Wissen Sie, wer das größte musikalische Wunderkind aller Zeiten war?« Zuerst schüttelte die Schwester den Kopf, dann tippte sie auf Mozart.

»Nein. Es war Master Crotch. Der junge Herr Zwickel. Ein kleiner Engländer. Mit einem äußerst seltsamen Namen. Mit zwei Jahren konnte er schon auf der Orgel spielen.« Die Krankenschwester hob eine Augenbraue, und sie lächelten beide. Als die Schwester fortging, neigte sich Catherine über ihr Kind und sagte: »Du wirst ihn übertreffen. Kleine Miss Crotch.«

Nachdem Baby McKenna gesäubert und gewickelt war, wurde es schlafen gelegt. Und während es schlummerte, betrachtete seine Mutter es wie durch ein Vergrößerungsglas. *Magnificat anima mea Dominum. Hochpreiset meine Seele den Herrn.* Eigenartig, daß das Wort *magnificare* sowohl »vergrößern« als auch »hochpreisen« bedeutete. Catherine legte sich auf ihr Bett, parallel zu ihrem Baby, und sah, wie seine Lider sich bewegten, wie die Augen hinter den Lidern flackerten. REM-Schlaf. Ihr Baby träumte. Als die Schwester zurückkam, sagte sie es ihr und fragte sie: »Wovon nur kann sie träumen? Von gestern?«

»Vielleicht sind es Erinnerungen an den Mutterschoß«, meinte die Schwester.

»Ich habe ihr auf dem Klavier vorgespielt, als sie in meinem Schoß war. Sie hat mit mir Walzer getanzt.«

Am Nachmittag ging sie mühsam zum Telephon, um Dave anzurufen. Sie lauschte auf das schnurrende Rufzeichen. Sie stellte sich das leere Zimmer vor, die Rechtecke aus Sonnenlicht, die auf die Holzdielen fielen. Vermeer. Sie wußte, wo das Telephon stand, konnte sein hallendes Klingeln hören wie auch, daß niemand abnahm. Das Wetter war immer noch gut, und Dave würde es nach Kräften ausnutzen. Nach etwa einer Minute legte sie auf. Dann suchte sie in ihrem Adreßbüchlein nach einer anderen Nummer und wählte diese.

»Hi, Liz?«

»Kate?«

»Ja. Du, ich habe ein kleines Mädchen bekommen. Gestern.«

»O mein Gott – aus heiterem Himmel – sind Glückwünsche angebracht?«

»3259 Gramm.«

»Ich wußte ja gar nichts davon. Ich wußte nicht einmal, daß du verheiratet bist.«

»Bin ich auch nicht.«

»Wo – wo steckst du denn?«

»Rotten Row.« Catherine nannte ihr die Besuchszeiten. »Ich mußte einfach mit jemandem reden.«

Als sie vom Telephon zurückkam, legte sie sich auf ihr Bett und betrachtete Anna von neuem. Wie eine Liebende und ihr Geliebter. Sie konnte sich an ihm nicht satt sehen, an diesem winzigen Menschlein, das ihrem Leib entsprungen war. Halb sie, halb Dave. Nichts hatte sie darauf vorbereitet. Ja, auf der Insel hatte sie an einem Schwangerschaftskursus teilgenommen. Sie wußte, was sie erwartete. Alle, die sie kannte oder je kennen würde, hatten den gleichen Geburtsvorgang durchgemacht. Sie sah ihre eigene Familie vor sich, ineinandergestellt wie Puppen in der Puppe. Sie hatte dieses Kind in sich getragen, während sie aus ihrer Mutter hervorgegangen war, die ihrerseits in Oma Boyd gesteckt hatte.

Es war etwas durch und durch Alltägliches und Gewöhnliches. Und doch, wenn es geschah, kam es einem Wunder gleich. Daß ihre Tochter auf die Welt gekommen war, daß sie genau die war, die sie war – ein unergründliches Mysterium. Und wenn es kein unergründliches Mysterium war, dann wurde ihr Kind ihr eine Last, ein bloßes Ärgernis. Ihr Neugeborenes war soviel mehr, als Catherines Augen aufnehmen konnten. Doch was sie sah, erstaunte sie. Die Fingernägel, das dunkle, flauschige Haupthaar, die Windung des Ohrs – sie alle waren Teil von ihr, und doch gehörten sie einer anderen Person an. Einem gänzlich Anderen. Es war, als habe sie ihr ganzes Leben lang an Theorieunterricht teilgenommen, gelernt, vom Blatt zu spielen, Instrumente gesehen und gehalten, Photos von Komponisten betrachtet, Bücher über Harmonielehre und Kontrapunkt gelesen, ohne auch nur ein einziges Mal einen Ton Musik zu hören. Dann, an einem bestimmten Tag, zu einer bestimmten Stunde, nach all der Vorbereitung, nach all den Theorien, Regeln und Spekulationen, wird sie mit verbundenen Augen in einen Saal geführt, und ein Orchester bricht in die jubelnden Klänge, sagen wir, des Choreinsatzes in Händels Krönungshymne *Zadok the Priest,* des letzten Abschnitts von Beethovens *Ode an die Freude* oder von Messiaens *Turangalîla-Symphonie* aus.

Und die Stimme ihrer Lehrerin beugt sich an ihr Ohr und sagt ruhig: »Das ist es. Verstehst du jetzt?«

Das war es. Anna. Ihr Kind lag vor ihr, nur eine Armeslänge entfernt. Dies war das Kind, das sie in ihrem Kopf getragen, und dies war das Kind, das sie in ihrem Leib getragen hatte. Sie waren nicht gleich. Das vor ihr war weit besser geraten.

Es kam ihr in den Sinn, daß es keine Musikgattung gab, mit der ein Ereignis von solcher Tragweite gefeiert oder begangen wurde. Starb jemand, wurde ein Requiem komponiert, heiratete jemand, ein Epithalamion, weshalb also gab es kein Musikstück zur Feier einer Geburt? Weil die Geschichte der Musik eine männliche war, deshalb. Komponisten waren männlichen Geschlechts, und aus dem Kreißsaal waren sie gewöhnlich verbannt. Eine Geburt spielte sich hinter den Kulissen ab und war ihrer männlichen Aufmerksamkeit nicht würdig. Wie auch immer, es existierte keine musikalische Form dafür. Natürlich gab es eine Fülle an Musik — Weihnachtslieder und -messen in rauhen Mengen —, um die Geburt eines ganz besonderen Kindleins zu begehen, Seine Hoheit Jesus Christus, doch das war mehr eine Verherrlichung des Gottes in Ihm denn der Ankunft des Menschen in Ihm auf Erden. Sie wollte eine Feier zur Geburt ihres gewöhnlichen, aber exquisiten Mädchens. Aus dem Nichts fiel ihr ein Atemrhythmus ein und eine Folge von drei Tönen. Sie hörte sie in ihrem Kopf. Einen Augenblick später traten zwei Töne hinzu, und sie wurde besser, eine Phrase aus fünf Tönen. Catherine drehte sich zum Nachttisch, nahm ihren Kugelschreiber zur Hand und notierte den Einfall. Janáček hatte sich die Notenwerte und Rhythmen von Dingen, die er hörte, aufgeschrieben — angeblich hatte er am Sterbebett eines Freundes sogar dessen Todesröcheln musikalisch notiert. Himmel, wie entsetzlich! Sie begann, die Geburtsidee in ihrem Kopf zu entwickeln. Vielleicht eine Willkommenshymne.

Dave rief an, und man brachte ihr das Telephon ans Bett.

»Hallo«, sagte sie. »3259 Gramm. Wie findest du mich? Und ein Mädchen.« Er antwortete, daß er in der vergangenen Nacht von der Kneipe aus angerufen habe, das Krankenhaus habe ihn benachrichtigt. Danach hätten sie mächtig auf den

Putz gehauen. Das Lokal habe erst um vier dichtgemacht. Sie wickelte ihren Zeigefinger um die schlaffe Spirale des Telephonkabels. »Wirst du's denn schaffen, herüberzukommen und sie zu sehen?«

Ihr Gesicht wurde ernst, als er ihr auseinandersetzte, wie teuer es ihn käme, wenn er sich zwei Tage freinähme – all das für einen halbstündigen Besuch im Krankenhaus auf dem Festland. Nicht nur die Zeit, in der er nicht arbeiten könne, sondern dazu noch die Kosten für das Flugticket und für das Bed & Breakfast.

»Du machst dir keinen Begriff. Komm doch, Dave. Du wirst sie ins Herz schließen. Glaube mir. Du kannst das Geld ein andermal wieder hereinholen.«

Aber er gab nicht nach. Das gute Wetter halte immer noch an. Die Preise seien immer noch gut. Es sei Wahnsinn, zwei Tage für Hin- und Rückflug dranzugeben, wenn man soviel Geld verdienen könne. Außerdem seien es doch nur ein oder zwei Tage bis zu ihrer Rückkehr. Sie seien jetzt Menschen mit Verantwortung. Und er der Ernährer. Gestern abend habe ihn ein Spaßvogel gefragt, ob er sie schon für Eton angemeldet habe. Und er habe entgegnet: »Ja, für *eatin'* und *drinkin'*.« Er könne sich kaum noch an alles erinnern. Die Hälfte der Inselbewohner auch nicht. Jeder Arsch habe ihm einen ausgegeben. Und der Gesang. Und die Frotzeleien. Die Leute hätten ihm auf die Schulter geklopft. Aber er freue sich wirklich darauf, sie beide zu sehen.

»Freitag – um zwei«, sagte sie. »Falls es keine Komplikationen gibt. Nein – wirklich, es ist alles in bester Ordnung. Diesmal wird es nicht das Rettungsflugzeug sein. Der reguläre Nachmittagsflug. Ankunft: vierzehn Uhr fünfundvierzig.«

Catherine war die einzige im Sechserzimmer, die ihr Kind stillte. Anna wachte um drei Uhr morgens auf und suchte die Brust. Eine der Frauen schnaubte in ihren Träumen und

machte feuchte Schmatzgeräusche. Eine andere wälzte sich im
Bett hin und her, und ihre Laken verrutschten. Wenn Catherine ihr Baby schreien hörte, setzte sie sich lotrecht im Bett auf,
aus beiden Brüsten sickerte schon die Milch. In einer Art
Trance öffnete sie den Stillbüstenhalter und legte das Baby
an – dann nickte sie womöglich wieder ein. Es war kein richtiger Schlaf, eher das, was zu Hause in der überfüllten Kirche
während einer Predigt geschah. Langeweile, Hitze; Schulter
an Schulter mit ihren Nachbarinnen, begann die Welt ihr zu
entrücken, die Lider fielen ihr zu, Laute verzerrten sich wie bei
einem Radiosender, der sich von seiner Frequenz entfernt – die
Worte noch vernehmlich, aber sinnlos – die unverständliche
Stimme war tröstlich – sie leierte – sollte sie plötzlich verstummen, würde sie wahrscheinlich aufwachen. Aber sie wachte
ohnedies auf, ihr Kinn ruckte hoch, ihr Kopf sackte zurück.
Nicht länger in der Kirche, verspürte sie das Zerren und Saugen und Schlucken des Babys an ihrer Brust. Und dann begann das Ganze wieder von vorn.

»Auf die andere Seite«, sagte sie und setzte es von der einen
Brust an die andere. Bis auf das Lichtzelt über ihrem Bett lag
das Zimmer im Dunkeln. Draußen begann es eben zu däm-
mern. Der sternenklare, marineblaue Himmel wurde lichter.

Während dieser nächtlichen Stillungen weinte das Baby,
und Catherine versuchte, es zu beruhigen. Dann erwachten die
schlafenden Mütter, und Catherine kam sich noch schäbiger
vor. Je mehr Frauen aufwachten, desto schäbiger kam sie sich
vor. Sie erhob sich, legte ihr Töchterchen über die Schulter, lief
mit ihm umher und wippte es auf und ab. Sie versuchte, ihm
etwas vorzusingen. Während einer Vorlesung über schottische
und irische Volkslieder hatte einer ihrer Lehrer an der Royal
Scottish Academy of Music and Drama – Alasdair Kirkpatrick – die Bemerkung gemacht, daß sich sämtliche Kin-
derlieder unterteilen ließen in Wiegen- und in Kindsmord-
lieder.

»Keine Halbheiten«, hatte er gesagt. »Zum Schweigen bringen wir dich so oder so.«

Ein Lied war ihr besonders verhaßt – nun, da sie ihr eigenes Kind hatte, noch verhaßter als früher. *A weela weela wall-ya.*

Ich stieß dem Baby das Taschenmesser in den Kopf.

Ihr fiel die Fontanelle ein. Das Taschenmesser. Sie mußte versuchen, an etwas anderes zu denken. Sie durfte sich nicht quälen. Ein Wiegenlied war eine merkwürdige Sache – Musik in außermusikalischer Absicht. Aber bei ihr hätte sie nie gewirkt – die Vorstellung, daß Musik besänftigen könne. Sie hätte hellwach bleiben wollen, um auf jede Note, jede Nuance zu lauschen. Wäre ganz kribbelig gewesen, was als nächstes kam. Besser wäre es gewesen, ihr aus der Zeitung vorzulesen. Spalte um Spalte endlose menschliche Torheiten. Da wäre sie im Handumdrehen eingenickt. Wärme und die Geborgenheit einer Menschenstimme, die unglaublich fades Zeug von sich gibt. Schnarch, schnarch. ZZZZZZzzzzzzz. Wie in den Comics. Im Schwangerschaftskursus hatte man ihr erklärt, daß ein Säugling die Milch nicht einfach nur aus ihr heraussauge, sondern sie in gewissem Sinne selbst herstelle – indem er den Reflex stimuliere, der die Milch erzeuge. Wenn der Säugling zu saugen aufhöre, sterbe auch der Reflex ab.

Wie, wenn es sich beim Komponieren genauso verhielt? Wenn das Verlaufsmuster ihres Komponierens bei all dem Tumult, den es bedeutete, ein Kind zur Welt zu bringen, unterbrochen wurde? Falls sie aufhörte, ihn in Anspruch zu nehmen, würde der Strom versiegen? Würde ihr musikalischer Reflex einfach absterben? Um nie mehr wiederzuerwachen? Isak Dinesen hatte gesagt, sie schreibe, ohne Hoffnung und Verzweiflung, jeden Tag ein wenig. Schwer zu glauben, daß eine so tiefgreifende Veränderung aufgrund eines biologischen Geschehens eintreten konnte. Doch im Moment war ihr all das

einerlei. Sie wollte lediglich ihr Kind hinlegen und wieder einschlafen.

Wieder kam ihr der Gedanke an die Fontanelle und das
Taschenmesser. Sie durfte nicht mehr daran denken, daran
denken, einem Kind weh zu tun. Sie würde ihre Tochter be-
hüten mit all ihrem Trachten, all ihrer Kraft. Sie würde ihr
Leben für sie geben, sollte jemand versuchen, ihr ein Leid zu-
zufügen.

Daheim in Irland hatten sie einen kleinen Kinderspielplatz
gehabt. Manchmal tauchte dort ein Mann auf, Jack Bolton.
Der kam zur Rutschbahn, um sich zu überzeugen, daß sich
keins der kleinen Mädchen weh tat. Mit schützend ausgebrei-
teten Händen stand er da und schaute zu ihnen auf, wenn sie
oben auf dem Gerüst saßen. Catherine liebte die Rutschbahn
heiß und innig. *Ding dang dung ding dong.* Aufsteigende Töne,
wenn sie die eisernen Sprossen hinaufkletterte – *wusch* – sie
glitt die Schurre hinab und rannte zurück, um die Sprossen erneut zu erklimmen. *Ding dang dung ding dong,* hinaufgeklettert,
wusch, hinabgeglitten. Sie dürfte das einzige Kind in der Stadt
gewesen sein, das mehr Spaß daran hatte, die Stufen hinaufzuklettern, als daran, die Schurre hinabzugleiten. Letzteres
diente nur dazu, sie rascher wieder zurückzubefördern, damit
sie ihre Schuhe auf den eisernen Sprossen klingen hörte.

Doch eines Tages geschah etwas, die Polizei kam, und Jack
Bolton wurde vom Spielplatz abgeführt. Als Catherine nach
dem Grund fragte, sagte ihre Mutter: »Sprich nicht mit Fremden.«

»Das ist kein Fremder. Das ist Jack Bolton.«

Ihre Mutter schniefte. Catherine sagte: »Aber was würde
ein Fremder *tun?*« Ihre Mutter schaute über die Schulter, um
sich zu vergewissern, daß niemand zuhörte.

»Sie könnten dir weh tun.«

»Wieso denn – wieso wollen sie mir weh tun?«

»Weil es böse Onkel gibt. Männer, die dir weh tun wollen.«

Endlich war das Baby gestillt, hatte ein Bäuerchen gemacht und war auf ihrer Schulter eingeschlafen. Catherine legte es wieder in sein Bettchen – behandelte es so behutsam wie ein rohes Ei, um es nicht wieder aufzuwecken. Die Augen geschlossen, lag sie trotz ihrer Erschöpfung wach, ihre Gedanken drehten sich im Kreise. Eintönig wie die Spatzen draußen in der Morgendämmerung. Pieps pieps pieps pieps pieps.

Catherine durfte ein Bad nehmen. Anna war für den Nachmittag gestillt und schlafen gelegt worden, die Schwester ließ Catherines Badewasser einlaufen und gab eine Handvoll grober Salzkristalle hinzu, die klatschend auf die Wasseroberfläche fielen.

»Für jedes Problem gibt's eine Lösung – eine Salzlösung«, sagte sie. Ihr zuliebe lachte Catherine. »Ein grandioses Heilwasser. Die gute alte Salzlauge.« Die Wanne war viel voller, als Catherine sie sich zu Hause geleistet hätte – hier gab es geradezu ausschweifend viel heißes Wasser. Sie stieß leise Laute des Entzückens aus, als sie hineinstieg. Sobald sie in dem heißen Wasser lag, bekam sie eine Gänsehaut, und die Härchen auf ihren Armen standen ab. Sie blutete immer noch so stark, daß sich das Wasser leicht färbte. Sie lehnte sich zurück und entspannte sich – die Wanne war so voll, daß sie beinahe auf dem Wasser trieb. Die Krankenschwester überließ sie sich selbst. Catherine schloß die Augen. Die Seife war von Pears – ein Duft, der sie an ihre Kindheit erinnerte. Sie seifte sich die Hände ein und begann sich zu waschen. Ihr Bauch sah seltsam aus und fühlte sich noch seltsamer an – wie Pudding. Locker, entleert, schwabbelig. Die Schwangerschaftsstreifen waren nicht verschwunden. Wenn man der Schwester glauben durfte, würden sie nie verschwinden. Sie konnte nur darauf hoffen, daß sie ihre rohe, rotbraune Farbe verlieren und silberweiß werden würden. Ob Dave sie immer noch sexy fände? Immer wollte er mit ihr in die Wanne steigen. Er war ganz verrückt danach, sie einzuseifen und sich von ihr einseifen zu lassen.

Aber nach einer Weile machte ihr dergleichen keinen Spaß mehr. Ein Bad war eine persönliche Angelegenheit – hatte nicht das geringste mit Sex oder Zärtlichkeiten zu tun. Sie ging dazu über, die Badezimmertür zu verriegeln, und sagte Dave, es sei ein Eingriff in ihre Privatsphäre, wenn er immer hereinkomme und in ihrer Badezeit seine eigenen Vorhaben verfolge. Er lachte und warf ihr diesen Ausdruck noch oft sarkastisch an den Kopf.

Sie hatten sich in einer Kneipe auf der anderen Seite der Insel kennengelernt. Ihre Freundin Liz war dabei gewesen – sie waren fürs Wochenende herübergekommen, um eine Geographie-Exkursion für Liz' Schüler zu planen. Die Insel wies interessante Vorkommen an Puddingstein, Gneis, Schiefer und was nicht noch auf. Sie hatten vorgehabt, die ganze Gegend abzukämmen, doch wegen der tiefhängenden Wolken bekamen sie nicht viel von ihr zu sehen. Statt dessen sahen sie das Innere der Kneipen. Und sie hatte Dave kennengelernt.

Catherine war zur Theke gegangen, um ihre Runde zu bezahlen. Während sie dastand und auf die Getränke wartete, hörte sie, wie eine Stimme neben ihr eine große Runde bestellte. Es war ein englischer Akzent, aber sie wußte nicht, wo sie ihn hintun sollte. Sie drehte sich um und musterte den Sprecher. Es war ein junger Bursche in ihrem Alter. Wenn sie Männer traf, zog sie als erstes immer die negativen Seiten in Betracht. Ein Weichling, ein Schlägertyp, Durchtriebenheit, Rücksichtslosigkeit, dichter Bartwuchs. Sie bemerkte nichts davon. Er sah einfach gut aus. Und er war freundlich.

»Wie geht's? Wie steht's?« fragte er. Sie nickte ihm zu, und ein Lächeln erhellte sein Gesicht. Er sah sie an, und sie ihn. Er schwenkte das Eis, das in seinem Glas zurückgeblieben war. »Schon mal einen Eiswürfel verschluckt?« Sie schüttelte den Kopf. Er schlürfte in einem Zug einen Würfel hinunter und verdrehte ein wenig die Augen. »Irgendeine Ahnung, wie sich das anfühlt?«

»Nein.«

»Ein kaltes Gefühl in der Magengrube.«

Catherine lachte. Sie nahm ihre beiden Gläser und brachte sie zu ihren Plätzen. Sie erzählte Liz von der Begegnung, und diese zog die Augenbrauen hoch.

»Wo sitzt er?« Catherine versuchte, die Richtung anzudeuten, ohne mit dem Finger auf ihn zu zeigen. »Ist er allein?« fragte Liz.

»Er sitzt mit einer Gruppe zusammen.«

»Gott sei Dank – Betrunkene, die allein sind, gehen mir auf den Geist.«

»Er ist nicht betrunken.«

Catherine drehte sich um und schaute wieder zu ihm hin. Schwarze Haare, gebräuntes Gesicht – kein Stubenhocker. Viel Denim. Er fing ihren Blick auf und lächelte zurück.

Später trafen sie zufällig an der Theke wieder zusammen. Sie sprach mit dem Barmann, und er horchte auf, als er ihren Akzent hörte. Er fragte: »Na, was machst du hier?«

»Ich bestelle mir etwas zu trinken.«

»Aber hast du auch genügend Geld?« Catherine hielt mit zwei Fingern einen Fünf-Pfund-Schein hoch.

»Nicht doch. Ich meine, was machst du hier auf der Insel?«

»Nur eine Stippvisite übers Wochenende.«

»Von Irland?«

»Von Glasgow.«

»Wie kommt ein Mädchen mit so einem Akzent nach Glasgow?«

»Wie landet ein Typ wie du hier? Auf dieselbe Art.«

»Und die wäre?«

»Glück.« Sie blickte ihn scharf an. »Oder Pech.«

»Du bist pfiffig genug, um Studentin in Glasgow zu sein.«

»Sehe ich so aus?« Er nickte und hob sein wackliges Blechtablett mit Getränken. »Mit welchem Studienzweig bist du denn befaßt?« Catherine zögerte. »Ich meine, was glauben sie denn, wo sie dich herausführen?«

»Verstehe ich nicht.«

»*Educare*. Herausführen. Ihnen behagt wohl das Dunkel nicht, in dem du dich befindest?«

»Die Stille. Ich studiere Musik.«

»Deswegen bin ich aus London weggegangen«, erwiderte er. »Ich habe versucht, in der U-Bahn gemeinschaftliches Singen zu lehren. Als ich noch im Konkurrenzdenken befangen war – aber die wollten nichts davon wissen, morgens auf dem Weg zur Arbeit.« Catherine lächelte. »Was für leblose Gestalten – denen hat man bei der Geburt die Seele entfernt.« Später kam er auf dem Weg zur Herrentoilette an ihrem Tisch vorbei und sagte: »Ein Wort in deine Ohrmuschel.« Er mußte brüllen, um sich bei dem Kneipenlärm verständlich zu machen. »Ich habe versucht, die Sache zu vereinfachen – gemeinschaftliches Pfeifen –, aber davon wollten sie auch nichts wissen. Die Herren der City – ganz vom Mammon in Anspruch genommen. In ihren Seelen ist für nichts anderes Platz. Atmen übermäßig viele Auspuffgase ein.«

Als er auf der Toilette war, sagte Liz: »Ich finde ihn süß.«

»Wie ein Wiesel.«

Als er zurückkam, blieb er wieder an ihrem Tisch stehen.

»Ich will euch was sagen ...« Bevor sie etwas erwidern konnten, rutschte er auf einen leeren Stuhl gegenüber. Seine Jeans rieb gegen das Kunstleder, und es gab ein deutliches Furzgeräusch. Er schaute überrascht drein und sagte: »Das war ich – das war nicht der Sitz.« Dann lachte er sich halb scheckig. »Wie heißt ihr denn nun, Mädels?« Liz stellte sich vor, danach Catherine.

»McKenna?« Er lachte. »Himmel, es kann wirklich kaum Zweifel daran geben, wo du herkommst. McKenna mit Ypsilon oder ohne?«

»Eh – ohne.«

»Gut. Ich wüßte nämlich nicht, wo zum Teufel das Ypsilon hinpassen sollte.« Sie schüttelten einander die Hände, sein Händedruck war fest und warm. Bei Catherine bedeckte er sogar zusätzlich ihre Hand mit der Linken.

»Was habt ihr hier verloren?«

Liz berichtete ihm von der Geographie-Exkursion.

»Ach, hier gibt's keine Geographie – nur Felsen und Berge und Alluvialebenen.«

»Wie steht's mit Puddingstein?«

»Genug Puddingstein, daß euch schlecht wird davon.«

»Und was treibst du?«

»Arschwenig.« Dann hob er entschuldigend die Hände. »Tut mir leid – ich bin zu weit gegangen. Womöglich seid ihr mir noch Pfarrerstöchter.« Sie schüttelten den Kopf – ganz gewiß nicht. »Mein Haupttätigkeit besteht darin, stempeln zu gehen. Zur Zeit tauche ich ein bißchen. Das eine kommt dem anderen nicht ins Gehege. Als ich in Nottingham war, habe ich mir überlegt, wenn ich schon arbeitslos bin, dann lieber irgendwo, wo's schön ist.«

Sie massierte sich den Bauch und dachte an Daves Fingerkuppen. Die Schwester kam herein.

»Sie werden mir ja noch ganz runzelig, Mrs. McKenna.« Sie hielt ihr das Handtuch hin, damit sie es um sich schlingen konnte, dann erlaubte sie ihr, sich selbst abzutrocknen.

»Ich möchte gerne Hautspenderin werden«, sagte Catherine, während sie sich mit dem Handtuch abrubbelte. »Könnten Sie das für mich in die Wege leiten?«

»Aber gewiß doch, Ma'am. Wie viele Meter dürfen's denn sein?«

Liz kam zu Besuch und brachte ihr einen kleinen Strauß Schwertlilien mit. Als sie sie entgegennahm, waren die Stiele noch ganz naß. Sie mußte sie unten am Stand gekauft haben. Sie umarmten einander fest.

»Du siehst fabelhaft aus.«

»Du auch.«

»Deine Frisur ist ja ganz anders. Steht dir.«

»Danke.«

Catherine lag, die Kopfkissen im Rücken, auf ihrem Bett, Liz blieb neben dem Besucherstuhl stehen.

»Wo ist denn...?« Sie ging rasch zur Kinderkrippe auf der anderen Seite des Betts und beugte sich darüber. »Aaahh – die ist aber herzig.« Sie blickte sich zu Catherine um. »Schlägt sie eher dir oder ihrem Vater nach – wer immer es ist?« Liz entfernte sich von dem Bettchen und setzte sich auf den Stuhl. Ihre Augen leuchteten auf. »Wer ist es denn?«

»Das rätst du nie.«

»Nein, da hast du recht – von denen gibt es jede Menge.«

»Erinnerst du dich an den Engländer, den wir im Pub kennengelernt hatten...?«

»Der? Gut sah er ja aus. Hatte was von Liam Neeson. Aber an dem Abend war ich sturzbesoffen.« Liz griff nach Catherines Hand und hielt sie eine Weile. »Habt ihr vor zu heiraten oder nicht?«

Catherine schüttelte den Kopf. »Nö – irgendwann mal vielleicht...«

»Dann war sie also nicht geplant?«

»Was glaubst denn du? Du klingst ja schon fast wie meine Mutter.«

»Ich will mir doch nur ein Bild machen. Du bist nicht gerade die Zuverlässigste von der Welt, wenn es darum geht, in Verbindung zu bleiben. Erzähl mir mal alles von Anfang bis Ende.«

Catherine blickte zum Kinderbett.

»Sie heißt Anna, und der Vater heißt Dave...«

Infolge des Stillens, des überfüllten Saals und der großen Nähe der anderen Frauen konnte sie nachts nicht gut schlafen, und in der Nacht vor dem Heimflug fand sie überhaupt keinen Schlaf. Mit geschlossenen Augen lag sie im Bett und dachte nach. Es mußte sich etwas ändern. Daves Alkoholkonsum verschlimmerte sich zusehends – aus einem starken Trinker wurde ein Alkoholiker. Bei allem, was er unternahm, war Alkohol im Spiel. Die Arbeit war dazu da, daß man hinterher trinken ging. Grillfeste am Strand dienten dem gleichen Zweck. Sieben Abende in der Woche frequentierte er den Pub. Ein-, zweimal begleitete Catherine ihn – meistens am Wochenende. Weiß Gott, was er in der Kneipe trank, wenn sie nicht dabei war, aber wenn er nach Hause kam, schwappte in seiner Jakkentasche stets eine halbe Flasche Wodka, damit er einschlafen konnte.

»Du richtest dich noch zugrunde, Dave.«

»Ich habe nie einen Kater. Habe ich wegen des Alkohols auch nur einen Arbeitstag versäumt?«

»Nein.«

»Hast du mich je betrunken erlebt – mich torkeln sehen?«

»Ja.«

»Wann?«

»Bei der Grillparty der McKenzies. Und damals hast du dich die ganze Nacht hindurch übergeben.«

»Das war ein Bazillus.«

»Das Wochenende auf dem Festland, als du dauernd gegen die Häuserwände gestoßen bist. Und bei Hilarys Taufe mitten am hellichten Tag. Und bei Donalds Hochzeit...«

»Verdammte Scheiße. Du redest doch Stuß, das weißt du ganz genau.«

»Im Pub sehe ich notorische Alkoholiker, die *weniger* trinken als du.«

»Verpiß dich.« Türenknallen. Und wieder sein Rückzug in den Pub.

Solche Streitereien hatte sie früher schon miterlebt – in anderen Zimmern, zwischen ihrer Mutter und ihrem Vater. Und

sie hatte sich die Ohren zugehalten, um den Krach nicht mit-
anhören zu müssen.

»Brendan – du bist dein bester Kunde.«

»Nun nimm doch Vernunft an, Frau. Was ist schon daran
auszusetzen, wenn man ein Gläschen trinkt, um einen Gast bei
Laune zu halten? Was ist schon daran auszusetzen, daß man
ein Gläschen trinkt, wenn nicht viel los ist?«

»Alles. Alles ist daran auszusetzen.«

»Dämliche Ziege.« Türenknallen. Und wieder der Rückzug nach unten. Dann lief Catherine zu Oma Boyd. Neun
von zehn Malen war die alte Frau am Nähen.

»Ich kann pfeifen.«

»Das ist nun wirklich eine Leistung«, erwiderte die Alte.
»Laß hören.« Catherine spitzte die Lippen und gab ein bla-
sendes Geräusch von sich. Es stellte sich ein Pfeifton ein, der
jedoch gleich darauf verhauchte. »Sehr gut. Klingt ein bißchen
nach einem Matrosen, der auf dem trockenen sitzt. Aber es
wird schon noch werden. Was besseres kann ihm gar nicht passieren. Unsere Liebe Frau hat nie gepfiffen, heißt es.«

»Hatte sie einen Hund?«

»Nicht, daß ich wüßte.«

Der Deckel von Oma Boyds Nähkorb hatte auf der Innen-
seite ein Nadelkissen aus dickem, rotem Samt. Darin steckten
Nadeln, aus denen verschiedenfarbige Zwirnsfäden hingen.
Manchmal bat die alte Frau Catherine, Zwirn einzufädeln.
Ihre Augen seien zu schlecht dafür. Zuweilen bat sie sie auch,
für die Flickendecken, die sie nähte, mit Hilfe einer Pappscha-
blone Sechsecke aus Papier auszuschneiden. Wenn sie sich an
die Arbeit machte, neckte ihre Großmutter sie.

»Alles hängt davon ab, wie du deine Zunge hältst.«

Catherines Zunge verschwand dann wohl, und sie lauschte
dem Gewisper, wenn ihre Großmutter den Zwirn durch den
Stoff zog, und dem Geräusch ihrer Schere, wenn sie das Papier
ausschnitt.

Im Krankenhausgeschäft kaufte Catherine eine Schachtel Roses Pralinen, die sich die Schwestern auf ihrer Station teilen sollten. Sie sagte, sie werde das Verwöhntwerden, das Geplänkel, die anderen Frauen vermissen. Der Krankensaal sei wie ein exklusiver Damenklub. Ihren Aufenthalt dort bringe sie nicht mit Schmerzen in Verbindung, sondern mit Sonnenflekken auf dem Fußboden, mit weißen Laken und leuchtenden Farben, mit Frauenstimmen, dem Duft von Blumensträußen, austretender Milch, zuklatschenden Plastiktüren, dem Geräusch der Vorhänge, die um die Betten herum zugezogen wurden. Kurz vor ihrer Entlassung wurde sie aus unerfindlichen Gründen nervös. Sie schrieb das Gefühl ihrem Mangel an Schlaf zu – in drei Tagen nur zwei Stunden. Das gute Wetter hielt immer noch an, hier drinnen aber war es zum Ersticken. Die Schwestern trugen einen Ventilator in den Saal. Catherines Unruhe galt vor allem ihr selbst und der Tatsache, daß sie dem Kind nicht dieselben Gefühle entgegenbrachte wie ehedem. Sie ängstigte sich – und wußte nicht, weswegen. Sie wußte nur, daß ihr bedrückt und beklommen zumute war. Obwohl sie eine ganze Handvoll davon zu fassen bekam, fühlten sich ihre schlaffen Bauchmuskeln die ganze Zeit über verkrampft an. Wenn sie nach fünfzehnminütigem Schlaf erwachte, wollte sie sich nicht regen, wollte nicht wahrhaben, daß sie wach war. An ihrem letzten Tag auf der Station nahm die Krankenhausroutine ihren Fortgang, als träume Catherine noch immer. Alles kam ihr unwirklich vor, und sie fühlte sich von allem abgeschnitten. Von den Geräuschen einmal abgesehen, war ihr, als befinde sich zwischen ihr und allem, was um sie herum vorging, eine gläserne Wand. Das Klappern des Operationsbestecks auf den Nierenschalen aus rostfreiem Stahl – die Spülung der viktorianischen Wasserleitungen – das Medikamentenwägelchen mit dem quietschenden Rad –, all das schien in weiter Ferne und doch zugleich abscheulich. Das Lächeln der Schwestern. Allein schon der Name der Klinik.

Sie flößten ihr das Gefühl ein, als stehe etwas Entsetzliches bevor und sie müsse sich dagegen verspannen. Am furchterregendsten aber waren die Laute, wenn ihr Baby weinte. Doch jetzt, als sie auf das Taxi wartete, lag Anna, in eine Baumwolldecke gewickelt, still neben ihr. Sie sah aus wie ein weißer Rhombus mit einem rosigen Gesicht an einem Ende.

»Ein ganz reizendes Fräulein«, sagte die Schwester, die dauernd auf Trab gehalten wurde. Sie half Catherine in ihren marineblauen Regenmantel. Sand. Catherines Manteltaschen waren immer kiesig, weil sie Schneckenhäuser mit nach Hause brachte. Sie wischte sich die Finger ab und wies auf die Pralinen auf dem Nachttisch.

»Das war nun wirklich nicht nötig«, sagte die Schwester. »Aber vorhalten werden sie hier nicht lange.«

»Nur eine kleine Geste. Vielen Dank für alles.« Sie bewegten sich beide auf die Saaltür zu.

»Vergessen Sie das Baby nicht«, sagte Catherine. Die Schwester schlug sich mit dem Handballen gegen die Stirn und lachte. Dann hob sie Anna aus ihrem Bettchen.

Vor dem Haupteingang stieg Catherine mit ihrer Reisetasche in das schwarze Taxi. Die Schwester legte das Kind seiner Mutter in den Schoß.

»Lehnen Sie sich nur ruhig zurück, Missus«, rief der Fahrer über das Motorgeräusch hinweg. »Hier sind Sie gut aufgehoben.« Alles wirkte weiter entfernt, als es in Wirklichkeit war. Unerreichbar hinter dem Taxifenster mit dem kleinen Aufkleber einer roten Hand, der erklärte, wie man es öffnete.

Einige der Leute, die mit der gleichen Maschine flogen, kannte sie. In der Wartehalle des Flughafens scharten sie sich um sie. Peter, der junge Postbote, von dem es hieß, er fliege aufs Festland, nur um sich die Haare schneiden zu lassen, beugte sich vor und sagte: »Eine ganz schöne Handvoll.« Catherine setzte sich neben Mrs. Shaw vom Co-op.

»Sie ist ein kleiner Goldschatz.« Mrs. Shaw fragte, ob sie

sie auf den Arm nehmen dürfe, lief mit ihr auf dem Teppichboden hin und her, wiegte sie und lächelte auf das Gesicht in
der weißen Decke hinab. Catherine sagte, daß sie auf die Toilette gehen wolle. Noch nachdem sie längst fertig war, blieb sie
eine Ewigkeit in der Kabine sitzen, weil sie sich nur ungern
wieder zu den anderen gesellte. Als sie endlich zurückkam,
überreichte Mrs. Shaw ihr das Baby.

»Eine zukünftige Kundin«, sagte sie. Catherine bedeutete
ihr, daß sie sie ruhig noch eine Weile behalten könne. Mrs.
Shaw hätschelte das Bündel. »Ich nehme an, Dave wird Sie
vom Flugplatz abholen?«

»Ja.«

»Ich habe meinen Wagen auf dem Parkplatz drüben stehen
und fahre in Ihre Richtung.«

»Nein, nein – es geht schon. Trotzdem vielen Dank.«

Donald, einer der Barmänner im Seaview Hotel, sagte voraus, daß er Dave wohl sehr viel öfter sehen würde, jetzt, wo
sie einen Schreihals im Hause hätten. Er steckte seinen dicken
Wurstfinger, dessen Knöchel behaart war, unter die Decke und
kitzelte das Baby am Kinn. Catherine empfand dem Ganzen
gegenüber eine eigenartige Distanz. Sie begann Gefühle zu he-
gen, die sich eine Mutter nicht eingestehen durfte.

Als sie auf der Insel landeten, wurde ihrem Kind derselbe
Empfang zuteil. Catherine konnte Dave nicht am Fenster sehen. Das Abfertigungsgebäude, eine Baracke in Fertigbau-
weise, wimmelte von Menschen, die auf den abgehenden Flug
warteten, und anderen, die Passagiere der angekommenen Maschine abholen wollten.

»Ist sie nicht goldig?«

»Ein kleiner Engel, Gott segne sie.«

»Kann ich Sie und den Schreihals mitnehmen?« fragte Donald, der Barmann.

»Nein – Dave holt mich ab.«

Die Passagiere für den abgehenden Flug saßen neben dem

Ausgang zum Abfertigungsfeld. Die Zeitungen wurden aus dem Flugzeug auf den Bus geladen. Mehrere Briefträger der Insel sortierten Säcke mit Post, ehe sie auf ihre roten Liefer-wagen zustrebten. Catherine, die steif ihr Baby hielt, setzte sich hin, um zu warten. Ingrid, die Bodenhosteß, die sie kannte, kam hinter dem Abfertigungsschalter hervor und machte eine Ansage: »Meine Damen und Herren, Ihre Maschine steht zum Abflug bereit.« Catherine beobachtete die ganze Prozedur. In-grid kontrollierte die Bordkarten, die sie am Schalter eben erst ausgegeben hatte, dann führte sie die kleine Schlange von Flug-gästen zu der Maschine, die auf dem Asphalt bereitstand. Mit einer Handbewegung deutete sie auf die Gangway. Als alle an Bord waren, sprangen die Propellermotoren an, und mit einer Hand mußte sie ihren Pillendöschenhut festhalten, während sie mit der anderen das Zeichen zum Abflug gab. Mit unglaub-lichem Getöse rollte die Maschine zur Startbahn. Ingrid winkte immer noch.

Catherine saß mit dem Gesicht zur Pendeltür, die auf den Parkplatz hinausführte. Diese konnte einen Tropfen »Vater, Sohn und Heiliger Geist« vertragen, wie ihr Vater es nannte, denn jedesmal, wenn jemand zur Tür hereinkam oder hinaus-ging, quietschte sie laut, gefolgt von einem leiser werdenden Klatschen, bis sie endlich stillstand. Die eingetroffenen Pas-sagiere waren inwischen fast alle fort. Irgendwo dudelte aus einem Radio Popmusik. Ihre Tochter schlief. Catherine be-trachtete sie. Ihr Äußeres hatte gewonnen. In den ersten beiden Tagen hatte ihr Gesicht das Aussehen einer geballten Faust ge-habt. Jetzt hatte es sich entspannt, war aufgeblüht und aufge-gangen, seine Rauheit hatte sich gegeben. Nach der Geburt hatte Catherine es kaum abwarten können, sie Dave zu zeigen. Ihn Aufnahmen von ihr machen zu lassen. Doch jetzt schien jede Dringlichkeit abhanden gekommen zu sein. Er würde sie sehen, wenn er sie sähe. Sie hörte, wie quietschend wieder die Tür aufging, und schaute auf. Einer der Postboten hatte etwas vergessen. Als er wieder hinausging, quietschte die Tür von neuem. Wieder das leiser werdende Klatschen, bis die Tür stillstand. Am Ende der Piste schwoll der Lärm der Flugzeug-motoren zu dem Brummen eines gewaltigen Hornissen-schwarms an. Ingrid kam auf klackernden Stöckelschuhen wieder ins Abfertigungsgebäude und nahm ihren Hut ab. Catherine und ihr Baby waren die einzigen, die übriggeblieben waren.

»Hallo, Catherine. Noch niemand da?«

»Er hat gesagt, daß er mich abholt.«

Ingrid verschwand in dem Büro hinter dem Abfertigungs-schalter. Das Geräusch des sich entfernenden Flugzeugs ver-ringerte sich zu einem Summen, dann verwehte es ganz. Das Radio in dem Büro wurde ausgeschaltet. Über der flachen Landschaft des Flugplatzes tollten Brachvögel und jagten ein-ander in der Luft. Im Abfertigungsgebäude waren ihre Rufe eben noch zu hören. Ingrid tauchte wieder auf, diesmal in flachen Schuhen. Bis auf den Hut trug sie immer noch ihre scharlachrot-graue Uniform.

»Falls du mitgenommen werden möchtest, ich fahre jetzt zurück.«

»Das ist so verdammt typisch für ihn.« Catherine stand auf, und Ingrid nahm ihre Tasche.

»Jetzt wo ich verschnaufen kann, muß ich sie mir erst ein-mal richtig anschauen.« Sie beugte sich dicht über das schlum-mernde Kind.

»Och, nun schaut euch das an, das kleine Lämmchen. Ist sie auch artig?«

»Ja.«

»Hattest du genügend Schlaf?«

»Überhaupt nicht.«

Ingrid verschloß das Gebäude, und sie gingen zu dem ein-zigen Auto auf dem Parkplatz. Ingrid brachte Mutter und Tochter auf dem Beifahrersitz unter. Catherine legte den Sicherheitsgurt an, dann suchte sie ihn zu verlängern und um das Baby herumzuschlingen.

»Wenn wir einen Unfall haben, wird es stranguliert«, sagte sie. »Und ich weiß, wer schuld daran sein wird.«

»Ich fahre ganz vorsichtig.«

»Nein, nicht du – Dave.«

Sie fuhren auf die Straße hinaus. Im Laufe einer einzigen Woche hatte Catherine vergessen, wie weit der Himmel über der Insel war. Von Seehorizont bis Landhorizont wölbte er sich über ihnen, wolkig, blau und ungeheuer oben.

»Wie ist es denn nun gegangen?«

»Ausgezeichnet.«

»Wie lange haben die Wehen gedauert?«

»Ungefähr zwölf Stunden.«

»Wieviel hat sie gewogen?«

»3259 Gramm.« Ingrid pfiff durch die Zähne. »In der einen Woche hat sie fast ein Pfund zugenommen.«

»Sehr gut.«

Ingrid holte einen Lastwagen der Whiskybrennerei ein und schob sich immer wieder vorsichtig über den weißen Mittelstreifen, um zu sehen, ob sie ihn überholen könne, doch jedesmal kam eine Kurve oder Gegenverkehr, und sie mußte sich wieder hinter den Laster bequemen.

»Vielen Dank fürs Mitnehmen«, sagte Catherine. »Ich weiß nicht, was passiert ist.«

»Ich habe ihn gesehen – als ich hierher gefahren bin.«

»Wo?«

»In der Stadt – vor dem Seaview Hotel.«

»Himmel...«

»Ich weiß nicht... Ich will ja nicht klatschen... Er ist nicht hineingegangen oder so. Ich meine, er hat nur einfach dagestanden. Mit Tam Campbell und The Bruce geredet.«

Catherine rückte ihre Hand unter dem Rücken des Babys zurecht. Es schlief immer noch.

»Nun mach schon, du Dödel«, sagte Ingrid, wagte sich ein wenig über den Mittelstreifen und reihte sich rasch wieder ein, um einem blauen Lieferwagen auszuweichen. »Ist er das etwa?« Catherine wandte sich um und sah seinen blauen Lieferwagen zum Flughafen brausen.

»Das ist er.«

»Soll ich hinter ihm herfahren?«

»Nein – zwecklos.«

»Er wird ja sehen, daß das Gebäude abgeschlossen ist, und sich einen Reim drauf machen.«

»Ja.«

Das Auto bog um die Kurve auf der Hügelkuppe, und unter ihnen lagen die Häuser der Stadt, der Fluß, die Schule, die Kirchen. Es nahm sich aus wie eine Ansichtskarte – weit entfernt und unantastbar. Catherine hatte das Gefühl, als schnappe eine Falle zu.

Ingrid setzte sie am Bungalow ab und trug ihr die Reisetasche bis zur Tür.

»Viel Glück mit dem kleinen Engel«, sagte sie. »Bis demnächst.« Die Haustür war offen – sie schlossen nie ab –, und Catherine drückte sie auf. Das Haus war aufgeräumt. Wenigstens das hatte er besorgt, aber im Gegensatz zum Krankenhaus roch es nach Zigaretten.

»So, da wären wir. Endlich daheim«, sagte sie zu dem Baby. Sie legte es in das Bettchen, das sie gekauft hatten. Dave hatte das Zimmer weißgetüncht und mit Hilfe von Schablonen in leuchtenden Plakatfarben einige Tiere an die Wände gemalt. Einen Fuchs, ein Känguruh, einen Papageitaucher, einen Elefanten. Aber er war nicht dazu gekommen, die Arbeit zu beenden – eine Wand war mattweiß geblieben.

Sie zog ihren Mantel aus, hängte ihn auf und ging ins Wohnzimmer. Dort lagen ihre Notenblätter für die Purcell-Variationen noch genauso, wie sie sie zurückgelassen hatte. Sie trat an den Schreibtisch und wendete das oberste um.

Auf dem Fensterbrett hinter den Schneckenhäusern lag das geheftete Telephonbuch der Insel. Sie rief die Bezirkskrankenschwester an und teilte ihr mit, sie und ihr Neugeborenes seien wohlbehalten zu Hause eingetroffen. Dann schlug sie eine andere Nummer nach, McKechnie's Autowerkstatt, und wählte diese. Als abgenommen wurde, sagte sie: »Ich möchte gerne Auto fahren lernen.«

Der Mann am anderen Ende der Leitung erwiderte: »Nichts leichter als das, Missus, jetzt, wo sie überall die weißen Mittelstreifen aufgemalt haben.«

Sie brauchte fast ein Jahr dafür. Dave weigerte sich, sie im Lieferwagen fahren zu lehren, weil das, wie er sagte, nur Streit und ein versautes Getriebe zur Folge habe. Vierzig Fahrstunden und zwei vergebliche Anläufe, bevor sie endlich die Prüfung bestand. Und sie hatte noch keine Ampel und noch keinen Kreisverkehr zu sehen bekommen. In einem Ordner mit Klarsichtfolien zeigte der Fahrprüfer vom Festland ihr Aufnahmen von einem Kreisverkehr und legte ihr Fragen vor, wie sie sich diesem nähern würde. Sie zeigte es ihm mit zitterndem Fingernagel. Danach teilte er ihr mit, daß sie bestanden habe. Beim dritten Anlauf gelingt's, sagte sie. McKechnie verkaufte ihr für wenig Geld einen Wagen — behauptete, er habe *einen guten, starken Motor,* auch wenn die Karosserie eine Menge zu wünschen übriglasse. *Der hat mehr Meilen in sich als ein Knäuel Bindfaden,* sagte er, was immer das zu bedeuten hatte. Eine Mutter mit Kleinkind fand ein Auto auf einer Insel unbedingt erforderlich. Es war keine Frage des Luxus. Sie mußte von Dave unabhängig sein. Er benötigte seinen Lieferwagen für seine

Arbeit. Abends war er zum Fahren zu betrunken, doch das hielt ihn meist nicht ab. Tagsüber mußte Catherine zu den Geschäften fahren, zu anderen Ortschaften der Insel, um an ihrem Abendkurs teilzunehmen oder um eine Babysitterin nach Hause zu bringen.

Sie wachte um fünf Uhr dreißig auf. Kam zu Bewußtsein. Ach du lieber Gott. Die Erkenntnis, daß nichts sich verflüchtigt hatte. Alles war so wie immer. Sie konnte Dave auf dem Sofa im Wohnzimmer schnarchen und gelegentlich schnauben hören. Denk an etwas anderes. Kommende Woche würde ihr Kind seinen ersten Geburtstag haben. Sie gehörte nicht zu diesen Müttern, die für eine Gruppe kreischender Kleinkinder eine Geburtstagsfeier abhalten wollten, deren Mittelpunkt ein Kuchen mit einer einzigen Kerze war. Sie gehörte nicht zu diesen Müttern, punktum. Denk an etwas anderes. Schwester Immaculata unterrichtete sie in Chemie und Biologie. Sie hatte ein rundes, ernstes Gesicht, aus dem zwei Vorderzähne zum Trocknen heraushingen. Sie hatte ein seltsam angeknipstes Lächeln. Im Nu verwandelte sich ihr Gesicht von Ernst zu Lächeln und wieder zurück. Abstufungen dazwischen gab es nicht.

Es bestand die Möglichkeit, daß ein hellwacher Mensch, der nichts tat, wieder in den Schlaf sinken würde. Falls er jedoch vom Grunde seines Hirns Unrat zutage förderte, würde ihn das wach halten. Lieg still. Atme einfach und regelmäßig. Denk an etwas anderes.

»Das Experiment, mit dem wir uns heute befassen wollen, soll zweierlei zeigen.« Ernst. Lächeln. Ernst. »Daß ein Gas schwerer als Luft sein kann und daß Kohlendioxid nicht brennbar ist.« Die Mädchen saßen auf Bänken im Labor. Ihre Uniformen waren erdbraun und himmelblau. Madonnenblau, nannte es Schwester Immaculata. Dem Schrank entnahm sie ein kleines Treppchen mit dunklen Flecken, blies etwas Staub weg und stellte das Gerät vor der Klasse auf. Es ist in Ord-nung, daran zu denken. Es ist ganz hilfreich, daran zu denken. Es hält die furchtbaren Gedanken fern – wie zum Beispiel, was mit ihr und ihrem Kind passiert. Es war ja nicht die Folge ir-gendeiner Geisteskrankheit – es lag nur daran, daß sie eine schlechte Mutter war. Bar aller angemessenen Gefühle. Him-mel noch einmal, jetzt ging es schon wieder mit ihr durch. Sie dachte schon wieder daran. Zurück, zurück zu etwas anderem. Schwester Immaculata faßte in ihren Korb aus Raphiabast und holte zwei Händevoll Kerzenstummel hervor. Im Kopfkissen pochte Catherines Herzschlag. Dröhnte ihr in den Ohren. Zu schnell. Gestern abend. Wie konnte er nur? Wo es ihr so schlecht ging. Hör auf.

»Die Kerzenstummel habe ich von unserem kleinen Bet-haus aufbewahrt. Spare in der Zeit, so hast du in der Not.« Sie stellte sie auf die Stufen des Geräts. »Es geschieht nur selten, daß die Kirche zur Magd der Wissenschaft wird.« Drei Ker-zen auf jeder Stufe, sieben Stufen insgesamt.

In der vorangegangenen Stunde hatten sie Kohlendioxid hergestellt, übers Wochenende hatte es unsichtbar in einem viereckigen Glasgefäß im Abzugsschrank vor sich hingewa-bert. Schwester Immaculata zog ein billiges Feuerzeug hervor. Die Mädchen stießen sich an und stellten sich die Nonne rau-chend vor. Sie zündete eine dünne Wachskerze an und trat vor die Klasse.

»Paßt auf.«

Sie tauchte die brennende Kerze in das Gefäß. Die Kerze ging aus. Dann zündete sie feierlich jeden Kerzenstummel auf dem kleinen Treppchen an. Mit seinen einundzwanzig Licht-punkten, die im Luftzug des Klassenzimmers flackerten, wurde es zu einem kleinen Altar. So viele Kerzen auf ei-nem richtigen Altar bedeuteten, daß es einen besonderen An-laß gab – ein Hochamt oder Fronleichnam. Ein Mädchen zeigte auf.

»Miss – Miss, ich meine Schwester...«

Verdammt – jetzt mußte sie zur Toilette. Zu dieser Morgenstunde wurde das Baby vom leisesten Geräusch aufgeweckt.

»Paßt auf«, sprach Schwester Immaculata. Sie hob einen Glasbehälter und stülpte ihn langsam um, als wolle sie Wasser über das Treppchen gießen. Es geschah nichts. Die Kerzen flackerten und leuchteten so hell wie zuvor. Ein Mädchen in der ersten Reihe hustete, und die Kerzenflammen schrumpften vorübergehend zusammen, wehten zur Seite und wieder zurück.

»Nun, was ist euch aufgefallen?«

»Sie haben den falschen Behälter genommen, Schwester.«

»Danke, Catherine.« Sie nahm sich die anderen Schülerinnen vor. »1 A, ich hatte gesagt: Paßt auf.« Einige Mädchen schauten sich nach Catherine um, und ihr Gesicht brannte ein wenig. Die beiden Mädchen, die ihr am meisten verhaßt waren, Sarah und Ann-Marie, grinsten sie höhnisch an. Sie scherte sich nicht darum.

»Mädchen, die Rouleaus, bitte.« Diejenigen, die am Fenster saßen, ließen die schwarzen Rouleaus herab. Schwester Immaculatas Gesicht, unten von Kerzenlicht beleuchtet, sah schreckenerregend aus.

»Jetzt das CO_2.« Sie nahm den Behälter aus dem Abzugsschrank und begann langsam und theatralisch, etwas, das aussah wie Leere, auf das Treppchen auszugießen. Die ersten drei Kerzen erloschen. Es gab keine Rauchentwicklung. Von den Mädchen kam ein respektvolles Gemurmel. Dann, als die unsichtbare Flüssigkeit nach unten strömte, gingen die nächsten drei aus. Das Schwarze Meer. Daraufhin die nächsten drei. Und die nächsten – und so immer weiter treppab, bis auch die untersten Kerzen ausgelöscht waren. Sie flößte Catherine ein eigenartiges Gefühl ein, diese unsichtbare Kaskade aus Dunkelheit. So wie es sich nach unten ergoß – was immer es war – hatte sie das Gefühl, als müsse sie ersticken. Dieses Diminuendo des Lichts, verursacht von etwas Ungreifbarem – Geruchlosem – Unsichtbarem. Das Klassenzimmer lag dunkel und still, ihr war sogar kalt, bis jemand zu applaudieren begann auf eine Art, die sowohl Spott als auch Bewunderung ausdrückte. Dann schnappten die Rouleaus hoch, und das Zimmer wurde von Sonnenlicht durchflutet.

»Na, war das etwa nichts?« Ernst. Lächeln. Ernst. »Holt eure Schreibhefte hervor.«

Schwester Immaculata hatte ihnen auch vom Goldenen Schnitt und der Fibonacci-Folge erzählt – die von Gott bevorzugte Proportion sei 1 zu 1,62, und fast alles, was wachse, halte sich daran. Die Fibonacci-Folge ergebe sich, indem man zwei aufeinanderfolgende Glieder addiere, um das nächste zu finden.

0 1 1 2 3 5 8 13 21 34 55 89 und so weiter.

Sie ließ sie die Spiralen der Köpfe von Chrysanthemen messen, die Kammern von Schneckengehäusen und die Stellen, an denen die Zweige aus den Ästen austraten. Sie lenkte ihre Berechnungen, und zu ihrem Erstaunen fand die Klasse heraus, daß die Proportionen immer gleich waren. Dann forderte sie sie auf, nachzumessen, wo sich auf berühmten Gemälden der Horizont befinde. Catherine und einige andere, die Musik gewählt hatten, überredete sie, die Höhepunkte in einer Klaviersonate von Mozart zu untersuchen. In allen Fällen waren die Proportionen gleich – 1 zu 1,62. Wie ging das nur zu?

»Es ist einfach Gottes Lieblingszahl. Ein Kunstwerk ist ein Gebet – und wenn Künstler etwas schaffen, geben sie ihrem Schöpfer instinktiv Gebilde zurück, die nach den von Ihm bevorzugten Proportionen konstruiert sind. Signor Fibonacci, auch Leonardo von Pisa genannt, lebte im Mittelalter, auch wenn er es zu der Zeit nicht wußte, denn damals verwendete noch niemand diesen Begriff – das einzige, was wir in Schub-

laden stecken sollten, Mädchen, sind Dinge wie Wäsche oder
Besteck. Signor Fibonacci war auch der Hauptverantwortliche
für die Einführung der Null in die abendländische Kultur. Ge,
stohlen von den übel beleumundeten Arabern.«

Sie mußte unbedingt auf die Toilette. Ihre Blase drückte.
Vexations. Es wäre so schön, wieder ein Baby zu sein. Einfach
dort, wo sie lag, Pipi zu machen. Jemand anders saubermachen
zu lassen. Der die gelb gewordene Windel auszog und weg,
warf, der sie wusch und puderte – vielleicht etwas Zinksalbe
auf die Hautfalte, um einen Ausschlag zu verhindern –, eine
saubere, weiße, trockene Windel. Dann das Plastikhöschen.
Dann der Strampelanzug. Vor allem aber, nicht denken zu
müssen. Sich um nichts kümmern zu müssen. Einfach nur da,
zuliegen. Ach, wenn doch nur. Ach, wenn doch nur so vieles.
Sie hatte die Augen geschlossen – aber sie fand keinen Schlaf
mehr. Nach einer gewissen Zeit wußte sie, daß sie verspielt
hatte – der Schlaf würde nicht mehr kommen. Eine Weile
lang verstummte das Schnarchgeräusch. Daves schwerer Atem
im anderen Zimmer ging gedehnt und langsam, so als wäre
nichts geschehen. Hatten sich ihre Gedanken erst einmal selb,
ständig gemacht, hatte Catherine keine Chance mehr. Erste
Gedanken, ärgste Gedanken. Es war, als kämen sie einer nach
dem anderen hereinspaziert, schlügen die Tür zu und sagten:
»Aufgepaßt, solange ich hier bin, geschieht nichts, aber auch
nichts anderes. Nichts kommt, nichts geht. Und alles, was mit
Musik zu tun hat, kannst du getrost vergessen.« Und jetzt war
ein neuer Gedanke hinzugetreten. Wie konnte er es wagen, es
wagen, ihr so etwas anzutun? Schwärze. Unablässige Schwärze.
Null. Danke für das Konzept, Signor Fibonacci.

So leise sie konnte, kroch sie aus dem Bett und ging zur
Toilette. Die Augen hatte sie zum Schein halb geschlossen, als
schliefe sie noch. Sie wagte es nicht, sich im Spiegel zu be,
trachten – nicht einmal einen flüchtigen Seitenblick im Vor,
übergehen. Als sie fertig war, betätigte sie die Spülung nicht,

aus Angst, das Baby aufzuwecken. Oder Dave. Sie wußte nicht, was schlimmer war. Wenn er herausfand, daß sie nicht gespült hatte, würde er sie fragen, ob sie die abgestandene Pisse und das Klopapier etwa aus einem besonderen Grund aufbewahren wolle. Oder ob er es auf die normale Art beseitigen solle? Sie legte sich wieder ins Bett und streckte sich aus. Erneut hallte das Haus von Schnarchgeräuschen. Und das Schlafzimmer war hell, und sie mußte die Augen zusammenkneifen, um die Dunkelheit zu vertiefen. Niemand konnte mit zusammengekniffenen Augen schlafen. Niemand konnte bei diesem Gegrunze schlafen. Um zu schlafen, mußte man entspannt sein. Wenn sie ihre Augen entspannte, war es zu hell. Im Kopfkissen hämmerte noch immer ihr Herzschlag. Halte Ausschau nach etwas Positivem. Das Wetter war gut. Beinahe hätte sie laut aufgelacht – was zum Teufel spielte das für eine Rolle? Wem nützte das? Sie verfügte über ein paar Strategien, die zwar nichts fruchteten, aber die Sache doch etwas erleichterten. Sie konnte, um den Schmerz zu lindern, Dinge im Geiste veranstalten. Tagsüber wurden jeweils andere Fenster geöffnet und die Winkel mit künstlichem Licht ausgeleuchtet, bis sie nachts schlafen konnte. Am Morgen erwachte sie wieder in Schwärze. Tag für Tag, Morgen für Morgen ging das so fort. Wiederholte sich. In seinem Klavierstück *Vexations* machte Erik Satie die Angabe, daß es achthundertundvierzigmal gespielt werden solle. Ein ausgefallener Scherz, bis einige moderne Musiker ihn ernst nahmen und eine Staffelaufführung organisierten, die achtzehn Stunden währte. So ging es in ihrem Kopf zu. Nur daß ihre Gedanken erstens einmal unangenehm waren. Und daß sie immer immer immer wiederkamen. Immer wieder. Miss Bingham hatte Arthritis, eine Autoimmunkrankheit – der Körper griff sich selbst an. Bei Catherine griff sich der Geist selbst an. Stufen, auf denen die Tage herabflossen. Die Windel ausgezogen – ein rascher scheeler Blick auf den Inhalt, in der Wanne mit einem Waschlappen zwischen den stram-

pelnden Beinen herumgefahren, Zinksalbe, Babypuder, trok-
kene Windel, Plastikhöschen, Strampelanzug. Zwischen ihrem Ohr und ihrem Kopfkissen ihr gedämpfter Herzschlag.
Der besagte, daß sie, ob es ihr gefiel oder nicht, am Leben war.
Wiederholte sich. Wie die Spatzen vor dem Fenster. Die sich
wiederholten. Pieps pieps pieps pieps. Nicht nur der Alltag
wiederholte sich, sondern auch die Alltagsgedanken. Endlosband. Wie ein Refrain. Ein übers andere Mal. Ihr Geist, der
sich geißelte. Eine Dornenkrone, im Innern getragen. Ein Versuch, das achthunderundvierzigste Mal zu erreichen. Immer
dasselbe. Ein Kehrreim. Ein Refrain. Eine Reprise. Immer
dasselbe. Angeblich sahen Menschen mit ihrer Gemütsverfas-
sung, von außen betrachtet, katatonisch aus. Saßen einfach da.
Stumpf. Dumpf. Bedrückt. Aber das entsprach ganz und gar
nicht der Wahrheit. Die Außenbeleuchtung war ausgeschaltet,
damit das Hirn mehr Zeit hatte, sich selbst fix- und fertig-
zumachen. Voller Skorpione – das sagte alles. Schmerzen für
nichts und wieder nichts, wie Marge im Krankenhaus gemeint
hatte. Endlose Wiederholung. Windel ausziehen – Inhalt in-
spizieren und ins Klo schütten, darauf achten, daß die Windel
nicht mit hineinfällt und auf absehbare Zeit die sanitäre In-
stallation versaut, das Unterteil des Babys mit dem Waschlappen säubern, Zinksalbe auftragen, Babypuder, frische Windel, dieses fürchterliche Plastikhöschen – wie eine Duschhaube
mit Löchern für die Beine –, ein rosa Strampelanzug. Zwischen ihrem Ohr und ihrem Kopfkissen ihr gedämpfter Herzschlag. Denk an etwas anderes. Mach dich frei von diesem
monotonen Zeug. Laß die Wiederholungen hinter dir. Wie
ein Schnürsenkel, der durch die Ösen geführt werden muß,
so herum und so herum, zickzack, so herum und so herum,
aber immer im letzten Loch endet, ganz gleich, wie herum.
Denk an etwas anderes. Ihr Baby. O nein – das war's doch.
Daran wollte sie ja gerade *nicht* denken. *A weela weela wall-ya.*
In einem gekochten Ei war eine Haut. Dünn wie Pauspapier.

Wenn man die Schale aufschlug, bis sie ein kleines Mosaik ergab, und sie dann pellte, kam darunter die Haut zum Vorschein. Man konnte sie zerreißen. Eine Membrane. Wie die Fontanelle. *Sie stieß dem Baby das Taschenmesser in den Kopf.* Denk an etwas anderes. Huang Xiao Gang. Aber er hatte sie ihre Lady Macbeth genannt, also jemand, der Kindern schreckliche Dinge antat. Laß dich in Frieden. Du machst dir Sorgen um deine Sorgen. Ich denke an das, woran ich nicht denken will. Tag für Tag, Morgen für Morgen geht das so fort. Wiederholt sich. Wiederholungszeichen. *Da capo* heißt Rückkehr zum Anfang. Wörtlich – vom Kopf an. Vom Kopf ihres Kindes. Dem sie das Taschenmesser in den Kopf gestoßen hatte. Oder dem sie den Schädel eingeschlagen hatte. Denk an andere Dinge. An etwas anderes. *Bis* bedeutet, daß die Passage zweimal zu spielen ist. Zu wiederholen ist. Eine Wiederaufnahme. Spatzen vor dem Fenster. Die sich wiederholten. Pieps pieps pieps pieps. Endlosband. Wie ein Refrain. Ein übers andere Mal. Immer dasselbe. Ein Kehrreim. Ritornell – eine kleine Wiederholung, eine wiederkehrende musikalische Passage. Ein Refrain. Immer dasselbe. Die *Kindertotenlieder* waren von Mahler. Sie besaß sie in einer Interpretation von Kathleen Ferrier, die ihr das Herz zerreißen konnte. Eigentlich mochte sie keine emotionsgeladenen Stimmen, doch dies hier war etwas anderes. Eine Stimme voll reiner Musik, die einem das Herz zerriß. Erst lange nachdem sie sie zum ersten Mal gehört hatte, begriff sie, daß der Titel »Lieder auf den Tod von Kindern« bedeutete. Und wieder dachte sie an das, woran sie *nicht* denken wollte. Sie spürte, wie das Dunkel der hellen Tage Stufe um Stufe über sie hereinbrach. Eine Kaskade, die die Hoffnung auslöschte.

Zu Beginn hatte sie häufig den Inselarzt aufgesucht – das Baby hatte eine Erkältung – ein blubberige Nase – es weinte zu oft – es nahm nicht genügend Nahrung zu sich. Sie selbst fand nicht genügend Schlaf. Irgendwie hatte sie gehofft, er würde merken, wie ihr zumute war, und ihr helfen. Weinten alle Säuglinge so oft wie ihrer? Als sie ihm die Frage stellte, brach sie in seiner Praxis zusammen und begann zu weinen. Sie sagte, sie finde es schwierig, die Lage zu meistern. Sie habe nicht gewußt, wie schwer es ist, Mutter zu sein. Wenn sie das gewußt hätte... Der Arzt versicherte ihr, alle Mütter hätten derartige Gefühle, es sei normal. Sie sei zu verspannt. Wenn sie alles auf die leichtere Schulter nähme, würde es von selbst besser werden. Er empfahl ihr, zur Entspannung eine Kassette zu kaufen. Sich Zeit dafür zu nehmen. Dann würde sie sich um so vieles besser fühlen. Als sie es zum ersten Mal damit versuchte und sich auf dem Fußboden ausstreckte, vernahm sie die träumerische Stimme eines Mannes: »Stellen Sie sich vor, Sie seien auf einer Insel.« Sie rappelte sich auf, doch bevor sie die Kassette abstellen konnte, gab es eine Kaskade süßlicher Geigen, und die Stimme sprach: »Lauschen Sie der Musik und lassen Sie Ihr Bewußtsein wandern...«

Ihr Baby würde aufwachen. In Erwartung dessen verkrampfte sich ihr Magen. So wie sie die Augen gegen das Licht zusammenkniff. Das Fenster war leicht angelehnt, und in der leisen Brise bauschte sich der Vorhang. Wieder heller Sonnenschein. Tag für Tag, seit Anfang Juni, ging das nun schon so. Zum zweiten Mal hintereinander. Und mit jedem Tag schien es wärmer zu werden, je beständiger der Sommer wurde. Allmählich erwärmte sich das Land, allmählich erwärmte sich das Meer. So sehr, daß sie es beinahe leid war. Tag für Tag. Wiederholte sich. Zuviel des Guten – wie ihr Baby. Wie konnte sie so etwas immer noch denken? Im Geschäft bekannten die Frauen mit braungebrannten und hochroten Gesichtern: »Das ist vielleicht eine Hitze, ich halt's bald nicht mehr aus.« Eine andere sagte: »In Frankreich und Spanien mag das ja angehen, aber wir sind nicht daran gewöhnt. Verdammt noch mal, drei Wochen schon... Tag für Tag.« Wenn Catherine es nicht einmal wagte, sich über das Wetter zu beschweren, wie konnte sie

irgend etwas über ihr Kind sagen? Sie sollte sich einen Tag
lang absetzen. Allein sein und diesem Mann aus dem Weg gehen, der da im Nebenzimmer schnarchte. Sie wußte nicht, wie
sie ihn aushalten sollte. Oder die neugierigen Blicke, denen sie
in der Stadt ausgesetzt wäre.

Sie führte die Hand an den Mund und betastete ihre Lippe.
Sie war geschwollen und schmerzte.

Manchmal traute Catherine sich selbst nicht über den Weg.
Sie konnte sich nie vergegenwärtigen, was sie am meisten
fürchtete, brachte den Mut dazu nicht auf, bisweilen aber malte
sie sich aus, das Kind sei tot, begraben nach kurzer Krankheit
oder einem Unfall, und die Leute bekundeten ihr Beileid, und
sie nicke kummervoll – obwohl sie im Grunde Erleichterung
verspürte, weil die ganze seltsame Erfahrung inzwischen aus-
gestanden war. Es gab ein Gedicht von Seamus Heaney namens »Vorhölle« – über ein Mädchen, das seinen unehelichen
Sohn ertränkte – »Zärtlich ihn eintauchte«.

Wie aufs Stichwort hörte sie im Kinderzimmer die Plastik-
kugeln am Bettchen klicken, und ihr Mut sank. Sie hievte sich
aus dem Bett und ging dem Geräusch entgegen. Anna hatte
sich hochgezogen, stand da und schlug gegen die bunten Kugeln. Sie standen unter Federdruck und waren wie Rumba-
kugeln mit winzigen Perlen gefüllt. Mit der Hand drückte sie
eine Kugel herab, und sobald sie losließ, schnellte sie zurück,
und in ihrem Inneren rasselte es. Das Zimmer roch nach einer
vollen Windel.

»Scht, oder du weckst ihn mir noch.«

Im leise gestellten Küchenradio sagte der Wetteransager um
sechs Uhr, daß es tagsüber wiederum warm und sonnig sein
werde – das Hochdruckgebiet über den Britischen Inseln
scheine beständig. Hinterher, in den Nachrichten, erfuhr sie
von dem Tod eines britischen Soldaten in Nordirland. Die Provisorische IRA habe die Verantwortung übernommen. *Mea*

culpa, mea culpa, mea maxima culpa. Er war auf einer Straße in Belfast getötet worden, fünfzig Kilometer von ihrer Vaterstadt entfernt. Gestern in seinem heißen Tarnanzug umgekommen – alle anderen waren in Shorts, standen hinter der Polizeiabsperrung bei dem Versuch, einen Blick zu erhaschen. Sie öffnete eine Dose Milchreis, leerte sie auf Annas Teller und drückte dem Kind einen Löffel in die Hand. Der Arzt hatte ihr nicht nur Kapseln verschrieben, sondern auch gesagt, sie solle mit dem Baby mehr sprechen.

»So, mein Kind«, sagte sie.

Catherine aß ein paar Bran Flakes und machte sich mit einem Aufgußbeutel einen Becher Tee. Dabei achtete sie darauf, daß sie mit dem Löffel nicht gegen die Becherwand stieß. Obwohl sie den Eindruck hatte, daß sie ohne jede Wirkung waren, nahm sie eine ihrer Antidepressiva-Kapseln und spülte sie mit Wasser hinunter. Mit den beiden Brotkanten – auf der Insel nannte man sie »Außenseiter« – machte sie sich ein großes Käse-und-Tomaten-Sandwich und wickelte es in Aluminiumfolie. Sie nahm einen Apfel und aus dem Kühlschrank eine Dose Saft und legte sie, zusammen mit den Babysachen, einem Löffel und einer Sonnencreme mit hohem Schutzfaktor, in eine Co-op-Plastiktüte. All das tat sie verstohlen und hielt immer wieder inne, um zu lauschen.

»Du und ich, wir machen einen langen Spaziergang.«

Sie trug das Kind auf dem Rücken. Unten, wo sie ihren Wagen geparkt hatte, war der Strand steinig und beschwerlich. Die ovalen Kieselsteine rutschten unter ihren Füßen weg, spritzten mit hohlem Klang zur Seite. Hier und da lagen breite Streifen braunledernen Seetangs. Sie blickte auf ihre Füße hinab. Andere Meeresalgen waren angeschwemmt worden – eine Art hellgrüner, halb durchsichtiger Gartenlattich, gelegentlich auch purpurrote Wedel, sehr zart. Weiter oben am Strand bei der Hochwasserpegelmarke verlief eine braune

Linie aus Seetang und Treibgut, bestehend aus Fetzen hellblauer Nylonnetze, Plastikflaschen, Glühbirnen und Vogel-
federn. Ganz unabhängig von der Strömung schien sich aller
Schutt an diesem Ende zu sammeln. Dort, wo die Steine dem
Sand wichen, war der Strand sauber.

Sie streifte ihre Sandalen ab und trug sie eine Weile, die
Finger um die Absatzriemen gehakt. Dann hatte sie keine Lust
mehr und ließ sie weit oberhalb der Wassermarke stehen. Soweit das Auge reichte, waren sie das einzige, was die Sand-
fläche unterbrach. Aus der Ferne sahen sie aus wie zwei kleine
Tiere Seite an Seite. Bald hatte sie sich so weit von ihnen entfernt, daß sie die Sandalen nicht mehr erkennen konnte. Mit
bloßen Füßen lief sie über den festen Sand. Zu ihrer Linken, im Westen, lag die hohe See – rechts von ihr der Strand,
dahinter hohe Sanddünen, deren graues Gras im trockenen
Wind raschelte, sonst nichts. Die Luft war so klar, daß Irland
nahe wirkte, wie eine weitere Landzunge statt einer anderen
Insel. Das Land der Heiligen und Gelehrten und der Mörder.
Im Sand zu ihren Füßen fanden sich Spuren eines Vogels, der
parallel zum Meer gelaufen war – die Abdrücke waren wie
winzige Pfeile und wiesen alle in eine Richtung. Ein Paradox,
denn die Pfeile deuteten nicht in die Richtung, in die der Vogel
gelaufen, sondern in die, *aus der er gekommen war.* Es war Betrug.
Als Kind hatte sie Suchen gespielt. Jemand mußte bis hundert
zählen, und sie war mit einem Stückchen Kreide losgerannt
und hatte, immer darauf bedacht, ihren Vorsprung zu wahren,
Pfeile aufgemalt – drei schnelle Striche, denen die anderen folgen mußten. Sie hatte daran gedacht, zu betrügen, indem sie
einen Pfeil um die falsche Ecke zeigen ließ, hatte es aber nie
übers Herz gebracht.

Sie beschloß zu versuchen, bis zur Landzunge zu laufen.
So weit war sie noch nie gegangen. Sie schlenderte nicht, son-
dern holte rasch aus, legte ein gutes Tempo vor. Schritt für
Schritt. Einen Fuß nach dem anderen. Wiederholung. Aber

nicht wie die Wiederholung am Morgen, als sie aufgewacht war. Nicht wie die Kaskade aus Schwärze. Linke Ferse, rechte Ferse in den steifen Sand. Von dieser niedrigen Position am Wasserrand aus wirkte das Meer, als fiele es ab wie eine Reihe flacher Stufen. Eine ausgedehnte Welle nach der anderen lief gemächlich auf dem Strand aus. Wenn sie aufblickte, gewahrte sie, von einem Horizont zum anderen, nichts als Leere. Der Wind kam von Süden und war warm. Sie nahm ein Windbad. Breitete die Arme so weit aus, daß die Luft unter ihnen hin-wegstrich. Er rüttelte sie tüchtig durch und wehte ihr die Haare ins Gesicht, aber es machte ihr nichts aus. Gegen die Helligkeit und die Brise kniff sie die Augen zusammen. Sie vergoß salzige Tränen – mit Gefühlen hatte das nichts zu tun, es war nur eine Reaktion auf das grelle Licht und den warmen Wind. Bei je-dem Schritt schlenkerte sie mit den Armen, reckte den Hals, schüttelte ihr Haar, vergewisserte sich der Luft, die sie um-fächelte. Zum Spaß stellte sie sich auf die Probe, indem sie die Augen schloß und mit geschlossenen Augen weiterlief. Ihren Mut, ihren Glauben auf die Probe stellte. So weit sie sah, barg der Weg vor ihr keine Gefahren. Sie verlangsamte ihr Tempo nicht, sondern schritt aus, als sei sie blind. Selbst dann konnte sie die Gangart nicht länger als eine Minute aufrechterhalten. Sie mußte die Augen aufschlagen, um zu prüfen, ob vor ihr Gefahren lauerten. Als könne der Wind sich unversehens in Fels verwandeln.

Mitunter nahm sie einen Makel wahr – einen Haufen Steine, eine angeschwemmte Qualle, eine Scheidenmuschel, auf die sie hätte treten können. Es war mühsam, beinahe schmerzhaft, so schnell auszuschreiten, immer nur auf hartem Sand. Jedesmal, wenn sie mit ihm in Berührung kam, taten ihr die Fersen weh. Nach einer Weile fühlte er sich an wie Beton. Die Berührung wurde vom Gewicht des Babys in der Schlinge auf ihrem Rücken noch verstärkt. Aber das schnelle Laufen würde ihr guttun. Und das Zusatzgewicht des Babys wäre besser für sie – wie ein Athlet, der mit Gewichten trainierte, um sich ohne sie besser behaupten zu können. Um es sich leichter zu machen, lief sie im seichten Wasser der anrollenden Wellen – nicht so sehr Wellen als vielmehr breite, langsam strömende Kabbelung. Schreiten durch Wasser. Es schien die Wucht der Schritte abzufedern – jede Ferse mußte den Film des lauwarmen Wassers durchstoßen, ehe sie den Sand einen Millimeter darunter berührte. Monotones Gespritze. Langsam wurde ihr Saum durchnäßt, und eine Weile raffte sie ihren Rock, um ihn vor den Spritzern zu schützen, die ihre Füße verursachten. Dann gab sie es auf und ließ ihn einfach feucht werden. Sie hatte das Gefühl, daß, wenn sie über ihre Schulter blickte, die Muster der Spritzer so aussähen, als gehe jemand hinter ihr her, verfolge sie. Jemand anderes als Anna. Eine gespenstische Erscheinung lief ihr nach und machte identische Spritzer in ihrem Gefolge. Das Wasser war warm und spülte über den heißen Sand – es herrschte Flut –, und unter ihren gewölbten Füßen verspürte sie das Muster, den Rhythmus hart gewordener Schäfchenwolken.

Sie hatte versucht, andere Mittel und Wege zu finden, um mit ihren Schülern Muster und Rhythmen zu besprechen.

»Welches sind die Rhythmen des Meeres?« Alle hatten sie angestarrt. »Welche Zeitintervalle gibt es?« Ein Junge sah aus, als käme ihm gleich ein Einfall. Er hob die Schulter, aber nicht die Hand. Trotzdem nahm sie ihn dran.

»Die Fähre, Miss?«

»Das meine ich nicht.« Der Junge blickte enttäuscht drein.

»Die Gezeiten?« sagte ein Mädchen.

»Ja – sehr gut«, lobte Catherine schrieb mit Kreide das Wort GEZEITEN an die Tafel. »Sonst noch etwas?«

»Ebbe und Flut, Miss.«

»Ja.«

»Die Sündflut?« Einige in der Klasse kicherten. »Ich meine, die Sintflut, Miss.«

»Nein danke, Alex.« Wartend blickte Catherine von Gesicht zu Gesicht. »Was fällt euch auf, wenn ihr am Rand des
Meeres entlanggeht?«

»Klopapier.« Diesmal kicherten alle.

»Ich spreche von Rhythmen, von Zeitintervallen.«

»Mariengürtel, Miss.« Wieder war es Alex.

»Er meint Binden«, kam die Stimme eines Mädchens.
Einer der Jungen sagte: »Damenbinden.« Alles feixte.

»Wir haben's doch fast – zurück zu den Gezeiten, Alex.«

»Wellen«, sagte jemand.

»Ja.« Catherine schrieb das Wort unter GEZEITEN.
»Wenn ihr an die Intervalle auf einer Uhr denkt – was ist eine
Zeiteinheit?«

»Eine Minute, Miss.«

»Ja.«

»Ein Tag.«

»Nun ja...«

»Eine Stunde.«

»Ja.«

»Sekunden, Sir – ich meine, Miss.«

»Ja – also, was ist nun mit dem Meer? Wir haben GE-
ZEITEN und WELLEN...« Die Gesichter wurden wieder aus-
druckslos. Ein Mädchen zeigte auf.

»Ja, Kathy?«

»Miss, ich habe einen Termin beim Zahnarzt.«

Catherine ließ sie gehen, dann sagte sie: »Nippflut, Kab-
belung, jede siebente Welle, Tagundnachtgleichen, Stürme –
all das sind Intervalle von bestimmter Dauer. Eine langsame
Dünung, eine kabbelige See. Es ist wie Musik. Komplex. In
Butlin's Freizeitparks gibt's eine Wellenmaschine. Die ganze
Zeit die gleiche Welle. Das ist wie Techno. Derselbe Beat.
Langweilig – als würde man einer Maschine zuhören.«

Die Kinder starrten sie verständnislos an. Einige von ihnen
nickten. Als Catherine auf die Insel gekommen war, hatte sie

mit besseren Schülern gerechnet als während ihres Referenda-
riats in der Großstadt. Aber dem war nicht so. Die Kinder der
Insel hatten Fernsehen und Radio. Ihre entlegene Umgebung
betrachteten sie als einen Mangel, nicht als etwas, das man
genießen konnte. Sie fühlten sich von allem Wichtigen abgeschnitten. Auf einer Insel zu leben war nicht so gut wie
auf dem Festland, war Grund zur Unzufriedenheit. Sobald sie
von der Schule abgingen, verließen die Aufgeweckteren die Insel und absolvierten irgendeine Hochschulausbildung. Einige
Mädchen wurden schwanger und blieben zurück.

Sie hielt an, kauerte nieder und führte mit der hohlen Hand
etwas Salzwasser an ihren Mund, um die wunde Stelle zu spü-
len. Wenn sie jetzt in der Schule wäre, müßte sie ihren Schülern gegenüber Rechenschaft ablegen.

»Miss, Miss — was ist mit Ihrer Lippe passiert?«

In den Ferien wären es die Kassiererinnen im Co-op, selbst
erst jüngst von der Schule abgegangen, denen es zuerst auffiele.

»Was haben Sie denn angestellt?«

Das Wasser brannte ein wenig, dann linderte es den
Schmerz — schmeckte salzig. *Für jedes Problem gibt's eine Salzlösung,* wie die Schwester gesagt hatte. Von wegen. Wie sie so
dakauerte, fiel Catherine auf, wie naß der Saum ihres Baum-
wollsarong war. Plötzlich wurde sie von einer Welle, die höher
war als die anderen, völlig durchnäßt. Eine von sieben. Sie
wickelte sich den Rock von der Hüfte und trug ihn in der
Hand, bis sie zu einem Stein kam. Der trockene Teil des Rocks
flatterte in der warmen Brise, als sie ihn, mit dem Stein beschwert, hochoben auf dem Strand liegenließ. Sie konnte ihn
auf dem Rückweg aufheben, danach dann ihre Sandalen —
falls sie je zurückging. Dann wäre er trocken. Mit bloßen Beinen kehrte sie an den Rand des Wassers zurück. Der Wind auf
ihren weißen Beinen fühlte sich angenehm an. Sie mußte an
den Soldaten vom Vortag denken, der tot in einer Straße in
Belfast gelegen hatte, das Gesicht im Tode von der Farbe ihrer

Beine. Seine Kameraden rannten, suchten Deckung in kleinen Vorgärten und machten sich vor Angst in die Hosen, während sie darauf warteten, daß der Heckenschütze es von neuem versuchte. Sich verstecken. Flüchten. Hoffen, daß er sich noch einmal vorwagte, damit sie die Sau zu fassen bekamen.

Sie fragte sich, ob Anna schlief. Sie war sehr still. Was sie wirklich brauchte, war ein Spiegel. Um hinter sich zu sehen.

»Alles in Ordnung da hinten?« fragte sie. Wie ein Taxifahrer. Oder wie damals, als sie, noch ein Teenager, in der Kirche daheim die Orgel gespielt hatte. Und den Ablauf verkehrt herum verfolgte.

Später, als sie rasten wollte, um etwas zu essen, nahm sie mit einem Schwung das Baby vom Rücken.

»Meine Güte, du wiegst ja eine Tonne.« Anna unter ihrer Sonnenhaube saß regungslos in der Trageschlinge. Sah ihre Mutter an und wartete darauf, gefüttert zu werden. Catherine nahm sie heraus und setzte sie auf den Sand. Das Kind hatte eine Art entwickelt, sich auf dem Hinterteil fortzubewegen, die es dem Krabbeln vorzog. Es winkelte die Beine an, stemmte die Fersen in den Boden und schob sich zentimeterweise vorwärts. *Auf allen vier Buchstaben krabbeln,* nannte es Dave. In Annas Plastikhöschen rieselte Sand. Catherine hatte Angst, sie würde sich daran wundscheuern, drum zog sie es ihr mitsamt der Windel aus und ließ sie mit nacktem Po sitzen. Die ausgezogene Windel war sauber. Wie sollte es auch anders sein? Wie viele Male hatte sie Anna eine saubere Windel angezogen, nur um mitansehen zu müssen, wie das Kind, das Gesicht hochrot vor Anstrengung, dasaß und ihre gute Arbeit binnen weniger Minuten ruinierte. Sich die Hautfalte vollmachte. Catherine rieb sich die blassen Beine mit Sonnenschutzcreme ein.

Am schlimmsten war das Weinen. Wie Mrs. Shaw vom Co-op gesagt hatte: »Ein Kind mit Dreimonatskolik treibt einen schier in den Wahnsinn.« Nach jedem Stillen brüllte Anna und zog die kleinen Knie hoch. Anfangs hatte Cathe-

rine Mitleid mit ihr, dann jedoch wurde sie wütend und nie-
dergeschlagen. Sie hatte geglaubt, bei einem Brustkind komme
dergleichen nicht vor. Es half, wenn sie im Zimmer auf und ab
lief und ihr auf den Rücken klopfte, doch sobald sie Anna
in ihr Bettchen legte, ging das Gebrüll wieder von vorne los.
Zuerst stopfte sich Catherine Watte in die Ohren, aber hören
konnte sie Annas Geschrei immer noch. Sie dachte, es sei ihre
Schuld. Daß sie eine unfähige Mutter sei, die ihr Kind zu früh
hochnahm. Die es verhätschelt hatte. Und der kein Mittel einfiel, die Verhätschelung wieder rückgängig zu machen. Niemand hatte sie davor gewarnt, mit welcher Regelmäßigkeit
Säuglinge schreien. Vor der Monotonie. Ein übers andere Mal.
Bei jedem Stillen. Niemand hatte sie davor gewarnt, daß Säuglingsgeschrei nicht enden zu wollen scheint. Stocksteif, mit geballten Fäusten, lag Catherine in ihrem Bett und wollte, daß
das Kind verstummte. Wenn Dave – wie fast immer – nicht im
Haus war, ging sie in die Küche und schaltete das Dritte Programm ein, so laut, daß das Geräusch übertönt wurde. Doch
kaum hatte sie das getan, hatte sie Sorge, das Kind könnte er-
stickt sein, und stellte das Radio leiser, um zu lauschen, ob
Anna noch weinte. Dies war unweigerlich der Fall. Sie haßte
die Musik, die die Pein dieses Babys überdeckte, ob es nun
Mozart war oder Bartók oder einmal, denkwürdigerweise,
Percy Grainger. Und sie haßte das Baby dafür, daß sie sich
nicht mehr auf die Musik zu konzentrieren vermochte.

Sie hatte keine Entschuldigung vorzubringen – sie konnte
nicht gut behaupten, daß sie das Kind dazu erziehen wollte,
auf den Topf zu gehen. Damit es nicht jedesmal auf den Arm
genommen werden mußte, wenn es weinte – ein wenig liebe-
volle Disziplin. Sie haßte es einfach, daß ihr Kind weinte –
sie hatte eine Autoalarmanlage in die Welt gesetzt, die kackte
und pißte. Und als die Kolik abklang, wurde sie vom Zahnen
abgelöst. Manchmal mißtraute sie sich und hatte Angst, sie
könnte ihrem Kind etwas antun.

Es war so warm. Sie zog Annas Oberteil aus und trug sie an den Rand des Wassers. Als sie das Baby ins Nasse setzte, fing es nach dem ersten Schock an, mit den Händen zu planschen. Es hatte nur noch seine Sonnenhaube auf.

»Das gefällt dir wohl?«

Plötzlich, wie aus heiterem Himmel, war Catherine behaglich zumute. Zeigten ihre Kapseln Wirkung – nach all der Zeit? War es das Wetter? Oder waren es die Hormone? Was immer es war, seit der Geburt ihres Kindes hatte sie sich nicht mehr so wohl in ihrer Haut gefühlt.

»Das ist aber schön. Daran könnte ich mich gewöhnen.« Sie blickte um sich. »Das ist wirklich schön.« Die Gegend war menschenleer. Sie entledigte sich ihrer restlichen Kleider – T-Shirt, BH, Slip, alles – und verstaute sie unter der zu einem Viereck gefalteten Aluminiumfolie und ihrem Apfel in der Sandwichtüte. Sie rannte zum Meer zurück und setzte ihr Baby wieder ins seichte Wasser. Ihrer Kleider ledig, verspürte sie den warmen Wind, der über und durch sie hinwegwehte, nur noch inniger. Wie er sie, die einen Windschutz für ihr Baby abgab, streifte und umspielte. Sie watete hinaus, das Wasser reichte ihr jetzt bis zu den Schenkeln. In dieser Tiefe gab es bemerkenswert kalte Strömungen. Sie schaukelte Anna zwischen ihren Beinen. Das Wasser reichte dem Baby bis zur Brust. Es schien nicht zu bemerken, daß es kalt war. Dann wagte sich Catherine selbst ins Wasser hinein.

»Himmel!«

Sie stöhnte auf, so eisig war es, und drückte ihr Kind fest an die Brust. Das Wasser ließ ihrer beider Haut glitschig erscheinen. Die Knie des Babys ruhten zwischen den Brüsten seiner Mutter. Als sie endlich im Wasser war, kam es ihr nicht mehr so kalt vor. Worum hatte sie soviel Wesens gemacht? Catherine kroch wieder zum Rand zurück, wo sich das Wasser kräuselte, und achtete darauf, daß Annas Kinn nicht untertauchte.

»Hier ist es wärmer.«

Das Baby saß mit gespreizten Beinen da und lächelte. Machte mit dem Mund Geräusche. Vorsprachlichkeit, nannten es die Ratgeber. Anna platschte, die flachen Hände nach unten gekehrt. Catherine lachte und liebkoste sie. Dann setzte sie sich, das Baby auf dem Schoß, hin und streckte die Beine ins Wasser. Sie lehnte sich zurück, stützte sich mit den Armen auf und verkeilte die Finger fest im Sand. Jede Welle, die heranrollte, gluckste unter Anna hinweg, und das Baby quietschte vor Vergnügen. Fast hörte es sich wie Gesang an.

»Säugling Crotch«, sagte Catherine lachend. Und fühlte sich in diesem Augenblick so wohl, daß sie von wilder Freude überwältigt wurde und ihr Tränen in die Augen schossen. Die Augen gingen ihr über, und es wurde ihr bewußt, daß sie Salz ins Meer weinte.

Als sie wieder an den Strand gingen, ließen sie sich vom Wind trocknen. Bisher war dieser Sommer fast unglaublich. Es war, als müsse das Wetter immer so bleiben. Ihr Schatten war jetzt am kürzesten. Sie mußte auf die Haut ihres Babys achtgeben, auf ihre eigene Haut. Wieder trug sie Sonnencreme auf, dann flößte sie Anna mit dem Löffel aus einem Glas Reis mit Apfelmus ein. Aus ihrem T-Shirt und einem angeschwemmten Bambusrohr bastelte sie einen behelfsmäßigen Sonnenschutz. In seinem Schatten schlief das Baby ein.

Catherine saß im Lotussitz neben ihm und verzehrte ihr Sandwich. Eine Tomatenscheibe fiel ihr in den Sand, aber sie tat so, als seien die knirschenden Sandkörner Pfeffer, und aß sie auf. Sie nahm ihren Apfel heraus und wollte ihn eben gedankenlos an ihrem Kragen abreiben, als sie merkte, daß sie nackt war. Sie lächelte und biß hinein. *Kranschen* war ein Wort für den Verzehr harter Früchte, das sie aufgeschnappt hatte. So genau, so anschaulich – kein anderes Wort kam ihm nahe. Sie schleuderte den Apfelgrotzen ins Wasser. Biologisch abbaubar. Ihr Blick schweifte über die Szenerie von Strand und Dünen.

Auf einer fernen Landzunge war der Rauch eines Stechgin-
sterfeuers zu sehen. Alles war still bis auf das heranschwap-
pende Meer, das rhythmische Auslaufen der kleinen Wellen
und, hin und wieder, das metallische Kreischen einer Möwe.
Fraßen Seevögel Obst? Oder riß dieser ihn aus reiner Gier an
sich? Tölpel.

Sie mußte an den Pausenhof ihrer Schule zurückdenken.
Kinder, die sich den Magen vollstopften – die vom Schrillen
der Glocke durchbrochene Stille des Klassenzimmers, gefolgt
von Füßegetrampel, Gebrüll, Türenschlagen, dem dumpfen
Aufklatschen hingeworfener Schultaschen und der Gesamt-
wirkung gellenden Kreischens und Brüllens. Ich brülle, weil
du brüllst, und du brüllst lauter, weil ich brülle, und die ganze
Schule brüllt, um sich bei dem Gebrüll der Schule Gehör zu
verschaffen. Hier herrschte eine solche Stille. Kein völliges
Schweigen, sondern genau die passenden Geräusche. Catherine saß da am Meer, ins Hören vertieft. *Vorhören.*

Plötzlich vernahm sie einen Klang. Ein sanftes Streicher-
tremolo unterschiedlicher Töne. Sie konzentrierte sich auf den
Hauptton. Doch mit ihm verbanden sich eine höhere und eine
tiefere Oktave, aus denen ein Akkord entstand. Diese Klänge
führten zu einem Einfall für Blechbläser. Posaunen, Tuba,
Trompeten. Was für ein mysteriöser Vorgang es doch war.
Inneres Ohr. Ihr Herz schlug schneller, als sie den Einfall zu
fassen suchte, und sie fühlte, wie Erregung in ihr aufstieg. In-
wendig hörte sie eine Aufführung der ersten Noten – jetzt
brauchte sie nur noch aufzuschreiben, was sie vernahm. *Es auswendig zu lernen.* An dieser Stelle, in diesem Augenblick form-
ten sich Klänge. Sie hatte keinen Stift bei sich, aber sie würde
sie erinnern. Und andere hinzufügen. Der Einfall nahm an
Umfang zu. Was mit Streichern begonnen hatte, war jetzt ein
volles Orchester. Er nahm Gestalt an. Sie mußte Glocken ein-
setzen – zumindest ein Glockenspiel. Sie hörte die Musik in
der Stille ihres Kopfes. Es war zwar noch viel zu früh dafür,

doch schon überlegte sie sich einen Namen, mit dem sie sie be‑
nennen konnte – *Metamorphosen. Concordia.* Sie haßte diese grie‑
chischen und lateinischen Wörter, die sich ihr aufdrängten.
Am Meer. Am Rand des Wassers. Am Rande des Meeres. Ja, das
klang schlicht und gut. *Am Rande des Meeres.* Aber es hörte sich
unbeholfen an. Vier Wörter hintereinander. Eigentlich ging
der Trend dahin, musikalischen Werken einen Ein‑Wort‑Titel
zu geben. Treffend. Enigmatisch. Lediglich zur Identifizie‑
rung. Wie auch immer es heißen würde, sie gelobte, es Anna
zu widmen.

Das Kind regte sich und schaute sie an, dann wandte es sich
ab und lutschte noch heftiger an seinem Daumen.

»Na, du. Ich glaube, wir kehren jetzt lieber um.« Sie schüt‑
telte den Sand aus ihrer Unterwäsche und zog sich an. Dann
begann sie Anna anzukleiden. »Ich muß mir Papier und
Bleistift besorgen.« Annas Oberteil war mit einem Essensrest
bekleckert. Catherine kratzte ihn mit dem Löffel ab und
schnippte den Klacks in den Sand. Dann rannte sie zum Was‑
serrand, um das Oberteil abzuspülen. Sie drehte sich um und
lief wieder den Strand hinauf. Da stand Anna und wartete auf
sie. O‑beinig und taumelig, aber nichtsdestotrotz – sie stand.
Catherine wußte nicht, was sie sagen sollte. Sie ließ das Ober‑
teil in den Sand fallen und breitete die Arme aus.

»Komm!«

Schwankend trat Anna mit hocherhobenen Händen auf
sie zu – ein Schritt, zwei Schritte – und klammerte sich an
Catherines Finger.

Alles gepackt und keine Bleibe. Sie lag im Bett und horchte auf
das Tosen und Brausen des Windes um den Bungalow. Schon
die ganze Nacht über hatten starke Windstöße am Haus ge‑
rüttelt – einer der schlimmsten Stürme, seit sie auf die Insel
gekommen war. Aber das war es nicht, was sie wach hielt –
es war die Erregung, daß sie dem Haus endlich den Rücken

kehren würde. Sie drehte sich auf die andere Seite – versuchte, ihre Kopfkissen aufeinanderzuschichten, um es bequemer zu haben. Versuchte, ihre Sorgen zu vertreiben. Die Wiederholung von Gedanken, die ihr Kummer bereiteten, erstaunte sie. Warum konnte sie es einfach nicht lassen? Als würde sie am Knie eine Schorfwunde aufkratzen. Oder mit der Zunge die Höhle eines unlängst gezogenen Zahns befühlen. Es verhinderte die Heilung, und sie wußte doch, daß es die Heilung verhinderte. Dennoch tat sie es. Am besten ließ es sich vermeiden, wenn sie andere Dinge in ihren Kopf einließ. Doch dann stellte sich stets das tiefere Wissen ein, daß sie an diese ja nur deswegen dachte, um sich daran zu hindern, an das zu denken, woran sie nicht denken wollte. Jetzt konzentrierte sie sich auf die Leute im Nachbarhaus an der Straße zur Stadt. Die Muirs. In dem Sommer hatten sie einen alten, blinden Angehörigen eingeladen, die Ferien bei ihnen zu verbringen, und der kleine Muir, der nicht schwimmen konnte, wurde damit betraut, ihn zu dem Brandungstümpel unterhalb von Catherines Haus zu bringen, wo ein Sprungbrett und eine eiserne Leiter im Felsen verankert waren. Catherine sah zu, wie sie vorübergingen. Der Alte war mit jener Blindheit geschlagen, die der Haut um die Augenhöhlen eine dunkle Olivenfarbe verlieh. Sein rechtes Auge war fortwährend geschlossen, das linke, leicht geöffnet, gab das Weiße in Form eines Halbmondes frei. Unter dem linken Arm trug er eine in ein weißes Tuch gewickelte rote Badehose. Wie eine mit roter Marmelade gefüllte Biskuitrolle. In der Rechten führte er einen dünnen, weißen Blindenstock, den er wie einen Bleistift hielt. Der kleine Muir war ein blasser, spindeldürrer Neunjähriger. Eines Tages, als sie Anna endlich zur Heia im Kinderwagen untergebracht hatte, war Catherine zu den Felsen gelaufen, um sich zu sonnen. Sie wußte, eigentlich durfte sie das nicht, selbst wenn sie sich durchaus in Hörweite befand. Sie breitete ihr Badetuch aus und legte sich mit dem Gesicht zur See auf

den Bauch. An die Felsen unter ihr hatten sich Rankenfuß,
krebse, Napf, und Strandschnecken geklammert und harrten
der nächsten Flut. An heißen Tagen hätten sie vertrocknen
oder rösten, an stürmischen vom Felsen gerissen und fortge,
schwemmt werden können. Doch irgendwie blieben sie haf,
ten. Was, wenn ihr Kind lautlos erstickte? Wenn es nicht zu
schreien vermochte? Dann wäre alles einfacher. Herrgott — wie
entsetzlich! Es war ja nichts passiert — und wenn nichts pas,
sierte, stellte es auch kein Problem dar. Der blinde Mann und
der Knabe kamen herbeigelaufen, und sie beobachtete, wie der
Alte sich auszog. Er schlug das Handtuch um die Hüften,
stopfte es fest, und indem er sich, um die Balance zu wahren,
auf den Buben stützte, stieg er mit seinen dünnen Beinen in die
Badehose. Dafür, daß er so dürr war, hatte er einen ziemlich
dicken Bauch. Der Junge führte ihn den Zementpfad hinab auf
das Sprungbrett, dann kehrte er zu dem Häufchen Kleider und
dem weißen Stock zurück. Der Alte lief den Mattenbelag des
Sprungbretts entlang, vier zuversichtliche Schritte, ehe er an,
hielt. Dann bewegten sich seine Zehen wie Fühler, um das
Ende zu ertasten. Er hob die Arme und wippte auf dem Brett
auf und nieder. Beim dritten Aufprall sprang er ab und hech,
tete kopfüber in das eiskalte Wasser. Schnaubend und prustend
tauchte er wieder auf und legte sich, die Zehen wie zur In,
spektion in die Höhe gereckt, auf den Rücken. Daraufhin
machte er kehrt und schwamm zu der eisernen Leiter, horchte
auf die Stimme des Jungen, tastete nach seiner ausgestreckten
Hand. Catherine drehte sich um und versuchte, ihren Hörsinn
auf den Kinderwagen zu konzentrieren. Anna schlief immer
noch. Oder schlimmer. Wäre es wirklich schlimmer? Himmel,
jetzt geht das schon wieder los! Als der Blinde aus dem Was,
ser stieg, strich er sich mit den Handtellern das Wasser von der
bleichen Brust. Dann nahm er von dem Jungen das Badetuch
entgegen und begann sich das Gesicht abzutrocknen. Woher
wußte er, wie konnte er so hundertprozentig sicher sein, daß

das Wasser sich wirklich dort befand? Was, wenn alle sich verschworen hatten zu lügen?

Es war wie Religion – was, wenn alle sich verschworen hatten zu lügen? Menschen, die sie achtete – ihre Lehrer, sowohl
an der Schule wie an der Universität, natürlich die Geist-
lichen. Menschen, die sie liebte – ihre Mutter und ihr Vater.
Einige Freunde. Sie alle glaubten und unterstützten einander
in ihrem Glauben. Falls sie argumentieren wollte, Religion sei
Lug und Trug, nichts als organisierter Aberglaube, dann würden sie auf Bücher verweisen, gewaltige Folianten, im Laufe
von zwei Jahrtausenden abgefaßt von den intellektuellsten,
wohlmeinendsten, angesehensten Männern auf Erden. Biblio-
theken untermauerten das Ganze. Es gab Tausende von Bauten
mit Spitz- und Zwiebeltürmen oder Kuppeln – und alle ent-
hielten sie Kreuze, Kruzifixe und Querschiffe –, und sie standen in jeder Stadt auf Erden. Und errichtet waren sie nicht
zufällig, sondern durch die harte Arbeit und Geschicklich-
keit von Handwerkern. Auf all das konnten sie verweisen,
nicht als Gottesbeweis, aber doch zum Beleg dafür, daß sie,
eine Klosterschülerin aus einer Kleinstadt im britischen Teil
Irlands, dasselbe glauben müsse wie alle anderen auch. Wie
konnte sie, unbedeutend, wie sie war, umschwenken und behaupten, sie alle irrten sich – Religion sei Verblendung? Daß
Ebbe herrschte und unter dem Sprungbrett nur noch Felsen
ragten? Sie wäre die allerletzte, eine solche Idee verlauten zu
lassen. Ja, wenn sie eine solche Idee ihren Eltern gegenüber verlauten ließe, würde sie ihnen ungeheuren Kummer verursa-
chen. Lieber würden sie den Schmerz erdulden, sie tot zu wissen. Dann würden sie sie wenigstens im Himmel vermuten. In
den Armen des Herrn.

Sie wälzte sich auf die andere Seite und schob sich ein Kissen zwischen Schulter und Ohr. Sie mußte wenigstens *etwas*
Schlaf finden – Herrgott noch mal, morgen wollte sie sich
doch davonmachen. Obwohl sich dafür erst der Wind ein biß-

chen legen mußte. Aber vielleicht tat er das ja schon. Das Rüt/
teln und Schütteln war weniger häufig geworden, und dann
und wann hörte sie den Wind pfeifen und zwitschern, als blase
jemand auf einem dünnen Grashalm. Als sei der Sturm am
Abflauen.

Nachdem sich ihre Gedanken weitere fünfzehn Minuten
lang wieder und wieder im Kreis gedreht hatten, stand sie flu/
chend auf. Es war kalt und zugig. Sie überlegte, ob sie Daves
Regenmantel anziehen sollte, der in der Diele hing, doch von
der Vorstellung fühlte sie sich so abgestoßen, daß sie eine der
schwarzen Plastiktüten nach einem eigenen Mantel durchstö/
berte. Sie machte sich eine Tasse heißer Milch und ging auf
Zehenspitzen durch den Wirrwarr zum Kamin. Es war eine
List ihrer Mutter – heiße Milch zu trinken, wenn sie nicht
schlafen konnte. Bei Catherine verfing sie nur selten. Der Torf
unter der weißen Asche war noch warm, und wenn der Wind
über dem Kamin toste, verfärbte er sich mitunter rot. Sie setzte
sich dicht an die Feuerstelle und sah zu, wie aus ihrer Tasse in
Kringeln der Dampf aufstieg und danach dem Rauchfang zu/
strebte. Die Milch war noch zu heiß.

Das Zimmer war mit beschrifteten Pappkartons und Tee/
kisten vollgestellt. Die Schallplatten, die mit dem Rücken nach
oben in drei Blue/Band/Margarineschachteln verpackt wa/
ren, gehörten, von Bach bis Zemlinsky, ihr. Daves, in einem
getrennten Karton, waren arg verkratzt, meist irische und
schottische Folkgruppen – Runrig, Capercaille, The Chief/
tains, Van Morrison, überstrapaziert, schon bevor sie sich ken/
nengelernt hatten. Er besaß auch einige bis zur Peinlichkeit
veraltete Popschallplatten, die er stets einem Wohltätigkeitsge/
schäft zu vermachen drohte, weil er wußte, daß niemand sie
ihm abkaufen würde. Mit der Spedition war sie übereinge/
kommen, daß Daves Sachen auf der Insel eingelagert werden
sollten, bis er sie abholen würde.

Die meisten Bücher gehörten ihr – gebundene Ausgaben

über Musikgeschichte, Nachschlagewerke zur Musik des 20. Jahrhunderts, Toveys Bände zur musikalischen Analyse, eine Geschichte des Blues, das Komponistinnenlexikon von Norton/Grove. Daneben auch schöngeistige Literatur, in der Mehrzahl Taschenbücher – zuoberst eine Ausgabe von Georg Büchners *Lenz*. Am Telephon hatte der Spediteur gesagt, daß sie die Teekisten nur bis zu einem Drittel mit Büchern anfül-len dürfe. »Sonst heben sich mir die Jungs noch einen Bruch.«

Die einzigen Bücher, die Dave gehörten, waren einige Science-Fiction-Romane, ein paar Kfz-Handbücher und ein *Reader's Digest Book of Strange and Amazing Facts.*

Sie warf nur ungern Dinge weg. So hatte sie sämtliche Auf-zeichnungen aus ihrer Studienzeit in Belfast aufbewahrt. Und die von ihrem Jahr als M.A.-Studentin an der Royal Scot-tish Academy of Music and Drama in Glasgow. Schwarze Ringbücher aus Pappe mit dem Wappen der Einrichtung auf dem Einband. Auf die Buchrücken hatte sie mit weißer Korrekturflüssigkeit den Namen des jeweiligen Fachs eingetra-gen. KOMPOSITION, STRENGER KONTRAPUNKT, CHOR-MUSIK, MODERNE MUSIK. Sie schlug das Ringbuch über Moderne Musik auf und fand einen Aufsatz, den sie geschrie-ben hatte – *Ein Spiegel, vor dem man verweilt. Eine Untersuchung zu Elliot Carters Liederzyklus nach Gedichten von Elizabeth Bishop.* Sie blätterte weiter.

Aleatorische Musik – Unbestimmtheit. Sackgasse oder der Weg in die Zukunft? Berücksichtigen Sie in Ihrer Erörterung Joseph Byrds Fest-stellung: »Kunst ist schlicht das, was ästhetisch wahrgenommen wird.«

Ihre Handschrift sah eigenartig aus, als stamme sie von einer anderen. Ungelenk, nach links geneigt. Inzwischen hatte sie sich eine ganz andere Schrift zugelegt. Sie hatte den Titel mit der Hand geschrieben und ihre Antwort mit der Formulierung des Credo eingeleitet.

1. *Jeder oder auch gar kein Klang hat ebensoviel Gültigkeit, ist so »gut«
   wie jeder andere.*
2. *Jeder Klang ist ein Ereignis für sich. Seine Beziehung zu allen
   anderen Klängen ist nicht hierarchischer Natur. Er braucht keinen
   inneren Zusammenhang mit dem zu haben, was ihm vorausgeht oder
   was ihm folgt. Er ist an und für sich bedeutsam, nicht aufgrund dessen, was er zu einer musikalischen Linie oder Entwicklung beiträgt.*
3. *Jedes Zusammenspiel von Klängen hat ebensoviel Gültigkeit wie
   jedes andere.*
4. *Jede Methode, ein Zusammenspiel von Klängen hervorzubringen,
   hat ebensoviel Gültigkeit wie jede andere.*
5. *Jedes Musikstück ist so »gut« wie jedes andere, jeder Komponist so
   »gut« wie jeder andere.*
6. *Herkömmliche Begriffe wie Wert, Fachkenntnis und Autorität sind
   sinnlos.*

Sie war verwundert, daß sie diese Pol Potsche »Jahr Null«-
Auffassung von Musik so ausführlich hatte erörtern können.
Achteinhalb engbeschriebene Seiten hatte sie gefüllt. Ihr Tutor
Malcolm Black hatte ihr eine 3+ dafür gegeben, wohingegen
sie normalerweise mit einer Eins gerechnet hätte. Es machte sie
rasend, daß ein Tutor – und immer war es ein Er – denen, die
mit ihm übereinstimmten, gute Noten erteilte, während diejenigen, die noch so triftige Argumente vorbrachten, weshalb sie
anderer Ansicht waren als der Tutor, stets schlechte Noten bekamen. Wenn man Blacks Vorlesung mitschrieb und die Notizen in den nächsten Aufsatz einarbeitete, unterstrich Black
seine eigenen Anschauungen und schrieb an den Rand: *Gut!*
Vielleicht hatte er Catherine deswegen schlechter benotet, weil
sie die Musik, die aus diesen Prinzipien resultierte, als etwas ge-
brandmarkt hatte, das nur von Leuten, die an den einschlägigen Fachbereichen der Universitäten Musik des 20. Jahrhunderts lehrten, gehört wurde.

Es war ein erstaunlich kleines Publikum. Die Leute stimmten mit den Ohren ab. Sie hatte geschrieben: »Musik für die einschlägigen Fachbereiche der Universitäten und Musikproduzenten des Dritten Programms zu komponieren, die selbst eben erst aus den einschlägigen Fachbereichen der Universitäten hervorgegangen sind, ist ohne jeden Reiz. Andererseits muß die Verantwortung der KünstlerInnen, sich ein Publikum zu erhalten, abgewogen werden gegen ihre Verantwortung, neue Welten zu erkunden, neue Tiefen zu ergründen.« Nach den Klischees hatte sie vor all den Jahren den Schluß gezogen, daß sie nur solche Musik schreiben wollte, die sie auch selbst hören würde.

In ihrem Jahrgang war ein Typ gewesen, der eine aus verschiedenen Konzertmitschnitten des Dritten Programms bestehende Klangstudie komponiert hatte. Er hatte lediglich die Pausen *zwischen* der Musik aufgenommen — das Husten, Atmen und, wie er es nannte, »Klirren der Juwelen«. Diese hatte er mit ein, zwei Beispielen für übermäßig begeistertes Händeklatschen zur Unzeit zusammengeschnitten. Er wiederholte die Klänge und spielte mit ihnen, dann ließ er sie als Endlosschleife ablaufen. Er behauptete, der Unruhe zwischen den Sätzen mit etwa siebzigprozentiger Genauigkeit entnehmen zu können, wessen Musik in der Sendung gespielt wurde, Mozart oder Varèse — Mahler oder Boulez.

Catherine blies auf ihre Milch und versuchte, einen Schluck zu nehmen, aber sie war immer noch zu heiß, und sie verbrannte sich die Lippe. Sie stellte die Tasse auf die Kaminplatte. Sie hatte Malcolm Black nie lächeln sehen, geschweige denn lachen. Einmal, als sie zusammen mit einer Gruppe von Chorsängern in der Kneipe waren, hatte Catherine ihm gesagt, sie könne eine Haydn-Sonate komponieren, ähnlich wie John Cage 4'33" komponiert hatte. Im Programm würde sie als *Joseph Haydns Klaviersonate, Hob. XVI:49 von Catherine McKenna* erscheinen.

Sie behauptete, das Publikum würde achtsamer zuhören —

so wie es sich auch das Schweigen in John Cages vier Minuten und dreiunddreißig Sekunden Hüsteln, Magenknurren und fernen Verkehrslärm anhörte. Es würde Catherine McKennas Haydn mit ganz neuen Ohren hören, weil die Sonate genau dieselbe war, die Haydn komponiert hatte. Man würde ihr mit neuerlicher Aufmerksamkeit lauschen. Malcolm Black nickte. Er fand den Einfall interessant, hielt ihn jedoch für eine »Masche«. Auch ihren Vorschlag, eine *Überraschungssonate für unvorbereitetes Klavier* zu komponieren, verwarf er ohne jedes Lächeln. Sie waren solche Elfenbeinturmbewohner, daß das wirkliche Leben an ihnen vorüberging. Als sie sich wieder einmal in der Kneipe aufhielten, bekam sie mit, wie Malcolm Black und ein Student sich wegen »Britain« und »Ireland« in den Haaren lagen. Sie wollte sich eben in das politische Streitgespräch stürzen und krempelte gewissermaßen schon die Ärmel hoch, da stellte sie fest, daß die beiden sich über Benjamin Britten und dessen Meinungsverschiedenheiten mit seinem Kompositionslehrer John Ireland am Royal College of Music unterhielten.

In einer anderen Teekiste hatte sie ihre gedruckten Partituren verpackt. Ihre eigenen handgeschriebenen Kompositionen bewahrte sie getrennt davon in Mappen aus Karton auf, die sie selbst mitnehmen würde. Das Stück mit dem Arbeitstitel *Am Rande des Meeres* war gut vorangeschritten, die blaue Mappe schwoll Tag für Tag an. Ihre *Suite für Trompetisten und Posauner* war zum zweiten Mal im Rundfunk gesendet worden, und das Echo war so ausgezeichnet gewesen, daß Graeme McNicol sie angerufen hatte, um ihr zu gratulieren. Als er erfuhr, daß sie an einem neuen Werk arbeitete, schlug er vor, es offiziell in Auftrag geben zu wollen. Wenn es rechtzeitig vollendet wäre, könnte er es in die renommierte Sendereihe *Cutting Edges* aufnehmen. Wünschenswert wäre es, wenn ein Element oder ein Instrument der Folkmusik darin vorkäme. Es hatte sich wie von selbst in zwei längere Sätze gegliedert – sozusagen das

Yang und das *Yin*. Der erste war männlich, der zweite entschieden weiblich. Sie war ganz aufgeregt, wie gut sie vorankam, und ärgerte sich, daß sie mitten in der Komposition eines, nach ihren Maßstäben, gewaltigen Werkes ausziehen mußte.

Es gab eine unbeschriftete Mappe, und sie schaute hinein. Es war das Manuskript des Kanons, an dem sie gemeinsam mit Melnitschuk gearbeitet hatte. Bei ihrem letzten Besuch hatte Anatolij sie gebeten, ihm eine Orchesterpartitur zu zeigen, an der sie gerade sitze. Sie holte ihr Autograph *Ein Kanon für Ulster* für kleines Orchester hervor, der noch unvollendet war. Streckenweise handelte es sich um einen Spiegelkanon, bei dem eine Melodie und ihre Umkehrung gleichzeitig gespielt wurden, so daß die nachahmende Stimme das Spiegelbild des Themas abgab. Er saß auf einem Sofa — sein Hosenbund reichte ihm beinahe bis zur Brust — und blätterte schnaufend die Seiten um. Gelegentlich nickte er. Einmal mußte er lachen. Dann teilte er sich Olga mit. Olga nickte, mußte jedoch, um das passende englische Wort zu finden, das Wörterbuch zu Rate ziehen. »Er sagt, er mag Ihren Sinn für Ironie.« Als er die Partitur durchgelesen hatte, nahm er sie mit zum Klavier. Er spielte, und mit Hilfe seiner Frau redete er über die Musik, die er las. Zuweilen summte er die Streicherpartien.

»Er meint, das ist nicht aufgelöst«, sagte Olga, und Melnitschuk spielte die Phrase. »Was halten Sie hiervon?« Er summte, dann wackelte er mit den Fingern hin und her, um anzudeuten, daß ihm sein eigener Vorschlag nicht zusagte. Er probierte etwas anderes aus. Laut summend.

»*Meilleur*«, sagte er. Er schien sich zu schämen, daß er ein Fremdwort benutzte.

»Besser«, sagte Olga.

»Ja — ich meine, *oui, oui.*« Catherine war erregt von dem Gehörten. »*C'est bon.*« Und sie alle mußten lachen, so peinlich waren ihnen ihre Versuche, auf französisch zu radebrechen. Melnitschuk sagte grinsend: »Messiaen. Ravel *peut-être?*«

Catherine entnahm ihrer Reisetasche einen Bleistift und begann sich Notizen zu machen. Olga hörte sich an, was ihr
Mann zu sagen hatte: »Das Ende ist kein Satz für Orchester –
es ist für Klavier konzipiert.« Olga klopfte mit dem Zeigefinger auf den Klavierdeckel, als könnte Catherine sie nicht
verstehen. »Und dann ist es arrangiert für Orchester ... Das
Orchester *ist* Instrument.«

Während sie weiterarbeiteten, rannte Olga immerfort in
die Küche; einen Augenblick lang dolmetschte sie, im nächsten kochte sie Kartoffeln und bereitete das Mittagessen zu.
Einmal versuchte Catherine, sich zu verteidigen, und rief
Olga herbei, damit sie Melnitschuk erkläre, daß sie in diesem
Abschnitt vorhatte, mit der Klangstruktur zu experimentieren. Melnitschuk erwiderte, Klangstruktur allein für sich sei
»Stimmungsmusik«. Richtige Musik habe mit Form zu tun.
Sei die erst einmal stimmig, könne der Komponist über andere
Dinge nachdenken. Aber wenn die Form stimme, stimme in
neunundneunzig von hundert Fällen auch die Klangstruktur.
Olga schlug die Hände über dem Kopf zusammen und behauptete, sie habe vergessen, die Kartoffeln zu salzen. Sie
stürzte aus dem Zimmer. Melnitschuk lächelte und wägte die
stockenden Worte mit den Händen.

»*Peut-être?* Form – Kartoffeln. Klangstruktur – Salz.«

Catherine nickte und lachte.

Als sie sich zu Tisch setzten, öffnete Melnitschuk mit einem
kleinen Taschenmesser, an dem sich ein Flaschenöffner befand,
eine Flasche Wodka, und sie brachten Toasts aus. Catherine
war überrascht, mit welcher Förmlichkeit dies geschah. Melnitschuk stand auf und hielt Catherine eine Rede, die von
Olga gedolmetscht wurde. Danach erhob sich Olga, und in
zögerlichem Englisch hieß sie Catherine in Haus und Herz
willkommen. Catherine kannte nur einen Trinkspruch, und
sie erhob sich und sagte ihn auf.

»Auf daß wir glücklich sein mögen – und unsere Feinde

es wissen.« Als Olga den Toast für Melnitschuk übersetzte, warf er den Kopf in den Nacken und lachte.

Nach dem Essen schlug Olga vor, einen Spaziergang zu machen. Catherine fragte, weshalb die Bäume unten herum weiß getüncht seien. Olga gab zur Antwort, die Obstbäume seien deshalb weiß getüncht, um den Insekten weiszumachen, es seien Mauern, damit sie sich gar nicht erst bemühten, von ihnen zu fressen. Das sagte Olga so ernst, daß Catherine in Gelächter ausbrach. Sie bekam einen Lachkrampf und mußte sich an Olgas Arm festhalten, so sehr mußte sie bei der Vorstellung immer wieder von neuem lachen. Erst dann merkte sie, wie betrunken sie war.

Später kaufte sie sich mit Olgas Hilfe eine Ansichtskarte, die sie nach Hause schicken wollte. Sie schrieb:

Liebe Mama, lieber Papa,

hoffentlich habt Ihr meine Weihnachtskarte bekommen. Tut mir leid, daß ich nicht dasein konnte, aber ich mußte für meine Reise Manuskripte usw. vorbereiten. Ich hoffe, daß Ihr diese Nachricht erhaltet.

Alles Gute
Catherine

»Ich hätte Weihnachten nach Hause fahren sollen«, sagte Catherine. »Es ist das erste Mal, daß ich es versäumt habe. In Irland ist Weihnachten eine große Sache. Ein Familienfest.«

»Waren Ihre Eltern traurig?«

Catherine nickte. Olga beugte sich zu ihr und gab ihr einen Kuß auf die Wange. Sie zeigte auf die Karte.

»Geben Sie die im Hotel auf.«

Als sie wieder zu Hause waren, fühlte sich Catherine viel besser. Das unangenehme Gefühl der Trunkenheit und Benommenheit war verschwunden. Sie bat Melnitschuk, ihr etwas vorzuspielen, und er schien geschmeichelt. Er wählte

seine *Suite ukrainischer Volkslieder für Klavier.* Und ach… was für
Klänge er hervorbrachte! Das Zimmer füllte sich mit Schmerz
und Liebe, Freude und Verlust. Tausende Jahre waren in diese
Klänge gepreßt.

Seine Finger waren viereckig, wie Meißel, als sie über die
Tasten huschten. Dies war Musik von höchstem Rang, von
Bachschen Proportionen – architektonisch, kontrolliert –,
doch sie setzte auch dem Herzen zu. Der Wodka hatte Catherine sehr emotional gestimmt. Während er spielte, beobachtete
sie Olga und war von ihrer Schönheit hingerissen. Sie war alt
und mußte die Musik ihres Mannes schon so viele Male gehört haben – und dennoch lauschte sie mit großer Anteilnahme, stockstill, als würde die leiseste Regung ihres Körpers
ihren Hörsinn beeinträchtigen. Catherine wünschte sich, Olga
würde sie in die Arme nehmen, sie halten. Sie bemuttern.

Als er zu Ende gespielt hatte, schüttelte Catherine ungläubig den Kopf, stand auf und verneigte sich vor ihm – bei einem
Publikum von nur einer Person schien es albern zu applaudieren. Melnitschuk seinerseits bat sie, die Präludien und Fugen
zu spielen, die sie erwähnt hatte – Kompositionen, die sie während des letzten Studienjahrs an der Universität geschrieben
hatte. Sie entschuldigte sich schon im voraus dafür. Zu Beginn des Präludiums in G klingelte im Flur das Telephon, und
Olga ging hinaus, um den Anruf entgegenzunehmen. Catherine unterbrach und wartete. Da steckte Olga den Kopf wieder zur Tür herein und sagte, es sei ihre Tochter in Moskau, es
werde ein Weilchen dauern, und Catherine möge weiterspie-
len. Sie schloß die Tür, damit sie die Musik nicht mit ihrem
Gespräch störe. Melnitschuk erhob sich und bedeutete Catherine weiterzuspielen. Er schnitt ein Gesicht und klopfte sich
mit der geballten Faust auf die Brust. Es war beinahe dieselbe
Gebärde, die ihr Vater gemacht hatte, wenn er das Gebet *Mea
culpa, mea culpa, mea maxima culpa* sprach. Sie begann noch einmal von vorn mit dem Präludium in G. Melnitschuk mußte

aufstoßen und murmelte eine Art Entschuldigung. Er ging zum Fenster, dann trat er in einer Art schleppfüßigem Gang hinter sie. Sie war sich deutlich bewußt, daß er hinter ihr stand, und fühlte sich aus irgendeinem Grunde ausgesprochen nervös. Es hatte mit der Art zu tun, wie er sie vorher durch diese Brille angeschaut und mit offenem Mund geatmet hatte. Sie begann, die falschen Tasten anzuschlagen, doch es schien ihm nicht aufzufallen. An der gegenüberliegenden Wand hing ein Spiegel, in dem sie sein Gesicht sehen konnte. Sein Atem wurde lauter. Sie wollte sich nicht nach ihm umblicken, als ob sie ihn irgendeines Vergehens bezichtigte. Das wäre unhöf-lich, würde von mangelndem Vertrauen zeugen. Nach all der Gastfreundlichkeit, die sie ihr erwiesen hatten. Sein Atem klang jetzt keuchend. Was zum Teufel trieb er da? Sie ver-suchte, so gut sie konnte, weiterzuspielen. Dann spürte sie, daß er sie anfaßte. Er drückte sich gegen ihren Rücken. Mit seinem vollen Gewicht. Um Gottes willen, dachte sie – das geht zu weit.

Sie wirbelte herum, und da stand er keuchend vor ihr und starrte sie an. Sein Gesicht verzog sich, und er brach neben dem Klavierhocker in die Knie. Dann sackte er auf dem Bo-den zusammen, und seine Brille rutschte über die Dielen unter das Klavier. Seine Gesichtshaut war zementfarben, seine Lip-pen blauschwarz. Er verdrehte die Augen im Kopf. Catherine wußte nicht, was sie tun sollte. Himmel! Sie öffnete seinen Kragenknopf, aber das schien eine so unnütze Geste. Sein Atem ging rasselnd. Sie rannte zu Olga.

»Schnell, da stimmt etwas nicht.«

Olga rief »Auf Wiedersehen«, ließ den Hörer auf die Ga-bel fallen und übernahm das Kommando. Sie bettete ihn fach-gerecht auf den Boden und schob ihm ein Kissen unter den Kopf. Sie zwang ihm eine Tablette in den Mundwinkel. Sie rief einen Arzt herbei.

»Das ist zu oft vorgekommen. Er ist ein kranker Mann.«

Catherine sammelte ihre Notenblätter ein, blieb aber bei Olga, bis der Arzt eintraf.

Als sie wieder in Glasgow war, schrieb sie Olga einen Dankesbrief, in dem sie sich nach der Gesundheit ihres Mannes erkundigte. Indes bekam sie keine Antwort. Vielleicht war die Post in Kiew wirklich so notorisch schlecht, wie Olga behauptet hatte. Etwa ein Jahr danach wurde im Rundfunk Melnitschuks Zweite Sinfonie aus Birmingham unter Rattle live übertragen – sosehr sie auch lauschte, vom Tod des Komponisten war keine Rede. Also mußte er überlebt haben.

Sein Name – Anatolij Melnitschuk – stand auf einem gerahmten Poster, das vor ihr auf dem Boden an einer Teekiste lehnte – *Die Meister der klassischen Musik.* An den Rändern stand dieselbe Wendung in verschiedenen Sprachen. *Maîtres – Meister – MACPEPA – Maestri.*

Ganz gleich, um welche Sprache es sich handelte – Französisch, Italienisch oder Russisch –, immer war es die männliche Form. Meister, nicht Meisterinnen. Vivaldis Frauen und Mädchen wurden mit *Maestra* angeredet – demnach war der Terminus nicht unbekannt, sondern wurde nur selten verwendet. Die Geschichte der Musik war als Baum mit grünen Blättern und braunen Ästen dargestellt, die im 9. und 10. Jahrhundert aus dem Stamm hervorgegangen waren und sich bis zu Komponisten wie Luigi Dallapiccola, Arvo Pärt, Toru Takemitsu und Einojuhani Rautavaara hinauf erstreckten. Auch Helmut Lemberg war hier zu finden. Das Leben eines jeden Komponisten war zu einem lächerlich kurzen Text in Form eines etwa drei Zentimeter breiten Briefkastens komprimiert. Es handelte sich in der Tat um die Meister, daran gab es keinen Zweifel. Dreihundert Männer und eine Frau. Nur die bedeutendsten der Komponisten waren mit Bildern versehen. Ihre ovalen Porträts wuchsen an den Zweigen des Baumes wie

Nüsse, eine Unzahl von Perücken, Voll- und Backenbärten und weiter oben auf der Graphik Schnurrbärte und Brillen. Was für eine Testosteron-Brigade! Der einzigen Frau, ganz am unteren Ende des Baumstamms, war kein Bild beschieden. Hildegard von Bingen, 1098–1179.

So war das Poster gedruckt worden, doch als sie unterrichtete, hatte Catherine es kurzerhand verändert. In der oberen rechten Ecke hatte sie mit einem Kartographiestift feinsäuberlich ihren Namen und ihre Kurzbiographie eingetragen. Diese war ganz im Ton der anderen Einträge gehalten, und sie hatte sie in eine Lücke zwischen Harrison Birtwistle und Karlheinz Stockhausen, genau über Luigi Nono, gezwängt.

CATHERINE ANNE McKENNA. Irische Komponistin. In ihren freien Stunden vielbegehrte Musiklehrerin. Wichtigste Kompositionen: *Suite für Trompetisten und Posauner; Streichtrio; Ein Kanon für Ulster; Präludien und Fugen; EINE FOLGE VON 9 SINFONIEN.*

Zwar hatte sie noch keine Sinfonien komponiert, aber es amüsierte sie, eine solche Behauptung im Briefkasten ihres Lebens festzuhalten.

Sie fand, daß Luigi Nono zum Lieblingskomponisten Ulsters aufrücken sollte, falls die Provinz sich jemals für derlei interessieren würde. Nein zum halben Preis. Die Mitglieder des Oranier-Ordens könnten auf ihren Umzügen *Nono Surrender* skandieren und ihre Wände mit Parolen wie *ULSTER SAYS NONO* bemalen.

Auf der Milch hatte sich eine kreisrunde Haut gebildet. Mit dem Radiergummiende eines Bleistifts hob sie sie an und schleuderte sie ins Feuer. Sie zischte laut und ließ den Torf einen Augenblick lang aufglühen.

Catherine versuchte, sich einen Möbelwagen vorzustellen, der auf einer Kaianlage des Festlands vom Wind durchgeschüttelt wurde – der Fahrer hatte vor lauter Ungeduld über die Verspätung schon weiße Knöchel. In den vergangenen sechsunddreißig Stunden hatte sich keine Fähre hinausgewagt. Catherine hatte alles gepackt und keine Bleibe.

Sie überlegte, ob sie überhaupt einen Möbelwagen brauchte. Auf ihre Habseligkeiten hätte sie verzichten können, ja vielleicht sollen, aber sie brachte es nicht übers Herz, sie zurückzulassen – zumal Dave davon profitieren würde. Sie hatte sich an ihre Besitztümer gewöhnt, und diese hatten sich ihr angepaßt. Da waren einmal die Sachen, die sie für Anna brauchte – Kinderwagen, Kinderbett, Kleider und Spielzeug. Medikamente, Salben und so weiter fürs Zahnen. Hausrat, den sie nicht aufgeben wollte – Bettvorleger, ihre Öllampe, ein paar Bilder und dergleichen mehr. Ihre Muscheln, die sie liebte, Topfpflanzen, die sie gehegt und gepflegt hatte, Koffer voll eigener Kleider, Haushaltsgegenstände wie Bürsten, Schaufeln, Eimer, Schüsseln und Geschirrständer, die sie neu anschaffen mußte, wo immer sie enden würde. Und natürlich das Klavier. Nach drei Jahren hatte sie genug Plunder angesammelt, daß sie einen Möbelwagen brauchte, um dem Haus entfliehen zu können.

Ungläubig schaute sie sich um. Sie war wirklich drauf und dran, zu gehen. Als sie ihre Papiere zusammengepackt hatte, war sie auf die Variationen über einen Kanon von Purcell gestoßen. Sie waren immer noch unvollendet. Ein ganzes Jahr lang – seit Annas Geburt – hatte sie nichts komponiert. Sie war so damit beschäftigt gewesen, sich um das Baby zu kümmern, und hatte sich so hundsmiserabel gefühlt, daß sie nichts weniger wollte, als Notenköpfe aufs Papier zu malen. Dicke, schwarze Fähnchen. Jeder, der düstere Musik komponiert, Musik ohne Hoffnung, ist immer noch millionenfach besser dran als ich. Die zu müde ist, zu mutlos, um auch nur den Bleistift zu heben. Gegen das Universum anzuschimpfen und anzuschreien ist etwas so Positives, verglichen mit dem versteinerten

Alptraum meines Leidens. Völlige Untätigkeit. Ich kann mich wirklich nicht mehr damit abplagen. Wozu das Ganze? Sie konnte sich einfach nicht dazu aufraffen. Das Dritte Programm blieb ausgeschaltet, weil die Erkenntnis, daß sie selbst nichts schuf, zu schmerzlich war. Du verübst Selbstmord, weil es eine Verbesserung deiner Lage zur Folge hat. Tot bist du besser dran. Der stumme Komponist, der blinde Maler, der Schrift-steller, der keine Eingebungen mehr hat. Abends fragte Dave sie, ob ihr auch nichts fehle, und wenn sie verneinte, ging er in den Pub, und sie saß stundenlang im Dunkeln und weinte stumm vor sich hin. Ihre Tränen tropften ihr von der Nasen-spitze. Einmal waren sie auf Annas Bauch getropft, als sie die Windeln wechselte. Ein anderes Mal, als sie sie fütterte, waren sie auf ihre Fontanelle gefallen, wie bei einer Salztaufe.

Doch der Tag des Strandspaziergangs war ein Wende-punkt gewesen. Damals war es ihr noch nicht so vorgekom-men – es geschah allmählich. Sie hatte nicht darum ersucht, aber die Musik war ihr zugeflogen. Sich auf die geschwollene Lippe beißend, hatte sie den Einfall noch am selben Abend skizziert. Und am nächsten Tag ein wenig hinzugefügt. Und am folgenden. Jeden Tag hatte sie ein paar freie Minuten ge-funden, in denen sie notieren konnte, was sie in ihrem Innern vernahm. Und das flößte ihr das Selbstvertrauen ein, diesen Schritt zu tun – sich von Dave zu trennen.

Bevor sie zusammen waren, hatte es eine Zeit gegeben, da brauchte Dave auf einer Party nur ins Zimmer zu treten, und es schien ihr, als hätte jemand zusätzliche Lichter angeschaltet. Er sprach sie nicht sofort an, aber sie wußte, am Ende würde er auf sie zukommen. Und sie war diejenige, mit der er am Ende des Abends, ein Glas in der Hand, auf dem Fußboden saß, frei seine Meinung äußernd und Witze reißend.

Im letzten Jahr hatte sie mit einem Mann zusammengelebt, dessen Kontrolle über sein Leben gleich Null war. Seit einiger Zeit konnte er sich morgens nicht einmal mehr aufraffen, zur

Arbeit zu gehen. Abends wußte er nicht, wieviel Alkohol er vertragen konnte. Dazwischen sah sie ihn nicht, weil sie sich um ihr Kind, ihr gemeinsames Kind, kümmern mußte. Sie weckte einen Mann mit Katzenjammer, sandte ihn zur Arbeit aus und bekam später einen Betrunkenen ins Haus. Sie versuchte zu verheimlichen, was ihr fehlte, und es gelang ihr mühelos.

Die Sonntage waren keine Ausnahme. Mit den Jungs ging er jagen. Und saufen. Sie wußte nie, was zuerst kam. Trotz gegenteiliger Versicherungen kam er stets zu spät nach Hause, mit einem Hasen, einem Kaninchen oder einer Rehkeule, die er im Schuppen aufhängte. Dann schlief er im Sessel ein.

»Warum bringst du mir nicht ein paar Kammuscheln mit?«

»Weil ich die *verkaufe*.«

Patronen haßte sie beinahe so sehr wie ihn. Gedrungen, dick, rot. Bleigeschosse, von denen im Heidekraut kauernde oder rennende Tiere durchlöchert wurden. Als sie zum ersten Mal von einem Tier aßen, das er erlegt hatte, hätte sie sich beim Zubeißen beinahe die Zähne abgebrochen – sie glaubte schon, ihr wäre eine Füllung herausgefallen. Danach kaute sie das Fleisch, das er mitbrachte, nur noch vorsichtig. »Meine Familie durchfüttern«, nannte er es. Um zehn Uhr abends hatte er Kopfweh und torkelte hinaus, es zu kurieren. Sie ging zu Bett, nachdem sie sich vergewissert hatte, daß das Baby im Kinderzimmer atmete.

Sie hatte beschlossen fortzugehen, bevor er aus der Klinik auf dem Festland entlassen würde. Sie wußte, daß er vorhatte, nach der Entziehungskur zu ihr zurückzukehren, er habe sich gebessert, aber sie würde nicht mehr hier sein, um ihn zu begrüßen. Der Vogel wäre ausgeflogen. Ihr Leben hatte sich geändert – würde sich ändern.

Der Regen prasselte gegen das Fenster, gelegentlich hörte sie ein Klopfgeräusch und glaubte, daß die Zweige dagegenpeitschten. Nach Unwettern wie diesem war die Scheibe am nächsten Morgen mit feingeschnittenem grünem Salat überzogen. Und in den Stacheldrahtzäunen hingen Luftschlangen aus Stroh. Wenn es regnete, kamen ihr die Windstöße noch heftiger vor. Sie war wie das Kind, das glaubte, der Wind entstehe durch das Dreschen der Bäume. Das Fenster und die Tropfen zitterten, liefen herab und bildeten sich aufs neue. Ohne Vorhänge spürte sie deutlicher, wie zugig es war und wie ungeschützt ihre Privatsphäre. Wenn sie am kommenden Tag, oder an welchem Tag es auch sein mochte, mit ihrem Kind von hier fortging, wußte sie, daß sie die Zielscheibe für ihren Tratsch abgäbe. Den schlimmsten Tratsch der Welt.

Sie stocherte in dem erlöschenden Feuer herum, um es zu beleben, und es wirbelte feine weiße Asche auf. In der Esse darüber summte der Wind. Vorher schon hatte sie bemerkt, daß das Wasser in der Kloschüssel auf und nieder schwappte. Auf der Kaminplatte stand eine halb abgebrannte, von Wachstropfen verschmierte Kerze auf einer Untertasse, eine Vorbereitung für den nächsten Stromausfall. Zwei davon hatte es an diesem Tag schon gegeben.

Irgendwo in einem Pappkarton schlug eine Uhr gedämpft drei. Sie beugte sich vor, um das Radio anzuschließen, und fühlte auf ihrer Hand einen Windzug, der aus der dreipoligen Steckdose wehte. Sie schaltete das Radio ein in der Hoffnung, die Wettervorhersage am Ende der Nachrichten zu erwischen. Gab es um diese Morgenstunde das Wetter, abgesehen von dem Wetter draußen? Zu Hause in Nordirland hatte es ihr nichts bedeutet, entweder war es stürmisch oder nicht, doch seit sie hierhergezogen war, hatte sie die Nuancen gelernt, den Unterschied zwischen Windstärke 10 und 11, zwischen stürmischem Wind und Sturm, womit zu rechnen war, wenn der Wind aus Nordost oder West wehte. An solchen Dingen ließ sich ablesen, ob man tags darauf frisches Brot einkaufen konnte oder nicht. Der Nachrichtensprecher verlas einen kurzen Wetterbericht. Nichts hatte sich verändert.

Weiß Gott, weshalb, aber ihr erster Aufenthalt auf Islay mit Liz hatte ausgereicht, sie zu einer Rückkehr im Sommer zu veranlassen. Sie traute ihren Augen nicht, als die Stelle einer Musiklehrerin an der örtlichen Schule ausgeschrieben wurde. Damit hatte das Unheil begonnen.

Dave hatte sie mit seinem frechen englischen Tonfall, mit seinem Witz und seinem guten Aussehen gelockt. Sie erinnerte sich, wie sie mit ihm zum Torfstechen ins Moor gelaufen war und ihre Stiefel im Heidekraut geraschelt hatten. Das Moor war wie ein Schlagfell, wie ein Trampolin, und als er neben ihr ging, spürte sie die Vibrationen seiner Schritte. In dieser Wildnis unter dem ungeheuren Himmel hatten sie sich geküßt. Und es war im Moor gewesen, wo sie sich zum ersten Mal geliebt hatten. Eine so öffentliche, so offene Gegend, daß sie fast schon wieder privat war – eine Gegend, in der man meilenweit hören und sehen konnte, wenn sich Leute näherten.

Sie war erstaunt und beeindruckt, wieviel er trinken konnte, ohne seine Artikulationsfähigkeit und seinen Gleichgewichtssinn einzubüßen. Auch von der Folklore der Insel, die durch ihn zu ihr sprach, ließ sie sich verführen. All die Geschichten von Fischerbooten, bekannten Trunkenbolden, Diebeszügen auf Rüben, vom örtlichen Wachtmeister, der einen Kopf hatte, »viereckig wie eine Keksdose« – und von McGovern: »Der hat seinen langen Bart doch nur deswegen, weil er sich keinen Schlips leisten kann.« Sie liebte die Ausdruckskraft seiner Sprache. Aber er war ein Schwindler. Als sie das nächste Mal miteinander schliefen, gestand er, daß er eine Gaumenplatte und zwei künstliche Vorderzähne hatte. Sie waren ihm abgebrochen, als er bei einer Wirtshausschlägerei in Derby gegen die Theke aus gehämmertem Kupfer gefallen war.

Doch selbst dann noch gefiel ihr die zaghafte Art, wie er davon erzählte, die schwarze Lücke in seinem Lächeln. Er sagte, er sei das letzte von sechs Kindern gewesen und nach allen Regeln der Kunst verwöhnt worden. Wegen seines Aussehens gab ihm jeder nach. Obwohl er in Derby, dem Nabel Englands, wie er es nannte, geboren war, hatte er auf einer Seite eine irische Urgroßmutter und auf der anderen einen schottischen Großvater vorzuweisen – sie war eine Donnelly aus der Grafschaft Monaghan und er ein Meikle aus Dundee. Er behauptete, in allen Sparten gearbeitet zu haben – als Versicherungsvertreter, Handlanger, Verkäufer, Wachmann – und überall gewesen zu sein – in Derby, Nottingham, London, Dundee und schließlich hier. Er hatte einfach gegammelt und war hier hängengeblieben, weil es ihm gefiel – die Weite, der Lebensstil, der Nonkonformismus. Fußball sei das einzige, was ihm fehle. Ein Spiel am Fernsehschirm zu verfolgen sei nicht das gleiche.

»Ich gehe aus und suche schlechte Gesellschaft, in die ich geraten könnte.«

»Du *bist* die schlechte Gesellschaft.«

Sie hatte es oft so empfunden – eine Art finsteren Eingekerkertseins –, doch nie etwas dagegen unternommen. Sie hatte gehofft, ihr Kind, wenn er erst einmal da wäre, würde helfen, dabei hatte es das Ganze nur noch verschlimmert. Ein Kind zu haben wuchs sich zu einem Problem ganz eigener Art aus.

Jetzt, wo sie die Anrufe erledigt, ihre Vorbereitungen getroffen hatte und wußte, daß ihr eine Veränderung bevorstand, verspürte sie nur noch eine unbestimmte Genugtuung. Sie hatte Liz in Glasgow angerufen und sie gebeten, nach einer Wohnung für sie Ausschau zu halten. Liz hatte anderntags angerufen und gemeint, daß sie eine Souterrainwohnung hätten, in der sie wohnen könne. Zwei zugegebenermaßen kleine Zimmer. Und wenn sie sich nicht daran störe, ihr Badezimmer mitzubenutzen, könne es gutgehen. Sie habe es mit Peter, ihrem Mann, besprochen, der nichts dagegen einzuwenden habe. Catherine sagte, es sei ja nur für ein paar Wochen, bis sie eine eigene Wohnung gefunden hätte.

Was sie unter anderem zu Liz hingezogen hatte, war ihre Aufrichtigkeit.

»Ich kann eine Gitarre von einer Trompete unterscheiden, aber damit hat sich's auch schon mit meinen Musikkenntnissen. Ja, wenn's von Abba wäre, da kenne ich mich besser aus.«

Peter war Kalkulator von Beruf. Catherine fragte sie, was er denn so kalkuliere.

»Er kalkuliert Baukosten.«

Catherine fragte sich, wie sie auf jemanden reagieren würden, der in ihrem Souterrain Musik spielte. So hatte sie Liz überhaupt kennengelernt. Ein Heimleiter, ein regelrechter Blockwart, hatte sie wegen der Lautstärke ihrer Musik so schikaniert, daß Catherine auf die Kleinanzeige einer Wohngemeinschaft in einem Ladenfenster geantwortet hatte. Eine der Studentinnen in dieser WG war Liz gewesen. Doch wenn jemand in ihrem Souterrain ständig Klavier übte oder Schallplatten spielte, stand die Sache vielleicht auf einem anderen Blatt.

Mordgedanken hatten sie viele Nächte lang am Schlaf gehindert – nein, das war verkehrt; genauer gesagt, malte sie sich seine Sterbeszene aus. Einer von Daves Kumpeln, vielleicht auch der Wachtmeister, stand vor der Tür und konnte ihr nicht in die Augen sehen. Versuchte, ihr schonend beizubringen, daß Dave bei einem Jagdunfall verwundet worden sei.

»Er hat sein Gewehr nicht abgekippt, als er über einen Zaun geklettert ist.«

Dann mußten sie all ihren Mut zusammennehmen, um ihr das Schlimmste mitzuteilen – daß er tot war.

Wenn die Polizei gegangen war, stellte sie sich vor, wie sie ihre Tochter aus dem Bett hochnahm und an sich drückte. Dies würde sie vereinen. Oder weinte sie? Vielleicht vom Schock, vielleicht aus Erleichterung, vielleicht überrascht von einer rührenden Erinnerung aus der Vergangenheit. Die Möglichkeit seines Unfalltodes – auf welche Weise auch immer, vielleicht durch Ertrinken – war wieder so etwas, das den Schlaf fernhielt. Tagsüber, wenn sie den Zwickel seiner Unterhose an der Wäscheleine festklammerte, hoffte sie wie eine Hexe, die auf eine Stoffpuppe einsticht, daß es ihm weh tun möge. Das infantile Wunderkind.

Eine Weile lang bereitete sie zu einer bestimmten Zeit Mahlzeiten für Dave zu, doch entweder brannten sie an oder vertrockneten oder wurden kalt, und sie gab auf und kochte nur noch für sich selbst. Essen war etwas, worum sie sich keine Sorgen machte – sie war zufrieden mit gebackenen Bohnen auf Toast oder Tomatensandwiches, Fischstäbchen, Äpfeln. Wenn er Hunger hatte, konnte er sich an dem Frittenmobil, das vorbeikam, Fish & Chips besorgen.

Sie begann zu weinen. Sie hatte keine Ahnung, wie lange sie so weinte – es mochten wenige Minuten gewesen sein oder eine ganze Stunde. Das Kinn war ihr auf die Brust gesunken, und ihr Gesicht war tränenüberströmt. Ihre Nase blubberte. Einmal schaute sie auf und erblickte sich in dem Spiegel, der an dem Tisch mit den herunterklappbaren Seitenteilen lehnte. Er zeigte eine Frau, die ihre Knie an die Brust zog. Eine Frau, die ein Nachthemd anhatte und darüber einen Mantel. In dieser Haltung sah sie lächerlich aus. Sie hörte auf zu weinen und schneuzte sich die Nase.

Sie hoffte, daß Dave sich diesmal aufrappeln würde, zweifelte jedoch sehr daran. Sie könnte ein Musikstück für ihn komponieren, könnte es *Hymne für einen exhumierten Saufaus* nennen. Ein Mann mit so großen Problemen brauchte ein Ziel, brauchte etwas, worauf er sich freuen konnte, etwas, das ihn über Wasser hielt. Seine Tochter beispielsweise. Aber er hatte es sich verscherzt, und zwar total und absolut.

Nach ihrem Weinkrampf setzte sie sich in den Sessel und hüllte sich fester in ihren Mantel. An dem nicht enden wollenden Wochenende vor seiner Einweisung erkannte sogar er, daß etwas im argen lag. Eine Woche lang ununterbrochen saufen –

sie hatte keine Ahnung, wo er das Geld dafür hernahm. Magenschmerzen bei Nacht und einen Flattermann am Morgen – seine Haut hatte die Farbe von Kitt. Dann begann er Blut zu spucken. In zehn Tagen alterte er um ebenso viele Jahre. Die ganze Zeit über war er selbstgerecht und spöttelte über ihre Warnungen. Sie meinte es ernst, wenn sie ihn anschrie: »Ich hoffe, daß du diesmal draufgehst.«

Seltsamerweise war *er* es gewesen, der ihr geholfen hatte. Der Abend, an dem er sie zum ersten Mal geschlagen hatte – diesen Abend betrachtete sie als den Wendepunkt. Am nächsten Tag hatte sie sich aus dem Haus gestohlen und war fast den ganzen Tag mit Anna am Strand spazierengegangen. Sie hatte Annas Trageschlinge vom Rücken auf den Bauch gedreht, und das Baby schlief zwischen ihren Brüsten, als sie zur Abendessenszeit nach Hause kam. Dave war am Kochen, er wollte sich den Magen mit etwas Fettigem vollschlagen, bevor er in den Pub ging – »eine gute Magenschleimhaut«, nannte er es. Er starrte sie an, weil er Catherine das Baby so noch nie hatte tragen sehen.

»Was ist mit deinem Mund passiert?« fragte er.

»Willst du mich verarschen?«

»Nein – was ist mit dir passiert?«

»Du hast mich geschlagen«, sagte sie leise.

»Was?« Wenn er etwas ernstlich nicht begriff, furchte sich die Haut zwischen seinen Augenbrauen zu einem V.

»Mit dem Handrücken. Erinnerst du dich nicht mehr?«

»Nein. Du hast heute zuviel Sonne abgekriegt. Du wirst wie ein Hummer aussehen.«

»Wenn du das noch einmal tust«, sagte sie, »kommst du mir nie – nie wieder ins Haus.«

»Du redest vielleicht einen Scheiß daher.« Er war dabei, sich Frühstücksspeck zu braten, und schlug zischend ein Ei in die fettige Pfanne. Mit einer Gabel jagte er in der Pfanne herum und verrührte das Eiweiß mit dem Eigelb.

»Willst du damit etwa sagen, du warst so betrunken, daß
du dich nicht erinnern kannst?«

Unsicher geworden, nickte er. Er vermied es, sie anzusehen,
und konzentrierte sich auf den Inhalt der Pfanne.

Ein paar Tage lang ging sie nicht aus – bis die Schwellung
zurückgegangen war und ihre aufgeplatzte Lippe so weit ver-
krustet war, daß sie sie als Hautausschlag ausgeben konnte.
Dave entschuldigte sich und sagte, außer irgendwelchen Arsch-
löchern in Pubs habe er noch nie in seinem Leben jemanden
geschlagen. Er könne sich nicht vorstellen, so etwas jemandem
anzutun, den er liebe.

Aber er tat es wieder. Und wieder. Es war, als könne er, da
er das Tabu nun einmal gebrochen hatte, die Tat jederzeit wiederholen – wenn er um Mitternacht aus dem Pub kam oder
wann immer. Sie wurde seine Methode, einen Streit zu beenden, besonders wenn es sich um einen Streit über seine Trink-
gewohnheiten handelte. Und wenn er, ernüchtert, sah, was er
angerichtet hatte, entschuldigte er sich. Einmal weinte er sogar.
Am Morgen nach dem Vorfall mit der Tür.

Beim Licht einer einzigen Lampe hatte sie Klavier gespielt
– leise, weil das Kind im Bett lag. Die Haustür ging auf, und
Dave trat ein. Er schien sich lange in der Diele aufzuhalten –
fluchte leise vor sich und tappte herum. Sie hörte auf zu spielen, drehte sich aber nicht zur Tür um. Er kam herein und ließ
sich in einen Sessel plumpsen.

»Himmelherrgott!« sagte er.

»Und?«

»Und was?«

»Ich sehe dich dieser Tage nicht sehr oft«, antwortete sie.
»Wie bist du drauf?«

»Verdammt noch mal, ich bin gar nicht drauf – falls es dir
entgangen sein sollte. Scheiße, du läßt mich ja nicht drauf.«

»Die alte Geschichte.«

»Ja…«

»Dave, du bist nie zu Hause. Und wenn du es bist, hast du soviel intus, daß es nichts bringt.«

»In letzter Zeit... tun wir's überhaupt nicht mehr.«

»Du lädst mich ein, mit einem Betrunkenen zu schlafen.« Sie schrie nicht – wegen des Babys im Nebenzimmer hatte ihre Stimme immer noch normale Gesprächslautstärke. Sie fuhr fort, leise Akkorde anzuschlagen. »Mach einen Termin mit mir aus, wenn du nüchtern bist, dann können wir darüber reden.« Sie spielte denselben Akkord *arpeggio,* indem sie die Noten auf ihre Finger verteilte, und antwortete mit der rech-ten Hand. Plötzlich sprang Dave auf und schlug den Kla-vierdeckel zu. Daß sie rechtzeitig ihre Hände wegzog, war rei-ner Instinkt. Auf ihren noch ausgestreckten Fingern spürte sie den Luftzug des Knalls. Der Krach des zufallenden Deckels klang wie ein Gewehrschuß. Jede Saite des Klaviers schwang noch lange nach.

»Wie kannst du es nur wag ...« Catherine sprang vom Hocker, aber er verpaßte ihr mit der Handkante einen Schlag auf die Schulter, und als sie aus dem Zimmer rennen wollte, stolperte sie auf dem Teppich, der die Schwelle bedeckte. Er warf sich auf sie und preßte sie zu Boden. Er packte sie an den Handgelenken und hielt sie über ihren Kopf.

»Du bist immer so verflucht...« Er fand das Wort nicht – schüttelte nur angewidert den Kopf. »Du und dein verfluch-tes Klavierspiel. So verflucht überlegen ...« Sein Atem roch schlecht. Sein Kinn kratzte an ihrem Hals. Er war kräftig und schwer, fühlte sich hart an, wie ein dickes Tau. Ihre Hand drückte er gegen den Türpfosten. Sie spreizte die Finger und suchte ihn abzuwehren. Sie wollte nicht schreien und das Baby wecken. Aber sie hatte fürchterliche Angst. Dies war das Ärg-ste. Mit der anderen Hand stieß er vor und bemühte sich, die Tür zuzuziehen. Wie im letzten Moment vor einem Autoun-fall erkannte sie kühl und klar, daß er versuchte, ihre Finger in der Tür zu zerquetschen. Doch sie sammelte genügend Kraft, um dem Druck seiner Bewegung zu widerstehen, und zog ihre Hand zentimeterweise aus der Gefahrenzone.

Bei der Erinnerung fühlte sich ihr Mund trocken an, und sie mußte husten. Sie ging zur Spüle und ließ etwas Wasser in ein Marmeladenglas laufen. Das Fenster zitterte im Wind. Sie wußte, daß irgendwo dort draußen in der Finsternis ein Pferd stand. Ein Neuankömmling – das Fell glänzendbraun wie eine frisch geschälte Kastanie. Etwas Fesselndes zum Anschauen, gerade wenn sie fortging. Sie hatte das Tier schon tagsüber beobachtet; seine Mähne flatterte, wie es so dastand und sie über den Zaun hinweg betrachtete, als sie aufwusch und das Geschirr in Zeitungspapier verpackte. Vielleicht stand es auch jetzt dort im Dunkeln, neugierig auf das Licht, das um vier Uhr morgens aus einer Küche fiel. Wenn es Sinn und Verstand hatte, würde es Schutz suchen im Windschatten des Backsteingebäudes auf der anderen Seite des Feldes.

Das halbgefüllte Marmeladenglas in der Hand, ging sie zurück, um wieder am Kamin zu sitzen. Die gebogenen Blätter der Grünlilie bewegten sich im Luftzug. Es war, als hätte das Haus dem Wind den Rücken gekehrt. Vorne, wo es ruhiger war, schlief Anna.

Er hatte sich geweigert, ihr den Vorfall mit der Tür abzunehmen, als sie ihn anderntags zur Rede stellte.

»Du solltest einen Arzt aufsuchen – bevor du mich umbringst«, hatte sie gesagt.

»Es ist wahrscheinlicher, daß ich mich selber umbringe.«

»Das wäre vielleicht hilfreich.«

Er band sich gerade die Schnürsenkel seiner Stiefel zu. Seine Hände zitterten heftig.

»Verpiß dich.«

»Geh zum Arzt. Heute noch. Er könnte dich irgendwo einweisen – damit du wieder aufs richtige Gleis kommst.«

»Wir könnten zusammen hingehen. Verdammt, du hast es doch viel nötiger als ich.«

Die Uhr im Pappkarton schlug fünf. Vier Uhr mußte es gewesen sein, als sie geweint hatte. Sie stand auf und zwängte sich zwischen den Teekisten hindurch zum Fenster. Im Osten über dem Berg stahl sich eine Blässe in den Himmel. Taglied. *Aubade.* Wie Schumanns *Gesänge der Frühe,* die sie am College oft gespielt hatte. Im Englischen gab es nur sehr wenige Beispiele für Taglieder. Angelsächsische Schuldgefühle vereitelten jede Feier, ob melodisch oder nicht, nach einer mit der Geliebten verbrachten Nacht. Der Tag graute, und an den Baumwipfeln konnte sie sehen, daß der Sturm sich legte. Die Zweige droschen nicht mehr drauflos, sondern winkten. Vielleicht würde die Fähre doch noch in See stechen. Sie wandte sich vom Fenster ab und ging wieder zum Kamin. Einige der Teekisten hatten an den Rändern Metallstreifen, an denen man sich die Kleider zerreißen oder, schlimmer noch, die Haut aufschneiden konnte. Sie durfte nicht vergessen, Anna von ihnen fernzuhalten, denn inzwischen machte sie sich an allem zu schaffen, lief überallhin. Selbst wenn die Fähre ging, würde der Möbelwagen nicht vor Mittag eintreffen. Im zunehmenden Licht sah sie ihren Freund, das Pferd, das der Morgendämmerung entgegenblickte. Sein Schweif umwehte die Beine und den kastanienbraunen Rücken. Genügend Haare für mehrere Geigenbögen. Mit reichlich Pernambukholz könnte man einen Handel aufmachen. Aus dem Mülleimer wirbelte ein Brotpapier in die Luft und segelte hinter den Zaun. Das Pferd beugte sich hinab, um das Papier zu beschnüffeln, dann blickte es wieder zu ihr auf. Seine flammende Mähne fiel ihm auf eine Seite des gebogenen Halses. Welche Anmut in jeder Bewegung!

Das schieferfarbene Meer hinter dem Pferd am Ende der Wiese hatte nicht mehr so viele weiße Schaumkronen. Der Wind legte sich wirklich. Plötzlich war sie überzeugt, daß es heute eine Fähre geben würde. Sie würde von hier wegkommen.

Anna planschte liebend gerne in der Badewanne und machte
Liz das ganze Badezimmer naß. Catherine hatte eine Plastik-
schürze umgebunden, saß auf dem Klodeckel und sah ihr zu.
Manchmal spielten sie zusammen. Catherine blies aus den Bal-
len ihrer hohlen Hände Seifenblasen. Sie kaufte ein Seifenwas-
serröhrchen und ließ aus dem winzigen Plastikring am Stiel
große, schillernde Seifenblasen aufsteigen. Anna liebte es, sie
zu haschen, und mußte zwinkern, wenn sie zu dicht an ihrem
Gesicht zerplatzten und ihr die zerstäubte Seifenlösung in die
Augen kam. Dann weinte sie. Sie setzten dem Badewasser
Schaumbad zu. Ein Tropfen der Flüssigkeit verwandelte sich
in ganze Schaumgebirge, die mit der Hand geschöpft und fort-
geblasen werden konnten.

»Als ich klein war«, sagte Catherine zu Anna, »mußten
wir Spülmittel und einen Schneebesen verwenden, wenn wir
ein Schaumbad haben wollten.« Catherine formte die nassen
Haare des Babys zu einem Horn. »Das hat verflucht in den
Augen gebrannt. Nun seht euch nur das Einhorn an. Hier, du
stumme Kattrin – schau dich mal an.« Sie hob das glitschige
Baby aus der Wanne und hielt es vor den Spiegel. Das Wasser
war nicht heiß genug, als daß er angelaufen wäre. Anna lächelte ihr Spiegelbild an.

»Mein erstes Schaumbad habe ich zum Geburtstag bekommen.« Catherine erinnerte sich, wie sie in der Wanne saß und
ihre Mutter versuchte, die kleingedruckte Gebrauchsanweisung
auf der Flasche zu entziffern.

»Mama, das Wasser ist zu heiß.«

»Rudere mit den Händen um dich her.« Die Rechte schob
das Wasser nach hinten, die Linke nach vorn. Manchmal bekam sie Badesalz, um das Wasser zu parfümieren. Die Körner
waren wie rosafarbene Flintsteine und prasselten auf den
Emailboden der Wanne, bis sie sich auflösten. Aber dieses
Zeug war anders. Ihre Mutter goß das Schaumbad in das Wasser, das aus den beiden Hähnen schoß. Allmählich stieg der

weiße Schaum höher und bedeckte den länglichen türkisen Fleck unter dem Kaltwasserhahn, damals reichte er ihr bis zum Kinn. Auf den Lärm der voll aufgedrehten Hähne folgte Stille, wenn ihre Mutter sie zugedreht hatte. Sie ging aus dem Badezimmer, um ein frisches Handtuch zu holen, und das einzige Geräusch war das schwache Zischen des Schaums, der sich allmählich in Nichts auflöste. Catherine liebte es, daß er sich fast wie nichts anfühlte, wenn sie eine Handvoll davon aufnahm, sich einen Weihnachtsmannbart ums Kinn hängte, damit ihre Mutter lachte, wenn sie zurückkam.

Sie hatte einen anderen Einfall, und als ihre Mutter mit dem Handtuch zurückkam, tat Catherine so, als wäre sie eine Hollywood-Schauspielerin in ihrem Schaumbad, und hob die Hand hinter den Kopf. Statt amüsiert zu sein, sagte ihre Mutter: »Wie kannst du es wagen, dich mit diesen schamlosen Flittchen zu vergleichen? Daß mir das *nie* wieder vorkommt!«

»Komm jetzt, du schamloses kleines Flittchen. Ich muß arbeiten.« Aber Catherine hatte keine Lust, Anna herauszuheben. Sollte sie doch sitzen bleiben, wenn sie Spaß hatte. Die Arbeit konnte auch warten. Sie war davon abgekommen, das Stück *Am Rande des Meeres* zu nennen. Es war zu wortwörtlich und besagte nichts über die Musik. Dann sah sie eines Tages in einem Oxfam-Geschäft ein Buch namens *Die Kammuschel*. Weil es mit Dave zu tun hatte, nahm sie es aus dem Regal und blätterte es durch. Sie las, daß mittelalterliche Pilger, die zum Heiligengrab von Santiago de Compostela in Spanien gewallfahrt waren, an ihren Mützen ein Abzeichen in Form einer Kammuschel trugen. Um zu beweisen, daß sie dagewesen waren, sagten sie. Sie erstand das Buch für zwanzig Pence. Noch am selben Abend las sie, daß der hl. Jakobus sich in Wahrheit nie in Spanien aufgehalten hatte. Es war eine Legende, eine Erfindung, doch der Inbrunst der mitteralterlichen Pilger schien das nichts anhaben zu können. Sie zogen scharenweise dorthin. Das Ganze war ein Irrtum oder eine vorsätzliche

Lüge – genauso wie die hl. Cäcilia, die angebliche Schutzheilige der Musik. Wie, wenn alle sich verschworen hatten zu lügen? Das Resultat war Santiago de Compostela. Jedes Heiligtum in Europa stellte sein eigenes Abzeichen her – eine Veronika. Das Wort gefiel ihr – es hatte einen guten Klang. Beweis, daß man dagewesen war. In einem Land der Verwüstung. Am Arsch der Welt. Und davongekommen war – gerade noch. Den Beweis trug sie bei sich, in Form eines Musikstücks. *Veronika*. Ein Abzeichen, eine Auszeichnung – für volles Orchester. Vom Heiligtum der Trostlosigkeit.

Sie schlug das Wort im Wörterbuch nach und fand heraus, daß es sich auch um eine Darstellung des Schweißtuchs der hl. Veronika mit dem Abdruck des Antlitzes Christi handelte. Oder um allgemein jede künstlerische Darstellung Seines Antlitzes, die zu Andachtszwecken benutzt wurde. Aber davon ließ sie sich nicht abhalten, das Wort als Titel zu verwenden.

»Du hast schon viel zu lange da drin gesessen. Du kriegst noch eine Haut wie eine Backpflaume.« Catherine hob ihre Tochter in einem Handtuch heraus, das auf Liz' verchromtem Handtuchhalter vorgewärmt worden war. Sie hüllte sie darin ein und spielte ein Spiel, indem sie so tat, als wäre das Baby abhanden gekommen.

»Wo habe ich sie nur hingetan? Wer hat sie mir weggenommen?«

Sie hielt sie ganz nahe vor sich und stupste mit der Nase den Scheitel ihres feuchten Köpfchens. Sie stellte sich den Tag vor, an dem sie von ferne die Türglocke würde läuten hören. Liz würde zum Souterrain hinunterrufen: »Für dich.«

Und sie würde die Treppe hinaufsteigen und Dave dort stehen sehen.

»Du hast dich verpißt.«

»Habe ich nicht. Ich bin mit meinem Kind nach Glasgow gezogen.«

»Ich habe gewisse Rechte, weißt du.«

»Betrunkene verwirken alle Rechte.«

»Seit ich dich das letzte Mal gesehen habe, bin ich nüchtern gewesen.«

»Gratuliere!«

Irgendwann würde es soweit kommen. Sie sollte jetzt schon Pläne machen. Würde sie ihm die Tür vor der Nase zuschlagen? Sich schriftlich mit ihm in Verbindung setzen? Oder sollten sie sich einen Anwalt nehmen? Konnten sie sich nicht wie vernünftige Erwachsene einigen? Schließlich waren sie so vernünftig gewesen, nicht zu heiraten.

Es gab noch eine weitere Möglichkeit – daß er wieder dem Alkohol zusprechen und sie nie wieder etwas von ihm hören würde. Das wäre das beste.

Sie trug das Bündel nach unten ins Souterrain und setzte Anna aufs Sofa.

»Wo habe ich sie nur hingetan?«

Sie tastete nach ihr und rubbelte sie ab, und schließlich fand sie ihren Kopf, der aus dem großen Badetuch hervorlugte.

»Da bist du ja.« Sie trocknete sie zu Ende und puderte sie ein. Der Babypuder in der Dose blubbte leise und hinterließ eine graue, parfümierte Staubwolke in der Luft.

»Du duftest wie eine Rose, mein Kind.« Sie prustete mit den Lippen auf den nackten Bauch des Babys, bevor sie ihm für die Nacht die Windel anlegte. Catherine trug das Kind aus der Wohnstube ins Schlafzimmer. Anna lutschte am Daumen und gab leise Laute der Zufriedenheit von sich. In beiden Räumen herrschte heilloses Durcheinander. Die meisten Pappkartons waren im Schlafzimmer verstaut. Sie hatte sie mit einem schwarzen Markierstift beschriftet – KÜCHENUTENSILIEN oder BETTWÄSCHE –, doch so dichtgedrängt, wie sie standen, konnte sie die Aufschriften nicht lesen.

»Du bist ja überhaupt noch nicht müde.« Sie sah sich nach etwas um, womit sie sie unterhalten konnte. Sie fand eine Plastikrassel, die sie einige Male schüttelte und ihr dann ins

Bettchen legte. Sie schob dem Kind den Schnuller in den Mund und sagte »Gute Nacht«. Dann ging sie noch einmal zu ihm zurück und gab ihm einen Kuß.

Auf Zehenspitzen schlich sie ins andere Zimmer, und obwohl es noch nicht dunkel war, schaltete sie die Architektenleuchte ein, ließ sich in ihrem Lichtkegel nieder und starrte auf die Mappe mit Papieren, die vor ihr auf dem Tisch lag. Sie zog die Notenblätter heraus und begann sie durchzugehen. Dabei holte sie aus der Schublade einen achteckigen 3B-Bleistift hervor und spitzte ihn mit einer einseitigen Rasierklinge. Auf die Tischplatte fielen kleine Halbmonde aus blassem Holz. Es roch nach Weihnachtsbäumen, oder war es Zedernholz? Sie schnitzte das weiche, schwarze Blei so zu, daß das Ende wie bei der Kalligraphie eckig war. Wenn sie den Bleistift aufs Papier drückte, würde sich bei jedem Strich ein viereckiges Zeichen ergeben. Ihre Manuskripte wirkten eher mittelalterlich denn modern. *Cantus planus* mit eckigen Noten. Von ferne konnte sie immer noch Anna mit ihrer Rassel spielen hören. Wie ein gedämpftes Regenrohr.

Seit zwei Monaten schrieb sie jeden Tag an diesem Tisch unter dem Fenster, von dem aus sie die Füße der Passanten sehen konnte. Die eigene Bank überfallen, so kam sie sich vor. In sich gehen, in den Tresorraum, und nachschauen, was sie dort vorfand. *Eine Methode, den Geist zu beschäftigen, ohne die Anstrengung des Denkens,* hatte Dr. Johnson gesagt. Eins führt zum andern – so charakterisierte sie es selbst. Musik war das, was als nächstes geschah. Bildhauerei mit Klängen.

Sie vermißte den Anblick des Meeres. Wie es sich unablässig veränderte. An einem Tag grau, am nächsten schieferfarben. Blaubraun, mit weißen Schaumkämmen. Sie sagte sich, daß die übergroße Nähe des Meeres genau wie ein Fernseher eine Ablenkung war, noch so etwas, das sie von dem abhielt, worauf es wirklich ankam – die Noten wirklich zu Papier zu bringen. Sie wußte, daß sie sich auf ein riesiges

Opus eingelassen hatte – bei weitem das umfangreichste, das sie je in Angriff genommen hatte. Es bedurfte einer ungeheuren Menge Noten, um ein Orchester über einen solchen Zeitraum hinweg spielen zu lassen. Die handwerklichen Fähigkeiten, die sie sich mit ihren früheren Kompositionen angeeignet hatte, waren für die Lösung der gegenwärtigen Probleme von geringem Nutzen. Für das neue Werk, das sie sich vorgenommen hatte, mußte sie alles wieder ganz von vorne erlernen. So kam sie sich wie eine Anfängerin vor. Es fiel ihr jedesmal schwer, sich an eine neue Arbeit zu machen, aber dieses Werk befand sich im Endstadium. Sie hatte darin eine eigene Stimme gefunden.

Ob, was auf ihre Seite fiel, die Schatten der Vorübergehenden waren oder das unterschiedliche Licht gespiegelten Wassers, sie mußte sich konzentrieren, mußte Scheuklappen tragen.

Es gab zwei Zeiten am Tag, an denen sie arbeiten konnte. Am Abend und tagsüber etwa eine Stunde. Anna brauchte immer noch ihr Nachmittagsschläfchen. Catherine hatte alles so weit vorbereitet, daß sie sich, sobald das Kind eingeschlafen war, unverzüglich an die Arbeit begeben konnte. Ihre Arbeit war ein Mittel, die Zeit totzuschlagen. Hatte sie sich erst einmal darein vertieft, zu korrigieren, auszubessern, dem Ganzen mehr Gestalt zu geben, neue Tonfolgen zu erproben, so verflüchtigte sich die Zeit. Strawinsky hatte es so beschrieben: »Wie ein Tier, das herumwühlt.« Doch für sie handelte es sich eher um eine Verfeinerung des ursprünglichen Einfalls, um eine Zuspitzung dessen, was sie angestrebt oder zuallererst gehört, aber noch nicht zustande gebracht hatte. Noten am passenden Ort.

Abends merkte sie, wie müde sie war. Seit sechs, wenn sie Glück hatte, seit sieben Uhr war sie auf den Beinen – sobald Anna mit den Kugeln an ihrem Bett klapperte. Abends wollte sie am liebsten nur noch den Fernseher einschalten und sich irgendwelchen Schwachsinn anschauen. Um zu spüren, wie ihr die Augen zufielen. Um einzuschlafen. Sie hatte das Gefühl, daß sie am besten während dieser angespannten Nachmittagsstunde arbeiten konnte.

Als sie den Bleistift berührte, rollte er leicht surrend davon. Sie hob ihn auf und begann mit der Arbeit an der Schlußsequenz. Sie hatte eben vier Takte notiert, als sie auf der Treppe Schritte hörte. Verflixt, es war Liz.

»Hallo, Kate – wie geht's?«

»Gut.« Klickend legte Catherine ihren Bleistift hin.

»Peter ist in London.«

»Ach ja?« Catherine blieb über ihre Arbeit gebeugt sitzen.

»Er kommt so gegen acht zurück – ich weiß nicht, ob ich essen soll oder nicht...«

Catherine drehte sich halb auf ihrem Stuhl um. Liz ließ sich aufs Sofa sinken und machte es sich bequem, indem sie mit den Armen ihre Knie umfaßte. Catherine fragte: »Und nun suchst du Rat...?«

»Wie bitte?«

»Du bist gekommen, weil du Rat suchst, ob du essen sollst oder nicht.«

»Menschenskinder noch einmal, ich bin doch nur gekommen, um zu sehen, wie's dir geht.« Catherine nickte schleppend. Sie schob die Notenblätter von sich. Als Liz weitersprach, klang ihre Stimme nicht mehr ungehalten. »Ich habe Nachrichten gesehen – die IRA hat damit begonnen, den Leuten nicht nur die Knie, sondern auch die Ellbogen zu zerschießen. Aber um dafür in Frage zu kommen, muß man asozial sein.«

»Wofür? Zum Zerschießen oder zum Zerschossenwerden?«

Liz lächelte und sah zu ihr auf.

»Ich werde langsam alt.«

»Wieso?«

»Heute habe ich beim Laden der Krebshilfe Klamotten im

Schaufenster gesehen, die mir gefallen haben. Bist du am Arbeiten?«

»Ich versuche es.«

Es trat eine lange Pause ein. Liz wartete auf einen Wink, zu bleiben. Doch Catherine starrte weiterhin auf die Bögen, die vor ihr auf dem Tisch lagen.

»Dann gehe ich wohl lieber.« Jemand lief am Fenster vorbei, und Catherine sah auf.

»Es ist halt nur, daß ich mit dieser Sache fertig werden muß.«

Sie hob wieder den Bleistift. Liz stand auf und ging zur Tür. Sie schlug sie hinter sich zu. Catherine seufzte und vergrub den Kopf in ihren Händen.

»O Gott...«

Von dem Knallen der Tür mußte Anna aufgewacht sein. Aus dem Schlafzimmer ertönte die wimmernde Stimme ihres Kindes. Die Rassel klickte und fiel zu Boden. Mit dem Weinen wollte es kein Ende nehmen. Catherine hielt den Bleistift gegen die Daumen gepreßt zwischen ihren Fäusten und lehnte die Stirn auf den Tisch. Sie saß da und wartete darauf, daß Anna von selbst aufhörte. Wenn das Baby so laut weinte, bekam es zuviel Luft. Lieber früher nachgeben als später. Der Bleistift zerbrach.

»Scheiße ...« Sie schleuderte die beiden Hälften auf den Tisch, stand auf, ging nach nebenan und hob das Baby aus dem Bett. Anna hörte auf der Stelle zu weinen auf. »Was ist nur heute abend mit dir los?«

Sie trug sie ins andere Zimmer und setzte sie auf den Boden.

»Vergnüg dich schön.« Sie schob die Beine unter den Tisch, stierte auf den zerbrochenen Bleistift und die verstreuten Manuskriptblätter. Sie dachte nach und zog ein Gesicht. »Ach nein«, sagte sie. »Na schön – dann gehen wir eben nach oben und sagen deiner Tante Liz ›Gute Nacht‹.« Sie nahm

Anna auf den Arm und hielt mit der anderen Hand ihr Porte‚
monnaie. Das Baby saß, ein Bein nach vorn, das andere nach
hinten, auf ihrer Hüfte. Catherine stieg die Treppe aus dem
Souterrain hinauf.

»Liz?« Liz saß vor dem Fernseher. Sie schaute sich kaum
um, als Catherine eintrat. »Es tut mir leid.« Liz, die Stirn ge‚
furcht vor Konzentration, betrachtete weiter den Bildschirm.
»Daß ich so... aber wegen dieser Auftragsarbeit bin ich so ge‚
reizt. Es ist einfach so, daß ich...« Es trat eine lange Pause ein,
doch dann trat etwas in Catherines Stimme, das Liz veran‚
laßte, sich umzudrehen. Catherines Miene war verzerrt, als sie
versuchte, ihre Tränen zu bekämpfen. Weinend stand sie da
und umklammerte ihr Kind. Liz sprang auf und nahm ihr
Anna ab.

»He! Was ist denn? Was ist los, Kate?« Es war nicht leicht,
sich mit einem Kind in der Mitte zu umarmen. »Setz dich.
Keine Bange!« Liz streckte den freien Arm aus und legte ihn
Catherine um die Schulter. Sie geleitete sie zu einem Sessel und
setzte sich neben sie auf die gepolsterte Lehne.

»Was ist denn nur?«

»Dieses Mädchen... dieses Mädchen... möchte dir gern...
›Gute Nacht‹ sagen.« Ihre Stimme war von Ächzern und
Schauern erfüllt. Ihre Sprache verzerrt.

»Was ist los, Kate?«

»Nichts – so bin ich... schon seit langem.« Sie wimmerte
und bedeckte mit den Händen ihr nasses Gesicht. Ihre Nase
tropfte, als sie den Schleim hochzog. Liz reichte ihr ein Papier‚
taschentuch. »Als ich hierherkam... bildete ich mir ein, ich
wäre auf dem Weg der Besserung... Ich war so gut drauf...
in diesen ersten vier Wochen... Dann ist alles wieder zurück‚
gekommen.«

»Was ist wieder zurückgekommen?«

»Das.«

»Was das?«

»Verflucht noch mal, *das*.«

Catherine stieß einen unterdrückten Schluchzer aus und blieb mit tränenüberströmtem Gesicht sitzen. Es schien unsinnig, das winzige Papiertaschentuch zu benutzen, das Liz ihr gereicht hatte. Liz stand auf und kam mit einem von Peters gebügelten Stofftaschentüchern zurück.

»Danke.«

»Es würde mir helfen, wenn du mir erklären könntest, was *das* ist.«

»Weinkrämpfe... und neue Depressionen.«

»Ich habe dich noch nie zuvor weinen sehen.«

»Es geht schon eine ganze Ewigkeit so.«

»Das wußte ich ja gar nicht. Wie entsetzlich. Du Arme.«

»Es hat mit ihr angefangen.«

»Hör nicht hin, Schätzchen«, sagte Liz mit gesenkter Stimme zu dem Kind. Dann küßte sie es auf den Hals. »Ich finde dich völlig in Ordnung.« Trotz ihres verweinten Gesichts mußte Catherine lachen.

»Arme kleine Anna. Immer kriegt sie die Schuld. Setz sie auf den Fußboden, Liz – sie wird schon nicht weinen.«

»Aber ich rieche Babys so gern.«

»Komm runter und riech sie am frühen Morgen.«

»Nein danke.«

»Tut mir leid ... daß ich dich so angeschnauzt habe. Du bist so gut zu mir gewesen.« Catherine tupfte sich die Wangen trocken. Sie hatte das Gefühl, daß ihre Gesichtshaut herabhing und sich nie wieder straffen würde. Die Tränen versiegten.

»Ich wünschte, ich wäre künstlerisch veranlagt«, sagte Liz, »dann könnte ich es mir leisten, launisch zu sein.«

»Das ist furchtbar – red doch nicht so dummes Zeug.«

»Tut mir leid. Ich nehm's zurück.«

»Der Arzt meint, daß es irgendwann weggehen wird. Er hat mir das hier verschrieben.« Liz streckte die Hand aus, legte sie auf Catherines und machte ein mitfühlendes Gesicht.

»Dein Taschentuch riecht gut«, sagte Catherine. »Wie ge-
bügelt.«

»Bist du zu unserem Hausarzt gegangen?«

»Mit Anna.« Catherine nickte. »Er ist nett. Ich habe ihm
meine Lage geschildert. Wenn mir so zumute ist, versuche ich,
an etwas anderes zu denken.«

Liz drückte ihre Hand fester. Catherine putzte sich die
Nase. Liz sagte: »Bist du manisch-depressiv?«

»Ich wünschte, ich wär's – dann wäre ich wenigstens hin
und wieder fröhlich.« Liz mußte über sie lachen.

»Wie wär's mit einer Tasse Tee?«

»Ja. Tee wäre schön. Ich mache uns welchen, und du
kannst die reizende Anna unterhalten.« Catherine stand auf,
füllte den elektrischen Wasserkessel und schaltete ihn ein. Liz
schaukelte das Kind auf ihrem Knie. Sie sagte: »Du sprichst
wohl noch gar nicht, Anna?«

»Kein Wort«, sagte Catherine. »Stumme Kattrin.«

»Was?«

»Hat meine Mutter immer gesagt.« Catherine stellte zwei
Becher aus Porzellan hin und gab in jeden einen Teebeutel. Liz
sagte: »Man stelle sich vor, die ganze Zeit leidest du und er-
zählst niemandem davon.«

»Vielleicht sollten wir von etwas anderem reden.«

»Was immer dir hilft.«

»Ach ja – heute habe ich Wohngeld beantragt. Kann sein,
daß du ein Formular für mich unterschreiben mußt. Um zu
bestätigen, daß ich Untermieterin bin.«

»Aber du bist doch nur vorübergehend hier. Als Freundin.«

»Du kannst das Geld gebrauchen.«

»Womöglich fragt das Finanzamt Peter danach. Irgendwel-
che Aussichten auf einen Job?«

»Nein...«

»Nicht einmal zur Vertretung?«

»Nein — in Zeiten der Haushaltskürzungen werden die Musiklehrerstellen als erste gestrichen. Alles Künstlerische — ohne praktischen Nährwert. Außerdem ist es mir so lieber. Im Moment jedenfalls — bis ich dieses Stück fertig habe.«

»Wie kommst du damit voran?«

»So lala.«

»So gut?« Catherine lachte.

Liz sagte: »Erzähl mir davon — so lala.«

»Es ist schwierig, über Musik zu reden. Dieses Stück...«

»Namens?«

»Ich weiß noch nicht. Vielleicht *Veronika*. Heutzutage stehen alle auf Ein-Wort-Titel.«

»Klingt eher wie ein Mittel gegen Leiden. Auf halbem Wege zwischen Veronal und Vesikans.«

»Jedenfalls ist es *mein* Mittel gegen Leiden.«

»Kates *Veronika*. Und wieviel bekommst du dafür?«

»Zweitausend.«

»Mensch — nicht schlecht!« Der Wasserkessel machte ein knispelndes Geräusch.

»So großartig ist es nun auch wieder nicht, wenn man bedenkt, daß es ein Jahresgehalt ist.«

»Vermutlich nicht.«

»Aber mir ist es so wichtig, daß ich es auch umsonst getan hätte — die dritte Komposition, die im Rundfunk übertragen wird.«

»Warum ist das so wichtig?«

»Dann kann ich der Gesellschaft für Aufführungsrechte beitreten. Die Männer lassen mich rein. Es ist wie die Gewerkschaft für Schauspieler. Danach darf ich als Berufsbezeichnung in meinem Paß Komponistin eintragen.«

Das Wasser im Kessel brodelte. Catherine füllte beide Becher und wartete darauf, daß die kreiselnden Beutel das Wasser dunkel färbten. Liz spielte mit dem Kind *Da hast ein Taler, geh auf den Markt*. »Wie magst du deinen Tee?«

»Jetzt«, sagte Liz. Sie schlug mit der flachen Hand auf den Tisch. »Ist mir gleich, ob er stark ist oder dünn. Ich will ihn *jetzt.*« Liz' Scherz erschreckte Anna, sie stülpte ihre Lippe vor und begann zu heulen. Catherine nahm sie auf den Arm.

»Ist ja schon gut, Liebling – die große böse Frau da hätte nicht so brüllen dürfen. Na, na!«

Das Kind hörte auf zu weinen, drängte sich aber dicht an Catherines Hals und hielt sich fest.

»Sei doch nicht so ein Klammeraffe – laß mich doch mal meinen Tee trinken. Tut mir leid, Liz – wegen der Tränen. Ich meine mich, nicht das Baby. Ich belaste dich nicht gern damit.«

»Ach, hör auf. Du darfst jederzeit kommen und mich damit belasten.«

Als Peter nach Hause kam, ging Catherine wieder nach unten. Sie legte Anna in ihr Bettchen, und diesmal schlief das Kind fast auf der Stelle ein. Catherine ging an ihren Tisch zurück und besah sich ihre Arbeit. Der entzweigebrochene Bleistift wies in der Mitte, eingebettet ins Zedernholz, eine Spindel schwarzen Graphits auf. Sie lächelte. Wenn sie ihn sorgfältig anspitzte, konnte sie zwei Bleistifte daraus machen. Und zweimal soviel schaffen. Sie schauderte und rieb sich mit beiden Händen das Gesicht. Dann schaltete sie den Fernseher ein, um zu sehen, was es gab.

Catherine wußte, daß sie ausgerechnet am Tag der ersten Probe ihre Periode haben würde. So erging es ihr stets. Mit zitternden Knien und schmerzendem Rücken hatte sie vor dem Orchester gestanden, das sich überwiegend aus Männern zusammensetzte. Am liebsten wäre sie weggelaufen und hätte sich irgendwo verkrochen, um überall zu sein, nur nicht dort, alles andere zu tun, nur nicht das. Wenn Andy Flöte gesagt hätte, daß ihm sein Part nicht gefiel, hätte sie zugestimmt, ihn zu streichen. Wenn Robert Schlagzeug sich beschwert hätte, es sei ihm alles zuviel, hätte sie sich gefügt und den Part für Tamburin umgeschrieben. Ich bin ein Niemand, der allen auf den Geist geht. Wer bin ich denn, daß ich auf dem Podium stehe und zu diesen talentierten Musikern spreche? Der Dirigent, Randal Kresner, hatte einen Vorschlag zum Einsatz der Violoncelli gemacht. Der Einsatz in seiner ursprünglichen Form mußte ihm wohl mißfallen haben. Hör mal, Randal, wollte sie sagen, warum schmeißen wir nicht den ganzen Bettel hin? Es ist nichts als prätentiöser Scheiß mit einem prätentiösen Titel. *Veronika*. Kaum zu glauben. Warum stecken wir nicht auf, und alle können nach Hause gehen? Nächstes Mal schreibe ich etwas Besseres. Aber so, wie ich mich momentan fühle, ist es wahrscheinlicher, daß ich nie wieder eine Note schreiben werde. Ich will nur noch in mein Bett. Ich will meine Wärmflasche.

Jetzt, am Abend des Konzerts, war ihre Angst eine andere. Ihre Zuversicht war wie eine Flutwelle in sie zurückgekehrt. Die Musik war gut – schlecht waren nur ihre Nerven. Sie saß auf dem Klo und hielt den Kopf in die Hände gestützt. Sie hatte das Gefühl, als wäre ihr Magen aus ihr herausgefallen, und zurückgeblieben wären nur noch Blähungen. Sie brauchte dringend einen Schluck von der Mixtur gegen Leibschmerzen – von dem Zeug, das sie Anna gegen ihre Kolik in den Rachen geschüttet hatte. Dann könnte sie gehörig rülpsen. Sie stand kurz davor, sich zu erbrechen. Vorher, vor dem Konzert, hatte sich ihr Mund mit Speichel gefüllt, sie war zur Toilette gestürzt und hatte sich neben das Klosettbecken gekauert. Aber es war nichts gekommen. Ein trockener Würgreiz. Sie hatte ein übers andere Mal schlucken müssen, bis der Krampf abgeklungen war. Jetzt, bei ihrem zweiten Gang zur Toilette, hatte sie den Beweis, daß sie unter Durchfall litt. Sie schloß die Augen und bedeckte sie mit den Händen. Was würde geschehen, wenn sie in dem verdammten Konzertsaal reihern mußte? Oder sich im Radio in die Hosen schiß? Sie fing an zu lachen. Es gab überhaupt keinen Grund dazu. Das Stück war gründlich geprobt worden. Sie und der Dirigent hatten es lange und ausführlich durchgesprochen. Auf geschickte Weise hatte Randal es sogar besser zum Klingen gebracht, als es ihr vorgeschwebt hatte.

Durch das Geräusch sich wiederauffüllender Spülkästen hindurch konnte sie hören, wie in der Ferne die Instrumente gestimmt wurden. Stotternde Trompeten, sägende Geigen, dudelnde Flöten, eine pumpende Tuba. Vor allem aber konnte sie hören, wie jemand eine Lambeg-Trommel bearbeitete. Sie hatte dabei zugesehen, als vor der Probe die Trommeln gestimmt wurden – die Männer aus Ulster nannten es »ziehen«. Einer hielt die Trommel fest, während der andere sein Knie als Stütze benutzte, um eine Wäscheleine nach der anderen festzuzurren.

»Die lange Reise«, sagte der große Mann, als er sich von einem Seil zum anderen vorarbeitete. Er trug Handschuhe und »zog« so lange, bis das Schlagfell die richtige Spannung hatte.

Die vier Mitglieder des Oranier-Ordens aus Portadown waren am Mittwoch in einem Minibus eingetroffen. Es war ihnen ein Hotel angeboten worden, doch hatten sie es vorgezogen, bei Freunden in Bridgeton zu übernachten. Was sie unter anderem zur Teilnahme verleitet hatte, war die Aussicht, am Samstag die Rangers in Ibrox spielen zu sehen. Von Stranraer waren sie geradewegs zur ersten Probe gefahren. Catherine hatte dem Mann, der ihr Anführer zu sein schien, die Hand geschüttelt.

»Der Name ist Sandy Foster. Und das ist Billy McIlwham. Norman Hutchinson. Und schließlich, aber durchaus nicht das Schlußlicht, Cameron Lawlor.« Sie kamen ihr einfältig vor. Und ein bißchen nervös. Ohne sich etwas dabei zu denken, rieb Cameron Lawlor, nachdem er Catherine die Hand gereicht hatte, sie am Gesäß seiner Jeans ab. Er fragte: »Wo ist die Komponistin?«

»Das bin ich.«

»Sie…« Er kreischte fast. »Sie sind doch noch viel zu jung, um überhaupt etwas sein.«

Der Anführer sagte: »Schenken Sie Cammy bloß keine Beachtung – der ist immer so.«

»Besteht die Gefahr einer Tasse Tee?« erkundigte sich Cammy.

»Ich setze mal eben Wasser auf«, sagte Catherine. Sie spürte Cammys schwieligen Händedruck immer noch. Narbiges Gewebe. Sie hörte ihren Vater sagen:

Daß ihnen die Handgelenke bluten. Weil sie gegen die Metallkante stoßen. Die reinste Bigotterie.

Sie hatten sich die Hände am Ende des Saals geschüttelt. Während Catherine zur Küche ging, fingen alle vier Männer an, sich umzuschauen. Sie betrachteten die Kirchenfenster, die Kanzel, das Taufbecken. Als sie zurückkam, fragte Sandy: »Was für eine Kirche ist das?«

»Das ist keine Kirche mehr.«

»Aber was war es – seinerzeit?«

»Schottische Staatskirche, glaube ich«, antwortete Catherine. Cammy tat so, als würde er sich den Schweiß von der Stirn wischen.

»Puh!«

Als die vier Lambeg-Trommeln zum ersten Mal zur Probe erschienen waren, hatte Catherine die Gesichter der Orchestermusiker gemustert. Sie waren völlig verblüfft. Sahen einander ungläubig an. Das Gebäude hallte wider von dem ungeheuren Krawall. Die Luft erzitterte.

»Wir trommeln die Reveille nur selten drinnen«, sagte Cammy. »Sonst haben wir hinterher einstürzende Bauten.«

Während der Pause scharten sich die Mitglieder des Orchesters, vor allem die Männer, um die Oranier, um die Trommeln zu befingern und zu betasten und Fragen zu stellen.

»Der Zylinder ist aus Eiche«, sagte Sandy, »und die Schlag‑
felle sind aus Ziegenhaut. Ich habe aber auch schon Messing‑
zylinder gesehen.«

»Wie lange spielen Sie schon?«

»Seit sein Arschloch nicht mal so groß wie ein Hemdknopf
war«, antwortete Cammy.

»So etwas sagt man nicht«, zischte Sandy. »Vor Damen.«

»Meinen Sie mich?« sagte Catherine und trat in den Kreis.
»Und was ist mit den Stöcken?«

»Stöcken?« Cammy hob die Stimme. »Molukken‑Rohr,
wenn ich bitten darf.«

»Es heißt, Sie können auch Melodien spielen«, sagte Robert
Schlagzeug.

»Nicht so, daß man's merkt. Anfangs waren es immer
Querpfeife und Trommel. Die Querpfeife spielte die Melodie,
die Trommel schlug kräftig den Takt dazu. Mit den Jahren ist
das Pfeifen weggefallen. Aber das Trommeln ist weitergegan‑
gen. Und wenn Sie mich fragen, wird es für immer weiter‑
gehen.«

»Dann begleiten Sie also eine Melodie, die es nicht mehr
gibt«, sagte Catherine.

»So könnte man es sagen.«

Sie blickte auf seine Handgelenke. »Keine Narben?«

»Unsinn – ein guter Trommler berührt nie mit den Hand‑
gelenken die Kante.« Cammy sah sie an. »Das ist römisch‑
katholische Propaganda – um uns als Fanatiker hinzustellen.«

Das Konzert wurde von der Europäischen Rundfunkunion
gesponsert und in rund zwanzig europäischen Ländern live
ausgestrahlt. Vorher war Catherine vor lauter Kabelgewirr und
Ü‑Wagen der BBC kaum durch die Garderobentür gelangt.
Und dort draußen saßen die Zuhörer, und der Saal schwirrte
von Geplauder und Erwartung. Ihre Anonymität würde dahin
sein. Sie wußte, daß sie, ganz gleich, wie gut oder schlecht ihr
Werk aufgenommen wurde, aufs Podium steigen und den Ap‑

plaus entgegennehmen mußte. Aber so schlimm dies auch war, es war noch längst nicht das Ärgste – das Ärgste war, daß ihre Musik Leuten vorgeführt wurde, die sie hassen, die sie verhöhnen würden. Vielleicht würden sie sagen: *Was bildet denn die sich ein, wer sie ist?* Sie erschauerte. Das war das Unbekannte. Es war wie der blinde Mann, der ins Wasser gesprungen war. Wie, wenn alle sich verschworen hatten zu lügen? Und ihre Komposition *Veronika* fürchterlich war? Schmerzen für nichts und wieder nichts, wie Marge gesagt hatte. Ein Nicht-Schöpfungsakt. Alasdair Kirkpatrick von der Royal Scottish Academy of Music and Drama hatte gesagt: »Wenn Komponisten auf Lob aus sind, dann direkt proportional zum Grad ihrer eigenen Unsicherheit. Ein Künstler, der selbstsicher ist, bedarf keines Lobs, er weiß Bescheid. Wohingegen jemand, der unsicher ist, wenn er den Beifall hört, sich sagt – vielleicht ist es besser, als ich dachte.«

Wie, wenn das Publikum auf sie so reagierte, wie sie auf Schönberg oder Stockhausen reagiert hatte? Sie hatte eine Aufführung von Stockhausens *Gruppen für drei räumlich getrennte Orchester* unter drei Dirigenten gehört und sie für absolute Zeit- und Raumverschwendung gehalten – so viel musikalisches Talent vergeudet. Das passierte, wenn alle sich verschworen hatten zu lügen. Etwas Häßliches wurde nicht dadurch schöner, daß man es in drei Spiegeln sah, etwas Untaugliches nicht dadurch wirksamer, daß man es verdreifachte, wie Olga, die sich gleich dreimal bekreuzigt hatte. Stockhausens Musik war ohne Rücksicht auf das Ohr geschrieben – ein völlig abstraktes Konzept. Nur weil ein Thema die Umkehrung des Krebses eines anderen darstellte, war es noch längst nicht gelungen. Es handelte sich um theoretische Musik. In einigen Kreisen jedoch wurde sie so hoch angesehen. Welch ein Unterschied zu Messiaen und Strawinsky!

Das Klingelzeichen zum Ende der Pause ertönte. Ein ungleichmäßiger, schriller elektrischer Klang. Aber sie saß immer noch auf der Toilette. Die erste Hälfte des Konzerts war mit zwei Werken bestritten worden, Lyell Creswells *Dragspil,* eigentlich ein Konzert für Akkordeon (im Programm wurde darauf hingewiesen, daß *dragspil* isländisch für Akkordeon war), und Eddie McGuires *Calgacus,* dessen Höhepunkt der Auftritt eines Dudelsackpfeifers im vollen Ornat des schotti-schen Hochlands war – er war den Mittelgang der Kirche ent-langgeschritten und hatte, mit dem Orchester wetteifernd, sein Äußerstes gegeben. In ihrer Ausschreibung hatte die Europäi-sche Rundfunkunion mitgeteilt, Werke, die ein Instrument ent-hielten, das mit Musik ethnischer Herkunft assoziiert werde, würden besonders begünstigt. Normalerweise wurde die Lam-beg-Trommel nicht mit irischer Volksmusik in Verbindung gebracht, doch war sie unbestreitbar ethnischer Natur.

Ihre Komposition, die bei der Probe achtundzwanzig Mi-nuten gedauert hatte, bildete die zweite Hälfte des Programms. Die erste Hälfte des Konzerts war ganz über ihren Kopf hin-weggegangen. Sie hatte stillgesessen, so gut sie konnte, sich je-doch überhaupt nicht konzentrieren können. In Gedanken war sie bei ihrem eigenen Stück. Bei seinen Mängeln und wie sie es verbessern konnte.

Der Klang, den die Männer aus Portadown bei der Probe hervorgebracht hatten, entsprach genau dem, was Catherine sich erhofft hatte. Jetzt machte sie sich albernerweise Sorgen darüber, wie sie während der Aufführung wirken würden. Abendkleidung auf dem Konzertpodium hatte sie schon im-mer verabscheut. Der einzige Berufsstand, dessen Arbeits-montur Ballkleider waren. Die Männer, sagte sie, sollten Är-melschoner aus schwarzem Leder aufsetzen – damit ihre Klamotten länger hielten. Randal hatte mit den Gastmusikern der drei Stücke besprochen, was sie tragen würden. Lyell Cres-wells Akkordeonspieler trug wie das Orchester Frack und schwarze Fliege. Sein Akkordeon war von einem unauffäl-ligen metallischen Blaugrau. Der Dudelsackpfeifer in Eddie

McGuires *Calgacus* hatte großartig ausgesehen in seiner Hoch-
landtracht. Aber in Nordirland gab es nichts Entsprechendes.
Die Lambeg-Trommler für ihren Aufmarsch mit schwarzer
Krawatte und Schwalbenschwänzen auszustaffieren, hätte sich
lächerlich ausgenommen. Randal bestand darauf, daß er sie
nicht in Jeans und Hemdsärmeln hereinkommen lassen wollte.
Cammy sagte, sie gehörten demselben Spielmannszug an,
warum sie nicht Spielmannszuguniformen tragen könnten.
Seine Freunde in Bridgeton seien ebenfalls Mitglieder eines
Spielmannszugs und könnten ihnen vier Uniformen leihen.
Gar keine Umstände.

»Gott sei Dank wird's nur im Rundfunk übertragen«, sagte
Catherine. Cammy zwinkerte ihr zu. Sie betrachtete ihre Musik als eine höchst ernste Angelegenheit – weshalb mußte immer alles in letzter Minute trivialisiert werden? Der Streit über
den Titel ihrer *Suite für Trompetisten und Posauner* und jetzt das
– wer störte sich daran, wie es *aussah?* Sie. Wahrscheinlich wäre
es für alle anderen im Saal annehmbar, nur für sie nicht. Sie
würde nur eine »Nieder-mit-dem-Papst«-Kapelle sehen. So
nahm sie sich vor, den Blick gesenkt zu halten. Sie hörte, wie
die Außentür der Damentoilette aufging und jemand hereinkam.

»Kate?« Es war Liz. »Kate, bist du da?«

»Ich bin hier drin.«

»Alles in Ordnung?«

»Es geht.« Sie stand auf und spülte die Toilette.

»Wir wußten nicht, wo du steckst.«

Catherine entriegelte die Kabinentür und kam heraus. Sie
lächelte tapfer und ging ans Becken, um sich die Hände zu waschen.

»Der Saal füllt sich allmählich für die zweite Hälfte. Deine
Hälfte.«

»Hör auf«, sagte Catherine. Mit leicht geneigtem Kopf
betrachtete sie sich im Spiegel. Selbst hier in der Toilette

sprang es ins Auge, daß der Konzertsaal eine umgebaute Kirche war – Spitzbögen, Säulen, hoch oben in der Mauer eine
Fensterrose.

»Sehe ich annehmbar aus? Oder bin ich zu blaß?«

»Das einzige, was zählt, ist, daß du zu spät kommst.«

Catherine hielt ihre Hand unter den Seifenspender und
drückte. Auf ihrem Handteller landete ein großzügiger durchsichtiger Klacks. Sie zeigte ihn Liz und lachte.

»Kein Wort davon.«

»Du bist fürchterlich«, sagte Liz. Das letzte Klingelzeichen ertönte – ein langgezogenes, zitterndes Schrillen. Catherine wusch sich so gründlich die Hände, als ginge sie nicht in
einen Konzert-, sondern in einen Operationssaal.

»Beeil dich, Kate.«

»Nur keine Panik.«

Sie schüttelte die Tropfen von ihren Händen, ging zum
Handtuchapparat und zerrte eine neue Fläche des weißen
Stoffs zurecht. Das Klingelzeichen verstummte. Catherine
trocknete sich langsam die Hände. Liz faßte sie am Ellbogen,
und halb zog sie sie, halb trieb sie sie zur Tür hinaus, am Weih-
nachtsbaum im Foyer vorbei und in den Saal.

»Musik in deinen Ohren.«

Peter, der Mann von Liz, schaute sich nach ihnen um. Er
lächelte, als sie sich unter vielen Entschuldigungen einen Weg
zu seinem Platz in der Mitte der Sitzreihe bahnten. Sie gehörten mit zu den letzten, die ihre Plätze einnahmen. Liz hielt immer noch Catherines Arm fest. Als die Zuhörer verstummten, drückte sie ihn. Catherine legte ihre Hand auf Liz' und
drückte sie dankbar. Zwei Mikrophongalgen baumelten wie
riesige Angelruten über dem Orchester. Und einer hing über
dem Publikum, um den Beifall aufzuzeichnen.

Sie konnte es kaum fassen, daß *Veronika* die Uraufführung
erleben sollte. Sie nahm den bedruckten Zettel zur Hand, der
als Programm diente. Sie zitterte. Das Papier in ihrer Hand

flatterte. Sie stützte die Hand auf ihren Schenkel. Das Programm enthielt zu jedem der drei Komponisten eine kurze biographische Notiz und ein Interview.

CATHERINE ANNE McKENNA, geboren in der Grafschaft Derry, studierte Komposition an der Queen's University Belfast und später an der Royal Scottish Academy of Music and Drama in Glasgow. Als Gewinnerin eines Moncrieff-Hewitt-Reisestipendiums studierte sie vorübergehend in Kiew bei Anatolij Melnitschuk. Ihre Lehrerstelle hat sie aufgegeben, um sich ganz der Komposition zu widmen. Sie lebt in Glasgow.

WICHTIGSTE KOMPOSITIONEN: *Suite für Trompetisten und Posauner* für Blasorchester; *Die Ziegenpfade*, Liederzyklus für hohe Stimme und Klavier nach Gedichten von James Stephens; drei Streichtrios; Präludien und Fugen für Klavier.

Wie läßt sich ausdrücken, was ich durchmache, wenn ich ein Instrumentalstück komponiere? Dasselbe wie ein Dichter, nur daß dieser Worte benutzt. Es ist eine Art musikalisches Bekenntnis. Aus dem Kopf erzählt, voll musikalischer Ideen. Nur daß die Musik viel reicher, viel subtiler ist als Worte. Sie kann einem das Herz zerreißen. Musik kommt vom Vorhören. Man setzt sich an seinen Schreibtisch und lauscht auf das, was man im Kopf hat. Plötzlich und unerwartet tut sich etwas. Damit meine ich nicht Inspiration oder dergleichen, aber man könnte sagen, man sitzt da mit einem 3B-Bleistift in der Hand für den Fall, daß man etwas Gutes hört. Wenn man in Arbeitslaune ist, schlagen die Einfälle Wurzeln und lassen einen nicht mehr los. Sie treiben Äste und Zweige. Die Zweige bekommen Blätter und Dornen und vielleicht, wenn man Glück hat, Blüten. Und Früchte. Mitunter erntet man Früchte, die einen nähren. Und dann wachsen an den Ästen graue Flechten und so weiter und so fort. Vielleicht kommt ein Marienkäfer. Wenn's ein Märchen ist, kommt vielleicht ein Holzfäller. Das Problem ist, daß die Saat zum richtigen Zeitpunkt aufgehen muß — man kann nur soundso viel im Kopf mit sich herumtragen, bis man wieder auf Bleistift und Papier stößt. Das Kind muß im Bett liegen. Und schlafen. Die Wäsche muß erledigt sein. Und das Geschirr und Gott weiß was noch. Wenn es gut läuft, macht es Freude — selbst dann, wenn man etwas Schwermütiges, etwas wirklich Düsteres schreibt. Man verliert den Kontakt zur Umwelt, der eigene Körper ist nicht mehr wichtig. Ein musikalischer Einfall folgt dem anderen dicht auf den Fersen. Manchmal, wenn es gut geht, zittere ich richtig. Aber das geschieht selten. Das Schlimmste, was einem dabei passieren kann, ist eine Unterbrechung. Das Baby fängt an zu weinen. Das Telephon klingelt. Ich werde wahnsinnig, wenn das passiert. Als würde man mitten im Sex unterbrochen. Wenn die Unterbrechung endlich vorbei ist, fällt es einem sehr schwer, wieder in Schwung zu kommen.

Catherines Blick glitt über die Seite. Mein Gott, hatte sie das wirklich gesagt? Während des Interviews hatte sie viel gelacht — aber das war nicht herausgekommen. Wo war die Ironie, die Selbstmißbilligung? Nur einiges von dem, was sie gesagt hatte, traf zu. Daß sie bei Melnitschuk Komposition studiert haben wollte, war leicht übertrieben — obwohl es für ihren Lebenslauf ein guter Name war. Aber das Schlimmste von allem hatte sie sich nicht zu sagen getraut. Etwas wirklich Düsteres, ja Verzweifeltes zu schreiben ist soviel besser, als stumm zu sein. Wenn man deprimiert ist, sagt einem der eigene Verstand, daß es keinen Sinn hat, irgend etwas zu schreiben. Man will nur dasitzen mit offenem Mund, das Hirn voller Skorpione. Es gab keine Formel, darum herumzukommen.

Liz las in ihrem Programm. Sie unterbrach sich und beugte sich zu ihr. »Kate, was hat's denn mit dem unterbrochenen Sex auf sich?«

Catherine lachte und zuckte mit den Schultern. »Mein Liebesleben ist unterbrochen.«

»Du zitterst ja«, sagte Liz und riß die Augen auf.

»Meinst du, ich hätte es nicht bemerkt? Das sind all die Orgasmen, die mir entgangen sind.«

Liz grinste und drückte ihren Arm. Sie sah sich weiter im ganzen Saal um. »Was ist denn das?« Liz nickte zur Wand hin. Auf der gesamten Fläche waren in regelmäßigen Abständen verschieden große Kästen angebracht.

»Das dämpft.«

»Ich weiß – ich bin schon ziemlich gedämpft.« Liz quiekte etwas zu laut über ihren eigenen Witz und schlug die Hand vor den Mund. Catherine verdrehte die Augen, dann sah sie wieder weg. Wo der Altar gestanden hatte, befand sich jetzt das Orchesterpodium. Darüber erhoben sich länglich und schwarz zwei Buntglasfenster. Während der Proben hatte die Sonne die viktorianischen Fenster aufleuchten lassen. Farbtup‚ fer hatten auf den Wänden, dem Fußboden, dem Tuch an den Schultern der probenden Musiker geglänzt. In den Fenstern waren die religiösen Empfindungen der viktorianischen Ära abgebildet. Apostel. Gestalten aus dem Alten Testament. Wy‚ cliffe. Erasmus. Catherine hatte gesagt, sie hätte gerne ein den Zwölf Apostaten gewidmetes Fenster gesehen. Hier und da waren Worte geschrieben. WAHRHEIT & DULDSAMKEIT, INBRUNST & GLAUBE. Und über allem ZUM RUHME GOT‚ TES. Doch jetzt sahen die Fenster nichtssagend und tot in die Nacht. Um sie richtig zu sehen, mußte man sich draußen vor der Kirche aufhalten.

Plötzlich fing jemand zu klatschen an, und dann applau‚ dierten alle, auch sie. Die Mitglieder des Orchesters kamen von beiden Seiten des Querschiffs aufs Podium. Der Beifall verstummte, und die Unruhe des Publikums legte sich. Es war eine Art peinliches Schweigen, weil sich offenbar gar nichts er‚ eignete. Irgendwo sprach jemand. Eine undeutliche, aber laut‚ starke Einzelstimme. Catherine bekam es mit der Angst zu tun – stimmte irgend etwas nicht? Weigerte sich etwa der Dirigent im letzten Augenblick? Gab es einen Streit mit einem der Ora‚ nier? Da fiel ihr wieder ein, daß sich das gleiche ja auch schon in der ersten Hälfte zugetragen hatte und daß sie die Stimme des Ansagers hörte. Dann bemerkte sie, daß das rote Licht brannte. Wie ein Ewiges Licht der BBC. In der angespannten Stille hörte sie ihren eigenen Namen. Die Stimme sagte *Catherine Anne McKenna,* aber sehr viel mehr konnte sie nicht verstehen. Vor lauter Verlegenheit hielt sie die Hand vors Gesicht. Sie roch die seltsame flüssige Seife, die sie soeben benutzt hatte.

Sie dachte an das Radio zu Hause bei ihren Eltern in der Küche. Es stand neben dem Herd und war fast immer auf Radio Éireann eingestellt. Nach der Messe hörte sich ihre Mutter *Sunday Miscellany* an, und das Haus war von der sonoren Sprechstimme Benedict Kielys erfüllt. Es war ein Radiokassettenrecorder – das Kassettendeck funktionierte schon lange nicht mehr. Als er neu war, hatte er eine matte Aluminiumoberfläche und vorne zwei runde Lautsprecher mit dunklen Maschen. Im Laufe der Jahre hatten sich die Maschen mit Mehlstaub und aus der Pfanne hochgespritztem Fett verstopft. Man bediente das Gerät mit Hebeln, was damals modischer gewesen war als Knäufe. Auf allem, was sich nicht bewegte, hinterließ die Luft in der Küche eine winzige Fettschicht. Und das Radio war seit Jahren nicht mehr verrückt worden. Seine glänzende Aluminiumfläche war angelaufen, und die Hebel fühlten sich klebrig an, so daß ihre Eltern es nur noch an der Steckdose ein- und ausschalteten. Aber sie konnten die Nachrichten und *Sunday Miscellany* hören und jede wichtige Begegnung im Gälischen Fußball.

Sie hätte es ihnen sagen sollen. Und sei es auch nur eine höfliche Karte, um ihnen mitzuteilen, daß ein Stück von ihr im Radio gesendet würde. Aber sie hatte zu lange damit gezögert. Und auf Vorschlag Randals hatte sie in letzter Minute Veränderungen vornehmen müssen. Sie hatte es nicht getan, und damit basta. Eine Tochter, die ihren Eltern einen Erfolg verschweigt, ist ihnen noch stärker entfremdet als eine, die ihnen ihre Mißgriffe verhehlt. Gab es eine Chance, daß ihnen jemand, der davon wußte, Bescheid gesagt haben könnte? Vielleicht Miss Bingham – in der Programmzeitschrift strich sie sich die Sendungen immer mit dem Rotstift an. Vielleicht hatte sie angerufen, falls sie auf Catherines Namen gestoßen war, und jetzt hörten sie zu? Saßen alle beide in der Küche und waren so nervös wie sie. Nervös *für* sie. Jedenfalls würde es ihnen durchaus nicht gefallen, was sie da komponiert hatte. Schließlich war es nicht John McCormack und »I Hear You Calling Me«.

Es war unerhört. Daß ein Einzelkind sich einfach aus dem Staub machte. Ihre einzige Tochter.

Jetzt hörte es sich so an, als würde der Ansager die Namen all der Länder herunterrasseln, in denen die Sendung empfangen werden konnte. Sie verstand die Namen Deutschland, Griechenland, Ungarn, Island, Italien, Polen, Portugal. Liz beugte sich zu ihr und sagte: »Das ist das einzige, was eine Geographin wie ich versteht.«

Sie fragte sich, ob wohl in einem dieser Länder Huang Xiao Gang wirkte oder lehrte. Ob er sich *Veronika* anhörte? Nicht, daß er auch nur im geringsten wüßte, von wem das Stück war. Sie hoffte, er würde fasziniert lauschen und mit seinem angegrauten Haupt im Takt dazu nicken.

Es war das letzte Konzert des BBC Scottish Symphony Orchestra in der Reihe *Cutting Edge* aus der Henry Wood Hall Glasgow. Zu Anfang hatte ein sympathischer Vertreter der BBC alle gebeten, darauf zu achten, daß ihre Armbanduhren nicht mitten in der Sendung das Stundensignal gaben.

»Die wollen nicht, daß man deine Lambeg-Trommeln übertönt, Kate«, sagte Liz.

Die Ansage nach der Pause war beendet, und wieder setzte Stille ein. Alles schien unendlich viel Zeit in Anspruch zu nehmen. Catherine starrte auf die Hinterköpfe der Zuhörer vor ihr. Wie kompliziert doch Haare sind – wie sie sich kräuseln und wachsen und ausfallen. Verschiedene Formen und Stadien der Glatzköpfigkeit. Die Haare eines Mannes zeigten immer noch den Abdruck seines Hutrands. Seltsam, so Reihe um Reihe im Licht zu sitzen. Im Kino war es dunkel. Sie dachte, das einzig Vergleichbare war, in der Kirche zu sitzen. Aber dies *war* ja eine Kirche. Eines der wenigen schottischen Gedichte, die sie in der Schule gelernt hatten, war »An eine Laus« gewesen. Applaus, als Randal das Konzertpodium betrat. Er ging geradewegs zum Pult, wandte sich mit erhobenem Taktstock dem Orchester zu und wartete, bis vollkommene Stille eintrat.

Es begann mit einem kaum hörbaren Hauch Musik – eine gewisperte Folge von fünf Tönen in den Violinen, und sogleich fühlte sie sich wieder mit ihrem Baby an jenen Strand zurückversetzt. Falls das Publikum sich verhört zu haben glaubte, wäre sie sehr erfreut. Habe ich richtig gehört? Wie die Hand des Künstlers, die zu einer Zeichnung ansetzt und doch keine Spur hinterläßt. Einstweilen Füßescharren – Räuspern. Dann wurde die Phrase eine Spur lauter wiederholt. Habe ich also doch richtig gehört. Die Zuhörer haben das Gefühl, daß sie sich ganz und gar konzentrieren müssen, um mehr zu hören. Aber die Pause ist länger, scheint nicht enden zu wollen, ehe die Musik wieder anhebt. Schon vorbei? müßten sie fragen. Oder: Haben sie noch nicht angefangen? Die Phrase wird zum dritten Mal in den Bratschen wiederholt. Sie klingen wie Geigen mit einer Erkältung. Ja, es hat angefangen, nicht zu leugnen, daß da etwas ist. Aber es ist so gewöhnlich. Alltagskram. Dennoch, die Anfangsreibung ist überwunden, und jetzt entwirrt sich die Phrase und wird kräftiger, lauter – wird zum Fugato, es treten die Violoncelli hinzu, dann die Kontrabässe. Brot flechten. Die Hände ihrer Mutter, drei bleiche Flechten, blasse Finger drüber und drunter, hinein und hinaus. Verknüpfen. Wie die Ornamente im *Book of Kells.* Drunter und drüber, hinaus und hinein. Wie blasse, zum Gebet verschränkte Finger. Ornamente mit leicht keltischem Flair. Mehr und mehr Fäden umwirken allmählich und unmerklich, was die Violinen sagen, was sie sich ein übers andere Mal wiederholen. Dies ist der Aufstieg. Dies ist das Erklimmen der Stufen.

Die Musik ist schlicht. Eine einfache Idee, so wie das Leben einfach ist – eine Frau produziert ein Ei, empfängt in ihrem Schoß den Samen eines Mannes, trägt ein Baby aus und bringt einen anderen Menschen zur Welt. Äußerst einfach. Oder so erstaunlich komplex, daß es sich nicht begreifen läßt. So unfaßbar, daß es ein Mysterium ist. Und doch geschieht es jeden Tag, jede Minute. Wie kann etwas zugleich äußerst einfach und verblüffend komplex sein? Dinge sind einfach oder komplex, je nachdem, wieviel Aufmerksamkeit man ihnen schenkt. Sie hat im Tabernakel ihres Ichs nach dieser Musik gelangt und empfindet während der Aufführung einen heiligen Schauer.

Allmählich beginnt der große Bogen des Satzes Gestalt anzunehmen. Sie ist in ihre eigene Musik versunken – in deren Drama. Sie hat aufgehört zu zittern. Wie kann etwas dramatisch wirken, wenn man weiß, was geschehen wird? Wie bei der Fernsehübertragung eines Fußballspiels. Dave wußte immer schon den Ausgang, doch die Dramatik, die ihn herbeiführte, verminderte sich für ihn nie. Er wußte das Spielergebnis. Haha. Sie war fasziniert, was als nächstes kam, obwohl sie *wußte,* was als nächstes kam. Ihr ganzer Körper war angespannt. Sie saß vollkommen reglos. Reagierte auf das Mysterium. Füllte sich mit ihrer eigenen Gnade. Und doch lief sie wieder barfuß auf dem festen Sand. Schritt für Schritt. Einen Fuß nach dem anderen. Sie schloß die Augen. Stellte ihren Mut, ihren Glauben auf die Probe. Vertraute darauf, daß der Wind sich nicht in Fels verwandelte.

Randal war untadelig – in Phrasierung, Tempi und Klangfarbe. Ihre Selbstkritik war verflogen. Es war, als habe sich ihre Nervosität, sobald die Musik einsetzte, verflüchtigt. Und sie war gefangen – lauschte angestrengt. Belauschte ihr Leben.

Die Streicher verschmelzen und beharren auf einem Ton, Fis, bis alle anderen in den Sog dieses Tons geraten. Der Aufstieg ist beendet, der Höhepunkt erreicht. Aber vom Gipfel hat man keine Aussicht. Plötzlich wird alles vom Einsatz der Lambeg-Trommeln unterbrochen. Fast klingen sie wie Maschinengewehrgarben. Eine kurze Salve – genügend, um zu töten und zu verkrüppeln. Stille. Es ist jene Stille, die von einer Maulschelle oder vom Gebrüll eines Betrunkenen heraufbeschworen wird. Catherine hält die Augen geschlossen. Sie erträgt es nicht, hinzuschauen und mitanzusehen, wie zu beiden Seiten des Querschiffs die vier Männer in Spielmannszuguniformen heraustreten. Es könnte, es würde sich lächerlich ausnehmen. Die Streicher bemühen sich aufs neue, verdüstern sich aber wieder. Allmählich fragen sich die Instrumentengruppen des Orchesters, wer oder was das ist – was hier vorgeht? Welches Recht haben die, sich hier hereinzudrängen? Sie verspürt eine erinnerte Angst, und vorübergehend fürchtet sie sich davor, daß die Musik sie tatsächlich auslösen könnte. O Gott. Allein die Erinnerung an die Schwärze ihrer Depression erschreckt sie. So schlimm war sie. Schlimmer als schlimm. Zum zweiten Mal eröffnen die Lambeg-Trommeln das Feuer. Diesmal ist es eine lang anhaltende Salve. Die darauffolgende Stille dauert länger an. Das Gewölbe zittert vom Nachhall der riesigen Trommeln. Das Orchester setzt wieder ein, es bringt und wiederholt die Umkehrung des Fünf-Ton-Motivs der Einleitung. Es hat sich Unmut eingeschlichen. Das Orchester ist verärgert und schrill, nun da es den Eingriff analysiert und sich fragt, was zu tun ist, wenn er sich wiederholt. Klarinetten und Flöten quieken, die Posaunen krächzen. Dann fällt mit fast lässiger Großspurigkeit eine Trommel ein, darauf die zweite, danach die dritte und vierte. Hartnäckiger, kakophoner Rhythmus. Zerfall. Angesichts des Lärms dieser Fremden versucht das gequälte Orchester, kühlen Kopf zu bewahren. Das schwarze Blut des Hasses besudelt jedes Ohr. Wie Äxte durchhacken die Blechbläser das Getöse. Schließlich, nach heftigem Kampf, verstummt das Orchester Gruppe um Gruppe, bis nur noch die Trommeln pulsieren. Catherine fühlt sich an die Kerzenflammen erinnert, die unter der unsichtbaren Flutwelle erstickenden Gases erloschen. Stufe um Stufe. Dunkel um Dunkel. Vier Kröten stülpen ihre Schallblasen heraus und prügeln die Luft über sich, daß sie nachzittert.

Sie war verblüfft, wie gut die Trommeln klangen, als die vier Männer ihr Äußerstes gaben – roh, beinahe improvisiert, genau wie sie es sich ausgemalt hatte. Ihre Aggressivität, ihre Großtuerei gemahnten sie an den Faschismus. Sie hatte nicht versucht, die Vulgarität von Schostakowitschs Siebenter zu imitieren – den Angriff der Nazis auf Leningrad –, aber genau das war die Wirkung. Eine Brutalisierung des Körpers, des Geistes, der Menschlichkeit. Gedonner, Gedonner, Gedonner und noch einmal Gedonner. Als auf ein Zeichen von Randal die Trommeln verstummten, blieb nur noch ein Gefühl von Niedergeschlagenheit und Düsternis zurück. Von tiefster Verzweiflung.

Die Zuhörer waren einige Augenblicke lang wie versteinert. Eingeschüchtert. Betäubt. Dann begann das Räuspern. Das Füßescharren. Catherine versuchte, die Unruhe zu deuten. Waren sie verärgert? Fanden sie es abscheulich? War es auf naive Weise schlicht? Sie betrachtete Liz, die ein Gesicht zog wie der Mann im Mond, der Mund ein offenes O. Was hatte das zu bedeuten? War sie von dem Radau, den die Musiker veranstaltet hatten, beeindruckt? Peter, der hinter Liz saß, nickte und zwinkerte ihr zu. Am Ende der Reihe saß ein Mann und drückte die Knöchel gegen die Stirn. Er hatte sie in Falten gelegt. Eindeutig in Falten gelegt. Catherine wandte sich ab und heftete den Blick auf den Boden. Sie spürte, wie ihr aus der linken Achselhöhle an ihrem BH vorbei ein Rinnsal Schweiß über die Haut lief. Um zu vermeiden, daß noch mehr Schweißtropfen an ihr herabrannen, hielt sie die Ellbogen fest gegen ihren Leib gepreßt. Randal hob wieder den Taktstock, und die allgemeine Zappelei nahm ein Ende.

Der zweite Satz ist die andere Seite des Bogens – sie hatte gehofft, daß er die Symmetrie einer Muschelschale haben würde. Wieder ein verhaltener Beginn, es ist beinahe, als irrten die Streicher umher. Die Musik leise genug, daß man das Hau‐ chen der Flöten hört. Man hat den Eindruck, daß die Musik sich herumtreibt. Wohin? Es ist, als habe das Orchester nicht vergessen, was sich auf der ersten Seite des Bogens abgespielt hat, und spiele, den Blick über die Schulter gerichtet, in der Er‐ wartung, daß die Lambeg‐Trommeln wieder auftauchen. Die erste wirkliche Klangveränderung ist die Einführung der Glocken. Kleine, scharfe Schläge des hölzernen Hammers – ein aus sieben Noten bestehender Weckruf. Ein heller, harter Klang, als höre man ihn aus der Ferne über Eis. Ein Thema klingt an, eine Erinnerung an den Glockenturm in Kiew. Wie bitterkalt ihre Finger gewesen waren, als sie es aufgeschrie‐ ben hatte. Der Turm hatte in den Sohlen ihrer Schuhe wider‐ gehallt. *Tintinnabulation.* Glockenschall, Glockenschwall. Sie hörte mit ihrem Brustbein – lauschte mit ihren Schädelkno‐ chen, war mit dem Herzen ganz Ohr. Innere Musik. Klänge, die das Blut in ihrer Gebärmutter in Wallung brachten. Der Biorhythmus einer Frau befand sich im Einklang mit dem Mond und der Mond sich im Einklang mit dem Meer, *ergo* be‐ fand sich eine Frau im Einklang mit den Gezeiten. Sie hatte einen Überfall verübt und war mit etwas Bedeutsamem zu‐ rückgekehrt. Der Organismus war eine Spore – die Bedingun‐ gen waren gerade richtig. Er erblühte vor ihren Ohren. Sie war zur harten Schale in ihrem Inneren vorgedrungen. Zum Zim‐ mer aus Stahl – dem Safe, dem sicheren Ort, dem Tabernakel. Und mit Gold zurückgekehrt.

Jetzt wissen die Zuhörer, daß es irgendwohin geht. Sie können zwar das Ziel nicht sehen, doch sie wissen, daß sie sich auf einer Reise befinden. Durch Schnee. Dann wird das Glockenthema umgekehrt und von den Streichern aufgenom‐ men, jedoch verzerrt. Knisternd, in absteigenden Sprüngen,

Abstürzen. Zurück zu dem Kind auf dem Spielplatz, das mehr Spaß daran hatte, die Stufen hinaufzuklettern, als daran, die Schurre hinabzugleiten. Als nächstes ein Slalom. Dicht am Steg gestrichen, um einen gläsernen, metallischen Effekt zu erzielen. Das Glockenthema wird von allen aufgegriffen. Es gewinnt an Zuversicht und Lautstärke. Allmählich läßt der Schrecken des ersten Satzes nach, wird vergessen. Es liegt ein neues Gefühl in der Luft. Es ist drängend, hoffnungsvoll, und das Tempo beschleunigt sich. Dinge werden möglich. Arbeit kann getan werden – gediegene Arbeit noch dazu. Die Liebesmüh ist nicht vergeblich, nicht vergeudet. Die Musik schwillt an, legt solide Fundamente, deren Kraft dem Zuhörer das Ausmaß des kommenden Crescendo verrät. Sie reißt alle mit, zieht auch den Zögerlichen in ihren Sog.

Schwer zu erklären, was als nächstes geschieht. Klanglich gesehen, ist es wie ein Kontrapunkt – die allein der Musik vorbehaltene Fähigkeit, mehrere Dinge gleichzeitig zu sagen. Aber es ist kein Kontrapunkt – eher wie eine optische Täuschung in Klängen. In Psychologiebüchern gab es eine Zeichnung – entweder eine alte Frau oder ein Mädchen. Das Auge konnte nicht beide Bilder zugleich aufnehmen. Entweder das eine oder das andere. Der Verstand sprang von einem zum anderen. Großmutter? Mädchen? Mädchen. Großmutter. Ein anderes war ein Kelch, oder waren es zwei Profile, die einander anstarrten? Dasselbe konnte Verschiedenes sein. Transsubstantiation. Wie konnte der Trommelschlag des ersten Satzes derselbe sein wie der Trommelschlag des zweiten Satzes – wie konnte dasselbe Getrommel in einem anderen Kontext eine ganz entgegengesetzte Wirkung hervorrufen? Der Klang hat sich verwandelt. Homophone. *Linseed oil.* Lynn C. Doyle. *Bar talk.* Bartók. Derselbe Laut mit einer anderen Bedeutung. Catherine hörte es im Kopf und wußte, es war zu vollbringen, sobald ihr erst einmal die Idee dazu gekommen war.

In dem Moment, als die Musik ihren Höhepunkt erreicht,

ein Carillon von Glocken und Blechbläsern, haben die Lambeg-Trommeln in voller Lautstärke ihren zweiten Auftritt.
Diesmal ist die Wirkung nicht eine des Schreckens oder der
Depression, sondern das genaue Gegenteil. Als würde ein fe-
stonierter Vorhang aufgehen, als würde eine Kaskade des Erstickens wieder zu dem Punkt zurückkehren, wo sie begann,
und die Lichter wieder brennen. Die große Baßglocke schlägt
den Takt, und die Diskantglocken schrillen die Melodie. Die
ganze Kirche hallt wider. Die Lambeg-Trommeln sind be-
freit von ihrer Bigotterie und reiner Klang geworden. Das
Schwarze Meer zieht sich zurück. Das Drumherum der Kirche ebenso – mit dem Glauben hat es nichts zu tun und exi-
stiert nur als Farbe und als Form. Es ist ansteckend. Auf dieser immer höher werdenden Woge haftet dem Trommeln eine
ausgelassene Freude an. Aus heiterem Himmel Heiterkeit. Der
Glockenschlag, die Stöße der Blechbläser, das Juchzen der
Hörner, das Schlagen der Trommeln. Verdammt, die lauterste,
ungetrübteste Freude. Leidenschaft und Struktur. Ein Orchester, das mit voller Wucht – *fortissimo* – spielt, die Geigenbögen,
die alle zusammen auf und nieder sausen und sägen – die Celli
und Kontrabässe waagerecht. Hinten gleißt und brüllt das
Blech. Das Orchester ist zur Maschine geworden, zur Nähmaschine. Die Ausbildung einer Armee verfolgt den Zweck,
zu entmenschlichen, aus Menschen Maschinen zu machen; hier
dagegen dient all die Disziplin, all die Fügsamkeit dazu, die
Individualität und Einzigartigkeit eines einzelnen Menschen
auszudrücken. Catherine Annes Vision. Eine Freude, die das
Menschsein feiert. Eine Freude, die ihr eigenes Spiegelbild
feiert, ihre Fähigkeit, Freude zu machen. Sich zu vermehren.

Das Orchester im Verein mit den Lambeg-Trommeln
schwingt sich auf, und die Lambeg-Trommeln donnern als
Antwort auf das Orchester, und die Wirkung ist geradeso, wie
sie es sich erhofft hat. Ihr Baby. *Deo Gratias.* Annas Lied.

Ihr Gesicht ist naß. Catherine weint. Schon wieder gehen

ihr die Augen über. Doch diesmal sind es andere Tränen. So wie der Klang der Trommeln zweierlei sein kann, können es auch ihre Tränen. Anna. *Veronika.* Musik, ihr Glaube.

Ein letzter Sprung, und das Orchester bricht ab. Die Oranier trommeln weiter, doch jetzt gehen sie davon. *Diminuendo.* Die Lambeg-Trommeln klingen noch von ferne aus der Sakristei. Auf ein Zeichen von Randal verstummen sie.

Einen Augenblick lang herrschte Stille, durchbrochen von der brüllenden Stimme eines Mannes. Dann war der Saal von Beifall erfüllt. Bravo. Catherine starrte auf ihre Knie. Sie fing sich wieder. Sie fragte sich, ob sie für alle sichtbar zittern würde, wenn sie aufstünde. Würden ihre Beine ihr Körpergewicht tragen? Der Applaus hielt immer noch an. Einige Zuhörer pfiffen. Andere schrien und jubelten. Liz beugte sich zu Catherine und drückte ihren Arm.

»Wie schön für dich«, sagte Liz und schaute sich um. »Niemand buht. Es hat ihnen wirklich gefallen. Ich kann mir zwar nicht vorstellen, warum, aber es hat ihnen wirklich gefallen. He – du hast ja geweint. So schlecht war's nun auch wieder nicht.« Beide lachten. Wieder rief eine Männerstimme Bravo. Catherine rief: »Hat's *dir* denn gefallen?«

»Ja, ja.« Liz nickte. Und Catherine wußte, daß es völlig unerheblich war, ob es ihrer Freundin gefallen hatte oder nicht. Solange sie *sie* mochte. Liz meinte: »Sprachkenner würden darauf bestehen, daß der Mann *brava* ruft.«

Randal kam zurück, deutete auf die verschiedenen Instrumentengruppen, und die Spieler standen auf. Er schaute ins Publikum hinunter, und mit einer weit ausholenden Gebärde winkte er Catherine zu sich aufs Podium. *Bravo.*

Sie erhob sich.